장편 SF 대하드라마

생 존

생존

1판 1쇄 발행 2025년 8월 13일

지은이 남근우 | 010-9045-9532

편집 정세화 **마케팅·지원** 이창민

펴낸곳 하움출판사 **펴낸이** 문현광
이메일 haum1000@naver.com **홈페이지** haum.kr
블로그 blog.naver.com/haum1000 **인스타** @haum1007

ISBN 979-11-7374-149-4 (03810)

좋은 책을 만들겠습니다.
하움출판사는 독자 여러분의 의견에 항상 귀 기울이고 있습니다.
파본은 구입처에서 교환해 드립니다.

이 책은 저작권법에 따라 보호받는 저작물이므로 무단전재와 무단복제를 금지하며,
이 책 내용의 전부 또는 일부를 이용하려면 반드시 저작권자의 서면동의를 받아야 합니다.

SPACE · SURVIVAL

생존

시즌 1
신들의 행성

우주, 고대, UFO, 외계인? 미스터리를 풀어줄
충격증언! 가설과 스토리의 시작!

contents

추천의 글

머리글

Prologue 신의 지문 _016

Chapter 01 운명의 서막 _034

Chapter 02 혼혈의 서막 _065

Chapter 03 이방인 _079

Chapter 04 성인이 된 외계인 _088

Chapter 05 또 하나의 신 _106

Chapter 06 신들의 운명 _118

Chapter 07 고뇌 _130

Chapter 08 선발대 _135

Chapter 09 인간조상이 된 신의 아들 _151

Chapter 10 귀환 _162

Chapter 11 돌아온 화성인 _174

Chapter 12 대왕의 왕자 _187

Chapter 13 슈퍼맨 _197

Chapter 14 우월한 신 _214

Chapter 15 음모 _235

Chapter 16 신들의 영웅 _253

Chapter 17 신들의 왕이 되다 _265

Chapter 18 마지막 지하시대 _281

Chapter 19 엉뚱한 야심 _291

Chapter 20 신의 연인 _296

Chapter 21 가짜 신들의 전성시대 _312

Chapter 22 원시인을 사랑한 신 _319

Chapter 23 전쟁의 서막 _340

Chapter 24 갈등 _348

Chapter 25 이별 준비 _356

Chapter 26 침공전야 _361

Chapter 27 신의 장인 _366

Chapter 28 마지막 전쟁 _373

Chapter 29 왕의 귀환, 그리고 승리 _380

Chapter 30 신의 아들 _388

Chapter 31 야만의 대가 _394

Chapter 32 대 이주 _404

Chapter 33 최후의 탈출 _414

등장인물 CHARACTERS

고　　드　화성에서 태어나 부모와 지구여행을 왔다가 미아가 되고 유인원들에 의해 성장되어 원시인으로 살다 죽음과 동시에 극적으로 구출된다. 화성으로 귀환하여 생명회복시스템에 의해 최고의 화성인으로 부활. 화성인들의 최장수 대지도자가 됨.

슈 카 르　고드의 아버지

마　　야　고드의 어머니이자 슈카르의 아내

고 돌 라　화성이 3차대전으로 멸망한 뒤 초대 통합 대지도자

슈 트 켄　슈카르의 아버지. 뮤센구역 지도자.

밴지박사　테라구역. 유일한 여성 지도자로 의학 전문가.

우라노스　닌다구역 지도자. 우주천문학 박사

헤파이스　슈텔구역 지도자. 혜성전문가

진 제 이　아센지역 지도자. 감마봉 개발 등 안전 전문가.

아시아스　초정밀 공학자이자 엡센구역 지도자.

징　　카　고드를 납치한 유인원 암컷.

게　　브　지구연구기지 순찰대장.

리　　아　징카의 딸. 고드의 첫 아내.

루　　시　고드와 리아 사이에서 태어난 첫아들.

엘리자벳　메시의 지구인 아내.

마 리 아　엘리자벳의 언니. 고드가 사랑에 빠진 지구 여인.

아비누스　도그리온족 관리자 연구원.

뎅 버 드 버드리아족 관리자 연구원.

세 담 개과가 진화한 도그리온족의 추장.

케 닌 세담의 최측근 비서관.

머 스 칸 지질학 전문가.

클렌시아 여성 해양지질학 전문가.

아 무 센 화성인으로 지구 파견 연구원.

앵 머 스 새과에서 진화된 버드리아족의 추장.

아 폴 라 화성인 중앙의료센터 소장.

제 네 스 화성인 종합 정보실장.

다 윗 엘리자벳의 아버지이자 고드의 직계자손.

메 시 고드의 최측근. 지구 연구센터 인류학 전문가.

팬 텀 명석한 두뇌를 가진 고드 지구인 자손.

프로테우스 현명하고 섬세한 고드 지구인 자손.

쿤 테 힘은 좋으나 온순한 고드 지구인 자손.

불 독 스 도그리온족의 구역지도자.

애 니 문 도그리온족의 역사지리학자.

엘 릭 스 도그리온족의 전기기술자.

이 골 앵머스의 비서관.

유포박사 화성 우주선 설계 최고 전문가.

루이박사 화성 우주선 최고 제작 기술자.

테레사 한 지구 화성 탐사선 피닉스3호 한국계 승무원.

맥클레인 지구 화성 탐사선 피닉스3호 미국인 선장.

유 셉 명목상 마리아의 남편.

잉 카 마야의 남동생. 타 탐사선 승무원들의 다수.

| 추천의 글

1938년 10월 미국의 연극 연출가 오손 웰스는 CBS 라디오 방송을 위해 아주 실감나는 프로그램을 제작했다. 허버트 조지 웰스의 소설 〈우주전쟁〉을 각색한 〈뉴스〉를 연출했던 것이다. 이 프로그램은 천문학자들이 화성 표면에서 빛을 감지하는 것으로 시작된다.

그로부터 얼마 되지 않아 지구에 운석이 떨어진다. 이 운석이 화성인들의 우주선임을 알리는 뉴스 속보가 이어진다. 현장에 출동한 특파원은 화성인들이 쏜 광선의 희생자가 된다. 이 방송이 나가는 사이 미전역에서 큰 난리가 일어났다.

너무 실감 나게 연출된 나머지 진짜 화성인 침공이 일어나는 줄로 착각한 많은 시민이 대피 소동을 벌였던 것이다. 웰스의 연출 탓도 있었겠지만 화성에 진짜 어떤 문명이 존재할지 모른다는 많은 사람의 믿음 또한 이 소동에 크게 기여했을 것이다.

1947년 6월 이후 미국에선 UFO를 목격했다는 제보가 쇄도하며 외계인 침공에 대한 공포 분위기가 조성되었다. 이때도 사람들은 1945년 원자폭탄 폭발이 화성인들의 관심을 이끌어 그들이 나타나고 있을지 모른다는 우려를 했다. 이는 단지 민간에서의 문제가 아니라 군 내부에서도 심각하게 고려되었던 사실이다.

이런 우려를 한 이들 중에 칼 세이건이 있었다. 대학교 1학년이던 1952년 그는 애치슨 미 국무부 장관에게 편지를 써서 외계인 침공에 대한 미국 정부의 대처방안을 따져 물었다. 1976년 바이킹 계획에 깊숙이 개입했던 칼 세이건은 착륙선이 화성의 어느 지역에 착륙해야 하는가를 결정하는 위치에 있었다. 맨 처음 그는 피라미드를 닮은 지형들이 밀집되어있는 '큐도니아 Cydonia'라는 곳에서 생명체 발견 확률이 높다고 보고 그곳을 착륙장소로 선정했다. 하지만, 마지막 순간에 통신 문제 등을 이유로 그곳이 아닌 다른 곳으로 착륙선이 내렸다. 결국 생명체 발견 시도는 무위로 끝났다.

최근 '큐도니아' 부근에서 인공적인 구조물로 보이는 지형들이 발견되어 여전히 화제가 되고 있다. 프랭크 드레이크와 칼 세이건 등이 주도해 SETI 계획이 추진된 시기는 1960년이다.

먼 우주에서 오고 있을지 모르는 지적 외계인의 전파 신호를 포착하자는 취지의 이 프로젝트는 50년이 넘었어도 아직 어떤 유의미한 결과를 얻지 못하고 있다. 그런데 최근 미국 하버드대 천문학과 아비 로브 교수 등에 의해 우리 태양계에서 지적 외계인 흔적을 발견할 확률이 훨씬 높다는 주장이 제기되어 활발한 조사가 이루어지고 있다. 물론 지구 바깥에서 그런 발견이 이루어질 확률이 가장 높은 곳은 화성이다.

남근우 작가의 소설 <생존>은 지구에 지적 생명체가 등장하기 훨씬 이전 화성에서 먼저 지적 생명체가 등장했다는 매우 합리적인 가설을 바탕으로 하고 있다.

그리고 놀랍게도 그 안에는 아주 최근에야 알려진 놀라운 과학적 지식이 담겨 있다. 화성의 지하 깊숙한 곳에 물이 존재한다는 남작가의 소설은 이미 8년 전에 탈고되었다.

그런데 여기에는 불과 몇 달 전에야 인류에게 알려진 놀라운 진실이 이미 제시되어있는 것이다. 남작가의 놀라운 통찰력에 놀라움을 금치 못할 지경이다. 오늘날 우리는 과학의 급속한 발달에 따라 현대문명 존속이 누란 지경에 이르렀다는 위기감과 경각심을 갖고 있다.

남작가의 소설은 이런 상황을 지구 인류와 그리고 어쩌면 우리 주변에 공존하고 있을지도 모르는 화성인들과 묘하게 중첩하여 표현하였다.

UFO를 40년 가까이 연구한 전문가로서 지구에 고도로 발달한 외계인이 오고 있다는 사실을 굳게 믿게 된 지금 나는 이 소설의 일정 부분의 내용이 현실화될 수도 있다는 생각까지 해보았다.

우주와 우리 태양계와 지구, 그리고 인류 문명에 관심이 있는 모든 이들에게 일독을 권한다.

맹성렬 교수
우석대학교 전자공학박사
한국 미스터리 협회·한국 UAP학회 회장

| 추천의 글

이 작품은 저자의 모든 상상력과 짜임새 있는 탄탄한 스토리를 전개하여 집필한 인류의 미래에 있을 수 있는 가상의 시나리오로 엮어낸 매우 흥미로운 작품이다. 31개의 챕터로 구성된 이 책에 등장하는 주요 등장인물만 37명에 달해 한 편의 영화를 보는듯한 상황이 그려지는 몰입도가 압도적인 SF대하드라마 작품이다.

저자는 특히 이 작품에 제2의 지구라고 여겨지는 화성을 도입하여 지구의 문명과 화성간의 유기적 관계를 설정하여 스토리를 풀어나가면서 화성에도 진화한 지적인 생명체가 존재했었다는 가정 하에 그들이 지구에 올 수 밖에 없는 상황을 긴박하게 그려냈다.

지구 밖 외계 문명의 존재가 저 먼 곳에 있지 않고 화성에서 이미 발생하여 문명의 공존이 있었다는 가설은 매우 충격적이지만 '생존'이라는 책 제목에서 알 수 있듯이 생명체가 끝까지 살아남아야 되는 본능적인 과정을 보여준다. 장편이지만 시즌2가 기다려지는 흥미로운 이 책을 적극 추천한다.

시즌 2가 기대된다.

서종한

한국UFO조사분석센터 소장

머리글

　우주공상 과학의 작품 속 내용에는 수많은 가설과 설정이 존재하고 있다. 물론 그것이 공상과학 작품에 대한 특혜인지는 모르겠으나 터무니없는 경우도 많은 것이 사실이다.
　그런 터무니없는 허구들이 그저 순간적인 흥미 거리는 될지언정 실질적인 우주과학에 대한 많은 공감을 얻어내는 데는 쉽지 않다고 생각한다. 그리고 이젠 그 공상과학 소재의 상상력도 한계를 맞이하는 것 같은 상황으로 그동안 쏟아져 나오던 관련소설이나 영화 등 작품도 이제 주춤하고 있는 실정이다. 그것은 합리적인 가설에 바탕을 두지 않고 공감대 없이 그저 추상 화 한 탓이라 생각한다. 저자는 지금까지 그 누구도 상상하지 못한 합리적이며 공감 가득한 가설에 바탕을 두고 집필을 시작한 것이다. 즉 가능할 수 있거나 최대한 공감 될 수 있는 상황을 가설 화 시킨 것이다. 이런 형식의 가설로 완성된 작품은 그 사례를 쉽게 찾을 수 없을 것으로 생각된다. 다만 저자의 전체 가설 중 부분적으로 유사하게 표현된 주장이나 작품들이 있기는 했으나 전체적인 완성도를 보여주지는 못했다. 저자는 지금까지 누구도 엮어내지 못했던 가설에 대해서 오히려 궁금함을 가지고 있다. 아무리 가설이라도 전혀 터무니없다든지 논리에 역행하고 합리적이지 않는다면 과학소설로서의 큰 공감을 얻지 못하는 것은 물론 순간적인 흥밋거리 외에는 큰 여운이 남지 않을 것이기 때문이다.
　저자의 가설에 대한 설정은 분명하다. 화성을 모티브로 한 모든 작품자료를 종합해보면 태양계에서 다른 어떤 행성보다 스토리에 대한 가설의 퍼즐을 완성되는데 화성이 최적이라는 데 있다.

따라서 화성은 지구와 인류의 역사에 결정적인 역할을 했을 것이라고 본 것이다.지금까지 화성관련 작품의 가설들이 자초지종이라는 완성도가 없었으며 내용에 대한 바탕과 뿌리가 없다는 것이다.

저자가 주장하는 그 바탕과 뿌리라는 것들을 한 번 보자. 첫째, 화성이 대형 혜성충돌로 멸망했다는 설정의 가설이다. 이는 이미 많은 학자들이 주장하는 바이지만 이를 통한 스토리 연결이 합리적이고 논리적이며 자초지종이 있는 완성된 가설이라는 것이다.

두 번째, 화성은 골디락스 존으로 태양에서의 거리를 바탕으로 지구와 같은 환경이 조성되었던 완전한 서식행성이었다는 가설이다. 화성은 태양계에서 지구와 함께 유일한 서식환경이 조성되었던 행성으로 모든 구성성분이 지구와 같을 수밖에 없어 모든 생명체가 지구 생명체와 거의 동일하다는 가설이 가능한 것이다. 태양계의 암석행성인 지구와 화성의 구성 물질이 거의 동일하다는 것은 이미 세상에 밝혀진 바와 같다. 생명체의 서식환경에서 결정적인 것이 행성의 대기온도 등 기후라고 볼 때 화성은 태양계에서 지구와 같은 위치에 있는 골디락스 존으로 지구와 환경이 동일했을 것이라는 가설에 크게 이상할 것이 없다는 것이다.

행성의 대기온도와 기후 환경은 태양과 행성간의 거리에 영향이 있다고 보는 것도 크게 이상한 것은 아닐 것이다.

세 번째, 태초에 불덩이였던 화성은 지구보다 일찍 식어 당연히 생명체가 먼저 생겨나고 지적생명체 또한 그와 연동하여 유추해 볼 수 있다.

그렇다면 지구인과의 문명 역사차이가 당연히 존재 할 것이며 최소 약 일억년 차이가 났을 것이라는 저자의 가설인데 학자들의 주장에 의하면 화성과 지구의 최초 생명체 탄생 시차를 5억년으로 보지만 저자는 여러 상황을 가정하여 문명 역사만 최소 일 억년 차이 정도로 보는 것이다.

저자는 우주역사와 관련하여 기간에 대한 정확한 숫자의 의미는 별로 크지 않다고 보며 일정 정도의 격차라는 개념에만 의미를 두고자 한다. 지구인과 화성인이 최소 일억~몇 천 만년의 문명차이라면 그 격차가 동물과 인간이상이라는 것을 명심하고 본문을 이해해야 할 것이다. 팩션의 가설이 전혀 터무니없지만 않다면 어쩌면 지구와 인류의 역사는 완전히 새로 써야 할지도 모른다.

이 책이 세상에 모습을 드러내기까지 큰 성원을 보내주셨던 많은 분들과 특히 이 작품을 추천해주신 대한민국 관련 최고 권위자이자 한국 UAP학회 회장이신 우석대학교 맹성렬 박사, 한국 UFO 분석 연구소 서종한 소장의 추천 글에 깊은 감사의 마음을 표하며 책의 출간에 직접 수고를 아끼지 않은 투나비스 유지훈 대표께도 심심한 감사의 말씀을 드립니다.

2025년 7월

저자 남근우

prologue
신의 지문

2030년.

미국은 극비 프로젝트인 화성정착 비밀기지 건설을 위해 유인탐사선을 보내기로 했다. 여기에 참여하는 탐사대원들은 특별한 경우를 제외하고 평생을 화성에서 생존하는 것을 원칙으로 정했다. 이는 최초로 실시되는 화성 유인탐사라 안전을 보장할 수 없어 각서에 서명한 사람만으로 결정했으며 이 모든 과정은 극비로 진행되었다. 당연히 우주선 발사도 전혀 공개하지 않았으며 미국 대통령 외 극히 일부 관계자와 오직 당사자들만 알고 있는 프로젝트였다. 프로젝트 명은 "붉은 낙원"이었다.

"화성 대기권에 진입했습니다. 행성 간 자동항법 시스템을 해제합니다."

인공지능 알파3000의 부드러운 음성이 우주선 내에 울려 퍼지자 승무원들이 화성 착륙을 위해 서둘러 착륙선으로 이동했다.

최근 관련 업체에서 플라즈마 엔진이 개발된 덕분에 지구를 떠나온 피닉스3는 초속 50km로 약 7800만km를 거의 18일 만에 비행하여 화성에 도달할 수 있었다.

또한 지구와 화성이 가장 가까운 궤도지점에 도달해 있었기도 했다. 비행시간이 짧기도 하였지만 승무원들은 착륙선이 정상적으로 착륙하지 못하는 비상사태를 대비해 모두 우주복으로 미리 갈아입고 있었다. 우주복에는 최대 6시간 정도를 자체 호흡할 수 있는 산소가 갖춰져 있었다. 각자 헬멧을 옆에 끼고 착륙선 탑승을 마치자 피닉스3의 선장 맥클레인이 모니터에 뜬 비행자료를 점검하며 물었다.

"리사, 착륙 지점에 대한 정보를 보고해."

"예, 선장님, 마리너 협곡 37지점은 영하85도, 풍속3m/s 입니다."

"오케이, 대기 상태는 비교적 양호한 편이군."

맥클레인 선장은 모니터 통해 보이는 여섯 명의 승무원들을 향해 어쩌면 마지막이 될 수 있는 소회를 밝혔다.

"피닉스3호 승무원 여러분, 우리는 인류 최초의 유인 화성 탐사선에 승선해 지구로부터 약 7800만 킬로를 비행했습니다. 마침내 우리는 창밖에 보이는 일명 붉은 행성으로 불리는 화성궤도에 진입했습니다. 지금 지구 85억의 인류는 모르고 있지만 아마 이 사건은 역사적인 기록으로 남을 것입니다. 또한 우리가 화성에 무사히 착륙하면 인류 최초의 화성인으로 기록될 것입니다. 우리는 원칙적으로 지구로 돌아가지 않고 화성에서 생존을 지속하기로 했기에 화성이 우리의 마지막 안식처가 되겠지요."

맥클레인은 본능적인 흥분과 불안감을 진정시키며 연설을 이었다.

"우리는 반드시 화성에 착륙해서 안정된 삶을 영위할 것이며 이로 인해 지구가 인류의 유일한 터전이 아님을 후세에 알리게 될 겁니다. 이번 탐사는 단지 화성에 대한 연구가 아니라 영구적인 이주기지를 세우는데 있습니다. 아직은 머나먼 훗날이 되겠지만 후손들은 우리의 이러한 노력으로 이곳 화성을 발판으로 삼아 유로파에도 안착하게 되리라 확신합니다."

유로파는 목성의 위성 중 하나로 태양계에서 생명체가 살아 있을 가능성이 가장 크다고 알려진 곳이었다. 지구로부터 워낙 먼 거리에 있기에 여태까지 한 차례의 무인 탐사선만 유로파를 탐색하는데 그쳤다. 맥클레인 선장은 조종석 창문을 통해 보이는 화성을 감상하면서 무거운 분위기를 누그러뜨렸다.

"어쩌면 고대 학자들의 주장이나 공상과학 소설가들이 상상한대로 우리는 화성의 지하 깊숙한 곳에 살고 있는 화성인들을 만나게 될지도 모릅니다. 그러면 우리는 최초의 화성인이 아니라 방문객이 되겠지요. 솔직히 화성인을 만나게 되면 어떤 말로 인사를 해야 할지 걱정입니다."

승무원들이 나직한 웃음을 터뜨렸다.

"인류 공용어인 '하이'가 어떨까요?"

"그건 너무 경박해 보여요. 품위 있게 '봉쥬르'가 나을 것 같네요."

"그 문제는 언어학자 테레사 한에게 물어야 하지 않겠소?"

승무원들의 모니터에 테레사 한의 모습이 부각되었다. 테레사 한은 인류의 언어와 문자에 대해 해박한 지식을 지닌 한국계 미국인 승무원이었다. 행여 가능할 화성 고대 문명의 존재를 확인하기 위해 최종적으로 그녀가 선발되었다. 테레사 한이 싱긋 미소를 띠었다.

"만일 화성인을 만나면 굳이 인사말을 찾으려 노력하지 않아도 돼요. 여태껏 지구의 탐사선으로도 찾아내지 못할 만큼 고도의 문명이 혹시 지하에라도 존재한다면 화성인들은 굳이 말을 건네지 않아도 우리의 생각을 읽을 겁니다."

우주 항해사인 왕첸이 물었다.

"화성인이 텔레파시라도 사용한단 말입니까?"

이에 테레사 한이 말했다.

"이런 척박한 환경에서 화성인들이 여태 생존해 있으려면 초고도의 과학기술이 필요합니다. 그렇다면 화성인들은 우리가 상상하는 생명체와 다를 수 있겠지요. 그저 반가운 마음만 지니고 있으면 우리를 해치지 않을 거예요. 굳이 인사말이 필요하다면 저는 인터넷 용어이지만 반가움이 가득한 한국어로 인사하고 싶어요."

기상지리학자 리사가 물었다.

"그게 뭐죠, 테레사?"

테레사 한은 만면에 미소를 띠며 말했다.

"방가방가예요. 한국어로 반갑습니다예요. 호호호"

승무원들 사이에서 가벼운 웃음이 터져 나왔다.

"방가방가? 하하, 어감이 좋네. 발음하기도 좋고."

"듣기만 해도 귀가 간지러운 인사네요. 방가방가."

잠시의 농담으로 팽팽했던 긴장감이 어느 정도 해소되자 맥클레인이 연설을 마무리 지었다.

"테레사 한의 말대로라면 인사말 때문에 고민할 필요는 없을 것 같습니다. 그럼 착륙을 위한 하강을 시작하겠습니다. 수고했다는 인사는 마리너 협곡에 무사히 착륙한 후 받도록 하겠습니다. 그럼 신의 가호가 있기를…"

연설을 마친 맥클레인이 조종사 샤르몽에게 지시를 내렸다.

"착륙선 분리!"

"옛, 썰!"

샤르망이 장치를 가동시키자 착륙선이 서서히 모함에서 내려졌다.

모두가 가장 긴장되는 순간이다.

태아가 자궁을 벗어나 세상 밖으로 나가면 다시는 돌아올 수 없듯이 착륙선도 한번 모함을 벗어나면 다시는 되돌아올 수 없다.

이른바 원 웨이 티켓.

인류의 희망이자 위대한 개척자들은 기꺼이 화성에다 자신의 뼈를 묻고자 돌아올 수 없는 여정에 합류한 것이었다.

모함에서 떨어져 나온 착륙선이 목표지점을 향해 하강했다.

착륙선이 하강하자 샤르몽은 LDSD를 작동시켰다.

LDSD는 저밀도 감속기로 화성처럼 대기가 희박한 행성에 착륙할 때 사용되는 엔진이었다.

LDSD 덕분에 착륙선의 비행 속도가 현격하게 감속되자 승무원들은 비로소 엄청난 압박감에서 벗어날 수 있었다.

착륙선의 전방 유리창을 통해 거대한 협곡이 내려다보였다.

현재까지 확인된 태양계 최대의 협곡으로 불리는 마리너 협곡.

협곡의 너비가 4,000km에 달하고 깊이가 8km를 넘기에 미국의 대협곡인 그랜드캐넌은 마리너 협곡에 비교하면 동네 작은 골짜기보다 작다.

마리너 협곡 37지구에는 앞서 발사된 화성무인탐사선 피닉스1호와 피닉스2호에서 투하된 설비들이 도착 돼 있었다.

화성 기지를 건설하기 위한 장비로 비상식량, 과학기기들이 갖춰져 있기에 착륙선의 장비와 결합하면 충분한 거주 공간을 세울 수 있는 것이었다.

"고오오--!"

착륙선은 마리너 협곡 위를 비행하고 있었다.

감속이 진행될수록 승무원들의 안도감도 높아졌다. 이 순간 레이더에서 경보 신호가 울렸다. 기상 자료 모니터를 확인한 리사가 심각한 표정으로 보고했다.

"선장님, 대기상태가 급변했습니다. 전방에 세 개의 스톰이 발생했습니다. 알파3,000의 예측에 의하면 스톰의 크기가 1km까지 확대됩니다!"

예상치 못한 긴급사태에 맥클레인 선장은 바싹 긴장했다.

"화성 대기를 감안하면 이런 대형 스톰이 발생하는 건 불가능해."

"이곳의 대기는 메탄과 이산화탄소가 지구 대비 90%가 넘어 유난히 농도가 짙습니다."

"샤르몽, 고도를 상승시키고 비행좌표를 좌현 7도로 수정해."

"좌표 수정!"

샤르몽이 조종간을 당기자 착륙선이 완만하게 상승하기 시작했다.

이때였다.

탕, 탕, 탕--!

선체를 때리는 충격에 착륙선이 요동쳤다.

"대형 스톰의 영향으로 비행구간에 돌덩이들이 소행성지대처럼 펼쳐져 있습니다. 이런 상태로는 비행이 어렵습니다!"

리사의 다급한 음성에 맥클레인 선장은 신속하게 판단했다.

"45도로 하강! 스톰 사이로 비행한다!"

"예에? 모래폭풍 속으로요?"

"작은 돌덩이 무리와 충돌하는 것보다는 더 안전해."

"알겠습니다."

샤르몽이 조종간을 내리자 상승하던 착륙선은 45도로 급속하게 하강하기 시작했다. 가끔 작은 돌조각이 선체에 부딪칠 때마다 천둥소리가 고막을 자극했다. 샤르몽은 맹렬하게 회전하는 두 개의 스톰 사이로 착륙선을 몰았다. 이미 수백 미터 주변으로 확대된 스톰으로 인해 모래먼지가 자욱했다. 시계가 제로에 가까워지자 샤르몽은 초음파 기상 레이더에 의존해 조종해야 했다. 이 순간 돌 무리에서 날아든 커다란 바위덩이가 착륙선을 강타했다.

"콰아앙!"

선체 일부가 파괴되면서 착륙선은 끈 떨어진 연처럼 자세를 잃고 맴돌았다. 파손된 부위를 통해 선내의 공기가 급속하게 빠져나가자 승무원들의 비명소리가 난무했다. 맥클레인은 그런 와중에도 선장답게 침착함을 잃지 않았다.

"비상사태. 모두 헬멧 착용!"

승무원들은 서둘러 헬멧을 착용한 후 안전벨트를 고정시켰다. 모니터를 통해 선체를 점검한 항해사 왕첸이 더욱 암담한 보고를 올렸다.

"자동평형 제어장치가 고장 났습니다."

승무원 모두가 심각한 상태로 맥클레인의 지시를 기다렸다.

"샤르몽, 비상착륙 시도해!"

"예에? 이곳에서 말입니까?"

"관성비행으로는 초대형 스톰을 통과할 수 없어. 일단 지상에 착륙해야 차량을 이용해서 37지구까지 갈 수 있어."

"하지만 속도가 안 됩니다."

"불시착 지역의 지표가 험악하지 않기를 기대해야지. 중력이 약해 바위덩이에 충돌하지만 않으면 희망은 있어. 어서!"

맥클레인의 다급한 지시에 샤르몽은 깊이 숨을 들이키고는 조종간을 밀어냈다.

"슈아아--!"

착륙선은 완만한 동선을 그리며 지상으로 하강했다. 스톰에 흩날린 크고 작은 돌조각들이 연신 착륙선에 부딪히면서 승무원의 불안감을 한껏 고조시켰다. 스톰에 의해 오히려 하강속도가 느려져 착륙에는 훨씬 안전하였다.

"콰과과앙--!"

마침내 착륙선의 하부가 지표에 닿았다. 역 추진 엔진이 가동되지 않다 보니 지표와 충돌하는 순간 선체가 세차게 요동쳤다. 에어백 충격으로 떠오른 착륙선은 점프와 하강을 반복했다. 그때마다 선체가 진동하면서 연이어 경보 사이렌이 울렸고 동력공급이 불안해져 선내 조명들이 계속 깜빡거렸다. 이내 비상전원이 가동되어 어둠은 밝혀졌지만 대부분의 전자기기는 먹통이 되어 이제 착륙선을 제어하기는 불가능 하는 듯 보였다.

"촤아아악--!"

착륙선은 화성의 지표 위를 나뒹굴면서 무려 500m 가까이 미끄러졌다. 선체가 대부분 파손되었지만 승무원들이 긴급히 탑승한 사령실캡슐과 지구와의 긴급 통신망만은 비교적 온전한 편이었다.

지표면과의 계속된 마찰과 약한 중력으로 인해 미끄러지는 속도가 현저하게 감속되었다. 맥클레인은 정신을 가다듬고 지구로 긴급 조난신호를 보냈다.

"여기는... 피닉스3! 화성의 악천후로 선체는 대부분 파손되었으며 현재 사령실부분만 겨우 가동되고 있다!"

지구의 답신을 기다리는 동안에 미끄러지던 선체는 겨우 멈추고 있었다. 그러나 승무원 누구도 마리너 계곡의 바닥 상황을 예상치 못했다. 크게 벌어진 협곡의 크레바스는 너무도 아득해 바닥이 보이지 않을 정도였다.

"크그그극--!"

지표를 타고 멈출듯하던 선체는 미처 정지하지 못하고 서서히 아득한 협곡의 크레바스로 추락했다.

"으아아!"

"오, 이제 끝이야!"

승무원들의 비명소리와 탄식이 한데 어우러졌다.

심해 잠수정이 해구로 가라앉듯이 선체는 깊은 어둠 속으로 떨어졌다. 얼마나 깊은지 외부의 빛이 스며들지 않아 바깥이 칠흑처럼 어두웠다. 약한 추락 속도는 화성의 중력 때문에 천만다행으로 생각되었다. 지구였다면 중력에 의해 사령실이 박살날지도 모르는 것이다. 대담하고 판단이 뛰어난 맥클레인 선장이었지만 지금 상황에서는 자신도 절망하지 않을 수 없었다.

'아, 우주의 신께서 아직 지구인들의 화성 개척을 허락하지 않으시나 보네.'

순간 낙하산이 퍼졌다.

동시에 사령실 캡슐의 전체를 에어백이 둘러쌌다. 여러 경우의 비상시를 대비해 지구의 과학자들이 배려한 안전장치였다. 사령실이 일정 시간 무동력으로 추락하면 캡슐 자체에 내장된 낙하산이 자동으로 펼쳐지도록 조치한 것이었다. 물론 지구의 과학자들도 이 비상낙하산이 화성에서는 별반 사용할 기회가 없을 줄로 알고 있었지만 이렇게 요긴할 줄은 아무도 몰랐던 것이었다. 이상하게도 협곡 크레바스 내부의 대기 밀도가 다른 지역보다 월등하게 높다는 것이 피니스3 승무원들에게는 그나마 행운이었다. 더구나 지저처럼 깊은 암공 내부의 대기 밀도는 더욱 높아 낙하산이 제대로 효과를 발휘했다. 불과 1분여 정도의 추락이었지만 승무원들에게는 영원처럼 느껴졌다.

마침내 사령실 캡슐이 크레바스 바닥에 추락하고 충격에 대비한 에어백이 연이어 터졌다. 그 여파로 사령선은 고무공처럼 튀다가 벼랑에 처박혔다.

"콰과과앙--!"

어마어마한 충격에 승무원들이 착석해 있던 의자가 통째로 흔들리면서 비명소리가 여기저기에서 울려 퍼졌다.

"아악!"

"으아아악!"

흐릿한 비상등마저 꺼지면서 승무원들의 비명소리가 어둠속으로 묻혔다. 사령실 캡슐 일부가 박살나면서 전기 스파크가 반짝였지만 공기가 빠져나가자 그마저도 사라져 버렸다.

어둠과 정적.

이때 우주복에 부착된 램프가 반짝이며 누군가 잔해 속에서 일어섰다.

"흐으음......!"

테레사 한이었다.

그녀는 어깨에 달려있는 견착등을 밝혔다. 형편없이 어질러진 사령실 캡슐내부는 너무도 참혹해 보였다. 승무원 중 한 명은 헬멧이 깨진 채 정신을 잃었고 사망한 것으로 보였다.

다른 한 명은 날카로운 잔해에 머리가 찢겨져 얼굴을 알아보기 어려웠다.

"선장님, 맥클레인 선장님!"

테레사 한은 우주복에 장착돼 있는 통신기를 통해 교신을 시도했지만 전혀 반응이 없었다.

"나 테레사 한입니다. 피닉스3호 승무원 누구라도 교신에 응하세요!"

테레사 한은 여러 차례 교신을 시도했지만 답신은 오지 않았다.

잔해더미를 헤친 테레사 한은 다행히 맥클레인 선장을 비롯한 네 명의 생존자를 찾아낼 수 있었다.

충격 때문에 의식을 잃었지만 생명유지 장치는 정상적으로 가동되고 있었다.

"다행히 모두가 죽지는 않았어."

테레사 한은 선장 맥클레인과 일행들을 차례로 부축하여 일으키고 정렬을 가다듬었다.

선장 맥클레인은 사망한 동료들에 대한 책임감과 심한 부상의 충격으로 정상적으로 상황을 수습하기에는 도저히 힘들어 보였다.

문제는 산소였는데 사령실 캡슐이 온전하지 않기에 우주복에 있는 산소량이 그녀와 생존자들의 생명시한이었다.

견착등으로 주변을 탐색하던 테레사 한은 부서진 사령실 캡슐과 연결된 외부의 공간을 발견하게 되었다.

그녀는 조심스럽게 먼저 캡슐을 빠져나와 외부 공간의 바닥에 발을 내 디뎠다. 그리고 불편한 상태인 일행들을 차례로 나올 수 있도록 도와주었다.

'화성 최초의 인간 발자국!'

닐 암스트롱이 달 표면에 남긴 역사적인 발자국을 넘어선 인류의 거대한 도약이었다.

그러나 언제 죽을지도 모르고 죽음을 목전에 둔 테레사 한은 이런 감동과 흥분을 전혀 느낄 수 없었다.

'훗날 또 다른 피닉스 탐사선이 화성에 착륙해도 나를 발견하기 어려울 거야. 그냥 피닉스3의 폭발과 함께 사라졌다고 생각하겠지.'

일행들은 크게 낙담했지만 의연하게 테레사 한은 자신의 운명을 받아들이기로 마음먹었다.

"그래, 어차피 지구로 돌아갈 수 없는 원 웨이 티켓 이었어. 화성에서 기지를 세워 살아간다고 해도 영생이 보장되는 것도 아니지.

다만 그 시기가 조금 빨랐을 뿐이야. 어쨌든 난 인류 최초로 화성에 착륙한 인간이 됐어. 언제고 지구인들이 나를 발견할 테니 기록을 남겨야 돼."

그녀는 언어와 문자에 정통한 학자답게 자신이 해야 할 바를 깨달았다. 견착등으로 주변을 비추면서 어두운 통로로 들어선 테레사 한과 일행들은 문득 주변의 상황에 의아함을 느꼈다.

'이상하네? 바닥 표면이 너무 깔끔해. 자연 상태로 이렇듯 매끈할 수 있을까?'

바닥뿐만이 아니라 벽면도 아주 매끄럽게 다듬어져 있었다. 견착등을 최대한 밝힌 테레사 한과 일행들은 그제야 자신들이 거대한 원형 통로로 들어섰음을 알게 되었다. 테레사 한은 갑자기 숨이 가빠졌다.

'설마... 화성의 지하에 인류가 알지 못하는 고대 문명이 존재하고 있었단 말인가?'

모두들 흥분과 두려움에 젖어 주변을 서둘러 둘러보았다. 손목에 차고 있는 감지기를 통해 확인해 보니 통로 내부의 공기 밀도는 지구의 절반 수준이었다. 놀랍게도 대기 성분 중에 예상 밖의 산소가 검출되었다. 무려 13~15% 수준으로 이 정도면 지구의 고산지대에서 호흡하는 수준이었다.

"오, 맙소사!"

"화성 만세!"

일행들은 일제히 환호성을 질렀다. 그리고는 누가 먼저랄 것도 없이 서로 부둥켜안았다. 맥클레인 선장과 조종사 샤르몽의 눈에는 물기가 고이고 리사는 엉엉 울기까지 하였다. 테레사 한도 솟아오르는 감정을 억누를 수가 없었다. 지옥에서 천국으로 날아온 기분이었다. 테레사 한은 적어도 산소 부족으로 죽을 상황은 아니라고 생각되었다.

일행들은 조금은 더 기대를 하며 통로를 따라 진입했다. 거대한 통로는 막다른 벽에 가로막혀 있었다. 벽을 매만진 테레사 한은 등줄기가 축축하게 젖어 들었다.

'아, 이건 분명 금속이야!'

막다른 벽이 금속으로 되어있었다. 이는 화성에 생명체가 살고 있었고 거기다가 고도의 문명을 이룬 지성체가 존재했다는 증거였다. 테레사 한과 일행들은 벽을 문질러 보았다. 먼지가 벗겨지면서 일정한 문양들이 보였다.

"원시문명으로는 이렇듯 정교하고 예리한 문양이 형성 될 수는 없어. 이건 분명 고도 문명의 기술과 문자야!"

테레사 한은 하마터면 환호라도 지를 뻔 했다. 평생토록 지구상의 수천 개 언어와 수백 개의 문자를 연구해왔던 그녀로서는 지구가 아닌 다른 행성에서 문자를 발견했다는 사실에 심장이 멎을 만큼 흥분했다. 먼지를 걷어내던 테레사 한은 눈이 휘둥그레졌다. 그림의 형상과 유사한 문자들이 자신이 알고 있는 고대 희랍문자와 놀랍도록 유사했다.

"아, 어떻게 이럴 수가?"

그녀는 벽에 새겨져 있는 문자를 더듬으며 자신이 기억하고 있는 고대문자를 해박한 지식으로 해독해 보았다.

"지… 오… 디…? 갓… 아니, 그렇게 읽을 수는 없어."

일행들이 지켜보는 가운데 테레사 한은 혼란과 충격 속에 문자와 문장의 해독을 다시 한 번 고심했다.

"나는 사령실로 가서 통신장비를 확인하고 산소와 문자를 발견했다고 긴급타전하고 와야겠어."

이를 유심히 지켜보던 맥클레인 선장은 일행들에게 말하고는 급히 캡슐로 돌아갔다. 테레사 한은 떠듬떠듬 문자를 읽었다.

"그래. 고… 드… 고드!"

일행들은 테레사 한의 해독을 호기심 가득히 지켜보고 있었다.

"그 다음이....음 ...지구로 간다. 고드는 지구로 간다...?"

완성된 문장은 이러했다.

'고드는 지구로 간다. 나의 사랑하는 후손들이여!'

테레사 한은 잠시 충격에 휩싸였다.

'분명히 화성에는 과거 지적 생명체가 존재했어!'

평소에 화성과 관련한 많은 자료들을 분석하고 과거 화성의 지적 생명체의 존재를 마음속 깊숙이 확신하고 있던 테레사 한은 자신의 생각과 상상이 마치 현실처럼 다가왔다.

맥클레인 선장은 가까스로 지구와 조난 교신을 할 수 있었다.

모두들 사령실 캡슐로 모여 안도의 한숨을 쉬고 있었다.

맥클레인 선장과 일행들은 지구에서 구조선이 올 때까지 버텨야 되기에 음식물 재고를 파악하고 최소 생명유지용 영양분 제조기를 점검하고 식수 생성기도 가동 여부를 점검하였다.

식수 생성기는 주변에 약간의 습기만 존재하면 식수를 생산 할 수 있는 것으로 이곳에서는 충분한 환경이었다.

그리 많지는 않지만 조금 전에 보았던 문자 벽 주변에서 흐르는 약간의 물을 확인하기도 했다.

이물만으로 모두가 먹을 수 있는 용량은 아니지만 식수생성기에서 주변의 습기를 모아 물을 생산하는 데는 충분하였고 안전을 위해서라도 식수생성기의 물을 이용하기로 했다.

영양분 생산과 식수생성기로 100여 일 동안의 생존에는 크게 지장이 없을 것이었다.

몇 년 전까지만 해도 거의 1년이 소요되던 지구에서 화성까지의 도달기간이 최근 개발된 플라즈마엔진으로 최단 18일 만에 도달 할 수도 있으나 여러 가지 사전준비가 필요하여 구조선이 도착하기까지는 약100여일이 소요될 것이었다.

90여일 후.

지구에서 출발한 구조선이 예상보다 빠르게 도착했고 맥클레인 선장 등 일행 네 명은 극적으로 지구에 귀환하였으며 전 세계가 알게 된 사건이 되어 지구 인류로부터 열렬한 환영을 받았음은 물론 글로벌 톱뉴스로 장식되었다.

일행들의 얼굴모습은 햇볕을 거의 보지 못하여 창백하였고 최소한의 체중을 유지하여 옛 소말리아 난민 같았다.

휴스턴의 미 항공우주국 NASA는 탐험대가 수집한 자료들을 종합하여 일부 기존 학설을 대폭 수정 발표하는 등 화성에 관한 학설의 일대 변혁을 예고하였다.

테레사 한은 우선 화성의 표면에 나타난 마리너 협곡에 대하여 그것이 비와 바람에 의해 생성된 협곡인지 대형 혜성 충돌에 의한 흔적인지 각종 과학적 자료를 총동원하여 시뮬레이션을 하고 결국 혜성충돌 흔적으로 결론을 내렸다.

이러한 규모의 충돌을 지구에 대입하여 어떤 결과가 초래되는지도 시뮬레이션을 해 보았다.

결과는 테레사 한이 예상한대로 지구 역시 화성과 같은 조건의 사행성이 되고 말았다.

테레사 한은 이 모든 사실을 논문으로 발표하면서 일약 우주 과학계의 유명인사로 자리 잡았다.

이와 함께 테레사 한은 이번 탐사의 자료와 평소 화성에 대한 자신의 주장을 더하여 종합적인 화성과 지구의 역사 가설을 발표하였다.

이에 세계 각국의 우주과학자는 물론 모든 일반 학자들과 일반인들조차 이러한 가설에 이의를 제기하는 사람이 없을 뿐만 아니라 화성과 지구의 역사를 다시 생각하는 일대 신드롬이 일어났다.

Chapter 01
운명의 서막

우주의 빅뱅이 일어나고 태양계의 불덩어리 행성들이 각각 제자리를 잡고 점차 식어갔다.

태양으로부터 가장 먼 거리에 있는 행성부터 식어가서 적정한 서식 온도가 되었을 때 생명체들이 탄생하였으나 태양으로부터 멀리 떨어진 행성들은 급격히 기온이 하락하여 탄생된 초기 생명체의 생존기간이 얼마 되지 않아 모든 생명체가 초기에 멸망하고 말았다.

그러나 태양으로부터 적절한 거리에 위치한 화성은 일정한 행성 대기온도의 유지로 수분과 영양분이 생겨나 최초의 기초 생명체의 발현과 함께 동식물이 탄생하고 다양한 생명체의 진화가 시작되었다.

화성은 태양과의 적절한 위치에 자리 잡아 적정온도 등 지속적인 환경조건으로 생명체의 진화가 계속하여 유지될 수 있었다.

화성은 이러한 태양계 최초의 서식 행성이었다.

지구가 화성과 같이 생명체가 발현하기까지는 화성보다 태양에 가까워 서식환경이 되기까지 약 5억년 이상 화성에 비해 늦었다.

빅뱅으로 탄생한 태양계의 행성들은 당연히 동일한 원소와 분자들로 구성될 수밖에 없었으며 따라서 지구 역시 화성과 같은 환경으로 생명체 진화의 과정을 겪었다.

어느 먼 과거의 화성.

고도 문명 발전과 함께 지적생명체들의 삶이 거의 지상낙원에 이르렀다.

"고오오--!"

화성에서 출발한 우주선이 추진력을 얻기 위해 위성 궤도를 선회하는 우주선 아래로 화성의 대지가 내려다보였다. 지표면의 8할이 대지이기에 바다는 채 2할도 되지 않았다. 적도 주변으로 초지가 듬성듬성 펼쳐져 있을 뿐 대부분은 사막과 암석지대라 황량하기까지 했다. 매끈한 비행체는 위성궤도를 벗어나 행성 간 비행으로 접어들었다. 위성 포보스와 데이모스는 적당한 거리를 둔 채 궤도를 돌고 있기 때문에 화성인들의 우주 비행 때 시각적으로 등대와 같은 역할을 해 주었다. 우주선의 행선지는 지구였다.

지구는 현재시간으로는 화성에서 가장 가까워진 상태로 통상적인 비행으로 한 나절 정도 걸렸다. 우주선이 행성 간 항로로 접어들자 슈카르는 자동항법장치로 맞춰놓고 조종석에서 일어섰다.

"마야, 이제 벨트를 풀어도 돼."

슈카르의 아내 마야는 품에 아이를 안고 있었다. 아이의 이름을 고드라고 불렀다. 화성에서는 드물게 의도적인 자연분만으로 태어난 아들이었다.

화성은 오래 전 마지막 세계대전이후 전 세계가 거의 멸망하다시피 하고 여기에서 살아남은 사람들로 한데모여 이룩한 단일 국가체제로 출발하면서 그 인구수가 5,000만 여명 수준이었으나 자연사와 점점 심각해지는 소행성이나 운석낙하 등의 사고로 인구가 줄었다. 그러나 곧 인구가 증가하고 자연사가 없는 현재에 이르고 자체 조절로 인한 일정 인구수인 약1억여 명 정도로 유지되고 있었다.

지금 화성인들의 수명이 거의 반영구 수명에 가까운 삶을 유지하기 때문에 자연재해 등 불의의 신체사고가 아니면 장수를 유지하며 개체 수 유지에도 문제가 없었다.

극히 드물기는 하지만 신체가 일정부분이상 망가지는 사고로 사망하는 사례가 있는데 인구수가 줄어들면 여러 가지로 화성인들의 생존과 삶의 유지에 문제가 발생 할 수도 있어 필요한 일정한 개체 수 유지를 하고 있는 것이었다.

화성인들은 대다수가 성적으로 중성화되어 보관된 개인들의 정자와 난자로 기술적으로 2세 생산이 가능하지만 직접적인 교접으로는 거의 출산을 하지 않거나 못하고 있었다.

아직 생식기능을 유지하고 보수적인 사고를 유지하고 있는 슈카르 가족을 포함한 일부 보수적인 화성인들조차도 단지 종족 유지 명분이 아니면 아기를 낳으려고 하지 않았다.

그러나 사고 등으로 인하여 인구수에 결손이 생기면 개체수의 유지를 위하여 나름 합리적인 인구증감 대책규정을 정해 놓고 있었다.

행정부에서는 사고 등으로 인한 개체수를 유지하기 위하여 결원 시 순번제로 개인의 동의를 얻고 인공수정이나 자연분만의 선택과정을 거쳐 개체수를 보충하고 있었다.

슈카르는 인류고고학을 전공하였기에 여느 화성인들과 달리 보수적일 수밖에 없었고 대부분의 화성인들 보다 자신의 뿌리 유지에 대한 갈망이 컸다. 그러다 보니 둘 사이에 태어난 아들 고드는 인큐베이터신세를 거치지 않은 자연분만이었다. 이런 자연분만으로 태어난 아기는 화성에서는 거의 몇 백 년 이래 처음이었다. 그들 부부가 지구로 여행을 나서게 된 것은 고드의 첫 돌을 기념하기 위해서였다. 고드는 뇌기능 향상 프로그램으로 6개월이 안 돼 말을 알아들었으며 한 살이 되어서는 어느 정도의 지능과 학습 능력을 갖추게 되었다. 그러나 이는 지속적인 뇌기능 활성화가 되어야하기 때문에 일시적인 지적 수준만 4~5살 정도의 아기였다. 안전벨트를 풀고 일어선 마야가 고드를 안고 창으로 다가섰다. 광속에 가까운 비행이지만 창밖은 태양빛으로 가득했다. 햇빛만 보이는 창밖의 풍경에 싫증이 났는지 고드가 칭얼거렸다.

"엄마, 지금 오전이야, 오후야?"

마야가 자상한 미소를 띠며 고드를 토닥여주었다.

"괜찮아, 고드. 우주비행 중이라 그래.

잠시 후면 아름다운 지구를 볼 수 있을 거야."

"지구? 아, 동물들의 별?"

"아들아, 사실 별은 태양처럼 빛나는 항성을 말하지만 네가 좋다면 그렇게 부르려무나. 지구에는 엄청나게 큰 바다가 있어. 숲도 울창하고 강과 호수도 널려 있지.

그래서 하늘을 나는 새며 지상에서 뛰노는 짐승들, 물속에는 물고기들이 가득하단다. 물론 엄마도 영상 자료로만 봤지만 말이야."

"정말 우리가 지금 지구로 가는 거야?"

"그래, 네 생일을 기념하기 위한 여행이란다. 우리 아들이 화성의 인구에 도움도 되고 특별한 생일이라 지도자님께서 허락해 주셨어."

고드는 그제야 실감을 한 듯 입이 헤벌어졌다.

"와아, 신난다."

"지구에는 옛날 조상 할아버지들과 비슷하게 생긴 털북숭이들이 있단다."

"정말? 대박이네! 빨리 보고 싶어. 엄마."

"고고학자들의 연구에 의하면 우리 화성의 선조들도 그런 영장류에서 진화됐다고 해."

마야는 아들이 이해하거나 말거나 중얼거리듯이 말하고 있었다.

고드는 그런 엄마를 멀뚱히 쳐다보기만 했다.

슈카르는 우주선의 계기신호를 점검하면서 아내와 아들을 번갈아 돌아보았다. 도란도란 얘기를 나누고 있는 모자를 보자 입가에 절로 미소가 흘렀다.

'고드가 태어난 이후 마야가 너무 즐거워하고 있어. 역시 부부한테는 아이가 있어야 돼. 그게 진정한 가족이지.'

화성에서는 마지막 세계대전 훨씬 이전부터 가족개념이 점점 사라지기 시작해오다가 대전 이후 단일 국가제체 가 되고 대부분의 화성인들은 가족 개념이 없어지다시피 했다.

첨단 의료혜택으로 신체가 망가지는 사고로 죽지 않는 한 반영구 수명을 누릴 수 있게 되었으며 모든 의식주가 자동으로 해결되고 살아가는데 아무런 물질적 부족함도 없어 이웃 간의 정서며 가족들과의 애틋함이나 그런 것 보다는 생존 그 자체에 최고의 가치를 두었으며 인간적인 감성은 크게 감퇴되었다.

그런 면에서 본다면 가족과 가정을 중시하는 슈카르 가족들은 화성인들 중에서 극소수의 보수적인 혈족이었다.

멀리 푸른 행성이 보였다.

지구는 하나의 위성인 달만 지녔기에 조금은 외로워 보였지만 선명한 푸른빛을 띤 행성이 워낙 빛났기 때문에 달의 존재는 이내 묻혀버렸다.

푸른 행성이 바로 지구였다.

다시 조종석에 앉은 슈카르는 수동조종으로 교체했다.

화성의 환경은 초기에는 지구와 거의 비슷한 수준이었으나 점차 화성에 비해 지구는 공기 밀도가 다소 높고 중력이 강해져 대기권 진입에 다소 주의가 필요했다.

"슈아아앙---!"

우주선이 지구의 대기권으로 진입하는 순간 우주선 내부의 온도가 순간적으로 다소 상승했지만 자동 조종시스템이 작동하면서 즉시 실내 온도가 안정되었다.

마야의 품에 안겨 있던 고드가 가볍게 인상을 찡그렸다.

"엄마, 느낌이 조금 이상해."

"지구의 대기권을 통과하느라고 그래. 괜찮아."

마야는 고드를 꼭 끌어안았다.

아직 외부 환경에 불편해하는 고드와 달리 마야는 별 반응을 느끼지 못했다.

화성인들은 과학의 발달로 환경적응과 관련하여 인체 적으로 잘 적응 할 수 있게 오랜 세월 신체 향상 프로그램을 거쳤기 때문에 웬만한 대기 환경에도 크게 무리 없이 순응할 수 있게 되었다. 그리고 자주 지구 여행을 하여 익숙해진 탓도 있었다.

연체동물처럼 부드러운 피부는 중력의 압박을 이겨낼 수 있었고 향상된 폐 기능으로 희박한 공기에서도 호흡이 가능했다. 일상생활에 불필요한 강인한 완력이 없을 뿐 생체조건으로는 거의 완전체에 가깝다고 할 수 있었다. 우주선이 대기권을 통과하고 엷은 구름 띠 아래로 거대한 바다가 내려다보였다.

짙푸른 바다는 끝도 없이 넓어 지구가 마치 물의 행성처럼 보였다. 착륙이 임박하자 슈카르가 흥분하여 크게 외쳤다.

"승객 여러분, 물과 동물들의 천국인 지구에 오신 것을 환영합니다!"

* * *

화성의 중앙행정센터.

10개 구역의 지역대표와 대지도자 고돌라가 원탁에 둘러앉자 정례 지도자회의가 개최되고 있었다. 고돌라가 뮤센구역의 대표에게 물었다.

"슈트켄 대표님, 지구 여행을 떠난 슈카르 박사 가족의 여정은 어떻게 되고 있소?"

"예, 순조롭게 진행 중에 있습니다."

이에 안심하듯 대지도자 고돌라는 말을 이었다.

"다행이군. 슈카르 박사의 이번 여행은 지구 탐사를 겸하고 있으니 지구의 연구기지에 통보해 아낌없는 지원을 받게 해주세요."

"예, 대지도자님. 이미 그렇게 해 놨습니다."

뮤센구역의 지역대표 슈트겐이 정중하게 대답했다.

화성인들은 지구 곳곳에 각종 조사와 연구를 위해 연구기지를 세워 놓았다.

지금 화성인들은 이들 연구기지 덕분에 지구에 관한한 완벽하고 철저한 지식을 가지고 있었다.

연구기지 건설이전에 지구에는 지상과 공중에 거대한 동물인 공룡들이 지구 전역에 걸쳐 분포되어 있었다.

이들은 화성인들이 지구에서 활동하는데 유일한 방해물이었다.

이들을 제거하지 않으면 수시로 공격의 대상이 될 것으로 예상되기 때문에 공룡제거 작업을 대대적으로 실시하여 마침내 공룡들의 멸종을 이루게 했다.

공룡제거 작업은 군사작전과는 개념이 다른 것으로 군사적 공격과 방어개념은 이미 오래 전에 사라진 화성인들로서는 공룡사냥과 제거라는 명분으로 하였으며 첨단기술을 사용하여 공룡들을 지구에서 괴멸시켜갔다.

이 작업은 약 5년에 걸친 작업이었으나 마지막에 남은 공룡들은 자체 멸종으로 이어졌다.

사실 공룡들의 제거는 일방적인 화성의 첨단 사냥행위에 불과한 멸종작업이었던 것이었다.

공룡의 제거작업은 미래를 예상한 화성인들의 깊은 속내가 있었으며 연구기지 건설의 목적만은 아니었다.

슈카르의 부친 슈트켄 역시 고고인류학 전문가였다.

화성인들의 진화과정연구로 첨단 의료부분에 결정적 역할을 함으로써 화성인들의 수명연장에 대한 지대한 공헌을 인정받아 수 백 년 동안 지역대표를 연임하고 있는 중이었다.

고돌라가 테라구역의 지역대표인 밴지박사에게 시선을 돌렸다.

"밴지 박사, 현재 테라구역에서 추진 중인 신체 향상 프로젝트는 얼마나 진전이 있소?"

밴지박사는 자신 있는 어조로 대답했다.

"네, 상당한 진전을 보았습니다. 섭씨100도의 고온과 영하 70도까지는 별도의 단열장치 없이 일부 피부가 무리 없이 견디며 자체적으로 단열보습이 가능한 상태까지 개발되었습니다. 따라서 신체의 일부 체모는 무의미하게 될 것입니다."

밴지박사는 화성 10개 구역의 지역대표 중 유일한 여성 신분이었다. 바이오의학 분야의 전문가로서 화성인들의 신체 기능 향상을 위해 수 백 년 동안 연구하여 피부 및 신체 기능향상 부분에 기여해 왔다.

"이번에 개발된 연구 자료를 전 구역으로 발송하여 회람하고 곧 마지막 임상실험에 들어갈 예정입니다. 만일 이번 프로젝트가 완성된다면 우리 화성인들은 보다 혹독한 환경에서도 안전하게 활동하고 생존할 수 있게 됨은 물론 보다 편안한 삶을 유지하는데 큰 도움이 되리라 봅니다. 물론 우리 화성의 생존 환경이 더 나빠지는 건 결코 원치 않지만요."

흡족한 미소를 머금은 고돌라가 만족해하며 말을 이었다.

"당연히 그래야겠지요. 대단합니다. 우리 화성인들이 엄청 좋아하고 박사의 지지가 상당하겠습니다. 계속 수고해 주시고 이번에는 닌다구역의 지역대표께서 발표해 주시오."

"예, 대지도자님."

닌다구역의 지역대표는 은하계를 관찰하고 분석하는 우주천문학 전문가 우라노스였다.

"우리 연구원들은 이제 외계 행성에 대한 탐사가 무의미하다는 결론을 내리게 됐습니다. 그 동안 수많은 은하계를 탐사해 왔지만 우리와 같은 문명 생명체를 찾는 일 역시 무의미하다는 결론을 내렸습니다. 따라서 특정거리 이상의 외계 행성에 관한 연구는 시간과 인력낭비라는데 인식을 같이하고 공식적으로 연구종료를 선언할까합니다."

우라노스는 비장한 어조로 계속했다.

"가장 생존환경조건이 우수하고 태양계 내의 행성 중 가장 가까이 있는 지구연구에 보다 집중해야 하며 미래를 위한 개발에 박차를 가해야 할 때라고 생각합니다. 우리가 오랫동안 연구한 지구를 활용하는 방안과 관련하여 지구에 연구기지를 더욱 활성화하는 것이 현실적이라는 것입니다."

헛기침을 한번 하고난 우라노스는 다시 말을 이었다.

"어쩌면 지구가 화성인들의 미래 이주터전으로 우리 삶의 주된 현장이 될 수 있으며 화성에 비상상황이 발생할 만일의 경우에 지구로의 이주는 필수적인 대안으로써 고려해야 할 상황이 올 수도 있으니까요."

고돌라가 신중한 표정으로 물었다.

"지금 이주라고 하셨소?"

"그렇습니다, 대지도자님. 우리 화성의 미래가 초대형혜성이나 소행성 충돌로 불투명하다는 것은 모든 자료에도 나와 있습니다. 그것이 수 백 만년 후가 될지, 아니면 가까운 수천 년 후가 될지 단정할 수 없지만 우리가 화성에서 영원히 생존할 수 없는 한계에 이르게 될 것은 확실합니다. 그렇다고 우리 종족이 화성과 운명을 함께 할 수는 없으므로 당연히 이주를 염두에 두어야 합니다."

이를 듣고 있던 고돌라는 숙이고 있던 고개를 순간적으로 들어 우라노스를 쳐다보면서 말했다.

"너무 비관적인 말씀으로 들리는군요. 현재의 우리 능력이면 소행성 추락이나 화산 분화에도 충분히 대처하고 있지 않소?"

고돌라가 반박하자 우라노스는 슈텔구역의 지역대표에게 시선을 돌렸다.

"헤파이스박사, 혜성충돌에 관한 연구를 발표해 주시지요."

그렇지 않아도 말을 하고 싶어 입술을 실룩이고 있던 헤파이스박사가 말했다.

"그러지요."

헤파이스박사는 가늘고 긴 손가락을 움직여 원탁 중앙 위로 홀로그램 입체영상을 띄웠다.

"현재 화성인들의 생존을 위협하는 최대의 적은 소행성들과 혜성입니다. 소행성 군락으로부터의 유성우는 대기권 진입 전에 대부분 자연 소멸되거나 인위적으로 파괴할 수 있지만 덩치가 큰 소행성이나 운석 등 대형 혜성은 워낙 거대해 파괴하기가 쉽지 않고 더구나 동시에 많은 낙하가 이루어질 경우 상당부분 문제가 많습니다. 고대의 자료를 분석해 보면 혜성의 충돌로 인해 멸망의 위기가 수차례나 있었습니다. 멸망수준은 아니지만 6,400만 년 전에도 혜성과의 충돌로 인해 화성의 생태계가 크게 파괴됐지요. 그래서 지금의 환경상태로 가속화 되었고 특히 지구는 우리 화성보다 면적이 넓은데도 혜성충돌로 생명체가 완전히 사라졌거나 거의 멸종한 사례가 수차례나 있었습니다. 현재는 지구로 향하는 소행성이나 혜성들이 무슨 연유인지는 모르겠으나 점점 우리 쪽으로 가중되고 있습니다."

워낙 말이 길어지고 소신발언을 하느라 헤파이스박사의 얼굴이 많이 상기되어 잠시 말을 중단하고 영상을 쳐다보았다.

과거 화성에서 비극적인 혜성충돌의 사례가 입체 영상을 통한 화면이 파노라마로 전개되었다.

혜성의 충돌로 인한 화성의 생태계는 중대한 위기를 맞게 되고 바닷물은 갈라진 지표 아래로 스며들어 절반 이하로 줄어들면서 바다는 물론 강과 호수는 일부를 남기고 대부분 말라 버리게 되었다.

지상의 극심한 환경재앙에 화성인들 일부는 지하 도시로 피신해 겨우 재난을 피했지만 당시 이십억 이상이던 화성인구가 약 10억 명으로 줄어들었다.

카누박사가 손가락을 움직여 입체 영상을 확대시켰다.

"당시 혜성의 잔해는 지구에도 영향을 미쳐 많은 생명체들을 멸종시켰습니다. 다행히 지구는 우리 화성보다 면적이 넓고 수량도 풍부해 새로운 생명체로 급속하게 대체되었지요."

카누박사의 말이 끝나자 우라노스박사가 발언을 이었다.

"발표 잘 들었습니다, 두 분 박사님. 여러분도 보셨듯이 현재의 생태계를 비교하면 이곳 화성보다 지구가 훨씬 좋은 환경으로 변모했습니다. 꼭 혜성의 충돌에 대비하기 위함이 아니더라도 기존 지구에 있는 연구기지를 활성화하는 것이 보다 나은 미래에 우리의 생존에 대한 대비라고 생각합니다."

비장한 표정으로 우라노스 박사는 말을 마쳤다.

그의 타당성 있는 논리에 전체 지역대표들은 대체로 긍정적인 표정으로 고개를 끄덕였다.

고돌라가 잠시 숙고하다가 결정을 내렸다.

"알겠소. 지구 개발을 위한 연구기지 증설을 검토하도록 하지요. 그럼 다음 회의에 지역대표들은 각자의 분야에 보다 좋은 연구보고를 기대하겠습니다."

* * *

"콰류류…!"

거대한 폭포수가 높은 벼랑에서 쏟아지며 장관을 이루고 있었다.

폭포수가 떨어지는 커다란 물웅덩이는 호수처럼 넓었고 주변으로 흰 자갈이 보석처럼 깔려 있었다.

폭포 웅덩이에서 흘러내린 물줄기는 여러 개의 계곡과 합류하면서 넓은 강을 형성했다. 강물은 무성한 밀림 사이를 가로 지르며 유유히 흘러갔다. 슈카르 가족이 승선한 우주선은 강변의 모래밭 위에 사뿐히 내려앉았다.

그다지 요란하지 않은 착륙이었지만 거대한 선체가 내려앉은 압력에 주변의 밀림지대가 약간 출렁거렸다.

"카아아앙--!"

밀림에서 나무열매를 따먹던 작은 털북숭이들이 놀라 밀림 안쪽으로 도주하기 시작했다. 작은 털북숭이들은 다양한 형태의 영장류들로 원숭이와 고릴라 무리로 보였다. 영장류로 불리는 이들은 무리를 지어 집단생활을 하고 있었다. 원숭이들의 비명소리에 놀란 어미 고릴라 징카는 경계의 눈빛으로 밀림 너머를 바라보다가 길게 포효했다.

곧이어 주변에서 뛰놀던 새끼 고릴라들이 모여들자 징카는 신속하게 서식지로 이동했다. 우주선의 문이 열리면서 트랩이 자동으로 지표까지 연결되었다.

트랩을 타고 내려선 슈카르는 화성보다 강한 중력에 약간의 압박을 느꼈지만 신체 향상 프로그램으로 강화된 체질이라 이내 적응이 되었다.

"흐음, 역시 지구의 대기가 훨씬 신선하게 느껴지는군."

슈카르는 순간 평소 잘 느껴보지 못했던 어떤 행복감마저 들고 있었다. 슈카르를 바라보던 마야가 뒤통수에 대고 입을 열었다.

"그러네요. 이 넓은 대자연에서 뿜어져 나오는 산소가 풍부해서 그런 거지요."

아직 어린 고드는 전신을 압박하는 중력에 인상을 찡그렸다.

"엄마… 숨쉬기가 이상해."

"처음이라 그래. 조금 지나면 적응되고 곧 더 상쾌하게 느껴질 거야."

"하아… 하아… 더 좋은 것 같은데?"

이는 고산지대에서 평지로 내려온 것과 같은 이치였다. 고드의 기분이 한결 좋아지자 마야도 비로소 안도할 수 있었다. 슈카르 가족은 잠시 주변의 풍광을 느긋하게 감상했다. 일단 하늘이 눈부시게 파랗다는 게 너무 아름다웠다. 거의 사막화가 진행된 화성의 하늘은 뿌연 미세먼지가 일상이지만 지구의 하늘은 푸르렀으며 다양한 흰 구름들이 하늘을 점점이 수놓고 있었다.

"엄마, 여기 하늘은 정말 푸르네?"

"그러게. 엄마는 영상으로 알고 있는데도 직접 보니 신기할 정도야."

하늘빛만이 아니라 고드의 눈에 비친 지구의 풍경은 하나하나가 진귀한 볼거리였다.

"와아, 저게 강이야? 물이 엄청 많아."

"그렇구나. 화성에도 옛날에는 강에 물이 많았어. 지금은 지표의 물이 말라버려 거의 찾아보기 어렵지만."

슈카르는 짊어진 사각 금속배낭에서 전극봉과 같은 긴 막대기를 꺼내 들었다.

고드와 함께 손을 잡고 슈카르의 뒤를 따르는 마야에게 말을 했다.

"지구에는 정체불명의 짐승들이 많아서 안전 펜스를 설치해야 위험이 없을 거야. 혹시 또…일부 화성학자들 사이에서 떠도는 학설로 대 재앙에서 살아남은 원시인들이 나타날지도 모르고."

슈카르는 우주선 주변으로 일정한 간격을 두고 감마봉을 설치했다.

여덟 곳에 설치된 감마봉은 서로 보이지 않는 광선으로 펜스처럼 연결되어 강력한 감마선을 방출해 우주선 주변을 차단하는 확실한 방범 울타리가 되었다.

이 울타리에는 지구의 어떤 동물도 접근할 수 없었다.

지구에서 영장류로 불리는 동물도 화성인에게는 충분히 위험할 수 있지만 감마봉 안전펜스는 절대 통과할 수 없다고 확신할 수 있었다.

닿는 즉시 잿더미가 되는 것이었다.

안전펜스가 정상적으로 작동되는 걸 확인한 슈카르는 휴대용 안전 감마봉을 들고 펜스 밖으로 나섰다.

감마봉은 안전울타리를 자동으로 열어주기도 하지만 손잡이에는 다양한 기능의 버튼이 있어 엄청난 밝기의 조명과 강력한 감마선을 방출하여 웬만한 짐승들을 기절을 시키거나 심지어 태워 버릴 수도 있는 것이다.

화성인들은 마지막 세계대전이라는 대 재앙을 거친 후 오랜 세월 평화를 누리며 살아왔고 그러는 동안 전쟁용 무기류 같은 것은 흔적조차 없이 사라지고 개념조차 희미해져 갔다.

마지막 세계대전이라는 대 재앙 이후 전 세계기술이 한데 뭉쳐 단합한 결과 문명기술이 급속하게 발전하여 급기야 경작이나 생산 없이도 의식주가 완전히 자급자족되었고 첨단 의료혜택으로 반영구수명이 구현되는 등 거의 지상낙원으로 변모하여 서로간의 갈등이 없어지고 악의적인 대결과 경쟁이 사라져 공격이나 살상용 무기는 개념자체가 사라져버렸다.

감마봉은 원래 화성에 남아있는 두 개의 미개종족에 대한 감시와 관리차원에서 개발된 유일한 관리용 장비인데 미개종족에 관심이 있는 일부 화성인들이 호신용으로 자체 제작한 것이었다.

지구에 연구기지를 운영하면서부터는 짐승들로부터 방어하기 위하여 호신용으로 기능을 업그레이드 한 것이었다.

눈앞에 펼쳐진 밀림은 거대한 장벽처럼 울창했다.

"화성에도 과거 이런 숲이 많았었지."

슈카르는 부러움에 젖어 밀림을 살피다가 누군가 자신을 노려보는 듯한 느낌을 감지했다.

크고 작은 유인원 털북숭이들이었다.

체구가 작은 영장류들은 나뭇가지 위에서 눈알을 데굴데굴 굴렸고 비교적 덩치가 큰 고릴라들은 나무 뒤에서 잔뜩 경계의 눈빛을 보내고 있었다.

슈카르는 고릴라들을 바라보며 가벼운 흥분에 젖었다.

"아, 저들이 지구에서 비교적 지능이 높다는 유인원이로군. 우리 화성인도 유인원에서 진화했으니 저들이 일부는 먼 훗날 이곳 지구의 지배자가 되겠지."

부친 슈트젠의 영향을 받아 인류학을 전공 중인 슈카르는 영장류들을 직접 대하자 가슴이 설레었다.

화성에서는 화석으로만 만날 수 있는 화성인들의 조상과 유사한 생명체를 직접 눈으로 보고 있기 때문이었다.

이러한 학설은 훗날 새로이 밝혀진 인간의 진화과정에서 알게 되겠지만 지금 슈카르는 영장류 모두가 같은 종이라고 알고 있었다.

그는 관심 어린 눈빛으로 고릴라 무리들을 지켜보았다.

"덩치가 아주 우람하군. 또 다른 유인원도 있을 테니 내일 숲을 직접 둘러봐야겠어."

다시 안전펜스로 들어선 슈카르가 마야에게 말했다.

"사나운 맹수들이 주변에는 안 보여. 다양한 원숭이들과 체구 큰 유인원들이 있는데 보기보다 위험하지 않은 것 같아. 안전펜스에서 멀리만 벗어나지만 않으면 괜찮을 거야."

슈카르는 혹시라도 휴가기분을 망칠까봐 부드럽게 말하는데 마야가 곧바로 말을 받았다.

"슈카르, 우리 폭포수 아래에서 수영을 즐겨도 될까요?"

"좋은 생각이군. 강물이 맑으니 기분 전환으로 그만일 거야. 자, 오늘은 늦었으니 여기까지만."

지구가 석양빛으로 물들자 또 다른 절경을 만들어냈다.

밤이 되면 어떤 위험이 들이닥칠지 모르기에 아무리 야간 풍경이 좋아도 야외 활동은 최대한 자제해야 했다.

우주선으로 돌아온 슈카르는 지구에서의 첫 식사를 오랜만에 가족들과 오붓하게 즐겼다.

화성인들은 어려서부터 신체 업로드 프로그램을 거쳤기에 몇날 며칠을 먹지 않고도 생존 할 수 있으며 캡슐만으로 상당기간 영양을 대체할 수도 있었다.

그러한 연유로 배설기관마저 진화된 화성인들이 다수였지만 보수적인 슈카르 가족은 비교적 전통적인 식사를 즐겼다.

비록 신선한 식재료로 직접 요리하는 방식은 사라졌지만 쿡머신이 하드웨어에 보관된 원재료 포자를 불러내어 음성인식만으로 원하는 요리를 신속하게 만들어냈다.

넓은 창문과 투명한 천장을 통해 보이는 하늘의 별들과 달빛 아래 지구의 야경은 환상적이었다.

밤하늘의 별은 보석처럼 빛났고 하나뿐인 달은 화성의 달 두 개를 합친 것보다 밝았다.

전혀 새로운 세상에서 즐기는 만찬이라 모두가 들뜬 모습이었다.

고드는 맑은 하늘 때문에 선명하게 드러난 별무리를 감상하느라 요리는 먹는 둥 마는 둥이었다.

"밤하늘이 너무 예뻐. 엄마, 우리 여기서 살면 안 돼?"

마야가 고드에게 스프를 먹여주며 조용하게 달랬다.

"고드, 그래도 고향에 사는 게 좋은 거야. 지구에는 가끔 놀러오면 되지 않겠니?"

"아이, 좋아, 다음에 또 와야 돼. 알았지?"

슈카르가 고드의 머리를 쓸어주었다.

"하하, 우리 고드가 정말 지구가 마음에 들었나 보구나. 아빠가 곧 연구를 위해 지구의 기지에 상주할 수 있으니 그때는 지구에서 오랫동안 지낼 수 있을 거야."

"앗싸!"

고드가 기분 좋게 외치며 작은 주먹을 꼭 쥐었다.

슈카르는 그런 아들을 보며 빙그레 미소를 띠었다.

"녀석, 지구가 그렇게 좋을까."

슈카르와 마야는 서로 눈을 맞추며 미소를 지었다.

지구 여행의 첫날 밤.

마야와 고드는 여행의 고단함 때문에 단잠에 빠졌지만 슈카르는 쉽게 잠자리에 들 수가 없었다.

그는 부친 슈트켄이 참고로 준 자료를 꼼꼼하게 살펴보았다.

아버지 슈트켄은 고대 영장류에 관한 학술을 수십 번이나 발표한 분야의 최고 권위자였다.

특히 그는 지구의 생명체에 관해 누구보다 깊이 연구한 전문가이기도 했다. 지구가 화성과 같이 쌍둥이로 진화하는 관계라면 지구의 생명체는 화성인들에 있어 역사의 거울일 수 있었다.

먼 과거의 지구에도 생명체가 진화하여 우리와 같은 지적 생명체가 존재하였다는 설과 수차례에 걸친 혜성충돌과 우주와 자연의 대재앙으로 모두 멸망하였을 것이라는 것이 역사학자나 우주과학을 연구하는 학자들 사이에서는 정설로 받아들이고 있었다.

따라서 지금 존재하는 영장류들은 대재앙 이후 다시 태어난 생명체들로 다시 지적 생명체로 진화하는 데는 적어도 1억년 가까이 엄청난 세월이 흘러야 될 것으로 알고 있었다.

다만 일부 학자들 사이에서는 최초 빙하기 이후 살아남은 원시인간이 있을 수도 있다고 했다. 그러나 아직 그를 증명해 내지 못하고 있어 그저 학설로만 알고 있을 뿐이었다. 지금 지구에 있는 영장류의 진화를 통해 화성인들의 과거와 미래를 연구하고 있는 슈카르에게는 소중한 관찰 대상이 아닐 수 없었다.

"음… 여기에 자료가 있군. 지구의 영장류에는 다양한 유인원들이 있는데 고릴라 외에 오랑우탄과 침팬지 등이 있으며 그 외의 종에 대해서는 지속적인 탐색이 필요. 영장류들 중 고릴라와 오랑우탄, 침팬지는 훗날 원인으로 진화하기에 유인원으로 분류된다…."

슈카르는 자료를 검토하느라 지구에서의 첫날밤을 꼬박 새울지도 몰랐다. 하지만 신체 업로드 프로그램 덕분에 별반 피로감을 느끼지는 못했다. 굳이 업로드 프로그램이 아니더라도 신체 컨디션 업로드 방법은 다양하게 구비되어있었다.

지구의 밤이 깊어가고 있었다.

우주선 주변으로 설치된 감마봉 안전펜스는 감마봉사이가 투명한 펜스이기에 근접하더라도 그 실체를 알 수 없었다.

고릴라 무리들은 하늘에서 내려온 거대한 새가 내려앉은 주변을 기웃거리고 있었다.

달빛을 받아 빛나는 우주선의 동체가 신기하게만 보였다.

그러다 호기심 많은 고릴라 새끼 한마리가 안전펜스 가까이 다가섰다.

고릴라 새끼는 본능적으로 불길함을 느꼈지만 아무것도 보이지 않기에 다시 몇 걸음을 더 다가갔다.

순간 감마봉에서 방출된 강력한 감마선에 접촉되면서 단발마의 비명을 지르며 새끼 고릴라가 시커멓게 탄 채로 튕겨져 나갔다.

"캐에액!"

놀란 어미 고릴라 징카가 급하게 달려왔다.

새끼 고릴라는 새까맣게 탄 채 숨져 있었다.

왜 죽었는지도 모르는 허무한 죽음이었다.

"크르르릉…!"

징카는 새끼의 사체라도 거두고 싶었지만 불길한 기운 때문에 함부로 만질 수도 없었다.

거기에 뒤쪽의 새끼들까지 어미를 걱정하며 구슬프게 울어대자 징카도 시체 수습을 포기했다

"카우우우!"

구슬픈 포효를 터뜨린 징카는 행여 다른 새끼들이 다칠 것을 우려해 발길을 돌려야 했다.

새끼들을 이끌고 밀림으로 들어선 징카는 누렇게 빛나는 이빨을 모두 드러내고 울부짖었다.

지구의 아침.

신선한 지구의 아침 햇살은 화성의 그것보다 훨씬 강렬하고 밝았다. 지구가 화성보다 태양에 훨씬 가깝기 때문만은 아니었다. 먼지투성이의 화성대기도 그렇지만 지구의 공기밀도가 짙다보니 태양의 햇살이 대기권을 통과 하면서 스펙트럼의 빛처럼 지구를 밝혔기 때문이었다. 슈카르는 탐사에 앞서 교신장치와 영상녹화, 표본 수집함을 점검했다. 마야는 행여 있을 위험에 대비해 고드에게 투명 헬멧을 씌워 주었다.

"아, 지구의 꽃을 어서 보고 싶어. 지구의 꽃은 색상이 선명하고 향기가 아주 강력하다고 했는데."

마야는 식물학자답게 꽃에 대한 관심이 대단했다.

가족이 나간 테이블위에는 고드와 마야를 위한 위치추적 단추가 덩그러니 놓여 있었다. 우주선에서 내려선 슈카르 가족은 안전펜스 주변의 참상에 기분이 씁쓸했다. 안전펜스 바깥으로 크고 작은 새들과 이름 모를 짐승들이 새카맣게 널 부러져 있었다.

그 중에는 새끼 고릴라도 있었다.

"어머나, 불쌍해라."

마야가 나직이 한숨을 내쉬었다. 그러면서 행여 고드가 충격을 받을까 우려해 손으로 눈을 가려 주었다.

"여보, 동물들의 사체를 어서 치워야겠어요."

"음, 그래야겠군."

슈카르가 안전펜스 밖으로 나섰다. 감마봉의 강도를 최고조로 높여 건드리자 형체가 남아있는 짐승들의 사체가 완전히 타버리고 가볍게 건드리자 가루가 되어 바람에 날렸다. 약간의 형체가 어렴풋한 새끼 고릴라의 사체 앞에 선 슈카르가 잠시 감마봉을 잡은 손을 멈추었다.

"어제 밀림에서 본 고릴라 무리 중 한 놈이야. 어린 녀석이 호기심에 안전펜스에 접근했나 보군."

유인원의 주검이기에 더욱 관심이 깊었다.

슈카르는 새끼 고릴라의 사체를 녹화하고 샘플을 채취한 후 감마봉으로 흔적을 없애 버렸다.

"마야, 고드. 이제 손을 내려도 돼."

안전펜스 주변으로 짐승들의 사체가 전혀 보이지 않자 마야는 비로소 고드의 눈을 가린 손을 내리고 밖으로 나섰다. 슈카르는 눈빛으로 마야에게 신호를 주고 각자 행동방향으로 자리를 떴다. 마야와 고드는 얼마 지나지 않아 고드가 먼저 꽃들을 찾아냈다.

"엄마, 저기!"

안전펜스에서 멀지 않은 곳에 각종 꽃들이 군락을 이루고 있었다.

알록달록한 꽃의 빛깔이 보석처럼 아름다웠고 멀리서도 달콤한 향기가 느껴졌다.

"흐음, 이게 지구의 꽃향기로군. 정말 달콤해."

마야는 흡족한 행복감을 느끼며 고드의 손을 잡고 꽃무리들 속으로 빠졌다.

마야와 고드만이 꽃향기를 쫓아 온 것이 아니었다. 꿀을 빨려는 벌과 나비들이 꽃무리 주변을 너울거렸다.

"너무 멋있어. 꽃의 빛깔이 어쩜 이렇게 다양할 수 있을까?"

마야는 감탄에 또 감탄을 연발하고 있었다. 화성의 양식 꽃과 달리 지구의 꽃은 빛깔과 향이 너무도 선명했다. 희고 붉고 노랗고 푸른 빛깔은 특수염료로 물들인 것처럼 아름다웠다. 화성에서 꽃 포자를 증식시켜 만들어낸 꽃과는 역시 비교가 안 되었다. 양손에 꽃을 들고 고드가 춤을 추듯이 나비를 쫓아다녔고 마야는 다양한 꽃들을 영상에 담고 채집함에 꽃잎을 담느라 여념이 없었다.

슈카르는 고성능 라이다 감지기로 밀림을 스캔한 영상을 보았다. 작은 설치류와 곤충들 외에는 별다른 움직임이 없었다. 어쩐 일인지 고릴라와 원숭이 등 영장류들이 보이지 않았다.

'안전펜스 때문에 짐승들이 죽은 것을 보고 원숭이들이 달아났나 보군. 위기를 감지하고 도피할 정도면 영장류답게 어느 정도

지능은 있어.'

 슈카르는 다양한 영장류를 탐색하기 위해 밀림으로 향하면서 무선통화로 마야에게 말했다.

 "마야, 너무 꽃에 정신 팔지 말고 고드도 잘 돌봐.

 난 좀 더 깊숙이 가봐야겠어."

 "알았어요. 너무 멀리 가지 말고 늦지 말아요."

 "혹시 내가 늦어지면 먼저 우주선으로 돌아가 있어."

 "그럴께요."

 슈카르는 감마봉을 손에 쥐고 밀림을 헤치고 들어섰다.

 열 감지 라이다 영상을 통해 행여 있을 맹수의 기습에도 대비할 수 있어 별반 두려움은 없었다.

 마야는 가까운 곳에서 뛰어놀고 있는 고드를 잠시 지켜보다가 다시 꽃을 영상으로 담고 채집을 계속했다.

 그러는 사이 고드는 나비 떼를 쫓아 마야와 점점 멀어지고 있었다. 징카의 고릴라 무리는 몰래 우주선 외곽까지 와서 어슬렁대고 있었다. 지난밤에 죽은 새끼 고릴라의 사체를 거두지 못한 것이 마음에 걸려 성체 무리들을 이끌고 다시 찾아온 것이다. 그러나 새끼 고릴라의 사체는 모두 재가 되어 없어진 상태라 흔적도 찾을 수가 없었다.

 "크크… 크아… !"

 징카는 새끼의 냄새를 맡기 위해 바닥에 대고 연신 코를 킁킁거렸지만 바닥에서 타버린 역한 냄새만 피어올랐다.

 이때 수컷 고릴라가 징카의 어깨를 두드리며 한쪽을 가리켰다.

징카가 돌아보니 멀리 기괴한 형상의 생명체가 꽃무리 속에서 뛰쳐 나와 뛰어다니고 있었다.

몸에 털이 전혀 없었고 얇은 가죽만 걸쳤으며 머리만 털로 무성하였다. 고릴라 무리들에 비친 고드의 모습이었다. 징카는 하루 전 하늘에서 내려온 거대한 새를 떠올렸다. 빛나는 새에서 배가 열리며 두 발로 걷는 기괴한 생명체들이 내려선 것을 기억해냈다.

"크르르릉…!"

징카는 자신의 새끼가 기괴한 생명체 때문에 죽었다는 생각에 갑자기 감정이 격분했다. 복수심에 불탄 징카는 잔뜩 자세를 낮춰 먹이를 노리는 야수처럼 소리없이 고드에게 다가섰다.

"어엇?"

비로소 징카를 발견한 고드가 기겁하며 꽃무리 속으로 뛰어 들었다.

"엄마!"

그러나 고릴라의 몸놀림이 훨씬 빨랐다. 징카가 억센 팔로 고드를 휘어 감았다. 그 때문에 고드가 쓰고 있는 투명 헬멧이 벗겨져 바닥으로 떨어졌다.

"엄마!"

고드가 발버둥을 치며 악을 써대자 징카가 지그시 고드의 목을 눌렀다. 강한 압박에 눌린 고드는 그만 혼절하고 말았다. 마야는 꽃을 채집하고 있다가 멀리서 자신을 부르는 고드의 목소리에 깜짝 놀라 몸을 일으켰다. 근처에 있어야 할 고드가 보이지 않았다.

"고드--!"

마야는 급히 꽃무리를 헤치고 달려갔다. 멀리 고릴라 무리들이 밀림 속으로 달아나고 있었다. 털색이 짙은 고릴라의 팔뚝에 붙잡혀 축 늘어져 있는 고드의 모습이 시야에 들어왔다.

"안 돼--!"

마야가 감마봉을 뽑아들고 달려갔지만 고릴라 무리들은 순식간에 울창한 밀림 속으로 사라져 버렸다. 바닥에 떨어져 있는 투명 헬멧이 발에 걸렸다. 마야가 헬멧을 집어 들고는 털썩 무릎을 꿇었다.

"고드…!"

마야가 급히 손목에 차고 있는 밴드의 통신모드를 눌렀다.

"슈카르, 슈카르!"

슈카르의 음성이 들렸다.

"무슨 일이야, 마야?"

"큰일 났어요. 고드가… 고드가…"

"침착해, 마야. 고드가 다쳤어?"

마야의 눈에서 오랫동안 잊고 있었던 눈물이 흘러나왔다.

"고드가… 고릴라들한테 잡혀갔어요!"

"뭐야? 당장 갈 테니 어서 우주선으로 피신해! 위치 추적기로 추적할 수 있을 거야."

"빨리 와요, 슈카르!"

안전펜스로 넘어선 마야는 우주선으로 뛰어올랐다.

감마봉을 쥔 오른손이 후덜덜 떨렸다.

납치!

이는 화성역사에서 사라진지 오래 된 범죄였다. 화성은 마지막 세계대전 후 단일 국가가 창설되고 지상낙원이 된 이후, 생활에 아쉬운 것이 없어지면서 살인은 물론이고 폭력과 절도조차 없는 범죄율 제로의 사회가 구현 되었다. 그런 세상에서 살아온 마야였기에 납치는 상상도 못할 사건이 아닐 수 없었다.

"그… 그래, 위치 추적 장치가 있어 괜찮을 거야."

지구의 밀림이 아무리 울창해도 추적 장치만 있으면 우주선에 비치돼 있는 프리카를 타고 쫓아갈 수 있었다.

그러다 테이블 위에 놓인 추적기를 본 마야는 절망하고 말았다.

"오, 맙소사!"

우주선으로 돌아온 슈카르는 마야부터 달래야 했다.

"진정해, 마야. 추적기가 없어도 고드를 찾아낼 수 있어."

"흑흑, 내 잘못이에요. 내가 너무 들뜬 나머지 고드에게 추적기 단추 달아주는 걸 잊었어요."

"동작감지기가 있잖아? 고릴라 무리들은 덩치가 커서 쉽게 포착할 수 있어. 진정하고 지구의 연구기지에 지원을 요청해."

"알았어요. 꼭 고드를 데려와야 해요. 알았죠?"

"그래, 마야."

슈카르는 버튼을 눌러 우주선의 프리카를 분리시켰다.

프리카는 화성인들의 대표적인 소형차로 우주선에 장착되어 있었다. 수륙양용은 물론이며 비행도 가능한 그야말로 멀티기능의 대중 이동 수단이었다.

'슈우우웅---!'

허공으로 떠오른 프리카가 밀림 위를 비행했다. 이상한 비행체를 접한 새들과 나무 위의 원숭이들이 놀라 연신 꽥꽥거렸다.

"고드, 어디 있는 거니?"

슈카르는 열화상 라이더 카메라의 감도를 최대한 높여 추적에 나섰다. 감지 라이더와 레이더를 통해 다양한 동물들의 형상이 실루엣으로 포착되었다. 아직 지구의 생태계를 모두 파악하지 못했기에 생소한 형태의 실루엣이 잡히기도 했다. 그러나 기대했던 고릴라 무리들을 발견할 수는 없었다. 수많은 동물과 동일한 짐승들이 엄청난 숫자로 널려있는 밀림 깊숙한 곳에 숨었다면 감지 장치로도 찾아내기는 무리였다. 그리고 워낙 많은 영장류들이 서식하고 있어 사막에서 바늘 찾기였다. 이때 손목에 있는 밴드에서 지구 연구소 순찰대장 게브의 차분한 음성이 들려왔다.

"슈카르 박사님, 여기는 지구의 엡세나 연구기지 게브대장입니다. 마야 박사를 통해 구조신호를 접수했습니다. 순찰대를 파견했으니 조금만 기다려 주십시오."

"예, 급히 와 주십시오."

"현 위치의 좌표를 전송바랍니다."

슈카르는 계기판의 좌표를 전송해주었다. 잠시 후 순찰선이 슈카르의 시야에 들어왔다. 순찰선은 저공비행으로 밀림에 바싹 붙어서 비행했다. 키 큰 나무들이 선체에 부딪치며 맥없이 분질러졌다. 두 시간 넘게 수색에 나섰지만 수많은 동물들과 고릴라들만 열감지기 등에 잡히고 도무지 고드는 찾을 수가 없었다. 순찰선에 타고 있던 순찰대장 게브가 가라앉은 어조로 교신을 보냈다.

"슈카르 박사님, 이곳의 밀림은 워낙 넓고 조밀한 데다 동굴이 너무 많아 추적기가 없으면 고드의 소재를 알아내기가 어렵겠습니다."

슈카르는 침통한 심정으로 수색중단을 요청했다.

"알겠습니다. 당장은 할 수 있는 게 없으니 화성으로 귀환하겠습니다."

"도움을 못 드려 죄송합니다. 하지만 우리 연구기지에서 이 구역을 지속적으로 순찰해보겠습니다."

"고맙습니다, 게브 대장."

슈카르는 우주선으로 돌아왔다.

일말의 기대를 품고 있던 마야는 슈카르가 혼자 돌아오자 다시 울음을 터뜨렸다.

"흑, 고드."

슈카르가 그런 마야를 감싸 안으며 위로해 주었다.

"포기하지 마, 마야. 고드는 강인한 아이잖아? 괜찮을 거야. 지구의 연구기지에 수색을 맡겨놨으니까 반드시 고드를 찾아 낼 거야!"

마야는 아무런 말도 하지 않았다. 고릴라들이 지구에서 영장류라 할지라도 지능이 낮은 짐승에 불과하다고 마야는 생각했다.

그런 짐승들에게 잡혀간 이상 고드가 살아있기를 기대하는 건 지나친 희망이고 고문이라고 생각되었다. 그저 참혹하게 죽지 않기만을 바랄 뿐이었다. 슈카르는 마야를 조종석 옆에 앉히고 자신은 조종석에 앉았다.

"슈우우웅…!"

우주선이 조용히 상승했다. 올 때는 셋이었지만 돌아갈 때는 둘이 되었다. 우주선이 지구의 대기권을 벗어나 아광속 비행으로 접어들자 비로소 마야가 입을 열었다.

"고드… 그 아이가 지구에서 실종된 최초의 화성인으로 기록 되겠군요."

Chapter 02
혼혈의 서막

"크르르릉…!"

고드를 옆구리에 움켜진 징카와 고릴라 무리들은 밀림 깊은 곳으로 달려가고 있었다. 고릴라 무리들은 활동 반경이 넓어 대규모 밀림이 그들의 활동 구역이었다. 여느 짐승들에 비해 활동 반경이 넓은 이유는 서식지 확보와 남다른 호기심 때문이었다. 그러다 보니 무리 중 일부가 검치 호랑이와 같은 맹수들에게 잡아먹히거나 이번처럼 예기치 못한 사고를 당하기도 했다. 징카는 고드를 옆구리에 끼고 폭포수 뒤쪽에 그들의 동굴로 들어갔다.

이곳 동굴이 징카 고릴라 무리들의 주거지였다. 지상에서 동굴로 들어오려면 그들만의 통로를 이용하고 은폐와 엄폐로 위장되어 사나운 맹수들을 피할 수 있으며 아무나 침입이 용이하지 않은 나름 요새 같은 거주지로 동굴 위쪽의 틈새로 햇살이 스며들어 내부를 밝히는 데도 지장이 없었다.

"크르르릉"

징카는 새끼를 잃은 분풀이를 하듯 고드를 앞에 놓고 자신의 가슴을 치며 위협을 가했다. 눈알을 번들거리며 흉험한 기세에 고드가 울음을 터뜨렸다.

"아아앙…!"

무서움과 두려움이 뒤섞인 북받친 울음소리에 놀란 새끼 고릴라들이 주춤 물러서며 어미 뒤로 숨었다. 이빨을 드러내며 분노를 표출하던 징카도 예기치 못한 고드의 울음소리에 조금은 기세가 누그러지며 고드의 눈치를 살폈다.

"잉, 엄마, 아빠!"

무섭고 놀라운 상황에 울음을 터뜨리던 고드는 자신을 주시하고 있는 고릴라 무리들을 둘러보았다. 처음의 사나운 기세와 달리 자신을 해칠 의사가 별로 없어 보이자 조금씩 두려움을 떨쳐낼 수가 있었다.

'흑, 나를 잡아먹으려는 건 아닌 가 몰라.'

고드가 울음을 그치자 호기심 많은 고릴라 새끼들이 슬금슬금 다가섰다.

"킥킥."

고릴라 새끼들은 털 한 오라기 없는 고드의 피부를 매만지며 신기한 듯 고개를 갸웃거렸다. 그러면서 코를 킁킁거리며 고드의 냄새를 맡기도 하고 조금 대담한 새끼는 고드의 옷을 잡아 뜯기도 했다. 새끼 고릴라들의 체구는 별반 크지 않아 고드는 크게 위안이 되었다.

'애들도 나처럼 아이야. 날 해치지 않을 것 같아.'

한바탕 울음을 터뜨린 데다 긴장감이 해소돼서인지 몹시 목이 말랐다. 하지만 고릴라들이 자신의 말을 알아들을 리가 없어서 물을 요구할 수도 없었다. 고드는 마른 혀로 입가를 훑었다.

'아, 배고파.'

새끼 고릴라 사이에 둘러싸인 고드는 꼼짝도 못한 채 한참을 그렇게 보냈다. 새끼 고릴라들도 더 이상은 고드를 경계하지 않고 오히려 장난을 걸어왔다. 그러던 중 새끼 고릴라 한 마리가 길쭉하고 노란 열매를 까먹다가 고드에게 내밀었다. 고드가 열매의 냄새를 맡아보니 비교적 향긋했다. 고드가 껍질째 바나나를 씹어 먹자 새끼들이 캑캑거리며 박장대소하는 듯 소리쳤다.

"케에엑… 케켁…!"

새끼 고릴라 하나가 바나나 껍질을 까서 먹는 시범을 보여주었다.

'아, 껍질을 벗겨서 먹는 거라고?'

껍질을 벗겨 바나나를 한입 깨문 고드는 달콤한 맛에 눈을 휘둥그레 떴다.

"와아, 맛있어."

화성에서도 맛볼 수 있는 것이었으나 껍질을 보진 못했었다. 자연산에 신선한 향기까지 지녔기 때문에 바나나 한 개를 순식간에 먹어치웠다. 고드가 바나나를 잘 먹는 것을 본 새끼 고릴라들은 동료라도 만난 듯 팔짝팔짝 뛰며 재주를 넘었다. 이어 몇몇 새끼 고릴라들이 바나나와 야자수 열매를 비롯한 다양한 과실들을 고드에게 가져다주었고 야자수 열매는 자신들의 방식대로 으깨서 안에 있는 물을 마실 수 있도록 해주었다.

덕분에 고드는 허기와 갈증을 해소할 수 있었다.

'흐음, 이건 먹을 만하고 저건 너무 써!'

며칠이 지나자 고드는 이제 열매를 골라서 먹을 만큼 여유를 누릴 수 있었다. 그가 아직 직접 손질해보지 못한 열매는 껍질이 아주 단단한 야자수 열매였다. 얼마나 단단한지 바닥에 내던져도 껍질이 깨지지 않았다. 그러자 보기에도 답답했는지 수컷 고릴라가 야자수 열매를 집어 돌멩이에 대고 여러 번 내리쳤다.

"콰직!"

열매가 깨지면서 하얀 액체가 흘러나왔다. 고릴라가 깨진 열매를 건네자 손가락으로 찍어 뽀얀 액체를 맛본 고드는 눈이 휘둥그레졌다. 처음에 여기에 왔을 때 뭔지도 모르고 목이 말라 마셨던 것과 달리 제대로 맛을 느낄 수가 있었다.

"와아, 우리 화성의 주스 같아."

고드는 열매를 안고 즙을 빨아먹었다. 달콤한 맛에 절로 기분이 좋아졌다. 징카는 그런 고드를 유심히 물끄러미 바라보았다. 처음에는 자신이 새끼를 잃은 복수심에 고드를 납치했지만 행동하는 모습을 지켜보면서 분노가 많이 사그라졌다. 무엇보다 해맑은 표정으로 새끼 고릴라들과 스스럼없이 장난을 치며 노는 고드의 모습에서 자신의 죽은 새끼를 떠올리게 되었다. 야자수 열매를 깨준 수컷 고릴라가 어기적어기적 다가서자 고드는 친근감을 보여주었다.

"답답해. 바깥을 보고 싶어."

고드가 말을 건넸지만 통할 리 만무했다.

'가만, 어떻게 해야 하지?'

고드는 잠시 생각하다가 초기 유아기적의 기억을 되새겼다.

'맞아, 손짓과 몸짓을 보이면 엄마가 알아들었어.'

그가 손가락으로 연신 동굴 입구를 가리키자 수컷 고릴라가 무슨 의미인지 알아들었다.

"크르르릉!"

수컷 고릴라는 고드를 한쪽 가슴에 안았다. 다소 고약한 냄새와 강한 완력에 움찔했지만 이내 따뜻한 피부를 느낄 수 있었다. 고드를 데리고 동굴 입구로 나선 수컷 고릴라는 가파른 벼랑을 타고 내려섰다. 동굴 입구에 앉아 있던 징카는 어슬렁어슬렁 수컷 고릴라 뒤를 따랐다. 새끼를 잃은 분노 때문에 고드를 납치했지만 차마 해치지 못하고 시간이 흘러감에 따라 오히려 마음이 끌리게 된 것이었다.

"콰류류!"

폭포가 흘러내리고 있는 넓은 물웅덩이는 커다란 물보라를 이루고 있었으며 그 중심은 깊고 맑았다.

"물이야."

고드는 손으로 물을 떠서 오랜만에 얼굴을 씻었다. 얼굴의 꾀죄죄한 때를 벗겨내자 기분이 상쾌해졌다.

"아, 좋네."

바위에 걸터앉은 고드는 주변을 둘러보았다. 물웅덩이 주변의 바위 위에 고릴라 무리들이 눕거나 기대앉아 햇볕을 쬐고 있었다. 어미들은 의아한 눈빛으로 잠시 고드에게 눈길을 주다가 다시 새끼들의 털을 골라주었다. 비로소 고드는 자신이 낯선 세상에 혼자임을 새삼 인식하게 되었다.

두려움과 설움에 겨운 고드가 눈물을 글썽거렸다.
"흑, 엄마... 아빠...!"

징카는 이름모를 풀잎을 질겅질겅 씹으며 고드를 지켜보기만 했다. 어린 고드가 조금 안쓰럽기는 해도 아직 새끼를 잃은 아픔을 잊지 못한 것이다. 고드는 점점 그들과 동화되어 가고 있었다.

* * *

화성인들에게 15년은 그리 긴 세월이 아니었다. 슈카르는 지구에서 아들을 잃었지만 고드의 생존에 관해서는 여전히 기대를 저버리지 않고 있었다. 고릴라 무리들이 새끼를 잃은 보복으로 고드를 해칠 수도 있지만 육식동물이 아님을 알고 있기에 생존 가능성이 늘 슈카르의 마음에 잠재해 있었다.

'고드는 아직 살아 있어. 그리고 꼭 만나게 될 거야.'
슈카르는 타입이 바뀐 프리카를 타고 뮤센구역을 비행하고 있었다. 물론 아내 마야도 동행했다. 화성인들 대부분은 가족에 대한 감성이 희박해 자식을 잃더라도 금방 무심하게 잊어버리지만 슈카르와 마야 부부는 달랐다. 특히 자연분만을 통해 고드를 낳은 마야는 아직도 지구 쪽을 볼 때마다 아들 생각에 울컥하곤 했다. 고드를 잃은 초기에는 너무도 슬프고 가슴이 아팠지만 지금은 고드의 성장한 모습을 상상하며 부부가 서로를 위로하며 지내고 있었다. 프리카를 자동 비행으로 세팅한 슈카르가 편히 기대앉으며 물었다.

"마야. 아버지한테 전할 자료는 잘 준비했지?"

마야는 조금 생각을 한 후에 밝은 모습으로 슈카르에게 대답을 했다.

"그럼요. 샘플까지 모두 챙겨 놓았어요."

슈카르는 아내 마야의 마음이 딴 데 가있는 것을 눈치 채고 있었다.

"업무 일로만 아버지를 찾아뵙는 것 같아 죄송해."

마야가 이어 받았다.

"그러게요. 연구에만 몰두하다보니 왕래가 소원해지는 것 같아요."

슈카르는 최근 가족에 대한 애착이 더 늘어난 것 같았다.

"우리가 자주 찾아뵈어야 하는데."

마야도 같은 마음이라 덧붙였다.

"그래요. 고드가 있었으면 할아버지와..."

자신도 모르게 고드를 언급한 마야가 말꼬리를 흐리자 슈카르가 부드럽게 말을 받았다.

"괜찮아, 마야. 고드를 얼마든지 그리워해도 돼. 너무 슬퍼하지는 말고."

프리카는 뮤센구역 행정부 건물 내부로 곧바로 진입했다.

미리 예약한 손님은 집무실 내부에 마련된 주차장을 이용할 수 있었다. 주차장의 출입구만 나오면 곧바로 집무실인 것이다. 뮤센구역의 지도자는 슈카르의 아버지 슈트켄이다. 슈카르가 출입문을 나오자 슈트켄이 일어서며 반겨 맞아주었다. 구역의 수장이라지만 권위랄 것도 없는 것으로 온화하지만 카리스마 풍모가 돋보였다.

"어서 와라, 슈카르."

"오랜만에 뵙습니다, 아버지."

"허허, 고작 1년 반 만이니 오래만은 아니지."

"아버님, 저도 왔어요."

마야의 인사를 받은 슈트켄이 며느리의 손을 꼭 잡았다.

"오, 마야도 함께 왔구나. 고드 일은 정말로 가슴 아프구나. 그들이 잡아먹지 않는 한 언젠가는 꼭 찾을 수 있을 것이야. 허허허."

슈카르도 특별히 할 말이 없어 약간은 어색한 침묵이 흘렀다.

그러한 마음을 헤아린 마야가 오히려 슈트켄을 위안시키려 한다.

"네. 아버님, 우리는 고드를 포기하지 않을 것이고 그런 희망을 우리는 가지고 있습니다. 너무 상심하지 않아도 됩니다."

슈트켄은 말없이 고개를 끄덕이고 아들 내외를 창가에 있는 넓고 긴 탁자로 이끌었다. 외부조명에 비친 슈트켄의 정복은 일반 모습에 비해 특별했다. 화성을 본뜬 금제장식이 가슴에 매달려 있고 구역이 표시되어 있는데 이는 구역 지도자의 신분을 상징하는 표식이었다. 슈트켄은 아들 내외를 위해 주스를 준비했다. 슈카르가 투명한 탁자의 한 복판에 손끝을 얹었다. 손끝이 닿자 탁자 위로 투명 모니터가 생성되었다.

"아버지가 요구하신 지구에 관한 자료입니다."

"그래, 새롭게 파악된 게 있는지 보자꾸나."

"지구의 연구기지에서 잠시 전 전송을 받은 자료라 저도 아직 내용을 몰라 궁금하네요."

슈트켄이 손끝을 놀리자 탁자 위로 선명한 자료들이 투사되었다. 투명 모니터에는 지구 전체 모습과 화성에서 파견된 연구기지들이 선명하게 표시돼 있었다. 슈카르가 나직히 탄성을 토했다.

"아, 지구에 생각보다 이렇게 많은 연구기지가 있는지 몰랐습니다."

슈카르의 말에 개의치 않은 채 슈트켄은 말을 이었다.

"지구는 우리 화성에 비해 두 배는 커. 지구의 대륙 여러 곳에 연구기지가 배치돼 있지만 지구의 모든 것을 제대로 분석하기에는 아직 역부족이지. 그래서 여건이 닿는 대로 더 많은 인력을 파견하고 종합연구 단지를 추가로 건설 할 계획이다."

슈카르는 내심 흥분된 마음으로 물었다.

"지구에서의 이주와 생존에 관련된 프로젝트 때문인가요?"

슈트켄은 기다렸다는 듯이 대답했다.

"그렇다고 할 수 있지."

마야가 홀로그램을 살피며 조심스럽게 물었다.

"아버님, 지구를 제2의 화성으로 생각하시는 건가요?"

마야의 갑작스런 질문에 슈트켄은 조심스럽게 대답했다.

"아직 거기까지는 생각지 않는다. 그래도 갈수록 악화되는 화성의 생존 환경을 감안하면 지구를 염두에 두지 않을 수 없지 않겠나."

마야가 본격적으로 대화에 끼어들었다.

"아버님, 제가 슈카르와 함께 지구여행에서 느꼈는데 화성보다 생존 환경이야 훨씬 나은 게 아닌 가 생각됩니다만 지구는 동물들의 천국이라 화성과 달리 위협적인 동물들이 많아 걱정이에요."

슈트켄이 전문가답게 질문에 답변을 했다.

"그래, 마야의 말대로 타 행성에서의 생존에는 예측하기 힘든 수많은 변수가 상존하지. 그리고 학설로는 지구의 지적생명체인 원시인들이 대재앙 등으로 완전히 사라졌다고는 하지만 일부 학자들 사이에서는 대재앙인 최초 빙하기 이후에 일부 살아남은 생명체가 있다는 학설도 있어서 더 신중하고 정밀하게 많은 연구와 조사가 필요한 게 아니냐."

슈트켄은 손가락을 움직여 투명 모니터의 영상을 변화시켰다. 지구의 동물들이 교미하는 영상이 투사되었다.

"지구의 동물들은 화성의 고대 동물들처럼 직접적 교미를 통해 새끼를 생산한다. 지구에서 최고의 지능을 갖춘 유인원도 아직은 진화의 초기 과정이라 여느 영장류 동물들과 다를 바 없지… 간혹 돌이나 나뭇가지를 다룰 수 있지만 여전히 도구 문명의 개념은 부족해."

마야는 지구 동물들의 교미 영상을 의미심장하게 보았다. 화성인들도 초기에는 동물들처럼 직접적인 교미가 활발히 성행했었는데 성적 감수성이 메말라지기 시작하면서 생식기능이 모두 퇴화돼 지금은 화성인 대다수가 남녀의 구분이 없어질 정도로 거의 중성 같이 살아가고 있는 경우가 많은 것이다. 슈트켄과 아들 내외는 지구에서 보내온 영상 자료를 보면서 다양한 의견을 교환했다.

마야는 식물학이 전공이지만 생태계 전반에 관한 지식이 풍부했기에 슈트켄 박사의 고고인류학 분야에도 조언을 제시할 수 있었다. 오랜 시간에 걸쳐 충분히 얘기를 나눈 슈트켄이 흡족한 미소를 띠었다.

"역시 가족과의 대화는 즐겁구나. 그래, 슈카르가 보기에는 지구의 유인원들이 언제쯤 진화의 문턱에 들어설 것 같으냐?"

슈카르는 사실 지구 영장류들의 생김새가 인간종인지 동물종인지 외관상 분간이 어렵고 유전인자 결과도 90%이상 일치하는지라 좀 더 지켜봐야 정확한 판단을 할 것이라고 생각했다. 슈카르는 대선배의 전문가이신 아버지에게 조심스럽게 답변을 했다.

"지구 유인원의 진화가 화성의 진화 과정을 그대로 답습한다면 지금부터 1억 년 정도가 더 필요하지만 지금 지구 생태환경은 화성에 비해 훨씬 좋은 편이라서 갑작스런 생태계 변화로 돌연변이가 출현한다면 수십 만 년 이내로 급속하게 앞당겨질 수도 있을 것 같습니다."

주스를 한 모금 마신 슈트켄이 편히 기대앉았다.

"흐음, 수십만 년이라… 만일 우리가 지구로 이주해 살아가게 될 경우 당연히 지구의 지배자가 되겠지만 유인원의 진화에 속도가 붙을 경우 먼 미래에는 서로 충돌을 피할 수 없게 돼. 미래를 위해서라도 저들의 진화 속도가 화성보다 빨라야 될 텐데…"

갑자기 이런 말을 하는 슈트켄은 이미 비공식적으로 이주에 대한 토론이 있어 왔기에 어차피 지구 이주 후에는 지하기지에서 정착 할 것으로 생각하고 있으며 미래 언젠가는 지상의 지구인들과 소통과 공존이 불가피 할 것이라 예상하고 있었다.

슈카르는 슈트켄의 말에 개략적인 이해를 하면서 머릿속에 많은 생각을 가지고 말했다.

"아버지, 지구는 화성에 비해 훨씬 넓습니다. 지금부터라도 정확한 계획을 실행하면 지구 인류가 일정부분 문명수준을 유지하고 있을 때 공존할 수 있을 겁니다."

"암, 당연히 그래야겠지."

간단한 대답으로 우려를 떨쳐낸 슈트켄이 화제를 바꾸었다.

"그래, 마야는 여전히 꽃향기에 빠져 있다면서?"

"아버님도 참... 꽃이라고 모두 향기롭지는 않아요. 얼마 전에 지하에서 자라는 꽃을 찾아냈는데 향기를 맡고는 잠시 졸도한 적도 있거든요. 호호호"

"허허, 그러하냐? 연약한 꽃이라도 너무 얕봐서는 안 되겠어. 하하하"

마치 깊은 뜻이라도 전달하는 듯한 말투였지만 슈트켄의 표정은 매우 밝았다.

"물론이에요, 아버님. 식물 연구는 우리 화성인들에게 유익한 생존 환경을 제공해 줄 수도 있을 겁니다. 꽃을 피우는 식물을 통해 정신 건강을 치유하고 산소생성을 위한 생존 프로그램도 연구 중이에요. 그런 꽃의 개발은 화성인들의 삶의 질 향상에 도움도 되고 산소가 희박한 환경에서도 생존이 가능한지를 보여드릴 것입니다."

화성인들의 개인 연구나 취미는 결국 대부분 생존과 연관이 되어 있었다. 이에 흐뭇한 미소를 지으며 슈트켄이 말했다.

"흐음, 식물을 이용한 삶의 질 향상과 산소생성 생존 프로그램이라... 아주 유용한 연구다. 생존 프로그램이 확실하게 진전을 본다면 구역 지도자에 오를 만한 주제야. 대단하구나."

생각 이상의 과찬에 마야는 어색해 했다.

"아버님도 참. 지위에는 관심 없어요. 전. 연구가 즐거울 뿐이죠."

"그래, 연구를 통해 새로운 사실을 알아내고 그것을 공유한다는 것 자체가 즐거움이지."

이때 가벼운 신호음과 함께 모니터 영상이 바뀌었다. 대지도자 고돌라가 영상을 전송해 온 것이었다.

"구역 지도자 여러분, 화성을 위협할 새로운 혜성의 존재가 포착되었다는 우라노스 박사의 긴급보고가 접수되었습니다. 임시 회의가 필요하므로 지도자 여러분들께서는 급히 회의장으로 참석해 주시기 바랍니다."

고돌라의 영상이 사라지자 슈트켄이 자리에서 일어섰다.

"미안하구나. 모처럼의 만남인데 함께 식사도 못하게 됐어."

슈카르와 마야는 근심어린 표정으로 슈트켄에게 말했다.

"아닙니다, 아버지. 앞으로는 더 자주 찾아뵐게요. 근데 웬지 회의 소집이 불안하네요."

"회의가 끝나면 회람이 전달될 거야. 그때 통화해 보자구나."

"네, 아버지."

부친과 작별한 슈카르는 마야와 함께 파킹 스테이션으로 들어섰다.

"대지도자가 긴급회의를 소집할 정도면 심각한 것 같은데?"

"당분간은 괜찮을 거예요. 화성을 위협할 혜성의 존재는 모두 파악된 상태이니 새로 포착된 혜성이라도 몇 십만 년 후에나 화성 궤도에 이르겠지요."

"그렇다면 다행이고."

프리카에 오른 두 사람은 대형 게이트를 통과한 후 건물 밖으로 날아올랐다. 프리카가 행정부 상공을 지나 집으로 비행했다. 화성인들은 소행성과 운석 충돌의 위협을 피해 상당수가 지하 도시로 이주했기 때문에 지상의 주거지는 적막감마저 돌아 마치 폐허도시 같았다. 머지않아 전체 화성인들은 지하로 갈 수밖에 없을 것이었다. 해가 저물어 어느새 밤이 되었다. 두 개의 달 중에서 데이모스가 밤하늘에 떠있었다. 드물게 덜 흐린 하늘을 통해 보이는 수천 개의 별들이 흐릿하게 머리위로 반짝이고 있었다. 마야가 습관적으로 밤하늘을 헤아려 지구를 찾으려 했다. 그러나 오늘 밤에는 지구가 반대편에 있어 안타깝게도 지구를 볼 수가 없었다. 고성능 천체관측장비를 이용하여 주간에 보는 지구는 푸른빛을 발하는 빛나는 별이었다.

마야는 알면서도 슈카르에게 질문을 했다.

"지구도 밤이 있는 쪽이 있자나요."

"물론이지. 또 우리 아들 생각하지?"

"지금쯤이면 어른이 되었겠죠?"

"그럴 거야. 당신 닮아 아주 튼튼하게 태어났으니까 당당한 어른이 되었겠지."

슈카르와 마야는 서글픈 미소를 띠며 오래도록 지구 쪽을 바라보고 있었다.

Chapter 03

이방인

"꽤액꽤액!"

고릴라 같은 무리들이 나무 아래로 다가서자 원숭이들이 요란한 외침소리로 자신들의 영역임을 과시했다. 고릴라 무리 중에서 다소 피부가 덜 검은 생명체가 앞으로 나섰다. 여느 고릴라처럼 털이 그리 북슬북슬하지 않은 별종이었다. 또한 큰 고릴라에 비해서는 다소 왜소해 보이기는 했지만 허리가 꼿꼿하기에 다부지고 강인해 보였다.

"크… 크르릉…!"

진한구리 빛 피부의 생명체가 손가락을 세워 흔들며 나직한 울음소리를 발하자 고릴라 무리들은 조금 뒤로 물러섰다. 진한구리 빛 피부의 생명체는 바닥에 떨어져 있는 코코넛 열매를 하나 집어 들었다. 손등에 털이 듬성듬성 나 있지만 여느 고릴라에 비하면 애교수준이었다. 또한 손가락 놀림이 아주 부드러웠다.

"원숭이… 원숭이… !"

놀랍게도 진한구리 빛 피부 생명체의 입에서 화성인들의 언어가 흘러 나왔다.

진한구리 빛 피부의 생명체는 바로 25년 전 징카에 의해 납치된 최초의 화성인이자 지구의 이방인인 고드였다.

고드!

고릴라 무리들과 어울려 살게 된 그가 여태 생존해 있었던 것이었다. 아니, 단지 생존한 정도라 아니라 고릴라 무리들의 일원이 되어 무리의 당당한 리더로 행세하고 있었다. 그의 체구가 최고로 성장한 수컷 고릴라들의 우람한 허리와 팔뚝에는 미치지 못해도 강인한 근육과 힘은 그들보다 훨씬 뛰어났다. 그러다 보니 그동안 함께 자라온 또래의 고릴라 중에서 리더가 될 수 있었다. 물론 그의 뛰어남은 완력만이 아니었다. 여느 고릴라들과 달리 날렵하며 민첩하고 간단한 도구를 만들어 쓸 줄 알았고 생각하는 두뇌가 남달라 또래의 고릴라들을 이끄는데 부족함이 없었다. 깨진 코코넛 열매를 쥔 고드가 원숭이들을 향해 휙 던졌다. 십여 미터를 날아간 코코넛 열매가 원숭이 우두머리를 정통으로 맞혔다.

"카아카악!"

잔뜩 부아가 치민 원숭이 우두머리가 날카로운 이빨을 드러내며 사나운 괴성을 질렀다. 그러다 상대가 고릴라 식구임을 확인하고는 주눅이 들었다. 원숭이들은 고릴라 무리와 감히 맞서 싸울 엄두도 내지 못한다. 숲에서 최강의 완력을 자랑하는 고릴라의 주먹에 한 방 이면 초주검이 되기 때문이었다. 원숭이 우두머리의 화를 돋운 고드가 다시 코코넛 껍질을 던졌다. 겨우 코코넛 껍질을 피한 원숭이 우두머리는 고드의 뜻을 알아차리고 코코넛 열매를 따들고는 고드를 향해 아래로 내던졌다.

이에 합세한 원숭이 무리들이 코코넛과 망고, 바나나를 따서 마구 쏟아 부었다. 그 바람에 나무 아래의 수풀에 코코넛과 망고, 바나나, 야자수 열매가 수북하게 쌓였다.

고드는 고릴라 식구들에게 손짓을 보냈다.

'--챙겨.'

물러서 있던 고릴라 식구들이 어기적어기적 다가서며 코코넛과 망고, 바나나들을 한 아름씩 가슴에 안았다. 원숭이들을 이용해 손쉽게 열매를 수확한 고릴라들은 즐겁게 캑캑거리면서 밀림 사이로 사라졌다. 고드는 원숭이들을 향해 손을 흔들어 주었다.

"고마워."

그의 말을 알아들을 리 없는 원숭이들이었지만 손해 본 듯한 생각에 팔짝팔짝 뛰면서 괴성을 높였다.

고드는 고릴라 식구들과 함께 바위 주변에 둘러앉아 열매를 먹고 있었다. 예전의 고릴라들은 야자수 열매의 즙을 먹기 위해 무작정 바위에 찢거나 깨뜨렸지만 고드가 방법을 알려준 이후에는 뾰족한 돌로 열매에 구멍을 내서 즙을 빨아 먹었다.

고드가 종족의 일원이 된 후 징카와 고릴라 무리들은 여느 무리와 달리 더 풍족한 생활을 누릴 수 있었다.

고릴라들은 원래 나무를 잘 타지 못하다 보니 높은 나뭇가지 위의 무성한 열매를 그냥 바라보기만 했는데 고드는 그런 고민을 손쉽게 해결해 준 것이었다.

힘 좋은 고릴라들이 아래 쪽 나뭇가지를 차례로 잡아끌어 나무를 휘게 만들고 체구가 작은 암컷들이 수컷의 무동을 타고 올라 열매를 땄다. 그래도 손이 미치지 못하면 기다란 막대기를 휘둘러 코코넛을 수확했던 것이었다. 고드 무리들은 자신들이 스스로 열매를 얻기도 하지만 가끔은 원숭이들을 놀려 열매를 손쉽게 확보하는 재미를 즐기기도 했다. 두둑하게 배를 채운 고릴라들은 남은 열매를 안아들고 거주 구역으로 향했다. 거동이 불편한 늙은 고릴라들과 새끼들에게 갖다 주기 위함이었다. 이때 서식지에서 귀에 익은 고릴라들의 포효가 요란하게 들려왔다. 고드는 그 소리를 이내 짐작했다.

'――침입자야!'

그가 서둘러 달려가자 고릴라들이 뒤를 따랐다. 침입자들은 우람한 체구의 이웃영역 수컷 고릴라들이었다. 숫자는 십여 마리 정도였지만 하나같이 팔뚝이 굵고 털색깔이 짙었다. 침입자들의 우두머리는 여느 수컷에 비해 머리 하나는 더 컸다.

"카아카아!"

폭포수 뒤쪽의 동굴 입구에서 징카 무리의 암컷 고릴라들이 괴성을 질러 침입자들에게 경고를 보냈다. 징카와 늙은 수컷 고릴라들도 괴성을 질러 힘을 보탰지만 다들 나이가 들어 기력이 쇠퇴한 상태였다. 젊은 고릴라들은 고드와 함께 자리를 비운 상태라 징카 무리의 고릴라들은 서식지를 빼앗길 위험에 처하고 말았다. 고릴라 무리들은 본래 포악한 성질을 지니지 않았지만 개체수가 불어나면 먹거리를 확보하기 위해 행동반경을 넓힐 수밖에 없었다. 이번의 침입자들도 그런 경우였다.

"크르르릉… !"

징카 무리의 고릴라 중에서 어린 암컷이 뾰족한 상아를 휘두르며 용감하게 침입자들과 맞서고 있었다. 어미가 갑자기 죽는 바람에 징카가 거둬들여 키운 암컷 고릴라로 고드의 가장 친한 동료였다. 암컷의 이름은 리아였다. 고드가 지어준 이름이었다. 물론 그것이 누구의 이름인지 인식하는 고릴라들은 거의 없었다. 우두머리 침입자가 자신의 가슴을 두드리며 위협을 가하자 리아도 지지 않고 상아 칼을 휘두르며 맞섰다. 상아 칼은 고드가 만들어준 무기이자 도구였다. 오랜 시간에 걸쳐 바위에 상아를 갈고 손잡이를 다듬었기에 맹수의 발톱처럼 위협적이었다.

리아의 상아 칼에 위협을 느낀 수컷 침입자들이 주춤거리자 우두머리가 사납게 짖어댔다. 이에 수컷 침입자들이 일제히 달려들었다. 수컷 침입자들의 우악스런 공격에 징카를 비롯한 늙은 고릴라들은 새끼들을 품고 급히 동굴 안쪽으로 피신했다. 리아를 비롯한 몇몇 암컷 고릴라들은 수컷들의 공격에 피부가 찢기면서도 가까스로 입구를 지켰다. 이때 고드와 수컷 고릴라들이 도착했다.

"크아아앙!"

침입자들을 본 고드의 수컷 고릴라들이 일제히 달려들었다. 무서운 육박전이었다. 지키려는 자와 뺏으려는 자의 격투는 생존권과 직결되기에 서로가 피를 아끼지 않고 싸웠다. 고드는 침입자 우두머리와 맞섰다.

"크르르릉…!"

우두머리는 여느 고릴라들과 다른 고드의 기이한 모습에 고개를 갸웃거리다가 주먹을 휘둘렀다. 고드는 침입자의 공격을 피하면서 빠르게 상황을 헤아렸다. 젊고 힘센 수컷만 비교하면 침입자의 무리가 더 많았다.

물론 징카의 무리들이 한꺼번에 달려들면 침입자들을 쫓아낼 수 있겠지만 식구들의 많은 부상은 피할 수 없는 것이었다.

고드는 침입자 우두머리와 잠시 맞서다가 고릴라와 같은 괴성을 질러대며 숲으로 이동했다.

그를 따르는 수컷들과 함께 숲으로 달아나자 침입자들이 기세 좋게 쫓아왔다. 밀림 사이로 나무들이 듬성한 공터가 보였다. 동료들에게 뭔가 지시하고는 고드는 혼자 앞으로 나섰다.

"카아카아…!"

고드가 침입자들을 꾸짖는 듯한 포효를 하자 우두머리가 자신의 가슴을 연신 두드렸다.

"크아아앙!"

침입자 무리들이 일제히 고드를 향해 달려들었다. 고드가 급히 뒤로 물러서며 특이한 행동을 하자 사방에서 커다란 돌덩이와 통나무가 날아들었다.

"슈아아아!"

높은 나뭇가지에 밧줄로 동여맨 돌덩이와 통나무는 고드가 서식지를 지키기 위해 고안한 부비트랩이었다. 평소에는 나무기둥에 묶어 놓았다가 밧줄을 끊으면 부비트랩이 가동되는 것이었다. 한 아름 크기의 돌덩이와 통나무들이 날아들자 깜짝 놀란 침입자들이 황급히 몸을 틀어 피했다.

'퍽-퍽퍽--!'

미처 피하지 못한 고릴라 3마리가 돌덩이와 통나무에 충돌하며 나동그라졌다. 일차 공격을 피한 고릴라들도 안심할 수 없었다. 밧줄에 매달린 돌덩이와 통나무가 시계추처럼 다시 날아들면서 또 다섯 마리의 고릴라가 나뒹굴었다. 머리통이 깨지고 팔다리뼈가 으스러진 고릴라들이 고통스런 비명을 질러댔다. 우두머리 침입자만 겨우 부비트랩에서 빠져나왔다. 하지만 우두머리도 돌덩이에 머리통이 살짝 부딪쳐 피를 줄줄 흘렸다.

"카우우!"

고드를 본 우두머리가 무서운 기세로 달려들었다. 우두머리의 공격을 간단히 피한 고드가 주먹으로 우두머리의 관자놀이를 정확히 맞추고 내질렀다.

"캐에액!"

고개가 심하게 돌아갔던 우두머리는 바닥에 처박혔다. 고드가 우두머리의 가슴팍을 밟고 섰다. 우두머리는 잔뜩 겁먹은 눈빛으로 고드를 올려다보았다.

'ㅡㅡ 우리 구역을 함부로 침범했으니 용서 못해!'

고드가 돌덩이를 집어 들자 이를 지켜보던 침입자 수컷들은 우두머리의 죽음을 차마 볼 수 없어 고개를 돌렸다. 이때 징카가 낮은 울음을 토하며 달려왔다.

"크르크르…!"

징카의 만류에 고드는 돌덩이를 내리고 뒤로 물러섰다. 우두머리는 징카가 내민 손을 잡고 겨우 몸을 일으켰으나 다시 주저앉아 버렸다. 밀림에서 20년 넘게 징카를 보아왔던 침입자 우두머리는 기세에 눌려 몸을 움츠렸다. 이에 부비트랩에 얻어터지거나 걸려 쓰러져 있었던 침입자 수컷들도 자세를 추스르고 다가와 몸을 낮추었다.

장카는 우두머리와 잠시 얘기를 나누고는 고드를 불러들였다.

'--충분히 혼내줬으니 이만 놓아 주자.'

'--우리 구역을 침범한 녀석들이에요.'

'--우리도 식구가 늘어나면 다른 고릴라 구역을 침범할 수밖에 없어. 생존 때문에 싸울 수밖에 없지만 동족들을 죽이는 건 너무 지나쳐.'

'--알았어요. 대모님이 결정하세요.'

고드는 용서의 표시로 앉아있던 우두머리를 잡아 일으켜 세웠다. 그러자 우두머리는 고드의 머리를 쓰다듬어 고마움을 표시했다. 그리고 장카를 존경하는 듯한 눈빛으로 힐끗 쳐다보고는 무리들을 이끌고 유유히 밀림 속으로 사라졌다. 고릴라 무리들 간의 서식지 다툼이 진정되면서 밀림은 다시 평화를 되찾았다.

장카의 무리들은 고드 덕분에 침입자들을 제압하고 서식지를 지켰기에 이번일로 고드를 우두머리로 받드는데 쐐기를 박는 계기가 되었다. 다만 고릴라 중 가장 연장자가 장카이기에 주요 사안은 장카의 결정에 따랐다. 고드는 폭포수가 떨어지는 물웅덩이에서 느긋하게 헤엄을 즐기다가 밖으로 나섰다. 장카 무리들은 물론이고 고릴라 무리들 중에서 헤엄을 칠 수 있는 존재는 고드 뿐이었다. 고드가 물가로 나서자 리아가 다가와서 뺨을 비볐다.

"고… 드… !"

조금 어색한 발음이지만 리아는 고드의 이름을 제대로 부를 수 있는 유일한 영장류였다.

"리아."

고드는 리아의 손을 쥐고 나란히 앉았다.

'--다친 가족들은 좀 어때?'

'--다행히 크게 다치지 않아 금세 회복될 거야.'

'--천만 다행이네.'

'--고드 덕분에 서식지를 지켰어. 모두들 고드를 대장으로 생각해.'

'--그런 소리 마. 우리 무리들의 대장은 징카 대모야.

나, 배고파, 리아.'

'--그래, 고드. 가자.'

고드는 리아와 단둘이 밀림으로 향했다. 성장기에 이른 고드와 리아는 서로 자신의 짝으로 여기고 있었다. 워낙 어린 나이에 고릴라 무리들과 섞여 살다보니 이제 고드는 고릴라들이 같은 민족이나 가족처럼 적응이 되었고 생김새에 따라 서로 구분도 할 수 있었다. 특히 리아와 같은 암컷 고릴라에게 연정을 느끼고 있었다. 고드는 자신이 화성인임을 거의 느끼지 못할 정도가 되어 있었다. 무의식적으로 화성인의 언어를 한두 마디 내뱉었지만 이름 외에는 의미조차 제대로 알지 못했다. 고드와 리아는 바나나와 망고로 배를 채우고 작은 동굴로 들어갔다. 둘만이 알고 있는 비밀장소였다. 고드는 리아를 포옹하며 뺨을 비볐다.

"리아."

"고… 드…"

여느 수컷처럼 충분히 성장한 고드는 본능적인 성욕을 해소하기 위해 리아를 끌어안았다. 지금의 그는 그저 암컷을 탐하는 수컷의 모습일 뿐이었다.

Chapter 04

성인이 된 외계인

화성의 중앙행정센터.

대지도자 고돌라의 소집령이 근래에 들어 자주 발령되었다. 이는 화성의 안전에 위협이 되는 재난이나 긴급한 상황이 빈번하다는 걸 의미했다.

대지도자와 10개 구역의 지도자들은 행정센터 회의장의 원탁에 둘러앉아 닌다 구역의 지도자인 우라노스 박사의 발표를 듣고 있었다.

"대지도자님, 그리고 지도자 여러분, 반갑지 못한 소식을 전하게 돼 유감입니다. 켈리 헤파이스 박사가 이번에 새로운 혜성을 발견해 그의 앞 이름을 따서 이름을 켈리로 정했습니다. 켈리 혜성은 기존 혜성과 달리 태양계 행성들의 궤도와 교차하여 돌기에 정확한 궤도 파악이 쉽지 않습니다. 대략 이천 년 후 켈리 혜성이 화성의 궤도와 일치하게 되면서 충돌할 가능성이 제기되었습니다. 시뮬레이션으로 본 충돌의 여파는 여태 화성을 강타했던 그 어떤 혜성이나 소행성보다 강력해 대 멸망을 우려해야 할 정도입니다."

화성의 최후가 비록 이천 년 후라지만 화성의 종말이 예고되자 회의장의 분위기가 숙연해졌다. 이들에게 이천년은 그리 오랜 기간이 아니었기 때문이었다. 지금까지 아무런 걱정 없이 살아왔고 심각할 정도로 미래의 걱정을 하지 않고 있는 화성인들에게는 충격이 아닐 수 없었다. 대자도자 고돌라가 구역 지도자들을 둘러보고는 여유 있는 어조로 분위기를 환기시켰다.

"지도자 여러분, 이천 년이면 나름 충분한 기간이오. 그 안에 화성의 기술발전으로 켈리 혜성의 궤도를 바꿀 수도 있으니 너무 침울해 하지 마시오. 최악의 경우라도 지구가 있어 우리 화성인들의 정착지로 삼아 생존해 나갈 수 있소. 사실 행성 간 이주에 대해서는 이미 어느 정도 연구가 검토 되고 곧 진행할 계획이므로 이제부터라도 이에 관심을 가지고 논의해야 한다고 생각되오. 일단 가능성부터 타진해 봅시다. 관련하여 말씀해 보시오, 밴지박사."

특히 심각한 표정으로 고돌라의 말을 듣고 있던 밴지박사는 천천히 말을 이었다.

"예, 대지도자님, 지구의 생태계는 화성인들이 정착하고 생존하는데 이론상으로는 충분하지만 특수 환경에 대한 적응은 고민해야 합니다. 일반 환경에서는 충분히 적응할 수 있지만 예컨대 실체를 알수 없는 바이러스가 존재하는 등으로 우리 생체에 어떤 영향을 미칠지와 기타 많은 연구과제가 남아 있습니다. 따라서 차선책으로 화성 지하에 견고한 지하도시를 건설해 화성인들의 생활을 전면 지화 화하고 켈리 혜성과의 충돌에 미리 대비하는 방법이 어떨까 합니다."

밴지박사는 마치 고향을 떠나기 싫어하는 것 같은 표정이 역력했다. 사실 밴지박사 뿐만이 아니라 화성인들 누구라도 갑자기 평생

살아온 행성 자체를 떠난다는 말에는 덥석 내키지 않은 본능을 가지고 있는 것이었다. 대지도자 고돌라도 밴지박사와 생각이 다르지 않다는 것은 대부분의 지도자들과 마찬가지였다.

"흐음, 아예 지상의 모든 도시를 폐쇄하고 지하로 이주하자는 얘기로군. 지금 지상의 상태가 날로 열악해지고 있어서 이미 지하로 많이들 이주하였고 어차피 그러한 추세에 있기 때문에 박사의 제안도 일리가 있습니다."

고돌라가 헤파이스 박사에게 눈길을 돌리면서 말했다.

"켈리 혜성의 궤도를 틀어 화성과의 충돌을 막을 방법은 없겠소?"

난처한 표정을 지으며 헤파이스박사는 말했다.

"켈리는 너무 거대한 초대형 혜성이라 지금 우리의 기술로는 불가합니다. 하지만 소행성과 충돌시켜 궤도를 바꾸는 방법은 시도해 볼 가치는 있습니다. 가능성은 다소 희박해도 말이죠."

고돌라는 잠시 고심하다가 자신의 견해를 밝혔다.

"우리에게 있어 최선은 켈리 혜성과의 충돌을 막아내고 화성에 남는 거요. 내가 살던 곳을 버리기가 쉬운 것은 아닙니다. 비록 환경이 열악해졌다고 해도 화성은 우리의 고향이 아니겠소? 우리 땅을 꼭 버려야 할 만큼의 상황이라면 지구로의 이주를 실행해야 하지만 그건 멸망을 전제로 한 최후의 수단이오. 화성에서의 생존을 위해 밴지박사의 의견과 같이 우선 거주지를 지하화 하는데 보다 주력해 보는 것도 옳다고 봅니다. 각 지도자들은 면밀한 분석과 조사연구를 통해 최상의 결론을 도출해 봅시다."

징카는 동굴 입구에서 힘겹게 숨을 헐떡이고 있었다.

특별히 병이 있는 건 아니지만 자연노화로 기력이 크게 쇠약해져 있었다.

"리아… 리아… !"

"고… 드… !"

동굴 아래의 넓은 물웅덩이에서 고드가 헤엄을 치며 리아와 물장난을 치면서 서로 이름을 부르고 있었다. 고릴라 무리들 중에서 유일하게 헤엄을 칠 수 있는 그의 자맥질은 고릴라들에게 있어 경이로운 모습이었다. 징카는 눈가를 타고 절로 흐르는 진물을 닦으며 희미한 미소를 머금었다. 고드를 밀림으로 데려온 날들을 돌이켜 보면 긴 세월이었다.

하늘에서 내려온 털 없는 종족들 때문에 새끼를 잃은 징카는 그에 대한 복수심에 털 없는 종족의 아이를 납치했지만 막상 고드의 천진한 모습을 대하자 차마 해칠 수가 없어 자신의 새끼들과 함께 키우게 된 것을 생각해보는 중이었다. 그런 고드가 어느덧 성체가 되어 있었다. 여느 수컷 고릴라에 비해 체격은 다소 왜소한 편이지만 의외로 강인한 근력을 지녔다. 무엇보다 아주 영리한 두뇌를 지녔기에 징카 무리들의 서식지를 다른 고릴라 무리들로부터 지켜 낼 수가 있었다. 지금까지는 징카가 무리들을 이끌었지만 이제 수장의 자리를 완전히 넘겨주어야 할 때가 되었다고 생각했다. 징카는 힘겹게 얼굴 근육을 움직여 고드의 이름을 뇌까렸다.

"고… 드… 쿠우… 드… !"

징카의 자손들인 새끼들이 할머니가 꼼짝도 하지 않자 구슬프게 울어댔다.

"꾸… 꾸꾸… !"

물웅덩이에서 놀고 있던 고드는 문득 불길함을 느끼며 급히 동굴로 올라섰다. 동굴 입구에 축 늘어져 있는 징카가 보였다

"크르르… 고으… !"

징카는 고드가 가까이 오자 마지막 숨을 크게 들이 쉬고는 축 늘어졌다. 징카가 갑자기 숨을 거둔 것이었다. 고드는 징카의 몸을 흔들었으나 이미 숨을 거둔 징카는 전혀 반응을 보이지 않았다. 징카를 흔들어 보기도 하고 코에서 숨을 쉬는지 얼굴을 가까이 대어 숨소리를 들어보기도 하면서 세심하게 살핀 고드는 징카의 죽음을 현실로 받아들여야 했다. 고드는 동굴 밖을 향하여 근처에서 모두 들릴 정도로 소리를 크게 질러댔다. 그러자 서식지 일대에 흩어져 있는 고릴라 식구들이 서둘러 달려왔다.

징카의 죽음 앞에 고릴라 식구들은 징카의 사체 주변에 둘러 앉아 힘없는 표정으로 징카의 몸을 어루만졌다. 그들의 무리를 오늘날까지 나름대로 이끌어온 대모였기에 징카의 죽음은 모두에게 큰 충격이었다. 그나마 다행인 것은 무리들을 이끌 차기 대장으로 고드가 암묵적으로 내정돼 있었기 때문에 그들은 대장을 잃은 혼란 없이 질서 있게 징카의 죽음에 대비할 수 있을 것이다.

고드는 장카의 사체를 등에 업고 동굴을 나섰다. 리아를 비롯한 무리들이 그의 뒤를 따랐다. 고드가 발길을 멈춘 곳은 거대한 폭포 아래 하얀 모래밭이 깔려 있는 강변이었다. 과거 그의 부모와 지구로 여행 오면서 착륙한 강변 근처였다. 또한 그가 징카에게 납치된 장소 주변이기도 했다. 이미 오랜 세월이 흘렀기에 이제는 어렴풋한 기억만 남았을 뿐이다. 그런 상황에서 그가 강변을 찾아온 것은 거의 본능

때문이었다. 고드는 징카의 사체를 반듯이 누이고 주변 조약돌로 하나씩 덮어 나갔다. 그러자 나머지 무리들도 조약돌을 주워 차곡차곡 쌓아 올리면서 자연스럽게 징카의 돌무덤이 만들어졌다.

'--대모님, 편히 쉬세요.'

무리들은 각자 알 수 없는 소리를 내며 징카의 돌무덤 주변을 돌면서 마지막으로 징카의 죽음에 대한 예를 갖추고는 서식지로 돌아갔다.

징카의 시대가 끝나고 고드의 시대가 열렸다. 징카가 떠나고 열대 밀림의 세월은 고드의 지휘아래 흘러가고 있었다. 고릴라 무리들이 동굴 밖에서 무언가를 기다리고 있었다. 수컷들은 하릴없이 나뭇가지를 씹으며 새끼들의 재롱을 지켜보았고 암컷들이 부산하게 동굴을 드나들었다.

"크륵크륵…!"

리아와 고드와의 이종교배 결과인지는 모르겠지만 리아가 몇 번의 유산 끝에 겨우 임신하여 이제 막 출산을 앞두고 신음을 토하고 있었다. 고드가 걱정스런 눈빛으로 리아를 바라보며 배를 어루만져주면서 나직이 뇌까렸다.

"리… 아…!"

출산이 임박하자 고드는 리아의 손을 꼭 쥐었다.

"크… 크르…!"

리아가 몇 차례 신음을 토하고는 마침내 새끼를 출산했다. 수컷이었다.

'--애썼어, 리아.'

고드는 리아의 이마에 자신의 이마를 갖다 대며 출산의 노고를 달래주었다. 이어 어린 새끼를 품에 안고는 동굴을 나섰다. 동굴 밖에서 대기해 있던 식구들이 우루루 다가섰다. 고드는 자신의 새끼를 높이 쳐들어서 보여 주었다.

"카우우!"

"크르르!"

식구들이 반갑게 외치며 대장인 고드에게 축하를 보냈다. 몇몇 새끼들은 아직 핏덩이인 어린 새끼를 신기한 듯 바라보았다. 고드는 징카의 장례를 치렀던 강변으로 새끼를 데리고 가서 조심스럽게 새끼에 물을 적시고 씻겨주었다. 그러면서 자신의 새끼에게 이름을 붙여주기로 생각했다.

"크루… 루…"

고드는 새끼를 어루만지다가 자신도 모르게 입술을 달싹거렸다.

"루… 루시…?"

고드는 자신도 모르게 입에서 루시'라는 말이 튀어 나왔다. 화성인과 지구의 영장류 사이에 태어난 최초의 역사적인 아이의 이름은 루시가 되었다.

* * *

지구의 엡세나 연구기지.

연구소 건물은 외부에서 볼 때는 내부가 잘 드러나지 않고 불빛도 보이지 않았다.

이는 지구의 생태계에 가급적 영향을 미치지 않기 위함이기도 하지만 생존하는 지구의 모든 생명체에 대하여 완전한 조사가 되어 있지 않아 최대한의 보안과 안전을 고려하여 지어졌기 때문이었다. 연구소 건물은 울창한 밀림 사이에 우뚝 솟아 있는 커다란 바위의 형상이었다. 외부에서 보면 그저 평범한 돌기둥의 자연 모습이었다.

한쪽으로 작은 초지로 형성된 평지 같은 곳에 우주선 이착륙장이 갖춰져 있는데 특별한 표식이 없어 그저 평평한 땅처럼 보일 뿐이었다. 그러나 높은 공중에서 보면 착륙 위치를 쉽게 인지 할 수 있도록 특별한 형태의 모습을 만들어 놓았다. 이는 하늘을 나는 문명인이 아니고서는 절대 확인 할 수 없는 것이었다.

착륙장에 우주선이 내려앉으면 자동으로 입구가 열리고 하강하며 곧 바로 닫혀버려 즉시 은폐되기 때문에 주변의 생명체들은 우주선의 실체를 거의 알지 못했다. 엡세나 연구기지는 오래 전 슈카르 가족이 지구를 여행했을 때 잠시 머물렀던 폭포 지역에서 약 50km 북쪽에 자리해 있었다. 당시 고드가 고릴라 무리에게 잡혀가는 충격적인 사건이 발생해 긴급 출동한 적도 있었다.

엡세나 연구소는 볼품없는 외양과 달리 내부는 상당히 넓고 정교하게 꾸며져 비밀 지하기지를 방불케 했다.

연구소 내부는 화성에서 가져온 첨단기자재로 채워져 있었고, 적절한 곳에 위치한 최첨단 과학 설비들은 화성의 실험실을 고스란히 옮겨온 것처럼 근사했다.

화성에서 옮겨온 제작용 프린터는 생활에 필요한 웬만한 물품은 물론, 먹고 입는 것과 특별한 장비나 기자재를 복제하여 해결해 주었다. 연구소 내부의 회의실은 우아하면서도 깔끔했다.

탁자 위로 다양한 홀로그램이 띄워져 있었고 연구원들이 각자 조사한 자료를 설명하는 중이었다. 엡세나 연구기지의 소장은 게브였다. 순찰대장의 임무를 겸하고 있으며 홀로그램 영상을 확인한 게브가 연구원들을 둘러보며 입을 열었다.

"자. 이번에는 돌연변이 고릴라를 목격한 아무센 연구원의 보고를 들어봅시다."

아무센 연구원이 해상도가 다소 흐릿한 홀로그램 영상을 띄웠다.

"이 영상을 보고 혹시 화성의 선조들이 이렇게 생기고 진화했다고는 생각지 말아 주십시오. 밀림을 정찰하면서 다소 특별한 고릴라 영상을 하나 포착하게 되었습니다. 여느 고릴라와 달리 허리가 꼿꼿한 편이었고 탈모증에 걸릴 것처럼 전신의 털도 적은 편이었습니다."

영상은 울창한 밀림 위에서 수직으로 촬영된 데다 나뭇잎들이 렌즈를 가리고 피사체가 워낙 빨리 움직여서 형상이 분명치 않았다. 이동하는 특이한 고릴라의 영상이 순간적으로 보일 뿐이었다.

"화성의 고고인류학 학자들이 분석한 결과에 의하면 영장류가 원시인으로 진화하는 기간만 일억 년이 걸린다고 했습니다. 이 화면은 정찰 영상을 점검하는 와중에 찾아낸 것이다 보니 확실한 판단을 내리기에 부족함이 많습니다."

아무센은 포착된 영상에 대해 크게 의미를 부여하지 않으려 했지만 케티 연구원이 영상을 확대해 살피고는 다소 흥분된 어조로 말했다.

"모두들 보세요. 일반 고릴라와 비교해 두개골이 크게 다르지 않습니까? 또한 탈모 증세를 보인 피부라고하기에는 유난히 흰 모습이 특이합니다. 고릴라 서식지에서 발견됐으니 고릴라가 분명하지만 아주 특별한 돌연변이 같습니다. 어쩌면 지구의 초기 빙하기를 거쳐 생존한 태고의 원인일 수도 있구요."

일부 연구원이 고개를 끄덕이기도 했지만 다른 연구원들은 이를 관심 있게 받아들이지 않았다.

"지구에는 다양한 생명체 군이 존재합니다. 원숭이들만 수십 종이 넘고 유인원으로 분류되는 털북숭이들도 아직 모두 파악되지 않았습니다. 이번에 발견된 돌연변이가 진짜로 태고의 원인인지 파악하기 위해서는 분명한 영상이 있어야 할 것 같습니다."

연구원들의 토론을 모두 들은 게브가 결정을 내렸다.

"보다 확실한 영상과 자료를 확보할 때까지 돌연변이 영장류에 대한 막연한 추정은 삼가주십시오. 그래도 화성에는 보고를 해야 할 것 같습니다. 그럼 오늘 회의는 이것으로 마치겠습니다."

연구원들이 회의실을 나가자 게브 혼자 남게 되었다. 게브는 가늘고 긴 손가락을 움직여 돌연변이 고릴라의 형상을 확대해서 각도를 변형시켜 보았다. 그는 턱을 어루만지며 골똘히 생각에 잠겼다.

"화성인들은 영장류로부터 정상적으로 진화했어. 지구의 영장류도 당연히 그래야 하는데 이번 발견은 의외야. 과거 지구의 유인원에서 진화한 원인은 혜성충돌과 빙하기 등 대형 자연재앙으로 모두 멸종 된 줄 알았는데 아직 생존한 원인이 있다는 일부 학설이 사실이었단 말인가?"

* * *

화성 뮤센구역.

슈카르는 창문을 통해 스며드는 햇살을 보고서야 자신이 연구에 꼬박 밤을 새웠다는 사실을 알게 되었다. 그의 연구 분야는 화성의 고고인류학인데 지구 영장류에 특화돼 있었다. 그가 지구의 영장류 연구에 보다 집착하는 이유는 지구 여행 때 실종된 아들 고드 때문이었다. 이미 많은 세월이 흘러 아픈 가슴은 많이 가라앉았지만 고드에 대한 기억마저 모두 잊은 건 아니었다.

화성인들 중에서 이렇듯 자식에 대해 애틋한 정을 지닌 부류는 그와 가족, 그리고 아내 마야가 거의 유일한 것이었다.

"마야는 지금도 온실에 있으려나?"

연구실을 나선 슈카르는 식물 연구실로 들어섰다. 최첨단 시설로 시공 된 커다란 화초연구실에는 수백 종의 꽃들이 서로 잘난 듯이 뽐내며 피어나고 있었다. 어떤 꽃은 사람의 얼굴보다 컸고 어떤 꽃들은 하나의 가지에 각기 다른 색을 띠고 피어있었다.

대부분 마야가 개량한 꽃들이지만 일부 꽃은 마야가 직접 황무지에서 찾아냈거나 지구에서 가져온 종류들이었다.

마야가 최근 가장 관심을 갖는 꽃은 소리에 따라 반응하며 향기를 뿜기도 한다는 것인데 마야는 다양한 소리에 반응하는 꽃을 개발 중인데 만일 성공하면 아무나 목소리를 통해 꽃봉오리가 즉시 꽃을 만개시킬 수도 있었다. 또 최근 개발한 스스로 색을 변화시키는 카멜레온 플라워는 화성인들에게 선호도가 높아 관상용으로 인기를 얻고 있었고 세포로 배양하여 화성전역으로 온라인을 통하여 배포되고 있었다. 고대방식의 분무기로 꽃에 물을 주던 마야가 인기

척을 느끼며 돌아보았다.

"슈카르, 잠시 눈이라도 붙이지 그랬어요?"

"괜찮아. 잠이야 가면서 자면 돼."

슈카르가 달콤한 꽃향기를 맡으며 물었다.

"마야, 우리가 지구여행을 다녀온 지 얼마나 됐지?"

"제법 됐죠? 칠십년이 넘었나? 암튼 상당한 세월이 지난 것 같네요."

"벌써 그렇게나 됐나?"

슈카르 문득 시간이 너무 빨리 지나간다고 생각했다.

아들 고드가 화성에서 지냈다면 진작 성년이 되어 아내를 두었거나 아버지와 같이 활발한 삶의 활동을 하고 있을 것이었다.

고드에게 자식을 낳을 수 있는 기회가 주어졌다면 자신은 손주를 둔 할아버지가 되었을 거라는 야릇한 상상에 잠시 젖었다.

'이런, 내가 또 부질없는 생각을.'

마야가 꽃나무에서 씨앗을 채취하며 말했다.

"슈카르, 특별임무 때문에 지구로 자주 출장을 가게 된다면서요?"

슈카르는 코를 대고 꽃들의 향을 맡으면서 말했다.

"그렇게 될 것 같아. 지구 영장류와 관련해 내가 적임자니까. 아직 검토단계이지만 화성인들의 이주 프로젝트를 수립하려면 보다 정밀한 데이터를 수집하고 조사해서 여러 가지 임무를 수행해야…"

슈카르의 말이 채 끝나기도 전에 마야가 끼어들었다.

"지구의 유인원들은 아직 동물 수준에서 벗어나지 못했자나요?"

"맞아. 여러 생명체 중에서도 지능이 뛰어난 개체도 있지만 여전히 동물 수준이야. 원인으로 진화하기에도 오랜 세월이 요구되지."

마야는 슈카르의 눈을 똑바로 쳐다보면서 말했다.

"그런 유인원들이 우리 화성인들과 맞닥뜨리면 어떻게 될까요? 어떤 영향을 미칠까요?"

슈카르는 마야의 눈과 잠시 마주치고는 시선을 꽃나무에 돌리면서 말을 이었다.

"생각하는 능력이 있으니 새로운 것을 보고 접하게 되면 진화에 영향을 줄 수도 있지. 그래서 조심스러워.

우리가 저들의 진화 시계를 빠르게 돌릴 필요도 없고 또 그래서도 안 되지. 지구의 유인원들은 지구의 환경에 적응해 가면서 진화하는 게 자연스러운 거야."

슈카르가 마야의 등을 가볍게 포옹하면서 말했다.

"아버지 구역 대표실에 잠시 다녀올게. 아버지가 내게 보여줄 영상이 있다고 하셔."

"그래요? 지구에서 새로운 연구 자료가 전송됐나 보군요. 참, 저도 함께 지구로 출장갈 수 있는지 알아봐주세요. 가능하면 지구의 땅을 한 번 더 밟고 싶어요."

그것이 무슨 의미인지 잘 알기에 슈카르는 마야의 볼에 입을 맞추었다.

"알았어. 이참에 같이 가서 여쭤 보자고."

마야와 프리카에 오른 슈카르는 구역대표실을 목적지로 명령하고는 편히 기대앉았다. 프리카는 완전자율운행으로 목적지만 불러주면 자동으로 목적지에 도착하기 때문에 가는 동안만은 편안히 눈을 감고 쉴 수가 있고 목적지에 도착하기 직전 자동 알림을 해주었다. 마야와 슈카르는 조용히 눈을 감았다. 구역대표 건물에 당도하는 데는 오래 걸리지 않았다. 프리카는 전용 게이트를 통해 곧바로 집무실 내부의 파킹 스테이션으로 들어섰다. 마야와 슈카르가 주차 출입문을 나오자 슈트켄이 자리에서 일어서며 아들을 맞이했다.

"어서 와! 마야, 슈카르."

"잘 지내셨어요, 아버지"

슈트켄은 슈카르를 한 번 힐긋 보고는 마야 얼굴에 초점을 맞추면서 화답했다.

"그래, 마야도 잘 지냈나 보네. 얼굴색이 꽃처럼 화사 하구나"

슈카르도 마야의 얼굴에다 시선을 두고 말했다.

"예, 마야는 여전히 꽃에 빠져 살고 있어요. 이러다 꽃의 요정이 될까봐 걱정입니다."

"허허, 동화 속 요정이라. 오래 전 이야기책에서나 나올 법한 존재로구나."

슈트켄은 슈카르 부부와 함께 긴 원탁에 앉았다. 슈트켄은 앉자말자 곧바로 입을 열었다.

"근래에 들어 불규칙하고 동시다발적인 운석의 추락이 잦는구나. 운석 추락 경보가 적시에 발령되지만 워낙 제어하기 어려운 상황이 늘어나 구역 민들의 피해가 가중되고 있어."

뭔가 심각한 분위기를 직감이라도 한 듯 슈카르가 물었다.

"켈리 혜성의 영향 때문인가요?"

"그렇지는 않지. 아직은 상세 예측 권 밖이지. 그보다는 목성의 중력권이 미세하게 변화되면서 우리 주변에 있는 소행성지대의 운석들이 자주 지표면에 추락하는 것 같구나."

관심분야가 같은 슈카르는 자연스럽게 말을 이었다.

"현재 화성에는 추락하는 운석을 사전에 파괴하는 제어능력이 있지만 기술적으로 한계인 것 같습니다."

슈카르의 당연한 말에 슈트켄은 대답했다.

"맞아, 아무리 과학이 발달해도 대우주의 법칙과 자연의 힘에 인간은 개미에 불과하지."

슈트켄이 홀로그램을 작동시켰다.

"이건 엡세나 연구기지에서 보내온 영상자료다."

홀로그램에 의해 보이는 지구의 지형을 주시하던 슈카르는 잠시 아련함에 젖었다. 슈트켄은 손가락으로 가리키며 말했다.

"여기로군. 마야와 함께 고드를 데리고 지구를 여행하면서 착륙했던 장소 근처야."

슈트켄이 손을 움직여서 움직이는 고릴라 무리들을 확대해 보여주었다.

"최근 이곳에서 돌연변이로 추정되는 유인원이 발견됐다는 보고 자료가 입수됐다. 지구로 출장을 가게 되면 한번 둘러봐라. 네가 관심 있어 하는 지구의 유인원 연구에 도움이 될 거야."

"돌연변이 유인원이요?"

슈카르는 웬지 갑자기 가슴이 설레었다.

설명할 수 없는 자신의 이상한 감성의 변화에 스스로도 놀랄 정도였다.

'내가 아직 고드의 생존에 집착해서인가?'

슈카르는 이내 감정을 자제하고는 차분한 어조로 물었다.

"그런 사례가 우리 화성의 선조 중에도 있었나요?"

슈트켄은 시선을 아래로 깔고 말했다.

"현재까지의 연구에 의하면 그런 사례는 없었다. 드물게 돌연변이 화석이 발견되기는 해도 유전은 되지 않으니 말이다."

슈트켄은 시선을 올리며 슈카르를 보며 말했다.

"이번에 지구 요원들이 부연설명과 함께 보내준 자료는 영상에 의한 착시거나 일부 학자들의 소견대로 과거 지구의 태고 적 인간이 대재앙에서 살아남아 생존한 것도 고려해볼 만하다. 지구에서 수차례의 대규모 재앙과 초기빙하기로 모두 멸종 된 것으로 알고 있었는데 고대 원인이 여태 생존 해 있다면 이것으로 학설이 뒤 바뀔 수 있기 때문에 관심들이 대단해. 그리고 우리 화성인들과의 관계도 새로이 정립해야 될 필요도 있을 거야."

슈트켄은 자신의 전공학문에 대단한 자료라도 되는 듯 약간은 흥분한 상태였다.

슈카르 역시 복잡한 속내까지 더해 슈트켄에게 불었다.

"아, 그렇군요. 그런데 우리와의 관계를 새로 정립해야 되는 것은 무슨 뜻인지 잘 모르겠습니다."

"그건 단순히 나의 생각인데 나중에 시간나면 다시 얘기 하자꾸나."

슈카르는 실망한 듯 아쉬웠지만 빨리 문제의 영상을 보고 싶었다.

"네, 아버지."

슈트켄은 게브가 보내온 영상을 재생하기 시작했다. 슈트켄은 문제의 장면에서 영상을 멈추고 특이한 모습이라는 털이 많지 않다는 고릴라를 살펴보았다. 분명 특이하고 뭔가 다른 생명체라는 것은 알 수 있었으나 이 영상으로는 정확히 파악이 되지 않았다. 영상을 본 슈카르는 많은 생각을 해보고 있었다.

"아버님, 이번에 가면 이 지역을 집중적으로 살펴봐야 하겠습니다."

슈트켄이 홀로그램 영상을 바꾸자 지구의 여러 지역에 세워져 있는 연구기지들이 3D 영상으로 구현되었다.

"이번에 지구에 가면 영장류가 집중적으로 서식하는 지역에 새로운 종합연구기지 장소도 물색해야 할 거다. 화성인들의 확실한 이주 프로젝트를 위해 보다 많은 자료와 연구가 필요해. 대지도자의 지시 사항이기도 하고."

"알겠습니다, 아버지! 실수 없이 수행하겠습니다. 그리고… 가능하면 마야와… 동행해도 될까요?"

슈트켄이 슬쩍 눈을 치켜떴다.

"마야와?"

"예, 지구에 다녀온 지 오래되 한 번 더 가고 싶어 합니다."

"마야한테는 아픔이 서린 곳인데... 괜찮을까?"

두 사람의 대화를 듣고 있던 마야는 슈트켄의 말이 끝나기도 무섭게 끼어들었다.

"이제 저 많이 안정됐어요. 저도 할 일이 있을 것 같아서요."

"알겠다. 대지도자께 허락을 구해보마. 하지만 시일이 촉박해 이번 출장 때 동행하기는 어려울 것 같은데."

슈트켄이 아들 슈카르의 어깨를 다독이며 조용하게 덧붙였다.

"슈카르, 마야를 위해서라도 이제 고드는 잊으려무나."

* * *

Chapter 05
또 하나의 신

화성에는 동물에서 진화한 2종의 미개종족이 살고 있었다. 이들은 짐승들 중 지능이 높은 순으로 지적 생명체로 진화하여 아직까지 멸종하지 않고 살아남은 동물들이었다. 이들 두 동물 종족은 대륙에서 멀리 떨어진 바다 한 가운데 각각의 외딴 섬에서 살아가고 있는데 일찍이 화성인들이 유인원에서 상당한 역사가 흘러 지적 생명체로 진화한 것처럼 이들도 화성인들과 같은 개념으로 진화가 진행되었던 것이다. 그러나 영장류와는 다른 강한 야만성과 폭력성 때문에 스스로 괴멸하고 일부는 화성인들에 의해 멸종을 당했다.

그들은 미개문명을 돌파하지 못하였으며 정서 또한 인간의 그것과 달라 금방 한계점에 다다랐고 각종 질병과 기아에 시달리는 등으로 많은 개체수가 사라지거나 멸종되었고 특히 특유의 야만성을 극복하지 못해 동족 간 또는 다른 동물 종족과의 무모한 다툼으로 인해 많은 종족들이 자연 감소하여 사라져갔다.

최종적으로 남은 개과인 도그리온족과 조류과의 버드리아족 두 종족들이 남았는데 남은 개체수가 겨우 명맥을 유지할 정도가 되었다. 그리고 과거 한 때에는 이들 미개 동물종족들에 대하여 화성인들의 환경단체와 애호가단체들로부터 보호를 받기도 했으나 그들 종족과 잘 적응이 안 되는 대부분의 화성인들로부터 배척을 당해 대부분 소멸되었다. 결국 마지막 세계대전의 대재앙으로 두 종족의 일부를 제외한 모든 종족들이 많은 화성인들과 함께 사라지고 말았던 것이다. 따라서 살아남은 도그리온족과 버드리아족의 두 종족 일부만이 진화한 지적 생명체로 명맥을 유지하고 있었다.

하나는 개과에 해당되는 세퍼드계의 도그리온족이며 다른 하나는 앵무새계의 혼혈족인 버드리아족이었다. 이들이 비록 지적 생명체로 진화했다지만 화성인과는 비교조차 할 수 없을 정도의 미개한 수준이었다. 그렇다 해도 이들은 오랜 진화를 통해 고유의 언어를 지녔으며 각 부분에서 일정수준의 과학문명도 가지고 있었다. 그리고 나름대로 체계화된 제도를 가지고 있으며 계층별로 조직화되어 있었다.

이들의 문명 수준이면 당장이라도 지구와 같은 행성에서는 주인이 되기에 충분하였다. 도그리온족의 개체수는 대략 이만여 명 정도이고 버드리아족은 일만 명이 조금 못되었으며 평균수명은 60~70년 정도였으며 그나마 자연감소가 갈수록 빨라져 멸종을 우려하고 있었다.

그럼에도 불구하고 이들에게 관심을 지닌 화성인들은 많지 않았으며 일부 특정 화성인의 연구과제로 눈여겨보는 중이었다. 도그리온족을 보존하고 연구하는 화성인은 아비누스 박사였으며 버드리아족을 연구보존 관리하는 전문가는 뎅버드 박사였다. 이들은 두 종족의 평화로운 생존과 보존에 남다른 관심을 가지고 있었다.

아비누스와 뎅버드는 과거 역사에서 자신들의 조상들이 이들 애호가 단체를 이끌어 왔다는 문헌을 발견하고 뿌리의 자존심을 살려 이들 두 종족의 관리와 보호역할을 자처하고 있는 것이었다.

이들의 협조요청으로 화성의 집행부에서는 두 종족에게 무선전력 공급 시설을 제공했고 그들의 능력에 맞는 문명기술을 지원하여 자체적인 문명 발전에도 큰 도움을 주었다. 두 종족이 비록 미개종족이지만 화성인들의 도움을 많이 받고 있어 화성인들을 적대시하거나 해코지하는 일은 결코 없거니와 할 수도 없었다. 두 개의 격리 된 섬에서 살고 있는 두 종족의 주변에 설치된 감마선 방어벽은 종족을 보호하기 위함이기도 했지만 행여 있을 이들 종족의 돌발이변에 대비한 저지선이기도 했다. 따라서 섬 주변의 감마선 방어벽은 그런 면에서 화성인들과의 분명한 경계였다. 아비누스 박사가 도그리온족의 추장을 만나러 궁전으로 향하고 있었다.

'세담 추장이 어쩐 일로 나를 보자고 한 걸까…?'

이들에게 공동체라는 이미지를 주려고 일부러 이들의 섬에 같이 살고 있지만 아비누스의 거주지는 섬의 한쪽 끝에 위치한 추장의 궁전과는 완전 반대편이었다.

아비누스는 지상을 달리는 도그리온족들이 사용하는 전기차를 타고 해안도로를 따라 질주하고 있었다. 화성인들의 주요 교통수단은 제트카로 하늘을 자율 주행하는 상황이지만 아비누스는 오히려 오프로드 같은 지상을 달리는 전기차가 좋았다. 물론 화성인 거주지로 이동 시에 이용하는 개인 제트카는 아비누스의 주차장에 안전하게 주차되어 있었다. 도로 사정은 그다지 좋지 않았다.

도그리온족이 도로 보수에 게으른 탓도 있지만 잦은 운석의 충돌로 인해 허구한 날 도로 곳곳이 망가지고 있었다.

버드리아족이 거주하는 섬과 더불어 이곳은 그나마 운석의 영향이 크지 않아 안전하다고 판단하여 지정한 구역이었다.

피해가 있다 하더라도 아주 작은 알갱이 때문에 도로에 작은 웅덩이가 생길 정도에 지나지 않았으나 최근 들어 점점 그 피해가 증가하고 있었다.

화성 지표면으로 진입하는 운석을 파괴하는 중앙 운석제어실에서는 화성인들 거주지 주변에 떨어지는 운석을 우선적으로 차단하기 때문에 도그리온족이나 버드리아족들이 살고 있는 섬에 낙하하는 작은 운석들은 놓치는 경우가 허다했다. 따라서 수시로 이런 알갱이들이 이곳으로 떨어지곤 했다.

최근 들어 그러한 현상이 잦아지고 제법 건물 일부를 파괴할 정도로 우려가 되고 있었다. 도로 옆으로 깊은 운석 충돌자국이 보였다.

김이 모락모락 피어오르는 것으로 보아 추락한 지 오래되지 않은 운석 구덩이로 보였다.

'도그리온족 섬은 비교적 운석의 추락이 드문 곳인데도 갈수록 충돌이 잦아지고 있어. 이러다가 소행성 무리들이 모두 화성으로 추락하는 것은 아닌지 몰라.'

아비누스는 괜한 걱정을 하는가 싶어 바다 쪽으로 고개를 돌렸다.

감마선 방벽 저편으로 보이는 바다 위로 한 척의 요트가 깊이가 얕은 바닷물살을 가르며 지나가고 있었다. 공기부양 요트는 해수면에서 뜬 채로 바다를 가르며 빠른 속도로 수평선을 향해 미끄러지고 있었다.

'해양학자의 요트인가?'

가끔 화성인들 중에서 특별한 승차감을 즐기기 위해서 직접 바다에 나서기도 했다. 이때 하늘 저편에서 작은 불꽃이 꼬리를 물고 운석이 추락했다. 공교롭게도 바다로 추락하는 운석이 요트에 정면으로 충돌하면서 배가 산산조각이 나 버렸다.

"허어, 이런!"

아비누스는 급히 긴급통신망을 통해 도그리온족과 가장 인접한 퍼그구역에 접속했다.

"여기는 도그리온족 섬의 아비누스입니다. 도그리온 족 섬 서쪽지역 해안에 요트가 운석과 충돌하는 사고가 발생했습니다. 즉시 출동바랍니다."

퍼그구역의 순찰대에서 곧바로 답신을 보내왔다.

"알겠습니다. 즉시 출동하겠습니다."

아비누스는 운석이 추락한 해역의 좌표를 찍어 보냈다. 이 순간 아비누스의 전기차에서 요란한 경보장치가 울렸다. 운석의 파편이 대각선으로 내리꽂히며 도로를 강타하였고 일부 잔해가 아비누스의 차체 옆면에 충돌했다.

"어엇!"

깜짝 놀란 아비누스가 급히 엑셀레이터를 밟아 충돌한 곳을 벗어나고자 했고 동시에 충돌 위험을 감지한 자율주행 센스가 도로를 벗어나 미끄러지듯 이동시켰다. 거의 동시에 운석이 또 그 주변에 내리 꽂혔다.

"콰아앙…!"

도로 일부가 폭파되면서 먼지폭풍이 수십 미터를 휩쓸었다.

"후우, 큰일 날 뻔했어."

아비누스는 안도의 한숨을 내쉬고는 먼지폭풍에서 최대한 멀리 달아났다. 잠시 후 아비누스는 도심으로 접어들었다. 도로 주변으로 보이는 소규모 도시에는 미개종족답지 않게 세련된 건축물이 드문드문 보였다. 도그리온족들이 하나의 건물을 완성하는데 수개월에서 수년이 걸렸다.

화성인들이 첨단 프린팅 기술로 몇 분도 안 되어 만들어지는 고급 주택들에 비교될 순 없지만 이들의 주거지는 정통 건축기술로 정성스럽게 빚은 세련미가 돋보였다. 그러나 여러 개의 건물은 최근 운석의 잦은 충돌로 인해 아무도 살지 않고 방치되어 흉물스럽게 보였다. 도그리온족 섬에 추락하는 작은 운석들은 화성당국에서 세세히 신경을 쓰지 않아 많은 구역이 피해를 보지만 어쩔 도리가 없었다. 게다가 도그리온족은 운석지역을 피해 지하도시에서 지내는 다수 화성인들과 달리 대부분 지상에서만 생활하기에 운석의 충돌에 더 많이 노출될 수밖에 없었다.

파괴된 건물 주변에서 잔해를 정리하던 도그리온족들은 전기차를 타고 이동하는 아비누스를 알아보고 손을 흔들어 반기는 모습을 보여주었다. 그들이 유일하게 접촉하는 화성인이며 가장 존경하는 화성인이 바로 아비누스였다. 아비누스는 뿌얀 연기를 피워내는 잔해를 바라보며 혀를 찼다.

'이런, 지난번에 방문했을 때보다 훨씬 많은 피해를 입었어. 이러다가는 개체수 감소가 아니라 운석 때문에 도그리온족이 모조리 멸종될 수도 있겠어.'

도그리온족 추장의 궁전에 가까워져 오고 있었다. 도그리온족 최고 권력자의 거처답게 추장의 궁전은 제법 규모를 갖춘 건물이었다. 이곳도 운석의 추락 때문에 건물 일부가 붕괴돼 인부들이 보수 중에 있었다. 아비누스는 조수석에 놓인 가면을 집어 들고 얼굴에 썼다. 가면은 세퍼드 개 형상이었다. 도그리온족과 유사한 모습의 가면을 쓰는 아비누스는 그들 종족을 조금이나마 이해하고 존중하는 의미가 담겨 있었다. 아비누스는 제복차림 경비원의 안내를 받아 궁전으로 들어섰다. 접견실 밖으로 근엄한 외모의 늙은 도그리온족 한 명이 대기하고 있었다.

외형 이미지와는 달리 겁 많은 용안을 지닌 그가 바로 도그리온족의 최고 통치자인 추장 세담이었다. 세담은 양손을 벌려 아비누스를 반겨 맞이했다.

"어서 오십시오, 아비누스 박사님. 이게 얼마만입니까?"

그는 다소 지나칠 정도로 반색하며 아비누스를 포옹했다.

"반갑습니다, 추장."

"보잘 것 없지만 헬기로 모시려 했는데 굳이 차량을 이용하신다고 하셔서…"

"덕분에 재미있는 드라이브와 오랜만에 바깥자연을 구경할 수 있어 좋았습니다."

"사실 요즘은 자연 환경도 썩 좋은 모습은 못 되지요. 자, 들어가시지요."

세담은 극진한 자세로 앞장서 안내했다. 접견실은 아기자기한 장식으로 잘 꾸며져 있었다.

대부분 수작업에 의한 공예품으로 첨단 시설의 물품들은 많지 않아 마치 화성인들의 과거 유물을 보는 듯했다. 접견실의 테이블 중앙에는 희고 붉은 꽃이 피어난 나무가 크고 아름다운 화분에 심어져 있었다. 아비누스가 자리에 앉자 세담이 조금은 성급하게 얘기를 시작했다.

"박사님, 우리가 파악한 정보에 의하면 머지않아 화성이 대형 혜성과 충돌한다고 하더군요. 사실입니까?"

아비누스는 내심 놀라움을 금치 못했다. 화성 중앙행정센터에서 전 화성인들에게 전송되는 모든 정보들은 외부세계에서는 청취나 수신이 불가능한 것이었다. 아비누스가 나중에서야 알게 된 일이지만 조금 전 요트사고처럼 화성인들이 불의의 사고로 잃어버린 수신 장치를 이들이 몰래 입수하여 사용하고 있었던 것이다.

'켈리 혜성에 대한 정보를 어디서 입수한 거지?'

그렇다고 지금 이들을 추궁하거나 이를 따질 상황은 아니었다.

아비누스는 태연한 척하며 질문에 답을 하고 있었다.

"나도 그런 정보를 들었지만 심각하게 고려할 상황은 아니라고 알고 있습니다."

세담은 아비누스에게 마치 따지기라도 하듯이 말했다.

"그래도 화성의 지도부에서는 그에 대한 대비를 하고 있지 않겠습니까?"

세담의 말은 화성인들끼리 주고받는 대화처럼 느껴졌다.

'도대체 이들이 얼마나 어디까지 알고 있는 걸까?'

아비누스는 자칫 답변을 잘못했다가는 체면이 말이 아닐 것 같았다.

"아직 특별한 대비는 없습니다. 머나먼 훗날의 문제이고 그때까지 혜성의 궤도를 연구하면 충돌을 피할 수도 있다는 것이 천체전문가들의 소견입니다."

아비누스가 뭔가 숨기려 한다는 느낌을 받은 세담은 다소 서운했지만 전혀 내색을 하지 않았다. 화성인들로부터 각종 혜택을 지원받는 처지다보니 아비누스의 말을 긍정적으로 받아들이고 존중하는 태도를 보여야 했다. 다소 평안한 표정으로 세담은 말을 이었다.

"박사님, 지금까지 박사님과 화성인들의 지원 덕분에 우리 종족이 잘 지낼 수 있었습니다. 하지만 화성의 멸망은 우리의 생존과도 직결되어 있습니다. 최악의 상황이 닥칠 경우 화성인들은 미리 대책을 강구하겠지만 저희들을 어떻게 할지 불안합니다. 그리고 우리 자력으로는 어떠한 대책도 거의 불가능하지요."

평안한 표정에서 거의 절망적인 표정으로 변하는 세담을 보며 아비누스는 말을 이었다.

"추장의 우려는 저도 충분히 동감합니다. 사실 화성의 지도부에서도 도그리온족을 지원할 수 있는 방법에 대해 조금은 고민하고 있는 것으로 압니다."

물론 이는 사실이 아니었다. 앞으로 그렇게 해본다는 것을 미리 표현한 것 뿐 이다. 화성인들을 위한 대규모 이주 프로젝트만으로도 전문가들이 머리를 싸매도 모자랄 판이라 미개종족들까지 이주시키려는 계획은 아예 거론도 되지 않았었다. 이런 사실을 알지 못하는 세담은 화성인들이 도그리온족을 지켜주려 한다는 얘기에 크게 안도했다.

"아, 역시 그랬군요. 구체적으로… 어떻게 지원해 주시려는 것인지 알 수 있겠습니까?"

　세담의 집요한 물음에 아비누스는 다소 난감해졌다. 세담을 위로하기 위해 지어낸 얘기인데 그만 상대가 곧이곧대로 믿어버리자 이제 와서 아니라고 할 수도 없었다. 잠시 고심하던 아비누스가 화성의 지도부에서 검토 중인 이주 프로젝트의 일부 내용을 알려 주었다.

　"사실 지도부에서는 지구로의 대규모 이주를 검토 중에 있습니다."

　"아, 지구로 말입니까?"

　"그렇습니다. 하지만 화성인들은 자신들만의 생존을 중시하다보니 도그리온족을 이주대상에 포함시킬지에 대해서는 아직 결정하지 못하고 있습니다. 저는 도그리온족과 오랜 교분을 맺었기에 어떤 상황에서도 여러분들을 잃고 싶지 않지만 과연 지도부에서 제 청원을 받아줄지 장담할 수 없군요."

　세담은 손을 뻗어 아비누스의 손을 쥐었다.

　"박사님, 우리 도그리온족도 넓은 의미에서 보면 화성의 한 가족이 아닙니까? 우리 종족은 그리 많지도 않은 개체수이니 지구로 이주할 때 제발 함께 데려가 주십시오."

　"추장, 다른 행성으로 이주하는 게 간단한 문제가 아닙니다. 이건 나나 추장 개인의 의지로 결정되는 게 아닙니다. 일단 도그리온족 모두의 동의가 필요하고... 또한 전혀 다른 환경에서 과연 종족이 유지될 수 있는지도 심각하게 고민해야 합니다. 물론 지구의 생존 환경이 이론적으로는 매우 합당하다고는 합니다만 아직 실질적인 검증이 미비합니다."

세담이 다소 가라앉은 어조로 말을 받았다.

"근래에 들어 운석의 충돌이 잦습니다. 하지만 우리로서는 전혀 대응할 수 없다는 사실이 안타깝지요. 만일 대형혜성과 충돌하면 화성은 사라질 테고 우리 도그리온족도 같이 사라지겠지요. 하지만 어디론가 이주할 수 있다면 그 환경 속에서 종족을 유지하는 건 저의 책무입니다. 그리고 동시에 이주를 하면 인적 물적 수송 등의 부담도 클듯하니 숫자가 적은 우리가 먼저 이주하여 생존환경에 미리 적응해보는 것도 화성인들에게 낫지 않을까요?"

다소 비장함이 서린 세담의 반짝하는 새로운 아이디어에 움찔한 아비누스는 무거운 부담감을 느꼈다.

더구나 먼저 생존환경에 적응해 보겠다는 것에 대해선 섬뜩하기도 하지만 화성지도부에서는 크게 환영할 만한 제안이 될 수도 있을 것이라고 생각했다.

"알겠습니다. 지도부에 추장의 간곡한 청원을 전달할 테니 추장도 도그리온족 전체의 의견을 모아주세요. 지도부에서 기껏 지원을 결정했는데 많은 반대파가 섬에 그냥 남겠다고 하면 내 입장이 곤란해지니까요."

"그건 걱정 마십시오. 종족을 지킬 수 있다면 우리 도그리온족은 누구 할 것 없이 지구로의 이주를 희망할 겁니다."

"어쩌면 이주를 위한 조건이 화성 지도부에서 제시될 수도 있습니다. 그 점도 감안해야 할 겁니다."

세담은 눈을 크게 뜨고 아비누스에게 물었다.

"조건이라뇨?"

아비누스는 개인적인 생각으로 말을 했지만 금방 답변이 생각나지 않았다.

"아… 네… 생존에 관한 조언 같은 거…뭐 그런 것이겠죠"

심각하게 아비누스를 바라보고 있던 세담은 크게 안심하며 말했다.

"알겠습니다. 이주를 지원해 주시면 어떤 조건이라도 수용할 마음이 있습니다. 이점을 대지도자님께 꼭 전해 주십시오."

"그러지요. 도그리온족의 의지가 이렇듯 절실하다면 이주를 꼭 성사시키도록 노력해 보겠습니다."

면담이 끝나자 두 사람은 자리에서 일어섰다. 세담이 아비누스의 손을 굳게 쥐었다.

"그럼 박사님만 믿겠습니다."

세담은 직접 궁전 밖까지 나가 아비누스를 배웅했다. 아비누스의 전기차가 정문 밖으로 멀어지자 세담은 뾰족한 주둥이를 어루만졌다.

'지금은 어쩔 수 없이 화성인들의 지원을 받고 있지만 지구로 이주하면 상황이 달라질 수도 있어. 넓은 지구를 우리 마음대로 휘저을 수도 있고 누가 우리를 이래라 저래라 하는 놈들도 없을 것이 아니냐. 화성의 지원이 끊어져 좀 원시적으로 살더라도 자연생활이 더 나을 수도 있어. 그리고 점차 우리문명도 발전 할 것이고…'

Chapter 06

신들의 운명

화성의 뮤센구역 행정센터.

슈카르는 가벼운 흥분 속에 행정위원회 대회의실로 향하고 있었다.

'머스칸과 클렌시아가 이번 팀원에 포함됐을 줄이야.'

회의실로 들어서자 앞서 기다리고 있는 두 사람이 일어섰다. 씩씩하고 멋진 청년은 지리학자 머스칸이고 발랄한 외모의 여성은 해양전문가 클렌시아였다. 각자 연구생활 때문에 직접적인 대면은 드물었지만 수시로 자료를 주고받으면서 연구 결과를 공유하기에 오랜 동료와도 같았다. 이들은 자신들의 전공과는 달리 의외로 보수적인 화성인들이었다. 그런 이유로 슈카르는 이 두 사람을 절친 동료처럼 여기며 친분이 두터웠다.

"머스칸, 클렌시아!"

슈카르가 환한 웃음을 띠며 각자의 이름을 부르자 두 사람이 동시에 다가섰고 그들은 따뜻한 포옹으로 반가움을 표명했다.

"아무리 화상통화로 대면해도 이렇게 직접 만나야 느낌이 온다니까. 하하하"

"맞아요, 슈카르 박사님. 아니, 지금은 팀장님이시죠. 하하하."

클렌시아가 호칭을 바꾸자 활달한 성격의 머스칸이 아날로그 식 거수경례를 취했다.

"장비는 이미 모두 챙겨 놓았습니다, 팀장님."

"어떤 장비들이지?"

"응급캡슐, 1인용 프리카, 정찰드론, 해양탐사장비일체, 지진 계측기, 기상탐사장비일체, 대기 질 측정 장비와 각종레이저 장비, 장기 체류를 위한 생활용품, 각종 매뉴얼, 비상장비, 그리고 만일의 사태에 대비해 감마봉도 잊지 않았습니다."

"자네가 지구에서 길을 잃을 수 있으니 위치추적 장치도 점검해야 하지 않을까?"

"팀장님도 참. 제가 애입니까. 길을 잃게요?"

"지구는 넓어. 어른도 때로는 길을 잃어, 하하."

"하하하."

동시에 세 사람은 해 맑고 크게 웃었다. 고드 사건 이후로 이제는 개인 위치추적 장치를 별도로 챙길 필요가 없어지고 이미 신체에 이식해 놓고 있었다. 과거에는 위치추적을 할 상황이 거의 없어 크게 관심을 쓰지 않았을 뿐이지 위치추적은 이미 오래 전부터 챙겨온 부분이었다. 슈카르는 일처리가 워낙 꼼꼼한 머스칸의 성격을 잘 알기에 탐사장비에 대해서는 더 이상 믿어 의심치 않았다.

"자, 그럼 내일 출발에 앞서 지도자님을 뵙기로 할까?"

세 사람은 뮤센구역의 지도자 슈트켄의 집무실로 들어섰다. 화상통화로 대지도자에게 보고를 하고 있던 슈트켄이 얼른 통화를 마무리하고 자리에서 일어섰다.

"어서들 오게."

슈트켄은 이번에 파견하는 팀원들의 역할이 중요하기에 머스칸과 클렌시아를 일일이 포옹하며 격려해 주었다.

"자네들이 슈카르와 함께 팀원이 돼 얼마나 든든한지 몰라."

"감사합니다, 슈트켄 지도자님."

"임무나 연구도 중요하지만 특별히 안전에 유의해서 무사 귀환을 바라겠네. 본래 대지도자님께서 자네들을 직접 격려하시려 했지만 팀장이 나의 가족이라는 이유로 내가 대신 이번 탐사 팀을 직접 지휘하고 배웅하게 되었네. 앞으로 보고 과정을 통해 수시로 대화하게 될 거야."

"영광입니다, 지도자님."

"현재 화성인들은 지구로의 이주에 대해 상당한 관심을 가지고 지켜보고 있으니 좋은 성과를 기대하겠네."

탐사팀원들은 잠시 슈트켄과 지구의 탐사와 관련하여 얘기를 나누고는 집무실을 나섰다. 팀장인 아들을 배웅하면서 슈트켄은 만족한 미소를 머금고 잠시 생각에 잠겼다.

'슈카르가 이번 지구 탐사를 통해 그동안 스트레스를 풀고 안정을 찾으면 좋겠어.'

슈카르는 여행이라도 가는 것처럼 신이 나서 집으로 돌아왔다. 슈카르는 곧바로 마야의 연구실로 직행했다.

"마야, 나 왔어."

마야의 연구실은 여전히 꽃의 세상이었다.

"슈카르, 뭔 좋은 일이 있어요? 그렇지? 그래서 내가 주는 귀한 선물이에요."

마야가 슈카르에게 특별한 꽃을 건넸다. 오색찬란하게 빛깔을 뿜어내는 꽃을 받아든 슈카르가 물었다.

"이건 또 어떤 마법의 꽃이지?"

"특별한 마법은 없어요. 대기 중에 약간의 수분만 있으면 시들지 않으니 우주선 내에서도 이상 없이 꽃을 피울 거예요. 조종석에 놓아주면 같이 나와 동행하는 것처럼 위안이 되지 않겠어요?"

"호오, 진짜 마법이네. 앞으로 장기간 탐사를 반복해야 하는데 이 꽃을 볼 때마다 당신의 기운을 느낄 수 있어 진짜 큰 힘이 되겠네."

슈카르는 마야를 따뜻하게 포옹했다.

"이번 탐사에 나서면 한 번에 수 십 년 이상은 지구에 머물게 될 것 같아. 이주 프로젝트를 거의 기정사실화 하고 가는 상황이라 모든 상황을 고려하고 분석해야 되거든."

"결국 지구가 제2의 화성으로 이주를 확정하려나 보네요. 이제 화성인들의 미래는 당신에게 달렸어요."

"그런 소리 마. 우리는 그저 팀 중의 하나일 뿐이야."

"그렇기는 해도 당신들이 팀의 핵심이잖아요? 고향별을 떠나야 한다는 사실이 너무 안타깝지만 당신이 이주 프로젝트 책임자가 되다니 얼마나 자랑스러운지 몰라요."

"영광스럽기도 하지만 부담이 커."

"그 부담을 내가 나눌게요."

"마야, 이번에 같이 못 가게 되서 정말 미안해. 아버지는 승낙을 하시는데 내가 거절했어. 괜한 고생을 할 것 같아서야."

"당신마음 다 알고 있으니 염려 안 해도 되요. 나도 그 동안 연구에 몰두하고 싶구요."

"고마워, 마야"

마야는 슈카르의 목에 팔을 두르며 입을 맞추었다. 그녀의 뜨거운 숨결 덕분에 슈카르는 한결 마음이 가벼워졌다.

'그래, 모든 게 잘 될 거야.'

다음날 우주기지에 도착한 슈카르는 조장 머스칸과 클렌시아, 그리고 각 연구원들로 구성된 팀원들과 합류했다. 조장 머스칸과 클렌시아가 이륙 준비를 철저히 해 놓았기 때문에 슈카르는 간단히 점검만 하면 되었다. 과거에는 우주선을 한 번 이륙하려면 본부기지 중앙 콘트롤센터의 교신과 지시에 따라서 거창하게 이륙준비를 하던 때와는 완전히 다른 과정으로 바뀌었다. 이제는 개인 비행기를 타고 출발하는 것과 거의 동일하게 간단한 수준으로 변모했다. 모두가 탑승하자 지하기지의 천장이 열렸다.

"기이이잉…!"

이번 탐사는 지도자 회의에서 의결된 프로젝트가 얼마나 중요한지를 보여주기라도 하듯이 우주선의 등급과 규모가 상당했다. 최근에 제작된 이번 탐사용 우주선은 이온추진 엔진을 갖추고 있어 지구까지는 약5시간 전후로 당도할 수 있다. 전자공기역학을 이용한 이온추진 엔진은 이온바람인 전기기체로 추력과 양력을 얻는데 개발된

지는 오래되었으나 이를 최근에 최첨단 화 한 것으로 소음도 없으며 진동이 전혀 없어 빠르고 쾌적한 비행을 할 수 있는 점이 주요 특징이었다. 우주선 내부에는 장기 운항과 생존에 필요한 장비, 그리고 설비가 완벽하게 갖춰져 있어 외부의 보급 없이도 자력으로 장기간 버틸 수 있는 것이었다. 또 수시로 보급선이 지구 연구기지로 왕래하기 때문에 아무런 문제가 없었다. 반 중력 장치가 가동되자 거대한 동체의 우주선이 가뿐하게 지하기지에서 이탈하면서 빠르게 이륙했다. 화성의 위성궤도를 선회한 우주선은 아광속의 추진력을 이용해 지구로의 우주비행을 시작했다.

가오리 형태의 매끈한 우주선은 이륙한지 30초도 안되어 초속 80km로 비행했다. 멀리 푸른 별 지구가 보였다. 불과 5분 여 만에 25,000km를 주파했으니 아광속에 가까운 비행이었다.

약 5시간 정도 비행 후 우주선은 지구의 대기권에 이르자 자동으로 비행 속도와 진입 각이 조절되었다. 지구의 대기권은 웬만한 물체를 모두 태워버리지만 이는 화성인이 오래 전에 극복한 기술이어서 슈카르 일행들이 탑승한 신형 우주선은 선내 환경에 전혀 문제가 없음은 물론, 최적의 속도와 각도를 찾아내 지구의 대기권을 전혀 무리 없이 통과할 수 있었다.

통과하는 순간 고열과 마찰로 인해 우주선 내부는 미미한 진동을 느낄 수 있지만 이중 외피의 특수 냉각장치가 가동되면서 우주선의 내부 환경을 안전하게 해주었다. 대기권을 통과하자 우주선은 감속을 시작했다. 슈카르는 비로소 생생한 지구의 경관을 감상할 수 있었다. 물의 행성으로 불리어도 좋을 만큼 더 넓은 바다와 호수, 긴 강, 그리고 대륙의 절반 이상을 뒤덮고 있는 숲의 밀림은 언제나 부럽기만 했다.

'먼 과거에는 화성도 여기 지구처럼 좋은 환경이었어. 아무리 뛰어난 과학기술로도 화성을 예전처럼 만들 수 없다는 게 너무 안타까워. 만일 지구로 이주하여 정착하게 되면 과거 화성에서의 오류를 되풀이하지 않기 위해서는 환경보호에 비상한 관심을 가지고 관리해야 할 것이야.'

이번 지구 탐사에서 주어진 슈카르 일행의 임무는 대규모 이주가 진행될 경우 각 구역별 화성인들이 자신들이 정착할 최적의 지역을 찾는데 자료를 제공하기 위한 각종 지질생태환경 조사였다.

현재 화성에서 10개 구역으로 나뉘어 살고 있는 화성인들에게 후일 지역선택의 자료를 최대한 제공하기 위해서는 최소한 10개 구역의 지구 정착지를 탐사 팀이 자체적으로 선정해놓고 이를 토대로 각 구역 지도자와 구역 민들이 협의하여 결정하도록 할 것이었다.

어떤 구역 민들에게도 안전하고 쾌적한 조건이 되어야하기 때문에 특정된 정착지의 지질과 환경 조사는 아주 중요한 임무였다. 또한 지구 이주를 주 업무로 하는 지구 종합연구센터를 건립하고 여기에 기존의 지구 연구기지를 통합하도록 하는 주요부분에 대해서도 슈카르팀이 관여하도록 하였다. 착륙지가 가까워지자 슈카르는 가장 가까운 곳에 있는 엡세나 연구기지와 교신했다.

"여기는 지구 탐사팀장 슈카르, 착륙을 허가 바랍니다."

"여기는 엡세나 연구기지. 착륙해도 좋습니다. 지구 방문을 환영합니다."

연구소장 게브의 환영 인사에 슈카르는 부드러운 미소를 지었다.

그가 지구를 방문할 때마다 게브와 교신을 해왔기에 오랜 동료처럼 느껴졌다.

"반갑소, 게브 소장."

슈카르의 우주선이 착륙장에 정확하게 안착하자 착륙장이 통째로 하강하며 우주선을 지하격납고로 이동시켰다. 이어 착륙장은 다시 상승하면서 지상이 차단되고 지하기지를 완벽하게 은폐했다. 격납고 차단 자동문이 열리며 슈카르 일행이 연구기지로 들어섰다. 게브가 연구원들을 대동하고 마중 나와 있었다.

"어서 오십시오. 슈카르 팀장님."

"잘 지내셨죠?"

"그렇습니다."

"여기 두 분은 나와 함께 탐사를 지휘할 분들로 지리학자 머스칸 박사와 해양학 박사 클렌시아입니다. 그리고 이번에 같이 수고 해 주실 연구요원들입니다."

슈카르가 두 사람과 연구요원들을 소개하자 게브가 반갑게 인사를 나눴다.

"오시느라 수고 하셨습니다. 자, 회의실로 가시죠."

슈카르는 게브의 안내를 받아 회의실로 향했다. 슈카르는 엡세나 연구기지를 이렇듯 직접 둘러보기는 처음이었다. 언제부터 이렇게 거대한 지하도시가 만들어 졌는지 감탄할 만큼 기지 내부는 상당했다.

'이주를 위한 임시 지원기지로 확장되었다고 들었는데 기지시설이 개선되었나 보군.'

연구기지에서 사용하는 전력은 화성에서 위성을 거쳐 지구 위성궤도에 띄운 위성에 무선으로 송전 받은 전력에 의해 운용되고 있었다. 자체적으로도 발전을 위한 시설은 할 수 있지만 가능한 장비설치는 생략하는 개념에 따랐다. 슈카르 일행은 간편하고 소형화된 무선 전력 송수신 설비시설 구역을 지나 회의실에 이르렀다. 넓은 회의실에는 필요한 각종 업무용 기자재들이 완벽하게 구비돼 있었다.

사실 엡세나 연구기지는 오래 전 슈카르의 아버지 슈트켄이 지구에서 화성인 생존 가능성을 연구하기 위해 기지 설계에 참여한 사실이 있었다고 했다. 그래서인지 모르지만 슈카르는 왠지 모를 아늑함을 느낄 수 있었다. 게브가 홀로그램 영상을 띄우며 보고를 시작했다.

"지구의 현재 생태계는 화성의 고생대와 비교해 동식물의 종류나 개체수에서 다소 차이가 있을 뿐 크게 다르지 않은 생명체의 진화를 보이고 있습니다."

홀로그램 영상에서는 지구의 대기권에서 불꽃이 튕겨 나왔다.

"지구의 대기권은 비교적 견고해 작은 크기의 소행성이나 운석들이 대기권 진입 시에 대부분 소멸되어 화성보다 훨씬 안전하지요. 슈트켄 지도자께서 과거 연구기지를 설계하신 덕분에 지구로의 이주 프로젝트를 추진하기 위한 참고자료가 상당량 축적돼 있어 많은 보탬이 되고 있습니다. 지질적인 문제와 생태환경, 그리고 기상환경 등에 대해서 이번 기회에 더욱 정교한 보충연구가 필요한 것 같습니다."

클렌시아가 지구 홀로그램 영상자료를 주시하면서 말을 받았다.

"그래서 저와 머스칸 박사가 파견된 거지요. 훌륭한 분들과 함께 탐사에 임하게 돼 기대가 큽니다."

다시 편안한 미소를 띠며 물었다.

"혹시 지구 임무 중에서 흥미로운 비하인드 스토리 같은 건 없나요? 화성에서는 볼 수 없는 신기한 동물의 특이한 행동이라든가 그런 거 말이에요. 호호호"

그녀의 맹랑한 질문에 잠시 긴장되었던 분위기가 다소 풀어졌다.

"얼마 전에 작은 해프닝이 있기는 했지요. 확인된 사실은 아니니 그냥 재미로 봐 주세요. 지구에도 보낸 자료이기는 합니다만."

게브가 홀로그램을 통해 보여주는 영상에는 정확하지는 않지만 체모가 약간 듬성듬성하고 피부색이 그리 검지는 않은 돌연변이 고릴라가 촬영된 영상을 보여주었다. 밀림 상공에서 찍힌 영상이다 보니 촬영 각도가 너무 가파르고 반사된 빛으로 피사체의 모습이 선명치 않았다. 그 영상을 보는 순간 슈카르는 가슴이 다시 한 번 철컥하는 느낌이 왔다. 게브가 보여준 영상은 지구를 떠나기 전 아버지 슈트켄과 함께 잠시 본 적이 있는 영상이었다. 이곳 엡세나 연구기지에서 전송한 영상자료였다.

당시 그는 돌연변이가 혹시 고릴라에 의해 납치된 자신의 아들 고드일 수 있다는 순간적인 느낌을 받았는데 그동안 잠시 잊고 있었다. 물론 그럴 가능성이 현실적으로 희박하기에 잠시 잊고 있었는데 그 돌연변이 고릴라에 대한 영상을 다시 보게 된 것이었다.

"보시다시피 반사되는 빛에 가려지면서 영상을 보정하기도 어려워 더 이상 피사체의 모습을 재현할 수가 없었습니다."

이 영상을 촬영한 아무센연구원을 쳐다 보며 게브는 말을 이었다.

"이후 돌연변이 고릴라를 다시 찾아내기 위해 주변의 밀림지대를 두루 탐색했지만 실패하고 이제는 포기했습니다. 상당한 세월이 흘렀으니 그 돌연변이는 이미 죽었을 수도 있지요."

그러자 아무센연구원이 웃음기를 띠며 말을 받았다.

"소장님, 저는 아직도 미련이 남아 있는데요?"

"어, 그런가? 하하하!"

회의실에 가벼운 웃음소리가 이어졌다.

클렌시아는 여러 각도로 돌연변이 고릴라를 살피고는 고개를 갸웃 거렸다.

"제가 해양학이 전공이라 영장류에 대해서는 잘 모르겠어요. 하지만 분명한 건 물고기는 확실히 아니라는 것입니다."

다시 한 번 그녀의 맹랑하고 능청스런 조크에 한바탕 웃음소리가 터져 나왔다. 모두가 재미있어 했지만 슈카르만은 웃지 않았다. 돌연변이 고릴라를 단순한 농담거리로 삼기에 그의 마음이 이상하게도 편치 않았던 것이다.

그날 밤 슈카르는 악몽을 꾸게 되었다. 밀림을 탐사하던 그가 갑자기 고릴라의 습격을 받게 되었다. 검은 털이 무성하고 이빨마저 누런 큰 고릴라가 사납게 울부짖으며 달려들었다. 그 공포의 순간에 고릴라의 모습이 고드와 겹치면서 그는 아찔한 혼란에 벌떡 일어났다가 다시 누워버렸다. 겨우 잠에서 깨어난 슈카르는 가쁜 숨을 몰아쉬었다.

'내가 왜 이러지? 이미 오래 전 가슴속에 묻어둔 고드를 다시 끄집어내다니!'

침대에서 내려선 슈카르는 연구실로 향했다. 한밤중이기에 연구실은 텅 비어 있었다. 악몽 때문에 잠이 달아나 침대에 더 누워 있고 싶지 않기도 했지만 더 이상 꿈을 생각하지 않으려고 지구의 지질에 대한 자료를 검색해 보기로 했다. 지구 몇 곳에 세워진 지진감지기를 통해 수집된 정보가 투명모니터를 통해 나타났다. 지구 대륙은 동적이라 판의 유동이 세월이 흐르는 동안 상당히 심하게 이동하는 모습을 보여주고 있었다.

특히 가장 거대한 바다 주변의 대륙이나 섬은 판 주위에 자리했기에 언제든 지진의 위협을 받을 가능성이 컸다. 슈카르는 이주구역을 결정하는데 지진대를 우선적으로 피하기 위해 염두에 두기로 했다. 이는 지상이든 지하든 동일한 위험요인이 될 수 있기 때문이었다.

'머스칸에게 지진에 안전한 지역부터 우선적으로 찾아내라고 해야겠어.'

슈카르는 이미 지구로 이주를 확정한 듯 생각에 잠겼다.

Chapter 07
고뇌

고드는 이미 밀림의 제왕이었다.

그가 고릴라 무리들과 함께 지낸지도 벌써 얼마나 되었는지 모를 만큼 세월이 흘러서 많이 늙어 있었다. 그의 아내였던 리아는 이미 수명을 다해 죽었지만 고드는 아직 스스로를 지킬 힘을 가지고 있었다. 이제 주변의 밀림에서 웬만한 동물들은 고드를 다 알고 있었다.

주변의 영장류 무리들은 고드가 다스리는 구역을 침범하지 않았고 주변 사나운 일부 맹수들도 오히려 고드 식구들을 두려워했다. 고드와 리아 사이에 탄생한 아들 루시 이후 여러 명의 자식들이 태어났다. 그들은 주변 유인원들과 난혼을 거듭하여 고드의 직계 후손들이 상당수 늘어났다. 교배를 했다고 반드시 2세가 태어나는 것은 아니었다. 그것은 영장류종중에서도 사람과에 해당하는 털 복숭이와의 교배에 의해서만 태어났던 것이다.

사람과가 맞든 아니든 영장류들은 거의 비슷한 외모를 가지고 있었기 때문에 모든 영장류들은 혼돈 그 자체였으나 자신들은 알리가 없었다. 고릴라 등 각종 털 복숭들이 인간종이라고 외모가 특별히 달라 보이지 않았기 때문이기도 했지만 그런 구분 자체가 전무한 상황이었다. 따라서 수십 번의 교배 중 한명이 태어날까 말까한 수준이었다. 고드의 첫아들 루시는 엄마 리아가 죽자 매우 슬퍼하다가 어느 날 발정 난 암컷과 함께 어디론가 사라져 버렸다.

지금은 고드의 혈통을 이어받은 자손들만 무리를 이루었지만 초기에는 그들도 침팬지나 오랑우탄 등 다른 영장류들과의 난혼으로 마구잡이 교배가 이루어졌었다.

그렇게 태어난 다양한 종들은 극소수이긴 하지만 대륙 여러 곳으로 흘러들어가 지구원인들을 탄생시키고 있었다. 이로 인해 고드의 자손들은 자연적인 진화에 비해 급격하게 진화 속도가 빨라졌음은 물론 지능도 다른 유인원 종들에 비해 높은 편이었다.

지금 고드의 식솔들은 여느 영장류의 인종들과 다른 주거 환경을 지녔다. 그들은 나뭇가지와 나뭇잎으로 비와 햇볕을 막아주는 주거지를 지어서 사용했다. 또한 고드의 지휘 하에 나무와 돌로 만든 무기를 가지고 집단으로 사냥에 나서 짐승들을 손쉽게 잡았다.

본래 영장류들은 일부 식물과 열대열매, 그리고 개미나 자그마한 벌레 정도만 먹을 뿐 초식이 주식인데 고드의 식구들은 잡식성이 되어 동물을 사냥하고 육식도 즐겼다. 고드의 가족들이 다른 무리들과 남다른 건 여느 유인원들에 비해 훨씬 다양한 도구를 사용한다는 점이었다. 돌과 나뭇가지는 물론이고 사냥한 동물들의 작은 뼈까지 생활에 필요한 도구로 삼았다.

"우우—우우!"

고드가 길게 소리를 지르자 주변에 흩어져 있던 무리들이 빠르게 모여들었다. 그들은 아직 정해진 언어가 없었지만 몇 가지 공통된 소리와 울음으로 의사를 소통할 수 있었다. 고드는 식구들이 수확한 사냥물과 채집한 열매를 모아서 공평하게 나눠 주었다. 그는 자식이 많거나 부상으로 다쳐 제대로 거동을 못하거나 몸이 아파서 불편한 가족에게 더 많은 먹거리를 분배했다. 잘 먹어야 부상에서 빨리 회복될 수 있다고 생각했기 때문이었다. 이러한 분배는 여느 집단에서는 찾아보기 힘든 방식이었다.

일반적으로 다친 동료는 무리에게 짐이 되는 터라 배제되거나 축출당하는 게 일반적인데 고드의 식구들은 오히려 그들을 세심하게 보호해 주고 살펴주었다. 그런 결과 고드의 전체 식구들은 결속력이 아주 강했다. 개체수는 많지 않아도 능히 밀림을 호령할 수 있어 지구의 지배자와 같은 존재가 되어 있었다. 물론 그런 지배자가 고드이기에 식구들이 그를 제왕처럼 떠받드는 것은 당연했다. 이는 고등생명체에서나 볼 수 있는 위계질서지만 고드의 식구들에게는 나름대로 구성원들 간의 위계가 형성돼 있었다. 고드의 최고 참모는 침팬지를 닮은 침팬지 형 계열의 팬텀과 오랑우탄 형 계열의 프로테우스였다.

이들은 고드가 보기에 가장 영리했기 때문에 무리들을 지휘할 때 팬텀과 프로테우스에게 의견을 묻기도 했다.

한편 고릴라 형 계열의 쿤테는 무리 중에서 가장 덩치가 크고 힘이 좋아 식구 간의 싸움이나 사냥 할 때 앞장서 나섰다. 완력이 필요한 때는 쿤테를 보내서 일을 처리토록 했다. 문제는 쿤테가 다소 지능이 떨어지다 보니 과격한 성격을 참지 못하고 자주 사고를 친다는데 있었다. 고드는 높은 바위 위에 앉아 식구들을 내려다보았다.

자신의 혈통을 이은 식구들이 한눈으로 다 헤아릴 수 없을 만큼 많았다. 함께 지내기에는 무리가 너무 많아 이러다가는 구역 주변의 먹거리 확보에 문제가 생길 수고 있다고 생각했다. 식구들을 독립시켜 내보내려면 강력한 리더가 필요했다. 리더가 있어야 독자적인 주거지를 확보해 맹수의 습격이나 다른 유인원들이나 영장류들의 침입 때 무리를 지킬 수 있기 때문이었다.

고드는 자신의 혈족들을 세심하게 살펴보았다. 자신에게 있어 손자뻘에 해당되는 팬텀에게 무리들을 모아 사냥하는 방법을 알려주어야 했다. 팬텀은 침팬지 형이라 체구는 크지 않았지만 도구 사용에 능했고 두뇌 회전이 빨라 사냥감 몰이도 뛰어났다.

'팬텀이라면 식구하나를 이끄는데 문제가 없겠어.'

고드는 자신이 신뢰하는 또 하나의 혈손을 눈여겨보았다. 오랑우탄 형의 프로테우스는 성격이 온순했고 집중력이 뛰어났다. 하나를 알려주면 열을 알기에 가끔은 고드가 미처 생각지 못한 걸 알려주기도 했다.

'프로테우스도 무리의 수장으로 손색이 없지.'

고드가 걱정하는 대상은 쿤테였다. 먹을 것을 앞에 놓고 형제와 다투는 쿤테 모습을 본 고드는 설레설레 고개를 저었다.

'쿤테에게 식구를 맡길 수는 없겠어. 좀 더 시간을 두고 많은 것을 가르쳐야 해.'

이때 무성한 정글의 하늘 위로 거대한 새가 날아갔다. 햇살을 받아 반짝거리는 거대한 새는 순식간에 정글 위를 지나쳤다.

고드는 근래 들어 고민이 깊어졌다.

'빛나는 새들이 자주 밀림 일대를 지나쳐 날고 있어. 저들이 사냥을 하는 건 아닌 것 같은데 대체 뭘 하는 거지?'

빛나는 새의 뱃속에 털 없는 동물들이 타고 있다는 사실은 그도 대충 알고 있었다. 고드는 그들이 자신과 아주 무관하지 않음을 본능적으로는 느끼고 있지만, 납치 당시의 충격에 의한 일부 기억상실증과 이미 유인원들에 적응되어 버린 지가 오래되어 스스로 자신이 화성인과는 무관하다는 최면에 함몰되어 살아 온 터였다. 고드는 우거진 나뭇잎 사이로 보이는 푸른 하늘을 올려보면서 깊은 생각에 잠겼다.

'주거지를 옮겨야 하는 걸까?'

* * *

Chapter 08
선발대

뎅버드 박사 연구실.

도그리온족과 더불어 미개종족으로 불리는 버드리아족을 보호 관리하는 뎅버드 박사는 심각한 모습으로 턱을 어루만졌다.

'그것 참, 자신들이 멸종될 수 있다는 것도 대수롭지 않게 여기고 있으니… 그들을 어떻게 설득해야 할까?'

화성인들의 대규모 이주 프로젝트가 가시화되자 도그리온족의 추장 세담은 아비누스 박사를 초대해 지구로의 이주를 강력하게 요청하는 적극성을 보여 주었지만 버드리아족의 추장 앵머스는 의지 자체가 없어보였다.

도그리온족의 추장 세담은 화성에서의 생존은 영원하지 않다는 것에 공감하고 다른 세상에서 변화를 꾀하겠다는 의도가 굳어지고 있었다. 그러나 버드리아족 추장 앵머스는 하루하루를 살아가는 데만 급급한 나머지 종족 보존에 대한 결연한 의지조차 없었다.

화성에서 버드리아족은 도그리온족이 사는 섬과 거의 반대의 지역에 위치했다.

인구수도 도그리온족에 비해 적어 지금과 같은 의식대로 생존한다면 곧 멸종에 이를 위기에 처해 있었다. 뎅버드는 자신의 관리 대상인 버드리아족이 지속적으로 보존 유지되기를 바라고 있지만 도그리온족보다 상대적으로 지능이 떨어지고 종족 보존에 대한 의지조차 박약한 버드리아족의 행태가 안타깝기만 했다.

뎅버드는 인공지능 시뮬레이션을 통해 빠르게 진행되는 버드리아족의 멸종시기를 확인하고는 더는 방관할 수가 없었다.

'비록 미개한 종족이라 해도 넓게 생각하면 화성 생명체의 한 가족이 아닌가. 어쩌면 이들에게 지구로의 이주는 멸종을 막고 번성의 기회와 계기가 될 수 있어.'

그는 나름 결심을 하고는 버드리아족이 사는 섬을 찾았다. 버드리아족은 문명적으로도 도그리온족보다 뒤떨어지기에 많이 낙후된 삶을 살고 있었다. 도그리온족 추장인 세담에게는 궁전이라도 있었지만 버드리아족 추장인 앵머스의 거처는 나무와 돌로 지어져 있어 도그리온족의 과거 시골집 같았다. 상세한 방문 내역도 밝히지 않고 간단한 통보만 한 채 방문한 뎅버드를 맞이한 추장 앵머스는 다소 머쓱해했지만 이내 반가운 기색으로 맞이했다. 버드리아족 역시 뎅버드 덕분에 화성의 중앙행정부로부터 지원을 받아 종족을 유지해 왔던 터라 버드리아족에 있어 앵머스는 태양과도 같은 존재가 아닐 수 없었다.

"앵머스 박사님, 갑작스럽게 어쩐 일이십니까?"

통나무 탁자와 통나무 의자에 마주 앉은 뎅버드는 앵머스에게 자신이 찾아온 연유를 차분하게 설명해 주었다.

"앵머스 추장, 멀지않은 미래에 화성이 멸망할 정도의 대형 혜성충돌이 있다고 합니다. 그 얘기에 대해서는 이미 들은 바 있겠지요?"

마치 자신들과는 상관없는 듯한 말투로 앵머스는 말했다.

"떠도는 소문을 대략 듣기는 했지만 우리가 뭐 할 수 있는 게 있어야지요? 혜성 충돌로 화성이 뒤집힌다면 그냥 함께 사라지는 거지요 뭐."

거의 체념하는 듯한 앵머스의 말투에 뎅버드는 살짝 화가 나기도 했지만 오히려 안쓰러움이 더 컸다.

"추장, 화성인들은 혜성과의 충돌이 확실시 되면 지구로 대규모 이주를 계획하고 있어요. 물론 그 계획에 버드리아족은 들어있지 않지요."

"그 말씀은… 이제 우리 종족을 버리겠다는 거로군요? 그런 통보를 하려고 찾아오신 건가요?"

앵머스 뒤에 서 있는 비서관 코린과 참모들은 침통한 표정으로 뎅버드의 입만 바라보았다.

"앵머스 추장은 왜 도그리온족의 세담 추장처럼 지구 이주 프로젝트에 포함시켜 달라고 적극적으로 청하지 않는 겁니까? 버드리아족 전체가 한 목소리로 청원한다면 나도 대지도자님께 버드리아족의 이주를 강력하게 요청할겁니다. 어쨌거나 우리는 같은 화성 식구가 아닙니까?"

뎅버드는 도그리온족 세담과 협의한 아비누스와는 정반대의 입장이 된 것 같았다.

오히려 엥머스 추장을 설득하고 있는 것이 아이러니했다. 엥머스는 자신들을 아주 비관적으로 말했다.

"같은 화성인 식구? 박사님이나 우리를 그렇게 생각하지 대다수 화성인들은 우리 종족을 하등동물로 취급하지 않습니까. 우리가 요청한다고 지구로 데려다줄 지도 모르고 설사 지구로 이주해도 지금보다 나은 삶을 유지할 보장도 없지 않습니까."

앵머스는 여전히 맥 빠진 말투를 이어갔다. 뎅버드는 가슴이 답답했지만 깊이 숨을 들이키고는 설득하기 시작했다.

"추장, 내가 연구한 바에 의하면 버드리아족이 살기에는 지구가 천국이 아닌가 싶군요. 지구에는 아직 문명을 갖춘 지적 생명체가 없을뿐더러 여태까지 진화하지 못한 여러분들의 옛 조상인 태초의 각종 새들은 물론 갖가지 동물들이 전혀 진화하지 못한 상태의 짐승으로 살고 있습니다. 그런 곳에 가시면 천하를 호령하며 살수도 있습니다. 이렇게 소멸되는 것 보다 지구로의 이주가 훨씬 현명한 결정일 겁니다. 여기에 비하면 이론상 생존 환경은 거의 천국과 같습니다. 오히려 삶의 질이 좋아 질 수도 있습니다. 먹거리 걱정도 없구요."

앵머스와 참모진들은 이해를 할 듯 말 듯 하면서도 진지하게 고개를 끄덕였다. 참모들을 차례로 훑어 본 앵머스는 다시 뎅버드를 쳐다보며 말했다.

"박사님께서 그렇게 말씀하시니 지구로 이주해 사는 것도 괜찮을 것 같네요."

뎅버드는 잠시 생각하는 듯 하고는 다시 말했다.

"다만 참고하실 게 있어요. 화성인들보다 먼저 이주를 하게 될 것 같으며 이곳에서의 문명 시설은 거의 포기하고 지구에서 자연 상태로 생존해야 하는 수준의 이주가 추진될 겁니다."

사실 뎅버드가 버드리아섬을 전격적으로 방문한 목적은 버드리아족에게 이런 조건부 이주를 제안하기 위함이었다. 그리고 이들을 우선 이주 한다는 것은 뎅버드가 지레 짐작한 개인의견으로 말한 것이었다. 전체 화성인들을 통째로 이주시킬 프로젝트는 아직 검토 단계였다.

지구라고 모든 환경이 매일 같이 평온한 것은 아니었기 때문에 화성인들이 과연 지구에서 제대로 정착할 수 있을지는 사전에 충분한 시험과정이 필요한 것도 있었다.

이에 두 종족을 우선 이주시켜 사전 적응을 시험해 보는 것도 여러 가지 측면에서 바람직한 방안일 수 있었다.

현재 1만3천여 명에 불과한 도그리온족과 버드리아족 정도는 대형 우주선 몇 척에 태워 지구로 먼저 이주시키면 화성인들의 대형 이주에 비해 아주 간단한 것이었다.

도그리온족과 버드리아족은 거의 몸만 이주하는 조건으로 했지만 화성인들은 모든 자원을 전부 챙겨야하기 때문에 대 이주에 많은 문제를 안고 있었다.

두 종족의 사전 이주는 지구환경에 대한 적응과 생존 자료들은 화성인들의 이주 프로젝트를 진행하고 수립하는데 필요한 많은 자료를 제공해 줄 것이었다. 어찌 보면 두 종족은 화성인들의 지구생존에 대한 시험대상일 수 있지만 달리 생각하면 두 미개종족의 생존에 중요한 계기가 되기도 했다.

그러나 두 미개종족이 화성인들이 제공해준 문명기술까지 포함하여 현재의 장비나 기구들을 그대로 지구로 옮겨가다보면 혹시 모를 두 종족 간 갈등의 소지가 있을 수 있었다. 또 두 종족에게 사실상 무리기는 하지만 현재 문명을 버리고 자연 상태의 생존을 화성인들이 요구하면 계획에 차질이 생길 수도 있었다. 아비누스나 뎅버드 마음 같으면 조건 없이 이주토록 해주고 싶은 마음이었지만 지휘부와 화성인들의 정서도 이해해야 했다. 생활에 필요한 기본적인 것 외에는 모두 포기하고 이주해야 한다는 조건에 버드리아족 참모진들이 난감한 표정으로 수군거렸다. 앵머스가 무거운 어조로 입을 열었다.

"박사님, 화성인들에 비해 보잘 것 없는 거지만 우리가 보유한 장비나 설비 부분까지 포기하면 우리는 새로운 세상에서 심각한 위험과 불편을 감수해야 합니다. 과연 동족들이 이를 받아들이려 할까요?"

처음에는 거의 무관심과 체념 상태였던 버드리아족이 점점 요건을 따지기 시작한 것이었다.

"안심하세요. 지구에는 생존에 필요한 모든 것이 자연 상태로 존재하기에 여러분들의 체질과 특성상 살아가는데 조금도 지장이 없을 겁니다. 지천에 자연적인 먹거리도 풍족하구요. 물론 새로운 환경에 적응하는 게 다소 불편할 수 있겠지만 버드리안족의 미래를 생각하면 충분히 감수할 수 있으리라 판단됩니다. 그리고 화성인들의 옛 조상들 자료를 보면 일부러 문명을 떠나 깊은 자연 속에서 오히려 행복하고 건강하게 오래 장수하며 살았다고 합니다."

잠시 고심하던 앵머스가 뎅버드의 제안을 어느 정도 수용했다.

"알겠습니다. 오랜 세월 우리 종족을 관찰해 오신 박사님이 그런 결론을 내렸다면 받아들이도록 노력하겠습니다. 우리도 보잘 것 없는 장비나 설비에 집착할 마음은 없습니다."

"현명하신 판단입니다. 그럼 종족의 의견이 합치되면 연락주세요."

"알겠습니다. 즉시 구역장 회의를 열어 지구로의 이주를 논의해 보겠습니다."

논의가 끝나자 자리에서 일어선 앵머스가 뎅버드의 손을 굳게 쥐었다.

"우리 종족을 위해 이렇듯 신경 써주시는 박사님께 진심으로 감사드립니다."

* * *

"뎅버드 박사, 오랜만입니다."

뎅버드의 화상통화를 받은 아비누스가 반갑게 얼굴을 대하면서 말을 이었다.

"하하, 앵머스 박사. 저도 조만간 통화를 하려고 했습니다. 오히려 먼저 전화를 주셨군요."

"오늘 버드리아족을 만나 지구로의 이주를 제안했습니다."

"아, 그래요? 도그리온족의 세담 추장은 오래 전부터 지구로 이주시켜 달라고 먼저 제안해 왔었지요."

"저번 통화에서 들어 잘 알고 있습니다. 제 판단으로는 두 종족을 한꺼번에 이주시키는 게 효율적인 이주 진행과 지구 생존 환경을 관찰하는데 더 효과적일 것 같습니다."

"오, 그렇지요. 두 종족은 각기 체질과 특성이 다르니 지구 환경에 어떻게 적응할지 기대가 큽니다."

"아비누스 박사님도 그리 생각하신다면 대지도자님께 면담을 요청해야 되지 않을까요?"

"물론입니다. 뎅버드 박사님, 이번 건에 대해 제가 대지도자님께 이미 면담을 요청을 해두었습니다. 그 동안은 화성인들의 이주 프로젝트 협의가 우선이기에 제 요청을 보류하셨는데 이번에 결정을 내리신 것 같습니다. 대지도자님도 두 종족을 앞서 이주시켜 시험하고 관찰하는 게 화성인들의 대규모 이주를 연구하는데 큰 도움이 된다며 쾌히 동의하셨어요. 시간이 되면 함께 가시지요."

"당연하지요. 면담 일정이 결정되는 대로 알려주세요."

화상통화를 마친 뎅버드는 아비누스와 의견이 거의 일치 한다는 사실에 마음이 놓였다.

"아비누스 박사의 생각도 나와 별 다르지 않군요. 두 종족이 지구로 이주하면 초기에 지구에서 당분간 이들을 지켜봐야 할 것 같아요."

다음날 아침 앵머스가 화상으로 뎅버드와 통화를 시도했다.

"앵머스 추장, 이렇게 아침 일찍 연락을 주신 걸 보니 좋은 소식인가 보군요."

"그렇습니다. 박사님이 제안하신 대로 저희 종족은 만장일치로 모든 조건을 수용하며 지구로의 이주를 결정했습니다. 기존의 문명 생활을 대부분 포기해야 한다는 조건에 논란이 분분했지만 지구의 생존 환경에는 모두가 마음에 들어 하더군요. 종족의 미래를 위해 불편함을 감수하는데 모두가 동의했습니다. 박사님의 제안이 우리 종족들의 결정에 결정적 역할을 했습니다. 향후 이주 계획은 박사님과 협조토록 하겠습니다."

"앵머스 추장, 버드리아족의 결단에 감사드립니다.

며칠 뒤 대지도자님과 면담하게 되면 구체적인 이주 계획이 결정될 겁니다. 그때까지 마음의 준비를 하고 계세요."

"알겠습니다. 박사님, 벌써부터 마음이 설레네요."

통화를 마친 뎅버드는 두 종족의 지구 생활을 상상해 보았다. 먼 옛날 화성인의 선조들 중 중병에 걸려 삶을 포기하기 직전의 사람이나 사업을 하다 막다른 골목에 다다른 사람, 또 마음을 비우고 살려는 사연을 가진 많은 사람들이 문명생활을 포기한 채 오지나 깊은 산으로 들어가 자연 친화적인 삶을 영위했었다. 문명의 혜택 없이도 얼마든지 건강하고 행복하며 오히려 장수했다는 역사적인 사실은 좋은 본보기가 될 수 있었다.

"그래. 어쩌면 도그리온족이나 버드리아족에게 지구의 이주는 그들에게 최고의 기회 될 수도 있을 거야."

* * *

화성 중앙행정센터.

회의실에는 대지도자 고돌라를 비롯해 10개 구역의 지도자들이 둘러앉아 있었다. 여느 때와 달리 두 명의 박사가 업저버로 참석했는데 그들은 아비누스와 뎅버드 박사였다. 지도자들을 둘러본 고돌라가 회의 안건을 발의했다.

"오늘 회의는 도그리온족과 버드리아족을 관찰해 온 두 박사의 제안을 듣기 위함입니다. 지도자들도 잘 아시다시피 두 미개종족은 우리 화성에서 그나마 지적생명체로 불릴 수 있는 동물입니다. 현재 그들은 우리 화성인들의 지원을 받아 그럭저럭 종족을 유지하고 있지만 거대 혜성의 충돌과 같은 대재앙을 당할 경우 대피 능력이 없어 멸종을 피하기 어렵습니다. 사실 우리가 두 종족의 생존에 대해 신경 써야 할 책임은 없지만 어쨌거나 오랜 세월 함께 화성에서 공존해 온 종족이다 보니 전혀 무시하지 못하는 게 사실입니다."

10개 구역의 일부 지도자들도 고돌라의 견해에는 어느 정도 동조하는지 고개를 끄덕이는 사람들도 있었다.

"결론부터 말씀드리자면 우리가 지구로 이주하는 문제에 있어서 이 두 종족들을 미리 지구로 이주 시켜 생존 환경을 살펴보자는 것이 오늘의 주제입니다. 최근 우리는 지구로의 이주를 기정사실화했습니다. 미래에는 지구가 우리의 생존을 책임져주는 것과 관련하여 이 두 종족의 역할을 참고하고 기대해 볼 수 있습니다. 물론 두 종족을 이용만 하자는 것은 아닙니다. 두 종족이 잘 생존하고 우리는 그 결과를 참고하는 것입니다. 이들 두 종족과는 어느 정도 합의를 보았습니다. 다만 두 종족의 지구 이주에 우리가 어느 정도 가이드라인을 정해야 할지 구체적인 판단이 서지 않아 지도자들께 의견을 묻고자 회의를 열게 됐습니다. 그 전에 두 박사의 발언부터 듣겠습니다."

고돌라가 눈길을 보내자 아비누스가 자리에서 일어나 발언을 시작했다.

"저와 뎅버드 박사는 각기 도그리온족과 버드리아족을 보호, 관리하면서 친근하게 지내고 있지만 우리 화성인들과는 전혀 뿌리가 달라 화합이 불가능했습니다. 지금은 두 종족에게 인도적 차원에서 지원을 하고 있지만 그것이 영원할 수도 없으며 이주가 본격화 될 경우 어쩌면 두 종족에 대한 비정한 결과를 보게 되리라 생각합니다. 그리고 어차피 우리의 지구 이주프로젝트를 보다 확실하게 진행하기 위해서는 두 종족을 활용하여 지구의 환경에 어떻게 적응하는지를 관찰하여 그 정보와 자료를 참고하는 것이 우리는 물론, 그들의 지속적인 생존에도 도움이 된다고 생각합니다. 그래서 두 종족을 지구로 먼저 이주시켜 환경적응을 관찰 해 보는 것도 합리적이라는데 뎅버드박사와 의견을 같이 했습니다."

뮤센구역의 지도자 슈트켄이 아비누스박사에게 물었다.

"두 종족이 완전하게 동의했나요?"

"그렇습니다. 저희는 두 종족의 추장을 만나 종족 전체의 동의를 받아냈습니다."

"박사는 두 종족이 지구 환경에 완전히 적응할 수 있다고 확신합니까?"

"이론상으로도 확신하구요. 이곳 화성에서 격리돼 지내는 것보다 훨씬 자연스럽게 생존할 수 있으리라 판단됩니다."

이때 뎅버스 박사가 자리에서 일어서며 동조했다.

"저 역시 아비누스 박사와 견해가 일치합니다. 그리고 두 종족을 시험 대상으로 삼는 건 좀 그렇지만 저들을 앞서 지구로 이주시키면 화성인들의 지구이주에 필요한 환경 적응 자료를 확보하는데 큰 도움이 된다고 생각합니다."

두 사람의 의견 발표가 끝나자 지도자들은 웅성거리며 옆 사람과 잠시 의논을 하는 모습들을 보였다.

두 종족의 이주는 많은 인원은 물론이고 수많은 장비와 물품을 다른 행성으로 이주시키려면 상당한 수송 문제와 과정, 그리고 많은 관리 요원이 필요할 것이었다. 화성인들에게 있어 별로 달갑지 않은 과제이지만 두 종족을 통해 각종 이주 데이터를 쉽게 확보할 수 있다면 화성인들로서는 상당히 유익한 프로젝트가 되는 것이었다.

지도자들은 두 종족의 이주를 통해 화성인들의 이주 후에 보다 안전한 생존을 비교 검토할 수 있다는 의견에 긍정적인 표정으로 서로를 쳐다보았다. 우라노스 박스가 호의적인 어조로 말을 받았다.

"켈리 혜성이 태양계로 진입하기까지는 아직 충분한 기간이 있습니다. 그때까지 두 종족의 생존을 지켜보는 것도 나쁘지는 않겠군요."

처음에는 긍정적이지 않던 다른 지도자들도 설명을 듣고 나서야 두 종족을 지구로 이주시키는데 이견이 없게 통과되었다. 고돌라는 전체의견이 일치하게 되자 말을 이었다.

"그럼 두 종족의 사전 이주를 추진토록 하겠소. 두 종족을 어떤 형태로 이주하느냐를 논의하기 전에 우선 뎅버드 박사로부터 제안 설명을 듣기로 하겠소."

먼저 뎅버드 박사가 일어섰다.

"저와 아비누스박사는 수송문제 등으로 두 종족에게 현재 누리고 있는 문명의 많은 부분 포기하라는 조건을 제시했습니다. 이주 시 지참할 품목들은 기본적인 질병을 치료할 수 있는 일부 약재와 그 외에 생활에 필요한 기본적인 장비나 도구들 정도로 제한을 하고자 합니다. 이 물품들을 제한하는 것은 운송문제도 있지만 거의 자연그대로 생존을 시작함으로서 처음에는 많은 불편이 있겠지만 오히려 나중에는 더욱 자연스러운 생활이 될 것으로 저의 연구 결과로 확신하게 되었습니다. 지금도 우리의 도움이 없으면 저들은 멸종되어 가는 것이 현실입니다. 그러나 지구와 같이 전혀 오염이 없고 먹이가 풍부한 자연에서의 생활은 높은 생명력을 부여받을 것입니다."

고고인류학자인 슈트켄은 두 종족을 거의 맨몸으로 쫓아내는 것 같아 조금은 안쓰러웠다.

"지구가 아무리 자원이 풍부해도 조금은 가혹한 조건이 아닌가 싶군요."

아직도 감성이 남다른 슈트켄의 말에 뎅버드는 답변을 이어갔다.

"두 종족이 우리 화성인에 비해 미개인일 뿐 지구에서는 누구보다 훨씬 지혜롭습니다. 게다가 지구에서 생존에 필요한 풍부한 천연 자원들을 스스로 취득 할 수도 있으니 더 유리할 수 있습니다."

지도자들은 두 종족들의 이주 문제로 더는 고민하고 싶지 않은지 별다른 의견을 제시하지 않았다. 지도자들의 표정을 읽은 고돌라가 결정을 내렸다.

"그럼 아비누스 박사와 뎅버드 박사의 제안대로 두 종족이 지닌 현재의 문명을 제한해서 이주시키도록 하겠소. 하지만 아직 정착지에 대한 환경 조사가 진행 중이니 저들의 이주 시기는 슈카르 탐사 팀이 귀환한 후 결정하겠소."

* * *

도그리온족 추장 집무실.

추장 세담은 캐닌 비서관과 참모진, 그리고 도그리온족 전체 구역장을 소집해 지구이주와 관련해 논의하고 있었다.

"결론부터 말씀드리면 우리는 지구 이주를 위해 사용하고 있는 웬만한 문명장비나 도구를 거의 포기해야 하오. 화성 지도부는 저들이 지원한 부분은 물론이고 현재 우리가 개발한 각종 문명 기술 장비들까지도 수송 중량문제로 이주 품목에서 제외시키는 결정을 내렸소."

비서관 캐닌이 싸늘한 분노를 표했다.

"추장님, 우리를 너무 무시하는 처사가 아닙니까? 화성인들에게는 아무짝에도 쓸모없는 변변치 못한 장비와 설비마저 제한하다니 말입니다."

추장 세담은 비서관 캐닌의 주장에 움찔하면서도 다시 말을 이어갔다.

"그들의 주장은 대규모 이주에 따른 운송 문제가 엄청나고 어차피 저들이 지원하고 있는 무선전력공급이 없으면 대다수 문명장비가 무용지물이 됩니다. 그럴 바에야 차라리 문명생활을 포기하고 오염 없는 청정한 자연 속으로 돌아가 오히려 행복하고 건강하게 장수하는 것이 좋다고 봅니다. 지금 지구는 화성의 초기처럼 원시림이 우거진 완전 자연 상태로 경관이 너무 아름답다고 합니다. 실제 그런 역사적 기록을 보더라도 완전 자연인으로 시작하는 것이 훨씬 낫지 않겠냐는 것이고 화성인들도 그렇게 보고 있는 것 같습니다. 먹거리도 지천에 널려있다고 합니다. 지구에는 우리의 지능수준을 능가하는 생명체는 없다고 하니 긍정적으로 받아들이라는 겁니다."

캐닌이 오만상을 찌푸리며 거의 대들 듯이 말했다.

"우리가 언제 화성인들을 위협한 적이 있습니까? 아비누스박사 말대로 지구가 아무리 환경조건이 좋아도 거기는 우리에게 미지의 세계입니다. 당연히 더 많은 지원이 필요한데 굳이 우리가 소유하고 있는 기술 장비까지 버리고 가라는 건 추방과도 같은 조치입니다."

구역장 불독스가 무시무시한 이빨을 드러냈다.

"추장님, 차라리 이주를 포기합시다."

추장 세담은 살벌한 분위기마저 느끼면서 비장하게 말했다.

"진정들 하시오. 여러분들의 심정은 충분히 이해하오.

솔직히 나도 모욕감을 참을 수 없지만 우리는 화성인들에게 대항할 힘이 없소. 그러나 그들의 주장이 일리가 없는 것은 아니오. 우리 종족을 지구로 수송하는 일만도 사실 엄청납니다. 거기다가 배보다 배꼽이 더 큰 모든 장비까지 수송하려면 엄청난 문제가 따르는 것은 맞습니다. 그리고 저들의 주장이 나쁜 감정을 가지고 그런 것은 아닌 듯 합니다만... 다시 한 번 저들의 요구를 생각해보고 우리 종족의 미래를 위해서라도 이성적인 판단을 해봅시다. 비록 장비는 가져갈 수 없지만 우리 머릿속에 있는 지식과 기술은 가져갈 수 있으니 지구에서 필요한 노력을 하면 되지 않겠소?"

세담은 구역장들을 둘러보며 최대한 그들을 다독였다.

"내가 아비누스박사에게 부탁을 해서라도 꼭 필수적인 소규모 장비 정도는 챙겨갈 수 있도록 노력해 보겠소. 어차피 멸종되는 것 보다는 낫지 않겠소. 우리 종족의 미래를 위해서라도 작은 수모는 감수합시다."

버드리아족 회의실.

도그리온족의 반대편에 위치하고 있는 버드리아족의 이주 관련 회의는 보다 간단하게 정리되었다. 엥머스 추장은 자신들은 별로 쓸모가 없는 하찮은 문명 장비만 지녔기에 장비 운송을 제한한다는 통보를 받고도 별반 서운해 하지 않았다. 그것보다 뎅버드가 설명해준 지구에서의 새로운 생활에 오히려 은근히 기대를 하고 있었다. 엥머스는 여유 있는 표정으로 말했다.

"도그리온족도 거의 맨몸으로 이주하게 됐는데 우리가 이주를 마다할 이유가 없소. 지구의 환경이 훨씬 좋다고 하니 우리는 그곳에서 보다 자유롭게 살아봅시다."

대부분 지능이 떨어지고 게으른 구역장들이라 추장의 결정을 순순히 따랐다. 그들은 오히려 지구로의 이주를 독촉했다.

"추장님, 뎅버드박사에게 부탁해서 최대한 빨리 지구로 이주했으면 좋겠습니다."

이런 현상은 최근 이주와 관련하여 반전의 연속이었다.

Chapter 09

인간조상이 된 신의 아들

　지구 환경을 정밀조사하기 위한 슈카르팀의 탐사가 오랜 세월 진행되고 있었다. 화성인들 모두를 수용할 10개의 지구 임시 정착지 탐사는 고도의 정밀자료를 요구하기에 지구 연구기지에서도 바쁘게 움직이고 있었다. 나름 그들로서는 바쁘게 움직이는 거라지만 역사적으로 문명의 발전을 거듭하면서 여유가 많아진 화성인들은 아무리 로봇과 첨단 장비를 활용한다지만 직접 자신의 신체를 움직이는 작업에서는 모든 분야에서 진행속도가 과거 역사에 비하면 거의 기어가는 수준이었다. 간절하고 조급한 개념이 사라지고 없는 사고방식과 의식 때문이었다.

　사실 슈카르팀 일행이 지금까지 20년을 작업했다지만 먼 과거 같았으면 1년도 채 걸리지 않을 일이었다. 그것도 준비과정에 불과한 일인데도 그러했다. 이는 화성인 전체의 일반적인 관행처럼 굳어 있었다. 힘들고 어려운 부분은 대부분 로봇을 사용하지만 그들을 제어하고 디자인을 하는 것은 사람들이기 때문이었다.

슈카르팀은 새롭게 신축할 종합 연구단지 부지확정을 위하여 오래전 지구여행 때 살펴봤던 강변지역을 한 번 더 탐사하기 위해 엡세나 연구기지의 순찰선을 이용하여 폭포주변에 착륙했다.

"머스칸, 자네는 연구원들과 함께 이 일대의 지질을 조사해 보게. 지진계를 휴대하는 것도 잊지 말고. 클렌시아 조장은 대원들과 함께 본류로 흘러드는 주변 지류들의 생태계를 조사하도록."

"예, 팀장님."

머스칸과 클렌시아가 동시에 대답을 하고 소속 연구원들을 대동해 주변으로 흩어졌다. 슈카르는 순찰선에 갖추어진 개인용 정찰드론을 이용해 공중탐사에 나섰다.

드론에서 내려다보이는 밀림은 끝도 없이 광활하게 펼쳐져 있지만 연구기지 부지로는 고려 대상이 아니었다. 슈카르가 생각하는 대상지역은 넓은 초원지대로 시야가 확보되고 경계가 확실해 기지 건설에 적합하다고 생각하고 있었다.

한편 고드는 주거지 주변바위에 누워 치솟은 나뭇가지 사이로 하늘을 올려다보다가 벌떡 일어나 앉았다. 무성한 나뭇가지 사이로 반짝이는 물체가 보였다.

'저건 털 없는 생명체들이 타고 다니는 새야. 저렇게 작고 낮게 나는 것은 처음보네?'

고드가 본 것은 작고 둥글게 생긴 슈카르가 탄 정찰용 드론이었다. 드론은 밀림을 몇 차례 순회하고는 큰 강으로 날아갔다. 고드는 최근 빈번하게 출현하는 털 없는 생명체들의 의도가 궁금했다. 그들이 자신들의 서식지를 침범한다면 맞서 싸워야 할지 아니면 무리들을 이끌고 다른 곳으로 옮겨야 할지 고민이 되었다.

'도대체 저들은 무엇을 하려는 걸까?'

고드는 팬텀과 프로테우스, 그리고 쿤테를 대동해서 정찰에 나섰다. 쿤테는 만일에 있을 충돌에 대비하기 위함이었다. 다시 집결지로 돌아온 슈카르는 아직도 머스칸이 지질장비를 전부 설치하지 않고 연구원들과 잡담을 하고 있는 것을 보고 작업을 재촉하는 눈짓을 보냈다. 슈카르는 빨리 이 지역의 자료를 확인하고 싶었던 것이다. 머스칸에게 장비설치를 독려하고 이미 설치 완료된 장비에서 나타나는 진동주파수를 살피고 있었다.

"흐음, 이곳은 유동적인 대륙판과 달리 멀리 떨어져 있어 지진에는 비교적 안전한 지역이로군."

"그렇습니다. 강을 끼고 있어 수량도 풍부하고 기온 변화도 그다지 심하지 않은 점은 긍정적으로 평가를 할 수 있습니다만..."

"나도 그렇게 생각하네. 생태 환경만 더 조사해 보면 되겠어."

슈카르는 연구원들과 얘기를 주고받으면서 계측기에 나타나는 신호를 점검했다. 고드 일행은 조심스럽게 언덕 뒤에 숨어 수풀사이로 슈카르 일행들을 지켜보다가 머리하나 만큼 더 고개를 내밀었다. 털 없는 동물들을 겨우 식별할 정도의 거리에 있었다. 그러다 고드는 그들 중 슈카르를 보고는 괴성을 지를 뻔했다. 어렸을 적 기억을 거의 잊은 고드였지만 예전 모습 그대로인 슈카르의 모습을 본 고드는 죽은 킹카와 같은 대모의 느낌이 와 닿았다. 자세히 알 수는 없지만 뭔가 찾던 것을 발견한 것처럼 절로 심장이 뛰면서 숨이 가빠졌다.

'만일 저들이 지금의 내 모습을 본다면 그냥 원시인간으로 보겠지. 어릴 때의 내 모습과는 전혀 딴판이 되어 있으니까. 평범한 영장류로 보여 관심을 가지지도 않을 거야. 어쩌면 나는 보는 즉시 잡아가거나 곧바로 죽일지도 몰라. 근데 지금 내가 왜 이럴까? 내가 왜 저 생명체들과 뭘 어쩌자고?'

슈카르는 계측 장비를 점검하다가 무언가 야릇한 느낌에 주변을 살펴보았다. 무언가에 이끌리듯 그의 시선이 밀림속의 수풀 언덕사이로 고정되었다.

"…?"

비록 무성한 수풀에 가려 있고 거리가 멀어 상대편의 존재를 간파하지 못했지만 뭔가의 존재감은 분명이 느낄 수 있었다. 그때 고드와 슈카르의 눈빛이 교차된다고 생각되는 순간 고드는 자신의 위치가 탄로 났음을 직감하며 옆에 바짝 붙어있는 쿤테를 손으로 탁 치고는 일행과 함께 재빨리 달아났다. 슈카르가 급히 언덕으로 쫓아가 보았지만 무리 일행은 밀림사이로 멀어지고 있었다.

'이상하군. 내가 알고 있는 고릴라 무리들하고는 사뭇 다른 느낌이야.'

비록 분명하게 확인하지 못했지만 도주하는 영장류 무리들은 직립 보행에 가까웠고 신체의 털도 그리 무성하지 않았다. 게다가 도주하는 와중에도 우왕좌왕하지 않고 일사 분란한 움직임은 훈련된 조직처럼 보였다. 슈카르는 순간적으로 마주친 상대의 어렴풋한 눈빛을 떠올렸다.

'야성을 지닌 영장류의 눈빛이 아니었어. 나도 납득할 순 없지만 그건 분명 짐승이 아닌 고등동물의 눈빛이었어.'

슈카르는 호기심을 참지 못하고 정찰드론을 이용하여 주변을 다시 한 번 정찰해 보기로 했다. 둥실 떠오른 드론은 밀림 위로 바싹 붙어서 저공비행했다. 폭포수 아래 커다란 물웅덩이가 형성돼 있었고 주변의 바위와 동굴 입구로 영장류 무리들이 보였다.

"믿을 수가 없군. 이들의 모습은 화성 태초의 원인과 비슷해. 정말 일부 학자들이 주장한 학설이 맞을 수도…"

그리고 엉성하기는 해도 비를 막을 수 있는 지붕까지 갖춰져 있는 움집을 발견하고는 더욱 혼란스러워졌다.

"이럴 수가! 스스로 집을 지을 정도면 진화한 유인원이 확실해."

지구에서 돌연변이 형태로 진화한 고대 원인은 혜성충돌 등 대 재앙과 수차례 자연재해에 이어 최초빙하기 때 마지막으로 모두 멸종된 것으로 알고 있었다. 따라서 이렇듯 진화한 원인이 생존해 있다는 것은 상상도 못할 충격이었다. 슈카르는 일부 학자들이 주장한 초기빙하기에서 살아남은 원인이 있다고 한 주장이 이제 가설이 아닌 정설로 받아 들여야 한다고 생각했다.

자신이 타고 있는 드론을 향해 돌을 집어던지려는 유인원들을 내려다보며 가슴을 진정시켰다.

'화성보다 몇 배나 넓은 지구를 모두 탐사해 보지는 않았으나 이런 원인들이 다른 곳에서 발견됐다는 보고는 없었다. 아주 특별한 돌연변이일 수도 있으니 너무 확대해서 해석하지 말자. 지금 급선무는 이주를 위한 환경조사야. 일단은 행정부에 보고는 해주고 시간을 봐서 다음 기회에 조사를 해봐야지. 이들 유인원 무리들에 대해서는 반드시 시간을 내어 다시 알아 봐야 돼.'

슈카르는 밀려오는 호기심에 당장이라도 조사를 했으면 하지만 지금 진행되고 있는 임무와 일행들의 일정 때문에 어쩔 수가 없었다. 그러나 슈카르의 머릿속에는 수많은 생각들이 AI양자 슈퍼컴퓨터보다 빠르게 돌아가고 있었다.

작고 둥근 모양의 새가 밀림의 상공에서 멀어지자 고드는 지붕이 씌워진 움집에서 나왔다. 무리들과 달리 멀어지는 드론을 바라보는 그의 눈빛에서 적개심은 전혀 찾아볼 수 없었다. 고드는 드론이 자신들을 해치지 않을 것이라는 직감을 하고 있었다. 드론이 완전히 사라지자 고드는 암컷들과 어린 새끼들에게 나와도 좋다는 신호를 보냈다. 혈족들은 끼리끼리 둘러앉아 이름 모를 입소리를 하며 즐겁게 식사를 했다. 하지만 고드는 나뭇등걸에 걸터앉은 채 오랫동안 하늘을 바라보기만 했다.

* * *

엡세나 연구기지.

슈카르는 조사한 정보와 자료를 토대로 보고서를 작성하기 시작했다. 슈카르는 의외로 이주를 위한 종합 연구기지를 설립할 최적의 지역으로 밀림지대로 생각을 바꾸었다. 슈카르가 작성한 보고서를 본 머스칸이 의외의 부지위치에 대해 약간은 냉정하게 반론을 제기했다.

"팀장님, 대륙 중부의 밀림지대가 종합연구기지 신축지로 장점도 있겠지만 최적의 입지는 아닌 것 같습니다. 통합 연구기지로 지정하기에는 조금 문제가 있습니다. 지구에는 많은 짐승 등 생명체가 존재하고 특히 팀장님이 설정한 지역은 전형적인 밀림지역으로 주변이 불확실한 상황인데다 연구단지의 넓은 구역이 형성되면 경계시야가 수월하게 확보되지 않고 안전에 문제가 발생할 우려가 있지 않을까요? 원안대로 시야가 크게 확보될 수 있는 초원지대나 강변 등을 고려해봄이 어떨까 합니다만… 그래서 드리는 말씀인데 보다 상세한 조사를 진행한 후 결정을 내려야 하지 않을까요?"

클렌시아 역시 슈카르 성급한 결정에 공감을 표명했다.

"맞아요, 팀장님. 머스칸조장의 말처럼 밀림지대는 많은 동식물이 분포되어 있고 한번 결정하면 다른 지역으로 이동하기도 쉽지 않으니 조금 더 신중했으면 어떨까 합니다. 팀장님의 판단을 존중합니다만 제 생각으로는 조사 범위를 강이나 바다를 끼는 해안지역까지 확대 조사한 후 결정을 내렸으면 합니다."

두 조장의 반론에 슈카르는 자신이 번복한 결정이 너무 성급했음을 인정했다. 그것은 슈카르가 특정지역을 자신이 미리 예단을 하고 거기에 맞춘 것이기도 한 것을 인정하여야만 했다.

'그렇군. 그 밀림지역이 고드를 잃은 주변이라 내가 무의식적으로 감정적인 결정을 내렸어. 이는 탐사팀장으로서 공정하지 못한 판단이야.'

"그래, 두 조장의 말대로 서둘러 결정을 내릴 필요는 없는 것 같아. 우리 화성인들의 생존이 걸린 사안인 만큼 최적의 입지를 찾기 위해 조사 범위를 확대하지. 두 사람은 해안지역과 강변의 초원지대 환경과 생태계를 면밀하게 마무리 조사를 해보게."

두 조장은 존경심어린 마음과 밝은 표정으로 대답했다.

"예, 팀장님."

회의를 마친 슈카르는 지금까지 조사한 자료와 지구 연구기지에서 전송받은 자료를 종합하여 다시 검토해 보기로 했다.

<이주에 관한 지구 생존환경 연구보고서>

보고서 검토를 마친 슈카르는 편히 의자에 기대앉았다. 그의 뇌리 속에는 낮에 보았던 유인원 무리들의 군락이 뇌리에서 지워지지 않았다.

'초기 빙하기에서 살아남은 원인? 진화된 유인원? 돌연변이 영장류? 과연 저들의 정체가 뭘까...?'

* * *

슈카르 일행은 엡세나기지 연구원들의 환송을 받으며 화성으로 임시 귀환했다. 화성의 지하기지에 도착한 슈카르는 뮤센구역 지도자인 부친에게 일행들과 함께 도착보고를 한 후 다음 면담 일정을 잡고는 탐사 팀 일행과 작별을 고했다.

"다음 탐사 일정이 정해질 때까지 잘 쉬시게 들."

머스칸과 클렌시아가 미소를 띠며 아날로그식 경례를 취했다.

"옛썰, 팀장님. 형수님과 즐거운 시간을 보내십시오."

슈카르는 머스칸의 형수님 호칭이 묘하게 다가 왔다.

"슈카르!"

정말 오랜 만의 해후에 감격에 젖은 마야가 슈카르를 포옹하며 마야가 볼을 비볐다.

"이제 탐사 임무가 끝난 건가요?"

"아직 임무 수행 중이야. 추가 장비도 필요하고 보고드릴 사안도 있고 해서 겸사겸사 일시 귀환했어. 지도자들이 보고서를 검토해야하니 한동안은 여기 지낼 수 있을 거야."

"어쨌든 잘 왔어요. 예전보다 표정이 좋아 보여서 좋아요."

두 사람은 마야가 식물을 키우는 온실의 탁자에 마주 앉았다.

"슈카르, 그동안 탐사는 별 일없이 순조로웠나요?"

"응, 예상외로 이주 지역의 환경 조사가 원활하게 진행됐어. 아버지가 설계한 연구기지에서 그동안 연구원들이 축적해 두었던 자료도 큰 도움이 되었지. 이를 참조해서 화성인들을 위한 지구 이주에 관한 생존보고서를 작성했어. 구체적인 내용까지 화성인들 모두가 볼 수 있도록 열람시킬 예정이야. 화성인들이 이를 본다면 이주에 관한 궁금증과 불안을 어느 정도 해소하지 않을까 싶어."

마야가 환한 미소를 띠며 남편의 노고를 칭찬해 주었다.

"슈카르, 정말 대단한 공을 세웠어요. 당신의 연구는 우리 화성인들 모두가 깊은 관심을 갖고 있는 미래의 생존에 관한 사안이에요. 이제 당신이 우리를 책임져야 할지도 모르겠어요."

"너무 부담주지 마. 괜히 내 어깨가 내려앉아."

"아니에요. 당신이 정말 자랑스럽고 또 고마워요."

마야의 포옹에 슈카르는 기분이 흐뭇해졌다.

"그래, 마야가 이렇게 기뻐하니 내가 그동안 지구에서 수고한 보람이 있는 것 같아."

며칠 후 슈카르는 마야와 함께 프리카에 올랐다. 도심 상공을 가로지른 프리카는 뮤센구역 행정센터로 직행했다. 프리카는 곧바로 건물 내부까지 진입해 회의실 옆 파킹 스테이션에 멈추었다. 슈카르가 투명한 게이트를 통과해 집무실로 들어섰다.

"오, 슈카르!"

"아버지, 오랜만입니다."

슈트켄은 아들을 반갑게 맞이하며 탁자에 마주 앉았다.

"네가 작성한 '화성인의 지구이주에 관한 생존환경 연구보고서'는 정말 훌륭했다. 크게 수정하거나 검토할 사안이 없어 이미 전 화성인들에게 배포돼 모두가 열람 중이다. 향후 지구로의 이주가 현실화된다면 너의 이번 연구는 상당한 지지를 받게 될 거 같구나."

"그런가요? 저는 즐겁게 임무에 충실했을 뿐입니다."

슈카르가 음료를 한 모금 마시고는 화제를 돌렸다.

"아버지, 이번 지구 환경 조사 때 기이한 유인원을 보게 되었습니다. 한 무리의 유인원들과 마주쳤는데 외양이나 보행이 여느 영장류들과 달랐습니다. 놀랍게도 스스로 지은 움집까지 갖추고 있었습니다. 제 임무 때문에 더 상세한 조사를 하지 못했지만 지구 이주에 앞서 반드시 확인해야 할 중대한 사안이라 생각합니다."

"흐음, 혹시 일부 학자들이 주장하는 설이 사실이라는 얘긴가? 그게 사실이라면 대단한 발견을 한 것이다. 그런 특별한 유인원이 있다면 나도 보고 싶구나. 다음 탐사 때 자네와 같이 가보고 싶구나."

고고인류학이 전공인 슈트켄으로서는 신종 유인원의 존재에 크게 호기심이 갔고 흥미로운 연구 과제가 아닐 수 없었다.

그리고 슈카르의 말대로 진화한 유인원이 사실이라면 많은 부분에서 새로운 개념과 시각으로 관련된 문제를 풀어야 할 것이었다. 지구이주에도 근본적인 영향을 줄 수 있었다.

"초기 빙하기의 대멸종을 거친 지금 지구환경을 감안하면 유인원들이 그렇듯 급속하게 진화했다는 건 이론적으로 상상이 되지 않습니다."

"맞아, 화성의 고고학역사를 반영한다면 불가능한 일이지. 대규모 자연재해와 빙하기를 거치고도 살아남은 원인이 존재 한다고 해도 진화과정이 너무 빨라. 그렇지만 지구의 진화 과정이 화성과 완전히 일치할 수는 없으니 당장은 뭐라 판단할 수가 없구나."

"저도 그렇게 생각합니다만 너무 빠른 진화가 영 마음에 걸리네요. 조만간 다시 지구에 마무리 탐사를 가게 될 때는 아버지를 꼭 모시겠습니다."

"오냐, 만사를 제치고 그 일정에 합류하마."

Chapter 10
귀환

중앙행정센터.

구역 지도자들이 속속 도착해서 자신의 자리를 찾아 앉았다. 대형 회의용 테이블 위에 펼쳐진 홀로그램 영상에는 슈카르의 보고서를 접속한 화성인들의 지지 숫자가 빠른 속도로 늘어나고 있었다. 최근 들어 화성인들에게 혜성과 관련하여 생존의 문제가 실질적으로 엄습해오고 있었다. 생존이 삶의 절대가치로 여기는 화성인들에게 혜성충돌의 위협은 정말 대단한 공포였다.

지금까지 잦은 운석의 충돌은 일상처럼 자연스럽게 받아들이고 살아 왔지만 자신들의 생명이 영원히 멸망할 수 있다는 초대형 혜성 충돌론이 번지면서 전 화성인들에게 최고의 관심사로 떠오르고 있었다. 주민 대부분은 중앙행정센터의 공지사항 자동알림 영상 때문에 직접 접속해보지 않아도 자연스럽게 정보를 알 수가 있는데 이번만큼은 구체적으로 내용을 살펴보고 예민하게 반응하고 있었다.

대중의 관심이 이렇듯 집중되기도 수백 년 이래 처음이어서 지도자들은 놀라움을 금치 못하고 있었다. 더군다나 슈카르를 차기 대지도자감으로 추천이 쇄도하고 있는 상황이었다. 이때 슈카르가 머스칸과 클렌시아를 대동해 회의실로 들어서자 지도자들 모두가 기립해서 박수를 보냈다. 머스칸과 클렌시아는 머쓱해 하는 슈카르를 향해 엄지손가락을 세워보였다. 특히 헤파이스 박사는 슈카르의 보고서에 대해 찬사를 아끼지 않았다.

"슈카르 박사, 이번에 발표한 '화성인의 지구이주에 관한 생존환경 연구보고서'를 읽고 정말 감탄했소. 박사의 보고서를 통해 화성인들은 비로소 지구이주가 현실로 다가왔음을 느끼게 될 거요. 또한 새로운 환경에서의 삶에 대해 마음의 준비도 하게 될 것 같소."

우라노스 박사가 고개를 끄덕이며 동조했다.

"나 역시 마찬가지요. 다른 지도자들도 화성인들이 미래생존을 위해 어떻게 해야 하는지를 제시한 훌륭한 연구라는 데에 동의했소. 박사의 보고서에 대한 대중들의 관심도는 화성대통합 이후 최고 수준에 이르고 있소. 그래서 우리 지도자들이 의견을 모았고 대지도자께서 오늘 그 내용을 공표 하시게 될 거요."

슈카르는 지도자들의 열렬한 지지에 오히려 얼떨떨해졌다.

"제 연구보고서가 이렇듯 높은 관심과 지지를 받게 될 줄은 미처 생각하지 못했습니다. 곧 다시 지구로 가서 마무리 조사를 한 후에 부족한 부분을 보완하여 보고 드리겠습니다."

잠시 후 대지도자 고돌라가 정복차림으로 들어섰다. 대지도자의 정복은 오늘따라 화려해보였다. 사실 상 화성인들은 개인들의 의상에는 크게 관심을 두지 않은지 오래되었으나 직책을 가진 사람들은 격에 맞는 예복이 있었다.

직책에 대한 권위는 없으나 정서적으로 최고 존경의 표시와 존중의 의미로 시각적 위엄을 나타내는 화려한 디자인을 선택한 것이었다. 그러나 정복 착용은 강제조항이 아니어서 특별한 상황이 아니면 착용하지 않을 때도 있었다. 지도자들은 오늘 대지도자가 뭔가 특별한 회의 내용이 있을 거라는 짐작을 하고 있었다.

"여러분! 우리의 영원한 생존과 관련하여 이번 슈카르팀의 연구조사 보고서에 대하여 공식적으로 말씀드리겠습니다. 이번 슈카르팀의 연구보고서는 화성인 모두를 행복하게 해주었습니다. 언제라도 우리가 마음만 먹으면 지구에 가서 살 수 있는 토대가 마련되었다고 볼 수 있습니다. 비록 가까운 미래에 지구로 간다고 꼭 집어 말할 수 없으나 이로서 우리는 미래에 대한 어두운 걱정을 잊고 살수 있게 되었습니다. 오늘 우리는 슈카르박사에 대한 화성인들의 관심을 보았습니다. 이제 저의 거취도 고려해야 할 때라고 보았습니다. 그러나 아직 슈카르 박사께서 지구 조사를 마무리하지 않은 것이 있다하여 그때까지 편히 임무를 수행 할 수 있도록 제가 조금 더 이 자리를 지키도록 했습니다. 뭐, 다 같은 생각들이겠지만 제 의견에 동의하시면 박수로 부탁드리겠습니다."

고돌라의 말이 채 끝나기도 전에 모두 일어서 우뢰와 같은 박수로 화답하였다. 슈카르는 지구 탐사보고서에 대한 지도자들의 큰 신임과 특히 화성인들의 많은 관심을 얻은 것이 무엇보다 큰 정신적인 힘이 되었다. 이에 머스칸과 클렌시아는 물론 모든 연구원들의 자긍심은 대단했다. 의욕이 넘치는 머스칸과 클렌시아의 요구로 슈카르는 서둘러 마무리 탐사 일정을 정했다.

이번 탐사대에도 전과 동일하게 머스칸과 클렌시아가 조장이 되어 전문 연구원들을 대동해 승선했다. 그리고 지구의 돌연변이 유인원들을 조사하기 위해 슈트켄도 동승했다.

"허허, 모처럼의 지구 방문이라 흥분이 되는군."

"아버지의 인류학 연구에 새로운 계기가 되기를 바랍니다."

"고맙네, 덕분에 내 연구에 큰 획을 그을 수도 있을지 모르겠네."

지하기지의 천장이 열리자 우주선이 날렵하게 날아올랐다. 화성 궤도를 벗어난 우주선이 지구를 향해 비행을 시작했다. 우주선은 약 5시간의 항해 끝에 머스칸이 설정해 놓은 해안 밀림지역 좌표에 사뿐히 내려앉았다. 창밖을 통해 뿔뿔이 흩어지는 한 고릴라 무리들이 보였다. 무리들은 여느 유인원에 비해 털이 적었고 일부는 직립 보행하듯 거의 두 발만으로 뛰고 있었다. 우주선의 출현에 놀라 달아났지만 무리의 수장인 듯한 놈을 선두로 도피하는 무리들의 모습에서 나름대로 질서가 느껴졌다. 이를 본 슈트켄이 탄성에 찬 어조로 외쳤다.

"오 저건 분명 진화된 유인원이야!"

슈카르가 해안가 밀림지대로 사라지는 무리들을 보면서 목에 힘을 실어 말했다.

"제가 내륙의 밀림지대에 본 무리들과 유사합니다.

저런 무리들을 목격하기가 쉽지 않은데 말입니다."

"슈카르팀장의 목격이 사실이라면 일부 지역이 아니라 여러 지역에서 진화가 시작된 게 분명하네. 그 이유를 반드시 밝혀야하네. 이는 화성인들의 이주에 중대한 변수가 될 수 있을 만큼 중요할지도 몰라."

"예, 저도 그렇게 생각합니다."

우주선이 착륙하자 머스칸과 클렌시아는 해저지형과 해양 생태계 탐사를 위해 각기 연구원들을 데리고 출발했다. 슈카르와 슈트켄은 2인용 정찰드론을 타고 해안가 밀림지대로 향했다. 진보한 유인원의 존재는 어떤 의미에선 지구 환경탐사보다 더 중요할 수도 있기 때문에 슈카르는 슈트켄과 함께 직접 탐사에 나서기로 했다. 밀림지대 앞의 초지에는 달아난 유인원 무리들이 머물렀던 흔적이 보였다. 드론에서 내려선 두 사람은 조금 전 유인원들이 달아나면서 나뭇가지에 걸린 털과 급히 도망치느라 나뭇가지에 긁힌 혈흔을 발견해 채취했다. 유전자 검사를 통해 유인원들의 근원을 입증할 수 있는 확실한 표본이었다.

"자네가 내륙 밀림에서 보았던 유인원 무리들의 털과 체액도 함께 수거내서 유전자 검사를 해봐야겠네. 만일 두 무리의 유전자가 일치하면 하나의 무리에서 진화되었다는 것을 알 수 있지."

두 사람은 호기심이 가득한 표본을 가지고 우주선으로 돌아갔다. 해안가 밀림에서 한 명의 유인원이 허공 저편으로 멀어지는 드론을 물끄러미 바라보고 있었다. 그 유인원은 여느 놈들에 비해 털이 적었지만 팔뚝의 근육이 단단해보였고 체구도 작지 않았다. 그의 목에는 상아 조각에 반짝이는 돌을 박아 넣은 목걸이가 걸려 있었다.

오래 전 고드가 천방지축으로 돌아다니는 아들을 걱정해서 직접 만들어 준 목걸이였다. 그 유인원은 어느 날 침팬지 형 암컷 한 마리와 야반도주한 고드의 아들 루시였다. 고드는 고릴라 형이 아닌 침팬지 형과 짝을 지으려는 루시가 못마땅해서 둘을 떼어 놓으려고 늘 소리를 빽빽 질러댔다.

성체가 된 루시는 직계 혈손식구들을 이끌고 멀리 북쪽으로 이동하여 해안가 밀림을 자신의 서식지로 삼고 식구들을 늘여갔다. 그의 식구들은 고드와 침팬지 형의 영장류 유전자를 지녔기에 여느 유인원들과는 분명하게 구분이 되었다. 강한 결속력을 지닌 그들의 무리들은 다른 동물들이 감히 침범할 수 없는 그들만의 서식지를 만들고 있었다. 루시는 식구들을 이끌고 먹이를 구하러 나섰다가 착륙하는 우주선을 보고 놀라 달아난 것이었다. 황급한 나머지 나뭇가지에 팔뚝에 살짝 스치면서 피와 털이 묻었던 것이었다. 그 흔적이 슈카르와 슈트켄이 채취한 샘플이었다. 슈카르와 슈트켄은 밤새도록 우주선 내의 실험실에서 유인원의 털과 혈흔을 분석했다. 마침내 유전자 분석 결과가 나오자 슈트켄 부자는 엄청난 충격에 휩싸였다.

유인원의 유전자는 단순한 영장류의 것이 아니었다. 자신들과 같은 화성인들의 염기 서열을 갖추고 있었다. 또 샘플에서는 슈카르와 거의 일치하는 유전인자가 검출되었다.

"아버지, 이게 대체 어찌된 일일까요?"

슈트켄 역시 충격적인 결과에 한 동안 말을 잊었다. 그러다 긴 한숨과 함께 입을 열었다.

"슈카르, 이번에 발견된 유인원은 결코 지구 내에서 진화한 존재가 아닐세. 이는 중대한 사안이니 그 원인이 규명될 때까지 잠시 비밀로 묻어 두세. 그리고 유전자는 본디 영장류들과 거의 비슷해. 분석 장비가 간이 비상용이니 화성에 돌아가 정확하게 분석하도록 해봐야 돼."

"아버지도 역시 저와 같은 상상을… 혹시 고드와의 관련이…?"

"지금은 어떤 예단도 하지 말게나."

인류학 전문가인 슈트켄은 뭔가를 직감하고는 지그시 입술을 깨물었다.

지구 대륙 중부의 깊숙한 밀림지대.

고드는 팬텀과 프로테우스 둘만을 대동해 자신들의 구역 밖으로 나섰다. 사냥에 나서는 상황이 아니다 보니 모처럼 셋만의 오붓한 바깥 나들이였다. 고드의 걸음걸이가 예전만큼 민첩하지 못했다. 몇 년이 흘렀는지도 모를 만큼 세월이 흐르면서 몸이 많이 노쇠해 있었다. 어렸을 적 징카에게 납치되면서 신체 향상 증진 프로그램이 중단되었기에 그도 지구의 동물들처럼 늙어갈 수밖에 없었다. 그러나 여느 유인원들의 수명을 감안하면 그와 혈족들은 남다른 장수를 누리고 있는 셈이었다.

고드 뿐만 아니라 고드의 혈족들은 야생의 유인원들과 달리 신선한 과일을 골라 먹고 최대한 위생적으로 음식을 섭취하다 보니 비교적 긴 수명을 누릴 수 있었다. 고드는 문득 어렸을 적 고릴라 형 유인원 무리들과 맛있게 먹었던 과일이 생각나 주변을 두리번거렸다.

고드 가족들의 주거지 주변에는 그가 찾는 망고가 많지 않았기 때문에 한 구역을 넘어가 살펴보기로 했다. 고드는 별다른 생각 없이 팬텀과 프로테우스 둘만을 데리고 출발했다. 한참을 지나자 이윽고 망고가 주렁주렁 열려 있는 큰 나무를 발견했다. 프로테우스가 날렵하게 나무 위를 타고 올라섰다. 프로테우스가 망고를 따서 던지자 팬텀이 넓은 잎사귀를 펼쳐 과일을 받아냈다. 그런데 일정거리에서 고드 일행을 지켜보는 고릴라 무리들이 있었다. 고드의 식구들과 인접한 밀림에서 서식하고 있는 고릴라 무리였다. 비록 고드의 명성을 알고 있었지만 자신들의 노른자위 서식지를 침범 당한 고릴라 무리는 심한 적개심을 드러냈다. 그러다 고드 일행이 셋뿐인 걸 확인하게 되자 고릴라 무리들이 우루루 한꺼번에 몰려들었다.

"카우-우-우!"

"우워우워!"

팬텀과 프로테우스의 망고 채집을 지켜보고 있던 고드는 깜짝 놀랐다.

'--이런, 우리가 잘못 온 것 같아!'

고릴라들이 습격해오자 팬텀과 프로테우스는 급히 나무에서 내려와 고드를 보호하기 위해 달려왔다. 고드는 몸을 피하려 했지만 갑작스런 기습인데다 노쇠한 탓에 움직임이 예전 같지가 않아 얼굴에 일격을 당하고 말았다. 공격에 나선 고릴라 무리의 수장은 체구가 아주 우람했다. 고드에 비해 거의 두 배나 덩치가 큰 고릴라 수장이 주먹을 힘껏 내질렀던 것이었다.

순식간의 일이었다. 팬텀과 프로테우스가 손을 쓸 틈도 없이 일이 벌어졌다.

퍼억!

일격에 나동그라진 고드가 수풀 사이에 처박혔다. 공교롭게도 뾰족하게 죽은 나뭇가지가 솟아 있는 위였다. 뾰족한 나뭇가지가 고드의 등 뒤의 갈비뼈 사이로 파고들면서 오른 쪽 폐를 관통했다. 엄청난 피가 위로 솟구쳤다.

"크르르…!"

고드는 숨이 턱 막히면서 축 늘어졌다. 생각보다 큰 상처에서 솟구치는 피를 본 고릴라무리들은 자신들도 겁이 났는지 황급히 사라져 버렸다. 급히 다가선 팬텀과 프로테우스가 고드를 부축하여 주거지를 향해 필사적으로 달아났다. 고드의 부상은 가족 무리들에 있어 엄청난 충격이었다. 무리들은 커다란 잎사귀 몇 장위에 눕혀져 있는 고드 주변으로 모여 안타까운 눈빛으로 상황을 지켜보고 있었다. 무리의 대장인 고드를 제대로 보호하지 못한 팬텀과 프로테우스는 죄인이 된 심정이었다. 그들은 마른풀로 고드의 부상부위를 감싸주었지만 상처가 워낙 깊어 피가 멈추지 않았다. 간신히 눈을 뜬 고드는 자신의 상태가 매우 위중함을 직감한 나머지 죽음을 숙명으로 받아들였다. 그는 떨리는 손을 뻗어 팬텀과 프로테우스의 머리를 쓰다듬었다.

'…내가 없더라도 너희가 무리들을 잘 이끌어라.'

고드의 가족들 중 여성무리들은 오랜 세월 자신들을 이끌어 온 대장의 최후를 지켜보면서 나직한 울음으로 눈물을 흘렸다.

"끅~끅~"

감수성이 예민한 팬텀과 프로테우스는 슬픔으로 눈이 벌겋게 충혈 되었다. 이때 빛을 발하는 거대한 물체가 고드 무리들의 주거지 위로 날아들었다. 슈카르 팀 일행이 탑승해 있는 탐사선이었다.

고드는 마지막 숨을 거두는 와중에도 물끄러미 탐사선을 바라보았다. 흐릿한 눈망울에 물기가 흘러내렸다.

탐사선이 하강하자 고드의 식구들은 또 다른 충격과 두려움에 젖어 괴성을 질러댔다. 그러면서도 시신을 지키려는 듯 고드 주변을 에워쌌다. 탐사선에서 내려선 슈카르 일행이 무리들 쪽으로 달려왔다.

"크르릉!"

"카아아!"

무리들이 본능적으로 공격 자세를 취하자 슈카르는 시그널 불빛이 반짝이는 감마 봉을 치켜들었다. 감마봉의 밝은 불빛에 두려움을 느낀 무리들이 주춤하며 물러섰다. 무리들이 좌우로 갈라지면서 나뭇잎 위에 눕혀져 있는 고드의 모습이 드러났다. 고드의 눈동자에 슈카르의 모습이 선명하게 새겨졌다.

"…!"

고드는 천천히 슈카르 일행을 쓸어보고는 조용히 눈을 감았다. 짧은 순간에 고드의 운명을 지켜보던 슈카르는 순간적으로 시신이 자신과 무관하지 않을 거라는 생각에 젖었다.

'맞아, 일전에 밀림에서 나를 지켜보았던 그 눈빛을 지닌 유인원이야. 야성이 아니라 지성이 깃든 그 눈빛!'

다가선 슈카르가 고드를 세심하게 살폈다. 많이 늙어버린 얼굴이며 신체 곳곳이 화성인에 비해 털이 북슬북슬하고 피부가 거의 갈색으로 그을려 있긴 하지만 왠지 생소한 느낌은 아니었다.

'설마… 고드일 수도…?'

그러나 이미 기억하기도 힘들 만큼 오래 전에 실종된 아들이라 아버지 슈트겐의 말대로 정밀 유전자분석을 통해 결과를 확인하기 전에는 섣불리 확신할 수가 없었다. 외부에서 온 괴 생명체가 사망한 고드에게 다가서려 하자 쿤테가 슈카르 일행에게 달려들었다.

"카우우!"

슈카르는 가볍게 감마 봉을 내밀어 쿤테를 제지했다. 쿤테는 감마 봉에 닿자마자 곧바로 튕겨져 나가 혼절하고 말았다. 해칠 의도는 원래부터 없었기 때문에 감마봉의 동작 모드를 낮은 레벨로 맞추어 놓았다. 고드의 식구들은 감마 봉을 쥔 슈카르 일행이 접근해오자 두 눈을 부릅뜨고 혼절한 쿤테 때문에 기겁을 하고 고드의 뒤쪽으로 물러섰다. 슈카르는 자세를 낮춰 고드의 몸을 만져보았다. 과다출혈에 의해 사망한 탓인지 몸이 차가웠다.

'숨을 거뒀지만 얼마 되지 않았군. 아직 회생 가능성은 있어.'

슈카르가 머스칸에게 지시를 내렸다.

"머스칸, 드론으로 응급캡슐을 운반해 오게. 서둘러!"

"예, 팀장님."

머스칸이 탐사선을 향해 쏜살같이 달려갔다.

클렌시아와 슈트켄은 고드의 식구들이 접근하지 못하도록 감마 봉을 흔들어 위협을 가했다. 곧이어 머스칸이 응급캡슐을 싣고 왔다. 응급캡슐은 사람 하나가 누울 크기의 응급처치 캡슐로 자동으로 손상부위의 세포재생과 유지, 산소공급, 지혈과 응급수혈, 기타 멸균 시스템 등 죽어가는 사람을 살릴 수 있도록 유지하는 완벽한 응급소생장비였다. 슈카르는 머스칸과 함께 고드를 들어 응급캡슐에 실었다. 응급캡슐만으로는 이미 사망한 고드를 살릴 수는 없지만 일정기간 동안 현 상태를 유지시키며 생명회복을 가능하게 해주는 것이었다.

고드가 응급캡슐에 실리자 고드의 식구들이 동요하기 시작했다.

자신들을 이끌어 온 수장의 시신을 빼앗기게 되자 당혹감과 분노에 사로잡힌 것이다.

"너희들의 대장을 구하려는 것이니 진정해라."

슈카르는 고드의 무리들에게 두 손을 앞으로 벌려 아래위로 움직이며 진정하라는 제스처를 취하고는 일행들과 함께 탐사선으로 돌아갔다. 탐사선이 둥실 떠오르자 고드 식구들은 길길이 뛰며 날카롭게 포효했다. 몇몇은 탐사선을 향해 돌과 나무를 집어던지기도 했다. 팬텀과 프로테우스는 대장의 시신을 지키지 못한 좌절감에 서로 머리를 맞댄 채 비통함에 젖어야 했다. 클렌시아가 응급캡슐에 실려 있는 고드를 보며 의아한 표정으로 물었다.

"팀장님, 이 유인원을 왜 굳이 살리려 하시죠? 죽은 사체만으로도 연구가 가능할 텐데요."

슈카르는 절로 두근거리는 가슴을 애써 진정시켰다.

"지금 슈트켄 지도자께서는 이 유인원을 대단히 중요하게 생각하시고 계시네. 이 유인원을 되살려 우리 화성인들의 미래에 많은 도움이 되기를 바라고 있는 것 같아요."

아들의 심정을 헤아린 슈트켄이 슬며시 슈카르의 손을 쥐었다.

"배려해줘 고맙네, 슈카르팀장, 이 원인을 반드시 살리게."

Chapter 11
돌아온 화성인

아레나 중앙 의료센터.

화성 최대 의료기관인 아레나 중앙 의료센터 내의 생체 복원 실에서 긴급 수술이 진행되고 있었다. 완전 무균상태 투명공간에서 마취상태로 눕혀져 있는 고드의 가슴 부위로 로봇수술 도구가 자동으로 정교하게 작동되고 있었다. 모든 내, 외과 수술은 완벽하게 의료용 로봇이 담당한지 오래였다.

일단 정상적인 생존 상태로 만들기 위해 최후의 상처부위에 대한 혈관 봉합까지 끝나면 생체복원수술이 진행될 상황이었다. 생체복원수술은 아예 신체를 최적의 30대 전후로 되돌려놓는 의술로 고도의 의료기술이 요구되기 때문에 슈트겐과 슈카르의 특별한 부탁으로 아폴라 의료센터 소장이 직접 수술진행을 지휘했다.

기본적인 상처부위의 수술은 간단하게 완료되었고 이제 부터는 노화된 모든 장기를 교체하는 프로그램으로 진행을 해야 했다. 각 장기의 줄기세포 배양으로 완전 새로운 장기가 탄생되고 기존 노화하고 기능이 떨어진 장기와 교체하는 것이었다. 본인의 줄기세포를 이용한 장기배양과 교체는 완벽한 예후를 보장했다.

고드의 생체복원수술이 진행되는 와중에 의료정보 분석실에서는 의료진들이 고드의 유전자를 정밀하게 조사하고 있었다. 이 조사 분석은 슈트겐과 슈카르의 부탁에 의해 기밀작업으로 분류되었던 터라 관련 정보는 외부로 노출되지 않도록 조치되었다. 슈카르는 의료센터의 휴게실을 임시 집무실로 사용하고 있었다.

지구에서 데리고 온 특별한 원인의 존재가 너무도 중대한 사안이라 기존 업무공간에서는 도저히 업무가 손에 잡히지 않기도 했지만 슈카르의 속내는 이 지구인이 고드와 무관하지 않다고 확신하면서 의료센터에 계속 머물기 위해서였다.

"고드…"

그는 오래 전 마야와 함께 아들 고드를 데리고 떠난 지구여행을 떠올렸다. 역동적인 생기가 느껴지는 지구를 감상하면서 그들 가족은 여행의 즐거움에 한껏 젖어 있었다. 고릴라 형의 유인원에 의해 아들 고드가 납치당하기 전까지는 말이다.

"고드가 여태 살아 있었다면 기적이지."

이때 자동으로 문이 열리면서 특이한 의료용 가운을 걸친 제네스가 들어섰다. 대부분 의료용 가운이 백색 무지인 것과는 달리 검은 바탕에 이상하고 복잡한 문양이 그려진 몸에 착 달라붙는 의상을 하고 있었다. 제네스는 유전자분석 전문가로 의료정보분석실의 실장지위에 있는 여성이었다. 슈카르가 긴장된 어조로 물었다.

"제네스 실장님 결과는… 나왔습니까?"

"그렇습니다, 데리고 온 지구의 유인원은 확실히 우리 화성인입니다."

"그게 사실입니까?"

자리에서 벌떡 일어선 슈카르가 가볍게 숨을 들이켰다.

"정말 우리 화성인이 틀림없단 말이오?"

"예, 틀림없는 사실입니다. 그리고 그 유인원의 유전자가 슈카르 팀장님의 유전자와 일치합니다. 오래 전 팀장님께서 지구여행 때 아드님을 잃었다고 들었습니다. 모든 분석 자료로 판단한 제 소견으로는 지구에서 데려온 원인은 팀장님의 아드님이 확실합니다."

"아…!"

슈카르는 자신에게 잠재해 있던 직감과 맞아떨어지자 충격과 흥분을 감당하지 못하고 순간 휘청거렸다.

'고드… 내 아들이 살아 있었어!'

슈카르는 자신도 모르는 사이에 눈물이 볼을 타고 흘러 내렸다. 그러나 아무것도 모르고 있는 주변을 의식하여 지나치게 감성적인 모습을 보여서는 안 되기에 애써 눈물을 감췄다.

"수고하셨소. 당분간 이 사실을 기밀로 해주세요."

제네스 역시 사안의 중대성을 잘 알고 있을 뿐 아니라 곧 화성의 대지도자로 추대될 것을 알고 있기에 공손하게 고개를 숙였다.

"물론입니다, 대지도자님. 아니 슈카르팀장님, 의료정보분석실의 의료진들도 비밀 유지를 약속했습니다. 그리고 일전에 지구에서 채취한 유전자 역시 동일합니다."

"고맙소. 내 생각이 정리되면 조만간 화성인 모두에게 이 사실을 공개할 것입니다."

"당연히 그러실 거라 알고 있습니다. 그럼."

제네스가 임시 집무실을 나가자 슈카르는 두 손으로 가슴을 감싸 쥐었다.

"고드, 하루도 너를 잊지 않고 다시 만날 거라 믿었어. 역시 나의 믿음이 어긋나지 않았어."

슈카르는 서둘러 생체복원실로 향했다.

고드를 완벽하고 건강한 화성인으로 복원시키는 생체복원 프로그램이 계속 진행되고 있었다. 생체복원 프로그램은 장기교체도 있지만 사람이 가장 건강한 상태와 어려보이지도, 나이 들어보이지도 않은 30대 전후의 나이로 신체 외모를 재생하는 의료 프로그램이었다. 30대 전후의 나이는 지구 나이로 180세 정도이지만 화성의 나이로는 아직 어린 나이에 해당하기도 한 것이었다.

생체복원 시스템은 통상 화성인들의 개인 생체주기에 따라 장기교체 등에 이용되고 또는 큰 부상으로 심각한 신체 훼손을 당했을 때 적용하기도 하는 프로그램으로 훼손된 장기나 피부의 이식은 본인 줄기세포를 이용하기에 부작용이 전혀 없었다. 다만 경우에 따라 다르기는 하지만 뇌 부분이나 신체의 절반 이상이 훼손될 경우는 복원이 불가 할 수도 있는 것이었다.

지구에서 200년 가까이 야생으로 살아온 고드는 여느 화성인과 다른 삶을 살아 왔기 때문에 의료진들은 고드만을 위한 특별 생체복원 프로그램을 적용시켰다.

주요 장기의 교체는 물론 노화된 세포 재생과 피부 재생, 화성인 수준의 면역능력 향상, 혈관 크리닝, 뇌기능 향상, 시력, 후각, 청력 등의 향상, 영구치아, 급격한 온도 변화에도 견딜 수 있는 피부기능 강화, 뼈의 노화와 퇴행을 방지하는 골수 강화를 거쳐 현재 화성인의 수준보다 더 엄격하고 향상된 수준의 생명체로 재탄생시키는 최신 의술로 특별하게 진행되고 있었다. 그리고 일반 화성인들에게는 관심이 없는 고드만의 고유한 근육질만큼은 최상의 상태로 복원시켰다.

슈카르가 아폴라 박사에게 특별히 협조를 구한 것이었다. 생체복원수술을 모두 무사히 마친 고드는 회복실로 옮겨져 있었다. 마취에서 갓 깨어난 고드는 아직 의식이 온전치 않아 눈만 깜빡거렸다. 클렌시아가 고드의 바이탈 시그널을 살피며 밝은 미소를 띠었다.

"곧 취임하실 대지도자님께서 이 유인원을 애써 데려오신 보람이 있군. 완전하게 복원됐어."

머스칸이 클렌시아를 보며 흥미로운 눈빛을 띠었다.

"이 녀석이 화성 땅을 밟은 최초의 지구 생명체란 말인가?"

이에 슈카르가 점잖은 어조로 일러주었다.

"머스칸, 인간 종에서 진화한 유인원이니 인간에 가깝네. 이제는 지구인이라고 불러야 맞아."

이는 현실적으로 고드에게는 전혀 어울리지 않은 말이었다. 이때 회복실 문이 열리면서 슈트켄이 급하게 들어섰다.

"어떻게 됐나?"

슈카르가 고드를 가리키며 대답했다.

"생체복원수술을 무사히 마치고 완전하게 회복됐습니다."

"다행이구나."

슈카르가 병상에 누워 있는 고드 앞으로 다가섰다.

슈트켄이 옆으로 서며 나직이 물었다.

"정밀 유전자 분석결과는 확인했는가?"

"그게…"

슈카르가 주저하는 모습을 보이자 클렌시아와 머스칸이 얼른 자리를 비켜주었다. 두 사람이 병실을 나가기가 무섭게 슈카르는 두 손으로 아버지 슈트켄의 손을 꼭 쥐었다.

"아버지!"

"진정하게."

"아버지, 이 아이는… 오래 전 지구여행 때 잃어버린 제 아들 고드가 맞습니다. 아버지의 손자이기도 하지요. 그리고 일전에 해변에서 채취한 유전자도 동일하게 밝혀졌습니다."

"허어, 이럴 수가!"

"저 역시 어떻게 이런 일이 존재할 수 있는지 도저히 믿기지가 않습니다."

"우리가 찾아낸 지구의 유인원이 고드였을 줄이야! 고드…"

슈트켄 역시 충격과 흥분으로 한동안 말문이 막혔다. 그러다 회복된 고드의 부드러운 손등을 어루만지며 운을 뗐다.

"실종된 고드를 찾았으니 더 이상 기쁜 일은 없겠지만 마냥 좋아할 수만은 없겠구나. 고드가 지구에 퍼뜨린 후손들을 어떻게 수습해야 할지 심각하게 고민해야 될 것 같아. 고드의 신분에 대해서는 신중하게 정리를 한 후 화성인 모두에게 사실대로 밝혀야 할 거야."

"예, 저도 그럴 생각입니다."

"지금 자네 심정이 몹시 혼란스러울 거네. 일단은 고드를 건강하게 회복시키는데 주력하게. 어쩌면 고드의 존재는 의외로 화성인들의 지구 이주 계획과 관련하여 상당한 참고가 될 수도 있고 이주계획에 많은 변화를 가져올 것 같네. 이번 복원과정에서 나타난 고드의 신체기록을 연구하면 화성인이 지구의 생태환경에 어떻게 적응했는지도 알 수도 있을 것이네."

슈카르와 달리 슈트켄은 고드의 복귀를 아주 긍정적으로 생각했다.

"고드는 지구의 개척자이자 진화의 시조일세. 고드가 살아온 세월을 감안하면 지금 지구에는 헤아리기 힘들 만큼 많은 고드의 후손들이 번성해 있을 수도 있네. 아직 문명을 거론할 수는 없어도 지구가 초기 원시 문명시대로 접어든 거라 추정해도 무방할 것 같군."

슈카르는 상상조차 못한 엄청난 현실이 더욱 혼란스러울 수밖에 없었다. 자신이 곧 화성의 대지도자가 될 것임을 이미 언급 받은 터였기 때문이었다.

"아버지의 말씀대로 고드를 건강하고 완전한 화성인으로 회복시키는데 최선을 다하겠습니다. 그리고 지구에 널리 분포한 고드의 후손을 확인할 수 있는 방안도 알아보겠습니다."

그러나 화성보다 최소 두 배 이상이나 큰 지구면적에서 아무리 고드의 자손들이 많은 번성을 했더라도 이들을 모두 파악한다는 것은 사막에서 바늘을 찾는 것만큼 어려운 것이었다. 슈카르는 호출 버튼을 눌러 고드 수술을 담당한 아폴라 소장을 병실로 불렀다.

"부르셨습니까."

이미 화성의 대지도자나 다름없는 지지를 받고 있는 슈카르 인지라 아직 정식으로 추대되지는 않았지만 다들 그런 예우를 하고 있었다.

"소장님, 별도의 지시가 있을 때까지 이 아이의 존재를 외부에는 알리지 말아 주셨으며 합니다. 또한 이 아이가 완전한 화성인으로 회복될 수 있도록 뇌의 성능 향상 프로그램을 진행해 주시오."

"예, 부탁하신 대로 추진하겠습니다. 그리고 최근 개발되어 막 임상시험을 마친 뇌기능 향상프로그램을 최초로 적용해 보면 어떨까 합니다만."

"아직 최종임상이 검증되지 않은 상황인데 부작용이라도 나면 어찌하려구요?"

"제가 볼 때 지구의 유인원에게 2차 임상실험을 한 결과 완벽하였습니다. 뇌의 생물학적 문제만 해결되면 우리 화성인들에게도 즉시 적용할 수 있는데 화성인들의 뇌는 생물학적 초기 상태가 아니기 때문에 좀 그렇습니다만 그 문제도 곧 해결될 수도 있을 듯합니다. 그러나 고드는 모든 여건이 완벽합니다. 오히려 임상대상 유인원보다 더 최적의 상태입니다. 저의 소견으로 고드에게는 거의 확실하다고 판단됩니다."

"그럼, 저는 소장님의 소견을 믿기로 하겠습니다. 그렇게 되면 고드가 우리 화성에서 최고의 두뇌 소유자가 되는 겁니까?"

"그렇게 보는 것이 맞을 겁니다."

슈카르는 아들을 위해 대단한 선물을 한 것 같아 결과가 확실치 않은데도 웬 지 기분이 좋았다. 아폴라 소장이 나가자 슈카르는 고드의 뺨을 어루만졌다.

"고드, 너의 귀환을 진심으로 환영한다. 당장 네 엄마한테 보여주고 싶구나. 너의 이런 모습을 보게 되면 충격이 클 거야. 네가 완전한 화성인으로 돌아오면 그때 엄마를 만나게 해 줄게. 네 엄마가 너를 보면 얼마나 기뻐할지… 생각만 해도 가슴이 벅차구나."

고드가 생체회복 프로그램을 거쳐 완전한 화성인의 신체를 지녔고 뇌기능이 최고라고 해도 화성인의 일상과 정서회복, 화성 역사 등과 관련한 전반적인 지식 습득에 필요한 소프트웨어적인 것을 별개의 학습 프로그램을 거쳐서 완성해야 하는 것이었다. 이 부분은 슈카르가 직접 담당하겠다고 제시한 상태였다. 그리고 자신의 전공과 관련한 전문지식과 기타 지적 재산을 모두 고드에게 학습하게 해 줄 생각이었다. 슈카르는 이 기쁜 사실을 마야에게 가능한 빨리 알리고 고드를 만나게 해주어야겠다고 생각하고 집으로 향했다.

아폴라 소장은 자신의 방에서 홀로그램 모니터를 통해 고드를 관찰하고 있었다. 회복 프로그램을 거쳐 완전한 화성인의 모습으로 복원된 고드는 외견상 여느 화성인과 크게 다르지 않았다. 오히려 야생 생활에서 만들어진 근육질이 그대로 복원되었기에 강건함 마저 느껴졌다.

'지구에서 오랫동안 야생 생활을 거쳐서인가? 체력적으로 유약해진 우리 화성인들과는 확실히 다른 것 같아. 특별한 존재인 만큼 우리 화성을 위해 큰 역할을 했으면 좋겠어.'

아폴라는 투명모니터에 나타난 고드의 신체 각 부분지수를 점검하고는 혀를 내둘렀다.

"체력으로만 비교한다면 화성인들 사이에 슈퍼 울트라맨으로 불려도 손색이 없겠군. 이게 필요한지는 모르겠지만…"

슈카르가 투명 주차게이트를 통해 곧장 소장실로 들어섰다.

"수고가 많습니다. 고드의 상태는 어떻습니까?"

"예, 보고 드렸듯이 뇌기능 향상 시술이 순조롭게 진행되어 완벽하게 처치되었습니다. 깨어난 초기에는 갑자기 바뀐 주변 환경에 가끔 경계심을 드러내기도 했지만 빠르게 적응하고 있습니다."

그러면서 아폴라가 나직이 덧붙였다.

"팀장님 모습을 정말 많이 닮은 것 같더군요, 허허."

"그래요? 역시 핏줄은 속일 수 없나 보군요."

두 사람은 고드가 생활하고 있는 아늑한 회복실에 이르렀다.

"아…!"

유리벽을 통해 고드를 대면한 슈카르가 탄성을 토했다. 고드의 얼굴 등에서 털이 제거된 깔끔한 모습을 보기는 오늘이 처음이었다. 지금까지 보았던 털북숭이 모습과는 전혀 달라 신기하게 여겨질 정도였다. 더구나 자신을 빼 닮기도 했지만 멋있게 생긴 고드를 보자 슈카르는 비로소 자신의 아들임을 실감하게 되었다. 아폴라가 투명 모니터로 모두가 정상인 고드의 차트를 보여주었다.

"고드의 뇌 향상 프로그램은 이제 완료되었습니다. 이후 진행될 지적회복 학습프로그램은 팀장님께서 직접 주도하시는 것으로 알고 있습니다만…"

"그렇습니다. 고드에게는 원시인의 본성이 모두 잠재되어 있습니다. 고드만을 위한 맞춤형 지적 회복 프로그램이 진행 될 거요. 어쩌면 우리에게 부족한 능력을 훗날 고드를 통해 얻게 될 지도 모릅니다."

슈카르는 지구 이주 후의 미래까지 고드를 염두에 두고 있었다. 이해가 바로 되지 않았는지 아폴라가 의아한 눈빛으로 물었다.

"팀장님, 지구 원시인의 본성에서 우리의 부족한 능력을 얻을 수 있다는 말씀이 금방 이해가 되지 않는군요."

"소장님, 우리 화성인들은 전쟁과 갈등의 시대가 종식된 이후 적과 악에 대한 개념이 사라졌잖소. 저 역시 적이 없으니 당연히 공격적인 본성도 사라졌지요. 그러나 앞으로 지구로 이주할 경우 어떤 난관에 처하게 될지 이젠 예측하기 어렵게 되었습니다. 방어 개념만 있는 우리가 해결할 수 없는 한계에 이르게 되면 고드의 합리적인 본능이 필요하지 않을까 합니다."

"아… 개략적으로 이해가 되는 듯 합니다만…"

아폴라는 먼 미래까지 헤아리는 슈카르의 혜안이 대지도자가 되기에 손색이 없을 정도로 존경스럽기만 했다. 고드 복귀로 인한 일련의 과정을 겪은 슈카르는 머스칸, 클렌시아, 그리고 아버지 슈트켄과 함께 그의 집무실에서 진지한 논의를 벌였다.

"지금 지구에 번식하고 있는 지적생명체가 화성인들의 이주에 어떠한 영향을 미칠지에 대해 신중한 연구가 필요하다고 생각합니다. 그리고 저들의 빠른 진화를 감안하면 이주 후 우리와 어떤 충돌이 있을 지 미리 점검해야 합니다. 인류학의 전문가이신 슈트켄 지도자님께서 말씀해 주십시오."

슈카르는 아버지를 전문학자로 예우하며 진지하게 말했다. 슈트켄은 고드를 발견한 이후 지구의 연구기지에서 보내온 각종 자료들을 취합하여 지구의 원시인시대를 분석한 상태였다.

"지구에서 지적생명체가 퍼져 나가는 것은 이미 막을 수 없는 상황일세. 다만, 연구결과에 의하면 특별하게 이변이 없는 한 저들의 진화와 문명발전의 속도가 우리의 화성인들의 생존과 안전에 크게 위협을 줄 정도는 아닌 만큼 지금은 우려하지 않아도 될 것 같네."

"그래도 이런 중대 사안은 직접 확인해야 하니 면밀하게 조사가 필요할 것 같습니다. 아버지."

"슈카르의 판단이 틀린 것은 아니지만 고드가 완전히 회복되고 정상적인 상태가 되면 직접 지구에 가서 조사하지 않아도 고드를 통하여 수많은 자료를 얻게 될 것이네. 그런 바탕위에서 실태를 조사해 봐야지."

"그렇게 보시는군요. 고드가 회복하는 데는 그리 많은 시일이 걸리지 않습니다. 그때까지 기다렸다가 고드와 협의하여 전반적인 대책을 수립하고 그 동안의 상황을 전 화성인들에게 알리도록 하겠습니다. 문제는 지구의 새로운 지적생명체에 대해서 우리 화성인이 어떤 개념으로 정의하느냐에 있습니다."

슈카르의 속내를 헤아린 슈트켄이 담담한 미소를 띠었다.

"슈카르, 그들 역시 우리 화성인들과 한 뿌리가 아닌가? 우리 화성인들 역시 고대 유인원에서 진화됐으니 같은 역사를 지닌 우리 역시 진실을 부인할 수 없네. 처음에는 현실에 적응이 되지 않는 사람도 있겠지만 결국은 화성인들도 이를 우호적으로 받아들일 수밖에 없을 걸세."

"그렇게 말씀해 주시니 제 마음이 한결 편합니다."

아버지의 현명한 조언에 슈카르는 존경의 눈빛으로 바라보았다.

"알겠습니다. 그 문제에 대해서는 보다 많은 자료를 통해 정리해 보겠습니다."

"오늘 논의한 안건들을 정리해서 공표하면 화성인들의 긍정적인 공감을 얻는데 문제가 없을 것 같네. 그때까지 지구 연구기지에서 최종적으로 보내온 자료를 검토해서 보고서를 작성해 보게."

회의를 마친 슈트켄은 세 사람에게 다가가 일일이 악수를 하고는 집무실을 빠져 나갔다. 클렌시아가 슈카르와 공손하게 손을 마주잡았다.

"팀장님, 완전한 화성인으로 복원된 고드를 언제쯤 볼 수 있을까요?"

"오래 걸리지 않을 거네. 나도 내 아들 고드를 어서 화성인들 모두에게 소개시켜 주는 날이 빨리 왔으면 좋겠어."

슈카르는 고돌라 대지도자의 전화를 받고 서둘러 최종 지구 보고서를 준비하고 있었다. 그리고 고드를 통해 출현한 지구의 지적 생명체와 관련한 내용도 함께 정리하였다.

* * *

Chapter 12

대왕의 왕자

중앙행정센터 대회의장.

최근 들어 여러 가지 비상한 이슈가 겹쳐 회의장 안은 온통 술렁대고 있었다. 대지도자 고돌라는 좌중을 정리하고 조용히 회의시작을 알렸다.

"자. 회의를 시작하겠습니다. 이전에 우리는 슈카르팀을 통하여 지구이주와 관련한 지구 종합탐사연구를 보고 받은 적이 있습니다. 이를 통해서 화성인들은 큰 희망을 가지고 행복한 삶을 계속 유지할 수 있었습니다. 최근 이 사업의 마무리를 앞두고 일시 귀환하였습니다. 귀환 후 자료정리와 함께 약간의 기간이 흐르기는 했지만 오늘 그 중간 결과를 발표할 예정입니다. 그리고 이전에 미루어 두었던 대지도자 추대를 오늘 마무리 하고자 합니다."

슈카르는 여느 때보다 긴장한 표정이 역력했고 대지도자로 선정될 것이라는 사실에 비장한 각오까지 하고 있었다. 오늘도 큰 박수가 회의장 안을 메우고 있었다.

각 구역의 지도자는 물론 그 참모들과 각 중앙 지휘부 참모들까지 대부분 참석하고 있었다. 고돌라는 비장하고 진지한 어투로 말을 이었다. 이미 지난 회의에서 중지를 모은 바 있던 다음 대지도자로 슈카르 박사를 오늘 정식으로 추대하고자 합니다. 다시 한 번 장내에서 박수소리가 터져 나왔다.

"슈카르 박사, 수락연설을 부탁드립니다."

"네, 감사합니다. 지도자 여러분! 오랜만에 뵙습니다. 제가 우리 전체 화성인들의 책임자로써 임무를 다 할 수 있을지 잘 모르겠지만 저의 최선을 다 해보도록 하겠습니다."

슈카르의 말이 끝나기 무섭게 큰 박수 소리가 터져 나왔다.

"그리고 저희 지구 탐사 팀은 화성인들의 보다 안전하고 쾌적한 이주 환경을 제공하기 위해서 1차 조사 시 미비했던 부분을 최대한 보완하고 있습니다."

또 한 번의 박수가 터져 나왔으나 슈카르는 다음 말을 쉽게 잇지 못하고 있었다.

"… 그러나 그동안 조사초기부터 우리를 궁금하게 한 것이 있었습니다. 탐사 중에 뜻밖의 상황을 맞이하였는데 우리 탐사 팀은 물론, 화성인 입장에서도 충격적인 현상을 목격하였습니다. 우리가 알고 있는 지구에는 아직 지적 생명체가 없는 것은 물론 설령 출현한다 하더라도 아주 먼 미래에나 가능한 것으로 알고 있었는데 결국 발견하고 말았습니다."

그 때 누군가가 흥분에 찬 목소리로 질문을 했다. 도그리온족 관리자인 아비누스 박사였다.

"그럼 지구의 대 재앙 속에서 일부 원인이 살아남았다는 학설이 사실이라는 겁니까? 역사를 다시 써야 되는 거 아닙니까?"

갑작스런 질문에 슈카르는 당황할 수밖에 없었다.

"아니… 그것은 아닙니다. 본론부터 말씀드리겠습니다. 제가 과거 지구여행 중에 잃어버린 아들 고드가 지구 영장류인 유인원에 납치되어 성장하였고 그들과의 사이에서 고드의 후손이 생산 되었습니다."

여기까지 말을 마치자 갑자기 전 대지도자 고돌라가 큰 눈을 더 크게 뜨고 고개를 홱 돌려 슈카르의 눈과 마주쳤다. 그리고는 슈카르의 눈을 한동안 바라보고 있었다. 회의에 모인 모든 참석자들도 놀라기는 마찬가지였으며 옆 사람과 슈카르를 번갈아 보며 수군거리기 시작했다.

'설마 소설을 쓰는 것은 아니겠지?'

슈카르는 다시 비장한 표정으로 말을 이었다.

"이후로 계속하여 번성한 고드의 후손들이 집단을 이루고 살아가는 현장을 목격하게 되었습니다. 그동안 그들을 자세히 확인하지 못한 것은 우선 지구가 너무 넓고 방대하여 그들을 발견 한다는 것 자체가 대단히 어려웠기 때문이었습니다. 그리고 간혹 지구연구소나 저희들이 수상한 흔적을 발견한 적이 있기는 하지만 역사지식의 고정관념에 갇혀 흘려버리고 지나갔습니다."

지도자들 사이에서 누군가 질문이 터져 나왔다.

이번엔 버드리아족 관리자인 뎅버드 박사였다.

"외람된 말씀인지는 모르겠지만 그들로 인하여 지구로의 이주에는 영향은 없을는지요."

"네, 좋은 질문입니다. 그것은 저희가 심각하게 고려하고 있습니다만 결론부터 말씀드리면 크게 걱정 하시지 않아도 될 것입니다. 우리는 귀환하면서 그들의 우두머리가 되어 사망한 고드를 화성으로 데려와 현재 완전하게 생체복원을 마치고 회복 중에 있습니다. 그동안 이에 대한 정보를 알려드리지 못한 데는 많은 이해와 양해를 부탁드립니다. 이 사태와 관련하여 이주 계획은 많은 부분 수정되어야 하고 이에 대한 대책은 제가 책임을 지고 합리적으로 수행할 것을 여러분들 앞에 약속드립니다. 구체적인 보충 설명은 슈트켄 박사님께서 말씀드릴 것입니다."

사전 언급자료 없이 슈카르의 갑작스런 발표에 전 구역 지도자들은 충격을 금치 못하고 그저 슈카르와 슈트켄의 입만 쳐다보고 있었다. 슈트켄은 천천히 자리에서 일어나 마치 아들인 슈카르를 엄호라도 하는 듯 비장한 각오를 한 표정으로 지도자들을 향하여 입을 열기 시작했다.

"우리는 과거에 큰 아픔을 겪고 전 세계가 하나가 되어 지상낙원을 이룩한 이후로 지금까지 내외적인 갈등을 겪지 않고 그야말로 온실 속에서 지나온 역사였습니다. 이제 우리의 현실과 미래는 많은 외적 변화가 예상되고 있습니다. 최근에 시행키로 한 도그리온과 버드리아 두 종족의 사전 지구이주 계획 확정과 이번 고드의 후손인 지구 원시인의 발견은 이러한 변화의 일부이자 우리 전체의 역사입니다. 물론, 많은 계획의 수정과 대응책이 필요합니다만 이는 우리의 능력으로 얼마든지 적응하고 헤쳐 나갈 수 있다고 봅니다. 우리가 이 시점에 필요한 것은 미래의 다양한 환경에 대비하여 지금까지 우리의 고정관념도 변화시킬 필요가 있다는 것입니다."

이때 테라구역 여성 지도자 밴지가 오른손을 번쩍 들어 발언을 요구했다.

"오랜 동안 굳혀있는 화성인들의 사고를 변화시킨다는 것은 확실한 명분이 필요하고 쉽지도 않을 텐데 대안이 있습니까?"

갑작스런 밴지박사의 질문에 슈트켄은 적지 않게 당황하였으나 고개를 한 번 치켜들어 올리곤 곧 답변을 시작했다.

"네, 이번에 나타난 지구 원시인의 출현, 그리고 예상되는 혜성충돌에 의한 화성의 미래 등, 이 모든 것들에 대하여 우리는 유연한 자세로 받아들일 필요가 있다는 것입니다. 사실 고드의 사태는 언제라도 있을 수 있는 현상이라고 봐야 합니다. 결과도 마찬가지고요. 이와 관련하여 고드가 지구에 번성시킨 후손들에 대하여 말씀드리자면 전문가로서 저의 견해는 이렇습니다. 지구의 영장류인 원시인은 이론적으로나 역사적으로든 우리 화성의 원조와 같다고 볼 수 있습니다. 결국 고드의 후손들이 우리의 후손들입니다. 다만 우리와 다른 것은 진화의 시기일 뿐이지요. 이 환경이 우리의 미래에 구체적으로 어떠한 영향을 미칠지는 많은 연구와 조사 등을 통하여 밝혀지겠지만 저는 매우 긍정적으로 보고 있습니다."

다시 밴지박사의 질문이 이어졌다.

"긍정적으로 보는 결정적인 근거는요?"

"네, 제가 개인적으로 개략의 시뮬레이션을 해 본 바에 의하면 우리가 지구에 정착하고 많은 세월이 흐른 어느 미래에 지구인들과 통합하여 더욱 확고한 생존의 환경을 확보하게 되면서 지구인들과 같이 소통하며 살아가게 될 겁니다. 이번 사태를 계기로 우리는 유연하고 현명한 지혜를 모아서 우리의 미래에 대비하도록 했으면 합니다. 지도자 여러분들의 현명하신 판단을 기대해 봅니다."

슈트켄의 발표가 끝나자 회의장 곳곳에서 일제히 수근 거리기 시작하고 삼삼오오 서로 쳐다보며 자신들의 견해와 주장을 쏟아내고 있었다. 높은 이해능력을 지닌 그들의 견해는 슈카르의 의지와 슈트켄이 발표한 내용과 논리를 지지하는 의견들이 주류를 이루고 있었다. 이런 모습들을 슈카르와 슈트켄은 잠시 지켜보고만 있었다.

그때 자유토론을 잠시 멈추고 난다구역지도자인 우라노스가 조용히 일어나 좌중을 향하여 크게 외친다.

"여러분!"

웅성거리던 회의장 내 지도자들은 누군가의 갑작스런 외침에 일제히 우라노스 쪽으로 시선을 돌렸다. 우라노스박사는 크게 헛기침을 한 번 하고는 작심한 듯 열변을 토하기 시작했다.

"오늘 이 상황은 그야말로 역사적인 운명이라고 생각됩니다. 이 시점에서 우리 화성인들에게 필요한 것은 지도부의 의지를 받들고 우리 모두 한 마음이 되는 것입니다. 이는 우리 화성을 지탱하는 힘의 원천이자 생존의 토대입니다. 모두 일어나 어차피 대지도자가 될 슈카르와 슈트켄 지도자에게 우리의 단합된 힘을 보여 줍시다!"

회의장 안은 우라노스의 말과 함께 일제히 일어나 기립박수를 보내고 회의장이 떠나갈 듯이 함성을 질렀다. 이런 광경은 화성 역사상 보기 드문 모습이었다. 이러한 분위기에 감명한 고돌라와 슈트켄, 그리고 슈카르는 크게 고무되었고 그것은 다시 큰 책임감으로 다가왔으며 더 비장한 각오와 함께 방금 전폭적인 지지를 보여준 모든 지도자들과 참석자들을 보며 감격에 젖었다. 슈트켄과 슈카르는 큰 안도와 함께 콧등이 시큰하고 눈동자가 붉어지며 급기야 눈가에 물기가 반짝였다.

슈카르는 회의장 안의 분위기가 잠시 가라앉기를 기다리다가 근엄한 자세로 일어나 좌중을 둘러보고 화답의 의미로 눈물이 글썽한 가운데 환한 미소를 지어 보였다.

"존경하는 지도자님들, 그리고 화성인 여러분, 너무너무 감사합니다. 저 역시 여러분이나 전체 우리 화성인을 신뢰하고 의지하며 살아갑니다. 이번 상황을 우리 화성인들이 더 발전하고 나아가는 기회로 삼아 화성인들의 미래와 생존에 틀림없이 좋은 결과를 만들겠습니다."

다시 한 번 우뢰와 같은 박수소리가 회의장 안을 가득 메우는 가운데 누군가 외치는 소리가 들렸다. 슈텔 구역 지도자 헤파이스가 선창을 하고 있었다.

"대지도자님 만세!"

그러자 전 참석자들이 후렴을 외쳤다.

"만세! 만세"

"고드는 우리의 후손!"

또 후렴이 이어졌다.

"후손! 후손!"

"고드의 후손도 우리후손!"

역시 후렴이 이어지는데

"우리후손! 우리후손!"

동시에 마무리 박수가 회의장에 울려 퍼지고 고돌라와 슈트켄, 슈카르는 다시 한 번 큰 감격이 밀려왔다. 그리고 고돌라는 오늘의 하이라이트인 대지도자 추대 건을 상정했다.

"그러면 이어서 슈카르박사에 대한 대지도자 추대 건을 정식 상정합니다."

"대지도자 만세!"

"슈카르 대지도자 만세!"

누가 먼저랄 것도 없이 이구동성으로 회의장 안이 떠나갈 듯 외쳤다. 슈카르와 슈트켄은 굳게 악수를 나누고 기쁨의 눈빛을 교환하고 슈카르는 고드와 지난 일련의 상황을 생각하니 감격과 함께 눈물이 앞을 가리고 있었다. 그때 고돌라의 비서관이 고돌라에게 무언가를 건네주고 있었다. 그의 손에는 대지도자만이 지닐 수 있는 전력마스터가 쥐어져 있었다. 전력마스터는 전국 무선전력을 일시에 단전 할 수 있는 마스터키로 화성인들에게 전력의 공급은 모든 생활의 전부라고 할 수 있을 정도로 중요했다. 그렇다고 대지도자가 마스터를 이용하여 전력공급을 마음대로 조정할 수 있다는 것은 아니며 그 만큼 상징적인 뜻이 담겨있는 물건이었다. 그런 상징성 때문에 대지도자의 뉴클리어풋볼 같은 것이었다. 전 대지도자 고돌라가 모두에게 자리에 앉기를 권했다.

"감사합니다, 모두들 앉아 주시오."

고돌라는 자신의 옆자리에 앉은 슈카르를 보며 다시 좌중을 향해 말을 이었다.

"오늘은 제가 대지도자로서의 임무가 종료되는 날입니다. 과거에 제가 화성의 혼란을 종식시키는데 일조해 대지도자로 추대됐지만 지금은 상황이 크게 바뀌었습니다. 지금은 화성인들에 대한 미래의 생존이 최고의 절대가치가 되었습니다. 이런 상황에서 슈카르 박사의 보고서는 우리 화성인들을 위한 미래 생존 지침서라고 해도 과언이 아닐 것입니다."

회의 참석자들은 공감의 표시로 모두 고개를 끄덕였다.

"대중들은 우리 화성의 미래를 책임질 새로운 대지도자 탄생을 염원하고 있습니다. 그리고 그 사람은 바로 화성인들의 미래를 제시해 준 슈카르 박사입니다."

마지막 대목에서 고돌라는 눈으로 슈카르를 지목하자 모두가 환호하며 박수를 보냈다. 슈카르는 조금은 어색한 표정으로 전체 회의참석자들을 둘러보았다.

"너무 과찬의 말씀이 아니신지 모르겠습니다. 오늘 여러분들의 성원에 힘입어 정말 감격스러운 날이었습니다. 전체 화성인들의 미래와 생존을 위해서 저의 최선을 다 하겠습니다. 감사합니다."

슈트켄이 일어나 아들 슈카르의 어깨를 다독여주었다.

"슈카르. 이미 대지도자 수락의 용단을 내렸고 전체 참석자들도 너를 추대하는데 모두 동의했다. 이는 전체 화성인들 모두의 바람이기도 해."

"아버지, 오늘은 여러 가지로 제게는 정말 감격스러운 날입니다."

자리에서 일어선 슈트켄이 슈카르를 향해 정중하게 예를 표했다.

"대지도자님, 앞으로 화성인들을 위해 최선을 다해 주십시오."

그러자 고돌라와 참석자들 모두가 일어서서 열렬히 박수를 보냈다.

이어 의전담당 여성 두 사람이 대지도자 윗도리 정복을 쟁반에 받치고 와서 슈카르에게 입혀 주었다. 고돌라는 전력마스터를 높이 들어 보이고 슈카르에게 정식으로 승계했다.

"슈카르 대지도자님, 우리 화성을 잘 부탁드립니다."

"감사합니다. 원로로써 아낌없는 조언을 부탁드리겠습니다."

슈카르는 건네받은 전력마스터를 높이 치켜들었다. 대지도자 예복을 차려입은 슈카르의 모습은 시대변화의 상징처럼 보였다. 그의 모습이 입체 영상으로 화성 전역에 전송되면서 화성인들 모두가 그의 대지도자 취임을 반겨주고 환호했다.

슈카르는 고드의 후손을 동족으로 인정해준 아버지 슈트켄의 이론이 너무나 당연하다고 생각되지만 다시 한 번 감사함을 느끼고 곰곰이 생각을 정리하여 보았다. 고드의 후손인 지구 원시인들이 화성인들처럼 오랜 세월에 걸쳐 진행된 자연 진화는 아니지만 화성인들의 동족이나 후손이 딱히 아니라고 할 만한 논리도 없는 것이었다. 어떻게 보면 자연 진화과정에서 고드가 촉매제가 되어 지구인의 진화를 촉진 시킨 것으로 정의 할 수가 있는 것이었다. 오늘 지도자들의 만장일치로 지지를 얻은 것도 이런 논리적 설명과 함께 충분한 공감이 있었고 여기에 이견이 있을 수가 없는 것이었다고 생각을 정리했다.

Chapter 13

슈퍼맨

중앙 싱크탱크센터.

완전한 화성인의 건강한 신체로 복원된 고드는 회복실에서 퇴원했다. 그가 아폴라 소장과 함께 다다른 곳은 화성인의 모든 기술과 정신을 학습할 수 있는 프로그램이 갖춰진 싱크탱크센터 내의 특수교육실이었다. 이곳은 뇌기능을 회복한 후 최종상태를 확인하는 곳으로 여기까지가 아폴라 소장의 영역이었다. 고드는 최종 뇌 기능 회복 프로그램 과정에서 아폴라 소장과의 대화를 통해 자신의 기본 기억을 완전히 인지하고 있음을 확인했다. 뇌의 기능이 완전복원되면서 완벽한 언어 소통이 가능해졌고 덕분에 어렸을 적 기억도 전부 떠올릴 수 있었다.

아폴라는 고드를 아버지 슈카르에게 인계하기 위해 특수교육센터 내 휴게실로 향했다. 넓은 휴게실 중앙 탁자에 앉아 있던 슈카르는 아폴라소장과 고드를 보자 벌떡 일어서며 아폴라소장을 맞이했다.

"좋아 보이는구나, 고드."

슈카르를 대면한 고드 역시 조금은 어색한 눈빛으로 슈카르를 바라보았다.

"안녕하세요. 아버님, 대지도자 취임을 축하드립니다."

고드의 인사에 좀 당황하긴 했으나 슈카르는 곧 기분이 좋았다.

"그래, 고맙구나, 수고하셨습니다. 아폴라소장님."

지구에서 징카에게 납치되기 이전의 기억이 완전히 되살아나긴 했지만 슈카르를 선뜻 아버지로 부르기에는 약간 어색한 느낌이 들었지만 과거의 기억이 완전히 되살아났기 때문에 곧바로 그 감정을 느낄 수가 있었으며 슈카르의 모습에서 더욱 친근감이 느껴져 가슴으로 젖어 들었다. 슈카르는 고드를 가볍게 포옹하며 등을 다독여 주었다.

"회복 프로그램을 거치느라 고생이 많았겠구나. 네 이름이 고드라는 사실은 이미 알고 있겠지?"

"네, 아버지. 어렸을 적부터 그렇게 불렸는데 그게 본래 제 이름이었다는 게 이제 실감이 납니다."

"그래, 네가 화성에서 태어날 때부터 불린 이름이지. 너를 이렇게 다시 만나게 되다니 얼마나 기쁘고 감격스러운지 모른다. 이제 곧 네 엄마 마야도 보게 될 거야."

"네… 아버지."

"자, 우리 앉아서 얘기하자꾸나."

고드와 마주 앉은 슈카르가 차분하게 설명을 이어갔다.

"고드, 너는 이제부터 학습 프로그램을 통해 다양한 분야의 지식을 습득하게 될 거다. 교육을 마치게 되면 완벽하게 화성인이 되어 완전히 적응하게 될 거야. 너를 위해 특별한 학습 프로그램을 마련했다. 최근에 개발된 강력한 뇌 기능 향상 프로그램이 아폴라 소장의 의술로 네게 처음 적용되어 화성에서 가장 건강하고 뇌기능이 우수한 두뇌의 소유자가 되었단다."

"아… 그렇군요. 감사합니다. 아폴라소장님."

고드는 자신에게 주어진 뇌 기능 활성화 의술에 대해서는 당장 실감이 나는 것도 아니어서 별반 느낌이 없었다. 고드의 가장 궁금한 관심사는 다른 데 있었다.

"저어… 지구에 남아 있는 제 가족들은 어떻게 되었습니까?"

고드의 느닷없는 갑작스런 첫 물음에 슈카르는 순간 당혹했지만 이내 평정심을 되찾으며 사실대로 말해 주었다.

"솔직히 지금 그들의 상황은 나도 잘 모른다. 너를 회생시키기 위해 화성으로 돌아오는 게 급해 네 혈족들에 대해서는 지금까지 어떠한 조치도 취하지 못했다. 그렇지만 지구의 연구기지의 보고에 의하면 네 혈족들은 여전히 무리를 지어 잘 지내고 있다는 구나."

"다행이군요. 제가 후계자 지정을 구체적으로 해 주지 않아 걱정이 많았습니다. 그리고 한 가지 더."

"그래, 무엇이냐?"

"지구의 제 혈족들을 화성에서는 어떻게 평가할지 궁금합니다."

슈카르는 아직 고드가 지능은 높지만 지식수준이 미흡하기에 구체적인 대화는 프로그램 이수 이후로 미뤘다.

"고드, 네 혈족들에 대해서는 너무 염려하지 않아도 돼. 맹세코 네 혈족들은 해코지하는 일은 없을 거고 언젠가는 모두가 동족이 되어 함께 살 수도 있을 거야."

고드는 비로소 안도의 미소를 띠었다.

"그렇게 말씀해 주시니 안심이 되네요. 제가 아직 모르는 게 너무 많아 서 학습 프로그램을 받고 싶어요. 그래야 아버지와도 다양한 얘기를 나눌 수 있을 것 같습니다."

"당연하지, 고드. 오늘은 여기까지 하자꾸나."

자리에서 일어선 슈카르는 고드의 어깨를 부드럽게 다독해 주었다.

"빨리 어머니가 계시는 집으로 가야지. 고드."

슈카르는 아버지가 잡은 손길을 통해 왠지 모를 든든함이 느껴졌다.

"네, 아버지!"

중앙 싱크탱크센터 내 특수 교육실.

화성에서 태어난 사람은 누구나 이러한 시설에서 생활방식, 역사, 교양 등등 필요한 모든 지식을 습득하는 곳이었다. 그러나 개체수 보충이 있을 경우에만 이용하는 곳이어서 평소에는 한산한 곳이다. 지식 프로그램은 최근까지 화성의 모든 지식정보를 자동으로 업그레이드되고 학습자의 뇌파를 자극시켜 모든 지식이 반복적으로 주입시켜 한 번 습득한 지식은 특별한 경우를 제외하고는 지워지지 않았다. 이런 지식을 습득하는 데는 일정한 연수기간이 필요하지만 일반 화성인들은 새로운 지식이나 정보에 대해서는 개인 시스템으로 전달받기 때문에 이곳으로 올 필요는 없었다.

고드는 슈카르의 직접 지도아래 대형 게임기 같은 기계 박스 안에 앉아 첨단영상이 재현되는 가상현실 속으로 진입하여 본격적인 학습 단계를 진행할 것이었다.

수리학적인 부분과 어학 등 이론적인 학습부분은 자동으로 뇌에 반복 파장을 보내어 기억되도록 하고 역사 등 영상이 필요한 관련 학습은 오감으로 즐기면서 습득하도록 되어있었다.

입체적으로 보는 것은 물론, 듣고, 움직임을 느끼고 냄새를 맡을 수도 있으며 다양한 기후에 따른 실제 체감을 하는데 이러한 기능들이 시간차 없이 영상의 속도에 따라 즉시 느낄 수 있도록 동작되었다. 특정부분을 자세히 볼 수도 있고 전후 속도 조절도 가능했다.

이미 아버지 슈카르의 전공 자료로 학습된 고드는 이번 프로그램만 이수하면 완벽하게 연계되어 활용이 가능하게 되는 것이다. 우선적으로 터득해야 할 일상에 대한 화성의 일반상식은 물론, 생활과 관련된 지식들은 초기에 습득할 수 있도록 함으로써 일상에 불편이 없게 하였다.

현재 화성표면의 강이나 개천, 그리고 식물들은 그동안의 환경파괴로 대부분 마르고 멸종되어 황폐화하였고 웬만한 동물이나 곤충들의 생명체도 거의 사라져 버려 지금은 박물관이나 동, 식물 체험장에서나 일부 실물을 볼 수 있었다. 기상이변 또한 시대의 흐름에 따라 점차 심각하게 변하여 고온 건조한 상황이 계속되고 있으며 화성표면의 환경은 거의 황폐한 단계에 이르고 있었다.

극히 특별한 일부 구역을 제외하고는 현실적으로 지상에서 동식물을 보기가 어려워 졌으며 이미 정상이 아닌 지상의 자연환경이 이제 화성인들에게는 크게 의미가 없어졌고 관심도 없어진지 오래되었다.

오히려 가상현실에서 더 생생하고 실감나는 장면을 보고 느낄 수가 있었다.

화성인들의 의식주에 있어 생산과 경작이라는 형태는 오래 전에 사라져 크게 진보한 기술로 대체되었고 특히 주거지 등 물질적인 것은 첨단프린팅 기술로 간단히 해결되었다.

신체에너지 보충을 위한 식생활은 아주 다양하여 간단한 의약품 정도로 영양을 해결할 수도 있었으며 식재료는 세상에 존재하는 모든 재료를 포자형태로 소형 전자 저장소에 보관한 후 필요 시 재료를 추출하여 급속 배양된 식재료로 인공지능을 이용하여 자신이 먹고 싶은 다양한 요리를 즐길 수 있을 뿐 아니라 아무것을 먹지 않고도 최대 1년을 버틸 수 있는 첨단 의술적인 해결 방법도 있었다.

전체 화성인들의 세대마다 지급된 기본 생활 장비에서 이런 모든 것이 해결되는 것이었다. 모든 식재료 및 생필품의 포자는 대용량 메모리에 저장되어 있어 무한 복제가 가능하여 사용과 보급에는 전혀 문제가 없었다.

다만 주택의 제작은 공용 제작센터에서 첨단 프린터에 의하여 자동으로 제작되며 개인의 취향에 따라 시공되고 담당 로봇이 원하는 장소에 설치, 시공해주었다. 그리고 신체 에너지원의 보충을 위해 식사는 약물과 요리를 상황에 따라 병행하는 경우도 있으며 슈카르 가족과 같이 보수적인 화성인들은 대체로 자동으로 조리한 음식을 즐겼다.

의복의 조달은 같은 장비에 의해 재료가 생성되고 제작되며 기능성 옷감에 향기까지 나는 옷 등 개인이 희망에 따라 옷감과 의상을 만들어 즐기는가 하면 신체자체에 특별한 기능의 페인팅을 하여 직접적인 의상 없이 지내기도 하였다.

피부는 웬만한 더위와 추위에 적응할 수 있기 때문에 일반 화성인들의 신체에는 체모가 거의 보이지 않았지만 고드의 가족처럼 보수적인 사람들은 그렇지 않았다. 이러한 첨단기기나 장비를 비롯하여 생활에 필요한 모든 보급의 지원은 전체 화성인들에게 당연히 무상으로 제공되었다. 그리고 실제 이러한 보급 관리나 유지 관리에 대해선 사람이 하는 것은 거의 없고 인공지능 기술을 활용한 로봇들이 거의 해결하도록 체계화 되어있었다.

화성인들에게는 무엇이든 과도한 욕심이나 욕구가 없어 통제관리가 필요 없었다.

생활에너지인 전력은 무선으로 공급되는데 모든 기기나 장비에 자동 전력 수신기가 내장되어 있으며 별도의 동작 없이 음성인식이나 텔레파시를 이용하여 작동이 가능했다. 그러나 텔레파시는 가끔 오작동이 있어 특별한 경우가 아니면 별로 사용하지 않았다.

물은 공기 중의 화학적 결합을 통하여 충분하게 생산이 되고 있었으며 주택의 위치 선정은 지진이나 기타 재해지역의 자료를 토대로 이미 안전지대로 표준화된 구역에서 선택하게 되어 있었다. 최근에 와서는 주거지를 거의 지하화 하는 추세였다.

화성인들 중에는 고드 가족과 같이 보수적인 사람들은 스스로 육체적 성교를 통하여 마음대로 출산을 할 수는 있으나 대부분 일반 화성인들은 거의 성생활이 없고 임신을 하지 않으며 이성을 느끼게 하는 세로토닌 호르몬이 사라져 기능을 발휘하지 못하거나 아예 생식기가 퇴화해 버린 사람들이었다. 그러나 슈카르 가족과 같이 인류학을 연구하거나 일부 환경 보호론 자 등 보수적인 사람들은 아직도 생식기능이 남아 있고 세로토닌 호르몬도 생성되고 있어 성교를 즐기기도 하지만 대부분 직접 출산을 기피하고 인공수정에 의한 출산을 희망하고 있었다. 출산 또한 당국이 관리하지만 주민들의 자율적인 협조로 아무런 문제가 없었다. 이는 화성인들이 스스로 지키는 자율적인 규범인데 일정한 화성인들의 전체 개체수 유지 때문에 중앙행정센터에서 정해진 인구수를 조율하기 위해서 출산 관리를 하고 있는 것이었다.

화성인들은 첨단의술의 발달로 반영구수명에 이르렀지만 여러 가지 사유로 신체의 일정부분 이상 훼손되거나 뇌를 심하게 다치면 사망에 이르고 이를 보충하기 위해서 인공수정이나 임신으로 출산이 요구되는데 주민순번을 정해서 개체수를 유지하는 방식을 취하고 있었다. 오늘부터는 화성의 역사에 대한 학습단계로 고드가 가장 관심을 가지고 궁금해 하는 부분이었다.

이와 관련한 학습프로그램의 내용은 우주의 생성부터 화성의 기원은 물론, 과거의 모든 역사적 사실과 현재의 당면 상황까지 자료사진과 그래픽, 재현영상들을 통하여 완벽하게 보여주고 있었다.

오늘날 화성이 존재하기까지의 우주진화 과정과 과학문명기술 발달의 역사 또한 영상자료와 함께 낱낱이 보여주고 있었다.

태양계 전체와 특히 지구관련 부분은 구체적이고 상세히 포함되어 있었다. 모든 학습과 관련한 영상자료는 참고 자료화면과 함께 첨단의 입체 영상으로 제작되어 있어 마치 실제 현장에 있는 것처럼 느껴졌다. 슈카르는 고드에게 단계별로 학습프로그램을 진행하고 숙지하는 법을 상세하게 안내해준 상태여서 학습 진행 순서에 따라 고드 스스로 일부 학습프로그램을 운영하고 있었다. 고드는 화성 역사 학습프로그램이 마치 실제 당시를 보는 듯한 느낌이었으며 그렇지 않아도 호기심으로 가득 했는데 재미가 넘쳐흘렀다.

빅뱅과 함께 태양을 중심으로 불덩어리 행성들이 각자 자리를 잡기 시작했고 화성은 태양으로부터 지구 다음에 위치하여 지구와 거의 비슷한 골디락스 존에 머물렀다.

지구와 화성 같은 암석행성들이 초기에 불덩어리였지만 서서히 식어갔고 화성 또한 열이 식어가면서 지구보다 생명체가 살기에 알맞은 환경에 먼저 도달하여 수많은 동식물의 생명체가 생겨나기 시작했다. 이즈음 지구는 막 불덩어리에서 벗어난 시기정도였다.

화성에서 각종 생명체가 시작되고 급기야 원시인 문명이 시작된 후 약 1억년 가까이 흐른 지금 막 지구 영장류의 유인원이 원시문명을 시작했는데 이는 고드의 지구생활의 영향이 감안된 것이었다.

그렇다고 모든 영장류의 원시 족이 지적생명체로 진화하고 문명을 시작한 것은 아니었다. 이는 같은 호박 줄기에서 핀 호박꽃이 모두가 호박열매를 맺지 않은 것과 같은 맥락이었다.

화성인들의 본격적인 문명이 시작되고 오랜 세월 역사가 진행되면서 화성인들의 환경파괴와 이상 기후로 지상의 자연환경이 황폐화되어갔으며 많은 동식물들이 멸종을 거듭하고 자연 상태의 구역이 점점 줄어들게 되었다.

결국 오늘날에는 특별 보존구역으로 정한 일부지역 외에는 대부분의 동식물이 화성에서 멸종되거나 사라지고 말았다. 그 중 특이한 것은 비록 미개인 수준이지만 일부 동물들이 지적생명체로 진화하여 지금까지 생존하고 있는 종족도 있다고 했으며 고드는 특히 이 부분을 매우 흥미로워했다. 고드는 학습프로그램이 끝나면 가능한 빨리 둘러보고 싶었다.

고드는 지구에서의 겪은 지난 과거의 세월들이 주마등처럼 스쳐 지나가고 지구의 영장류 동물들과 원시인들이 공존하고 있는 것에 대하여 약간은 혼란스럽다는 생각이 들었다.

화성의 역사를 꿀맛처럼 즐기고 난 고드는 나름대로 역사를 요약해 보았다. 화성인들도 원시문명을 거쳐 본격 문명시대로 접어들었으며 체계화된 국가를 건설하고 특히 과학기술의 발전을 거듭하여 첨단 문명생활을 영위하게 되었다는 것이었다.

서로의 이익을 쟁취하기 위하여 개인 간 갈등은 물론 국가 간 무력 전쟁이 횡행하였다. 종교나 정치적 이데올로기 다툼으로 큰 전쟁도 불사 하였던 것이다.

그 반면 지금에 비해 정과 인심이라는 인간적 감성으로 서로 끈끈한 가족관계를 유지하며 혈족 간의 유대가 넘쳐흐르고 있었는데 이런 점은 너무 부러워 보였다.

그리고 의술을 비롯한 다양한 부문에서 과학기술이 점점 발전하여 모든 질병을 극복하고 얼굴 모습도 개인의 희망대로 성형할 수 있게 되었으며 화성인들의 평균 수명도 점점 늘어났다.

교통수단도 동물을 타고 이동하던 것이 기계로 움직이는 자동차와 초음속 비행기가 등장 하더니 곧 아광속의 우주선을 타고 행성 간 왕복하다 지금의 수준으로 변화한 것을 알 수 있었다.

통신 역시 역사의 초기에는 직접 내용을 들고 사람이 전달하던 시대에서 전기가 발명되고 유선을 이용한 전화기를 이용하던 것이 무선 스마트폰시대를 지나 초소형 통신기기를 신체에 이식하여 수영 중에도 간단한 음성인식이나 생각만으로도 통신이 가능한 오늘날 문명

기술의 역사를 학습프로그램을 통하여 잘 알 수 있었다.

 국가 간의 정치나 종교적 성향, 또는 개인의 지나친 지배욕 때문에 종종 큰 전쟁이 일어나곤 했는데 이로 인하여 많은 종류의 공격용 무기도 만들어졌다. 성능이 우수한 무기를 만들기 위하여 전 세계가 경쟁을 하였고 당시로선 가공할 화력의 핵무기라는 폭탄도 만들었다. 한 때 어느 개인과 무리들의 세계지배욕으로 세계대전이 일어나기도 했지만 이후 그러한 전쟁은 사라지는 것 같았으나 종교적, 정치적 이념에 의한 국가 간의 전쟁과 국가의 이익을 위한 크고 작은 전쟁도 종종 일어났다.

 다행히 전 세계 많은 국가들이 협상과 연합으로 규약을 정하고 서로 자제와 통제를 하였기 때문에 그런대로 전 세계가 평화를 유지할 수 있었다.

 한 동안 화성인들은 평화로운 역사를 이어 갔으나 현재와 이어지는 가장 가까운 마지막 대규모 전쟁으로 인한 대 핵폭탄 재앙이 있었다는 것을 알았다.

 오랜 과거부터 극단적인 종교성향을 가진 테러집단들이 특정 국가들과 시비를 하다가 어느 날 강력한 테러국가로 탄생하게 되는데 이들이 TSS라 불리는 극단주의 테러 국가였다. 종교적 정신력으로 결속한 이들은 무서움과 두려움을 모르는 살상집단으로 전 화성인들에게 공포의 대상이 되었다. 불특정 다수 국가의 국민들에서 이를 추종하는 지원자가 속출하고 급기야 혼돈의 세계가 되고 말았다.

 TSS라는 이 극단주의 테러 국가는 풍부한 인력과 자금력, 군사력을 갖춘 완벽한 테러집단 국가였다.

TSS는 동쪽지역의 조그만 사회주의 분단국가로부터 자체 개발한 핵을 저렴한 가격으로 무제한 구입하여 주요 적대세력 국가들을 무자비하게 공격하기 시작했고 설상가상으로 이 와중을 틈타 평소 갈등이 많았던 국가들 간 전쟁으로 확전되면서 전 세계가 대규모 전쟁의 소용돌이 속으로 빠지고 화성은 그야말로 역사적 대 재앙을 맞이하게 되었던 것이었다.

　결국 대 재앙의 소용돌이에서 TSS는 물론 대다수의 국가가 흔적도 없이 사라지거나 남은 국가들이라도 거의 멸망에 가까운 폐허 수준으로 복구가 불가능한 상태가 되었다. 화성인들 스스로가 그야말로 대 멸망으로 치달은 것이었다. 당시 화성 최대의 강대국이며 TSS의 주적이었던 나라에서 생존한 사람들 중 흑인 주지사였던 고돌라라는 사람이 주축이 되어 전쟁에서 살아남은 전 화성인들을 규합하기 시작했었다. 이는 다른 국가들에 비해 여러 생존여건이 좋은 자신의 나라에서 재기하는 것이 유리하고 현실적이기 때문이었다.

　당시 화성의 전체 인구수 35억 명 중에서 제대로 살아남아 규합한 사람이 겨우 50만 명을 조금 넘어섰다. 그 중 규합되지 못한 대부분의 사람들은 이동수단을 구하지 못하거나 자신의 부상 때문에 낙오될 수밖에 없었기에 고돌라의 무리에 참여를 할 수가 없었던 것이었다. 참여치 못한 전 세계 많은 부상자들은 거의가 방사능 피폭자들로 얼마 지나지 않아 대부분 죽음을 맞이했으며 결국 그들은 서서히 소멸되어 버렸다

　화성의 재기에 총지휘를 맡은 젊은 흑인 주지사 고돌라는 전체 사람들의 생각부터 한 곳으로 모아야 했다. 엄청난 재앙으로부터 살아남은 각지의 화성인들은 거의 멘붕 상태가 되었고 누가 뭐라고 하지

않았는데도 스스로의 사고방식과 종교, 정치 등 철학을 송두리째 없애거나 바꾸어버렸다.

고돌라는 정치이념과 종교 갈등, 민족의 갈등 등에 대한 무의미함을 강조하며 퇴치하고 보편타당하고 현명하며 합리적인 사고로써 서로의 단합과 협력만이 생존의 최고 가치라고 주장하면서 오직 잘 먹고 잘 살며 오래 생존하는데 모든 지혜를 모으자고 했다.

고돌라는 지역별 대표들의 압도적인 지지를 얻어 대지도자라는 무국가 집단의 수장을 맡게 되었다.

구역 지도자들의 절대적 지지를 받은 고돌라의 지휘아래 똘똘 뭉친 화성인들은 정치적 이념과 종교적 이념 등을 완전히 배제하고 대지도자와 구역 지도자들의 집단 지도체제로 조직구성을 마치고 미래를 향해 출발했던 것이었다.

새로이 조직된 구성원들이 전쟁 전에 속해있던 국가에서 개발된 모든 기술 자산들을 한데 통합 발전시킨 결과 초고속으로 과학발전과 경제발전을 이루어가게 되었다.

갈등과 다툼의 원흉이었던 종교와 정치이념이 사라지고 화성의 이전 기술들이 모두 한 곳으로 집중되고 뭉쳐지면서 한마음으로 단결됨에 따라 상상을 초월한 발전을 이룩하게 되었으며 그 결과 전 인구가 무상으로 자급자족하게 됨은 물론이었고 모든 질병을 정복하는 단계에 이르렀다.

하나로 통합된 첨단기술의 집약은 과거 대 재앙 이전의 발전 속도에 비하면 비교도 되지 않을 만큼 빠르게 진행되었던 것이었다. 이렇게 역사학습을 받은 고드는 무엇이든 한마음으로 뭉치는 것이 얼마나 중요한 것인지 지구 생활 이후 다시 한 번 크게 깨닫게 되었다.

발전과정에서 비록 자연환경은 파괴되어 갔지만 인간의 위대한 힘인 적응능력과 함께 바야흐로 화성인들은 완벽한 무상으로 자급자족을 이루었고 평화로운 일상생활과 함께 풍요의 극치에 다다랐고 첨단의 의술과 과학기술의 발달로 과거에 비하여 거의 지상낙원 수준에 이르렀다.

일상의 모든 것에 대한 부족함이 없었고 거의 반영구수수명에 이른 화성인들은 상대에 대한 갈등이나 악의 개념이 자연적으로 사라지고 오로지 사회적 범죄가 대부분 사라지는 등으로 자신들의 더 영구한 생존에 최고의 가치를 두었으며 전반적으로 화성에는 완전한 평화문화가 자리를 잡았다. 또한 많은 외계 탐사활동의 낙관적인 결과로 외계로부터의 걱정이 없어져 갈등의 상대는 모두 사라져버렸다.

특히 과거부터 퇴색되어 왔던 풍속문화는 슈카르 가족 등 일부 보수층을 제외하고는 거의 사라지다시피 했으며 가족의 개념마저 희미해져 개인 위주의 삶으로 변화되었다. 그렇다고 개인의 이익만을 추구하는 악의적인 이기주의는 아니었다.

불필요한 불편을 원하지 않는 화성인들은 2세의 생산에 별 의미를 두지 않아 인구유지를 위하여 당국에서는 급기야 개체수 유지관리시스템을 가동하기에 이르렀던 것이었다.

인구수가 일정하게 유지되도록 하는 관리 시스템은 화성인들의 필수 운영시스템이 되었다. 인공지능 로봇의 발달로 각종 힘자랑 개념의 신체 사용은 사라진지 오래여서 체격과 골격은 점점 퇴화되어 운동경기나 시합 등은 사라져 일상생활에 전혀 불편함이 없는 이상적인 신체구조로 진화해 버린 것이었다.

지속적이고 오랜 진화로 남성의 대부분은 Y염색체가 퇴화하여 남성도 여성도 아닌 중성의 화성인이 점차 늘어났다. 고드는 화성의 역사에 대해 마치 살아있는 과거를 본 것 같이 생생하게 뇌리에 와 닿았다. 화성인들의 신체적 모습이 대부분 자신과 다르게 현재처럼 변화한 이유도 알게 되었고 전체 외모가 한결같지 않고 다양하다는 것을 알게 되었다. 화성의 역사학습을 끝으로 모든 회복 프로그램을 완료한 고드는 지구에 있는 자신의 후손들에 대한 생각이 고드의 머리를 가득 메우고 있었다. 그때 고드의 어머니 마야와 함께 슈카르가 학습실로 들어섰다.

고드는 뇌 기능회복에 더하여 최신 개발된 뇌기능 활성화 프로그램으로 업그레이드되어 마야의 모습과 과거의 기억이 또렷하게 다가왔다.

"어머니!"

과거 지구여행에서 고드를 잃어버린 지 많은 세월이 흘렀는데도 첫눈에 자신을 알아보고 어머니라 부르는 고드를 마주한 마야는 감개무량하여 고드에게 다가오다 어색한지 잠시 머뭇거렸다.

그리고는 슈카르를 보며 모르는 척 능청을 떨며 애교스러운 말투로 첫마디를 내 뱉었다.

"슈카르, 이 사람이 내 아들 고드가 맞나요?"

슈카르는 익살스런 몸짓으로 당연한 듯이 그렇다고 몸짓을 한다.

"고드, 그렇지?"

"네, 맞습니다. 아버지. 어머니. 하하하"

고드와 슈카르, 그리고 마야는 동시에 웃음을 터뜨렸다.

"정말 네가 내 아들이란 말이야? 고드!"

마야는 고드를 덥석 껴안고 포옹을 했다. 마야는 어머니로써의 애틋한 감정으로 표출로 눈이 충혈 되면서 끈끈하고 따끈한 물기가 마야의 두 볼을 타고 흘러내렸다. 마야는 그동안 고드를 완성되지 않았다는 이유로 일부러 만나지 않았던 부분도 있었다. 혹시 자신의 외양이나 말투 등에 거부감을 느낀 고드와의 첫 만남으로 자신이 어머니라는 확실한 감정이 두 사람사이에 얼마나 와 닿을까 하는 생각에 자신이 없었던 것이었다.

"네가 그동안 지구에서 겪은 과거를 생각만 해도 끔찍하구나. 모든 게 내 잘못이었어. 용서를 해주겠니? 흑흑…"

"어머니, 고의로 그랬던 것은 아니잖아요. 실수는 누구나 하는 것 아닙니까. 어머니의 염려와 아버지의 노력으로 이제 더 좋은 모습으로 다시 만났으니 제가 더 고맙지요. 앞으로 화성인들을 위해서 좋은 일을 하며 살고 싶습니다."

"그래, 정말 고맙구나. 나도 고드가 화성에서 훌륭한 역할을 해주길 기대하마. 꼭 그럴 것이야."

이들 모자의 모습을 지켜보고 있던 슈카르는 나름 의미심장한 말을 시작하였다.

"고드는 우리 화성인들에게 없는 많은 장점들을 가지고 있어서 틀림없이 큰일을 하게 될 거야. 나는 네가 있어 우리의 미래가 든든하구나."

고드는 무슨 말인지 정확히 알 수는 없지만 자신의 의지를 격려해주는 뜻으로 알고 학습완료를 자랑했다.

"마지막 프로그램인 화성역사 학습프로그램까지 모두 끝냈습니다. 이제 우리 집에 가도 됩니까? 어머니. 아버지."

"그럼, 그럼, 당연하지. 마야, 우리 아들을 집으로 모셔야지. 하하하."

슈카르는 오랜만에 너무나 마음속 깊이 우러나는 행복감을 느끼고 있었다.

대지도자가 된 것 보다 천배 만 배는 더 기분이 좋았다. 슈카르는 화성 중앙행정센터 내의 대지도자용 공관으로 이주하여 거주할 준비를 했다. 공관이 딱히 좋아서라기보다 화성의 모든 행정을 쉽고 편리하게 콘트롤 할 수 있고 위치 상 지휘하기 편리하기 때문이었다.

공관 생활공간 내부에는 전 화성인들의 상황을 실시간으로 파악할 수 있게 홀로그램영상과 투명 모니터로 항시 모니터링 되고 화성의 각 구역이나 지구의 모든 연구기지에서 보내오는 영상자료들을 독자적으로 실시간 파악할 수 있도록 되어 있었다. 또 화성 전 구역의 자도자들과 언제든지 정보를 교환 할 수 있도록 실시간으로 즉시 연결되었다. 또한 전체 화성인들에게는 모든 중대 사항을 직접 실시간으로 전달하거나 공지할 수 있도록 하고 있었다.

슈카르는 이 모든 시설들에 익숙해지도록 고드에게 상세히 가르쳐 주었고 더불어 자신의 전공인 인류고고학과 화성 생명학에 대하여 보충설명까지 해주었다. 한 번 입력된 정보자료는 뇌 속에 거의 영구저장 되기 때문에 두 번 학습은 필요하지 않았다.

화성인들은 이미 최소 500지수 이상의 평균지능으로 발달해 있어 웬만한 부분은 곧바로 암기가 될 뿐만 아니라 첨단의술의 영향으로 기억력 감퇴도 없어 영구기억이 가능하였다.

Chapter 14
우월한 신

대지도자 슈카르의 첫 공식 업무가 시작되었다.

당분간 정복 차림으로 근무키로 한 슈카르의 집무실로 들어선 첫 상대는 아비누스와 뎅버드박사였다.

"어서들 오시오."

자리에서 일어선 슈카르가 두 사람을 반갑게 맞이했다. 이음새 하나 없는 매끈한 탁자에 세 사람이 둘러앉았다. 먼저 아비누스와 뎅버스가 취임 축하를 했다.

"대지도자 취임을 축하드립니다."

"감사합니다."

"전임 대지도자님께서 지난번 회의에서 결정하신 사안을 한 번 더 확인하고자 이렇게 찾아왔습니다. 도그리온족과 버드리아족의 사전 이주 추진에 대해 변동 사항은 없는 거겠죠?"

"물론입니다. 두 종족은 여전히 통합된 결의로 이주를 기다리고 있나요?"

아비누스가 공손하게 대답했다.

"네, 대지도자님. 도그리온족은 추장과 관료들을 중심으로 빠른 이주를 요청하고 있습니다. 거기에다 버드리아족은 종족 전체가 들떠있기 까지 합니다."

"제가 두 종족의 이주에 관해 전반적인 진행을 검토 중인데 신속한 이주는 좀 어렵습니다. 아직 행성 간 대규모 이주를 추진한 사례가 전무해서 모든 게 새롭더군요. 만 명 이상을 수송할 대형 우주선을 점검, 정비해야 하고 이주와 수송 관리에 투입될 인력을 교육시켜야 합니다."

뎅버드 박스가 조심스럽게 말했다.

"대지도자님, 두 종족은 거의 맨몸으로 가다시피 하니 운송부분은 크게 신경 쓰지 않으셔도 됩니다."

"단지 운송 때문만이 아닙니다. 지구원인들의 출현으로 저들의 정착지를 결정하는데 신중을 기해야하기에 다소 시간이 필요합니다. 무엇보다 우리가 두 종족을 먼저 이주시키려 하는 것은 저들을 통해 생존 적응을 시험하기 위한 것인데 우리의 전체 계획을 두 종족 때문에 서두를 이유가 없습니다."

슈카르의 논리 정연한 설명에 아비누스와 뎅버드는 수긍하듯 고개를 끄덕였다. 슈카르가 말을 이었다.

"또한 두 종족의 안전한 이주는 우리 화성인들의 책임입니다. 이후 저들이 지구 환경에 적응하지 못해도 어쩔 수 없지만 적어도 안전한 수송과 정착지 선정만큼은 화성인들의 생존과 자존심에도 관련이 있으니 세심한 주의를 기울여야 합니다."

슈카르의 신중한 처사에 두 박사는 감탄을 표했다.

"대지도자님의 혜안에 그저 존경스러울 따름입니다. 그럼 두 종족에게도 차분하게 이주시기를 기다리라고 통보해 놓겠습니다."

슈카르는 두 박사들을 배웅하고 그동안 검토하고 있었던 지구 종합연구단지 조성계획과 이주와 관련한 주요문제로 머스칸과 클렌시아 그리고 아버지 슈트켄이 참석하는 회의실로 향했다. 지구 종합연구센터 조성이 이번 고드 사건으로 일부 또는 전면 수정해야 하는 데는 이견이 없었다. 별도로 마련된 회의실에는 이미 모두 모여서 논의를 시작하고 있었다. 이중에는 생각지 못했던 아들 고드도 아버지 슈트켄이 불러 배석하고 있었다. 고드를 본 슈카르는 말 대신 눈빛으로 시그널을 주고받았다. 슈카르는 좌중을 둘러보고 활짝 웃으며 목소리 톤을 높였다.

"다들 오셨군요. 두 종족들에 대한 이주 관련문제로 조금 늦었습니다."

동시에 슈카르의 아버지 슈트켄이 눈을 지그시 내리깔고 말했다.

"고드도 같은 전공자라 당연히 참석해야 할 것 같아서 내가 불렀다."

"잘하셨습니다. 아버님, 고맙습니다."

슈카르는 자신의 아들인 고드를 진행 중인 지구이주관련 프로젝트에 같은 일원으로 내심 포함시키고 싶었다. 이런 아버지의 깊은 배려에 슈카르는 한없는 존경심을 보내고 누구보다 든든한 자문 역할에 그저 감사할 따름이었다. 슈카르가 먼저 주제에 대하여 말문을 열었다.

"현 시점에서는 지구의 원인들이 우리 화성인들과는 문명이나 과학기술에서 비교대상조차 될 순 없지만 먼 미래 언젠가는 그들과 지구에서 소통하고 공존하게 될 거라고 생각합니다. 우리가 지구에서 어떻게 살든 말이죠. 이와 관련하여 지구 이주프로젝트는 깊이 검토되어야 한다고 보는데 과연 어떤 개념으로 정립해야 되는지 총의가 필요하다고 생각됩니다."

슈트켄이 잠시 생각하다가 대답했다.

"일전에 일부 논의를 하기는 했지만 만약 지구의 지하에 우리의 정착지를 결정하게 될 경우 이주 시까지 기지 조성이 늦어지는 상황이 발생하면 초기에는 임시 지상생활을 하다가 지하기지로 영구정착을 하는 방안을 구상했는데 그러면 먼 훗날 우리의 실체에 대한 보안문제가 있을 것이고 이어서 지구인들과의 공존까지 예상하고 각종 프로젝트를 추진해야 합니다. 따라서 지구인들과 공존 시까지 우리의 실체를 알 수 없도록 모든 계획을 처음부터 철저히 구상해야 합니다. 따라서 임시 지상생활도 그러한 근거를 바탕으로 모든 구상을 해야 할 것 같아요."

줄곧 듣기만 하던 클렌시아가 눈을 깜빡이다가 질문을 던진다.

"팀장님, 만일 우리가 지구로 이주하게 되면 우리는 지상과 지하 중 어디에 거주하게 되는 거죠? 아무래도 지상에는 이미 지구인들이 정착하고 있는 상황이라 서로 충돌은 없겠어요?"

슈카르는 역시 그 문제를 우려했다. 이에 슈트켄이 다시 설명을 했다.

"우리 화성인들이 영원히 지구지상에서 살면 좋겠지만 지구인들의 개체수가 불어나고 우리가 지구인들의 문명수준을 급속히 끌어올려야 하는데 지상공존은 어려울 것 같아요. 문명의 격차가 너무 크고 게다가 지구인들에게는 원천에너지 자원이 절대적인데 첨단 에너지를 사용하는 우리들과 큰 괴리가 발생하는 것이 불 보듯 뻔합니다. 아무튼 여러모로 지구인들과 지상에서 같이 공존하는 것은 불가합니다."

지질학자인 머스칸이 자신에 찬 어조로 말을 받았다.

"지구 지하에는 화성에 비해 엄청난 규모와 무궁무진한 마그마가 지하에 흐르고 있어서 거의 영구적으로 무공해 비상 에너지원이 될 수 있습니다. 따라서 지상보다는 지하에 영구정착지 건설을 제안합니다."

"지하에 영구정착 기지를 건설한다…?"

클렌시아는 혼잣말을 하고 잠시 생각에 잠겼다.

이어서 슈카르가 한마디 더 거들고 나섰다.

"당장 결정은 아니더라도 지하 정착기지 건설계획은 염두에 두셔야 할 것 같습니다."

슈카르는 머스칸의 논리를 긍정적으로 받아들였다. 슈트켄은 마치 중대한 결심이라도 한 것처럼 말을 했다.

"좋습니다. 그리고 우리는 이미 지하건설에 관한한 막강한 기술축적이 되어있으니 대규모 지하 정착기지 건설에 대해서 심도 있는 검토를 해 보도록 합시다."

클렌시아 역시 지하 정착기지 건설 계획에 대해 공감을 하면서 맹랑하게 한마디 던졌다.

"그렇게 합시다! 화성인들은 이미 오랜 세월 지하에서 살아가는데 익숙하게 적응되었기 때문에 지구의 지하에 정착하는 것이 더 편하게 적응할 것 같습니다. 우리의 실체를 감추고 지구인들과의 충돌을 피할 수 있다면 지하 정착기지 건설이 최선의 선택일 수 있네요."

슈카르가 클렌시아에게 은근히 업무적인 압력을 주는 듯이 말했다.

"클렌시아, 지구 지하에 대규모 정착 기지를 구축하려면 해저 지질구조와 해양생태계 연구가 얼마나 막중하다는 걸 알겠지?"

클렌시아는 슈카르의 말에 알았다는 듯이 엄지를 치켜세웠다. 화성인들은 자신의 분야가 거론되는 것에 대해서만큼은 큰 자부심으로 여기며 그 성취감으로 살아가는 것이다. 클렌시아는 자신의 전공분야가 언급되자 다시 흥분된 어조로 말했다.

"물론입니다, 대지도자님. 지구는 물의 행성이라 어떤 지하라도 엄청난 수맥이 뻗어 있습니다. 안정적인 정착 기지를 선정하고 특히 해저지진 등에 취약하지 않은 지역을 찾아내야 하는데 제 전공분야와 딱 떨어지네요."

클렌시아의 활달한 답변에 슈카르 역시 엄지 척을 하며 말을 이었다.

"아버지, 우리가 지구로 이주하고 일정기간 지상에서 거주 할 경우 주변 지구인들과 공존하게 되면 많은 문제점이 있을 것 같습니다. 지구인이 비록 지금은 지능이 낮고 야만적인 원시인이지만 시간이 흐를수록 서로 많은 충돌을 예상 할 수가 있는데 우리는 개인은 물론 집단적인 상대를 공격하고 체계적으로 방어하는 전략개념이 없습니다. 공격용 무기도 없고요."

슈트켄은 슈카르의 질문 같은 말에 답변 같은 설명을 했다.

"그래, 지금 우리는 상대와 싸우는 공격개념이 없지. 우라노스박사의 말대로 화성주변은 물론, 우주 어디서도 우리를 위협하는 존재가 없어 그 개념이 사라졌지. 방어개념이란 것도 없고 지구에서 동물의 위협 정도를 염두에 둔 수준이지."

지금까지 잠잠히 듣고 있던 고드가 불쑥 끼어들며 말했다.

"물론, 지구인들과의 일시적 분쟁이 있을 수도 있지만 그것이 지속되고 지구 원주민 집단이 방대해지면 화성인들에게 큰 부담이 될 것입니다."

모두가 고드의 말에 귀를 쫑긋하며 집중하는 가운데 고드는 계속 말을 이어갔다.

"지구인들은 이 시간에도 발전하고 거듭하고 있을 겁니다. 우리가 이주 시 그들의 공격력이 커져있으면 결국에는 화성인들의 생존에 위협을 받을 수 있습니다. 지구이주계획에 많은 검토와 계획이 필요한 것 같습니다. 그리고 현재 지구에 상주하고 있는 모든 화성인들에게도 관련 지침을 속히 내려야 할 것 같은데요?"

고드의 이러한 제안과 지적에 적잖이 놀란 참석자 모두는 약간의 예상은 하고 있었지만 학자들도 생각하기 어려운 부분을 쉽게 정리하는 고드가 놀랍기도 하고 신비롭기까지 했다.

슈카르는 무척 고무된 표정으로 말을 이어갔다.

"그래, 정확히 지적하고 있구나. 그렇지 않아도 지금 지구에 있는 화성인들에 대한 대책도 시급하다. 지구이주에 대한 계획을 대폭 수정해야 되는데 고드가 많이 도와주면 좋겠구나."

"네, 생각보다 쉽게 해결될 수도 있을 것입니다. 아버지"

"그래, 지구인들을 오랜 동안 지휘했으니까 누구보다 좋은 대안을 가지고 있을 수도 있어. 그래서 적당한 직책을 가지고 역할을 해보면 어떨까 하는데 어떻게 생각하는지요. 아버님."

"좋은 생각이구나. 그렇게 전체회의에서 논의해 보자꾸나. 나도 같은 생각을 하고 있었다."

"아버지, 할아버지 고맙습니다."

이어서 슈카르와 고드는 함께 크게 웃었다. 고드의 특별한 능력을 감지한 슈카르는 다음 지도자회의에서 고드를 지구이주계획에 공식적으로 참여 할 수 있도록 회의 안건에 상정해 볼 생각이었다.

도그리온족과 버드리아족 두 종족이 이주 할 부지를 선정하기 위하여 지구 답사를 하고 돌아온 아비누스와 뎅버드는 슈카르 대지도자의 집무실에서 결과를 보고하고 있었다. 지구 밀림지대 원주민 거주지를 중심으로 대륙의 동쪽과 서쪽으로 나누어 먹이 분포와 지리적 주거 환경이 적당한 지역을 선택하였다는 요지의 보고를 했다. 먼저 아비누스가 조심스럽게 대지도자의 의중을 물어봤다.

"대지도자님께서 생각하고 계신 정착지와 어떻습니까?"

"음… 정확히 잘 보셨습니다. 이들의 중간에 끼인 지구 원주민들에게 뭔가 도움이 되면 좋을 텐데요."

이번에는 뎅버드 박사가 한마디 거들고 나섰다.

"초기에는 원주민들에게 선심을 베풀어야 하지 않을까요? 그러다 보면 원주민들과 익숙해지고 서로 많은 발전이 있을 거구요. 특별한 이변이 없는 한 지구인들에게는 많은 도움이 된다고 보여 집니다."

"그렇군요. 그리고 두 종족들이 지구인들과 잘 교류하도록 두 분이 많은 관심을 가지고 지켜봐 주시고 특별한 일이 있으면 즉시 보고를 해 주세요. 그럼 이주 일정만 잡으면 되겠군요. 더 이상 특별한 상황이 없으면 이왕 결정된 사안이니 신속히 진행하지요. 일정은 두 분께서 책임지고 진행토록 해주시면 고맙겠습니다. 이주와 관련된 지원 사항은 최대한 협조토록 하겠습니다."

대지도자가 신속하게 정리하려는 듯이 한꺼번에 말을 해버리자 아비누스와 뎅버드는 슈카르의 말이 끝나기 무섭게 작별 인사를 했다.

"감사합니다. 대지도자님, 이만 물러가겠습니다."

도그리온족과 버드리아족은 아비누스와 뎅버드의 총지휘 아래 무사히 지구에 이주하여 정착하였고 이 과정에서 지정 품목 외의 물건을 더 챙기려는 이들에 대한 실랑이들도 일부 있었다. 일부 장비나 설계도면 같은 것은 지정된 규정이 모호하여 도그리온족 추장 참모 캐닌의 주장에 못 이겨 결국 통과시키고 말았다. 설계도면에는 오래된 재래식 무기류도 몰래 포함되어 있었다.

캐닌은 구식 차량과 헬기 등을 화성 당국의 통제 하에 골동품 개념으로 전시하고 있던 것을 몰래 분해하여 생활도구 박스로 위장하여 선적하고 그 동안 숨겨 놓았던 구식 무기류들도 위장하여 모두 이주 우주선에 실었다. 이삿짐을 감시하던 화성인 자원 봉사자들은 이런 사실을 생각지 못한 것도 있지만 설마하고 대충 선적 품들을 통과시켜버렸다.

한편, 이 와중에 화성을 떠나는 것이 아쉬워 울부짖는 이들을 달래느라 오히려 그 쪽에 많은 정신이 팔렸으며 많은 이들이 눈물을 흘리고 그리워하는 모습들을 본 아비누스와 뎅버드 자신들도 같이 슬퍼하고 있었다.

중앙행정센터 대지도자 집무실.

슈카르는 집무실에서 화상으로 아비누스와 뎅버드로부터 두 종족의 지구 이주완료 보고를 받고 있었다. 아비누스가 먼저 말문을 열었다.

"대지도자님, 일부 문제가 있었지만 전반적으로 큰 사고 없이 이주를 완료하였습니다. 이들이 어느 정도 적응이 될 때까지는 화성에서 직접 정기 왕복선을 이용하여 식량이나 기본 생필품을 지원해 주기로 하였습니다. 곧 찾아뵙고 자세한 말씀을 드리겠습니다."

뒤이어 뎅버드가 말을 이었다.

"대지도자님, 그들이 화성에서 머물렀던 섬 지대는 완전히 소각하였습니다."

"잘하셨습니다. 뎅버드 박사님, 그들에 대한 일부지원하기로 한 생필품 부분은 적절한 시기에 중단하는 것도 잊지 마시구요. 그리고 지원량을 적절하게 가감하여 그들이 지구에 적응하고 자립하는데 도와주십시오. 또 지구에 완전하게 적응하고 정착 할 때까지 박사님들께서 많은 노력을 해 주십시오."

"네, 잘 알겠습니다. 대지도자님."

지구로 이주한 두 종족에게는 초기 일정기간 동안 기초생활용품을 비롯한 몇몇 품목을 조달해주기로 하였는데 이는 적응 기간 동안의 생활에 대한 불편을 감안해서였다.

아비누스와 뎅버드는 오늘 화상으로 실시된 업무보고 회의에 만족이상의 표정으로 서로 눈빛을 주고받으며 대지도자와의 보고를 끝내는데 두 종족에 대한 일반 화성인들의 관심과는 확실히 다른 개념을 지닌 대지도자의 모습에 큰 존경심이 가득하게 다가왔다.

화성 중앙행정센터 대회의실.

정례 지도자 회의가 진행되고 있었다. 전체 지도자회의는 정기회의와 긴급 또는 임시 안건에 대하여 토의하고 심의를 하는 임시회의가 있었는데 오늘은 긴급소집에 해당하는 날이었다. 회의의 의제는 화성인의 생존에 심각하고 중대한 사건이 아니면 대체로 대지도자의 의도대로 결론이 나고 구역 지도자들 또한 그렇게 지지와 협조로 업무수행에 부담이 없도록 최선을 다 해 주는 것이 관례였다. 장내가 얼추 정리되자 대지도자 슈카르가 본론을 먼저 꺼냈다.

"에… 오늘의 긴급안건은 제 아들 고드를 지구이주 계획에 참여시키고자 합니다. 고드가 지구인의 원조 격으로서 우리가 지구에 이주하는데 많은 부분 도움이 된다는 것을 확인하였습니다. 또한 고드는 지구 원주민들을 오랫동안 지휘하고 거느렸습니다."

이때 지도자 한 사람이 돌발적인 질문을 했다.

"현재 고드는 완전한 화성인으로 회복 된 걸로 알고 있습니다만 과거의 기억과 지구 원시인의 다양한 성향이 아직 남아 있습니까?"

"네, 물론 잔존합니다만 역기능보다는 순기능의 가능성이 많습니다. 우리 화성인들이 염려할 일은 없다고 보시면 됩니다. 오히려 지구 이주 과정이나 이주 후에 모종의 특별한 역할을 할 것으로 기대하고 있습니다. 그래서 오늘 고드에게 지구이주 부분에 대한 직무와 관련하여 공식적인 업무지위를 부여해 주려고 합니다."

이미 회의 전에 대지도자의 결단을 알고 있었고 암묵적 인 공론화가 끝난 사안이라 지도자들 모두가 인지하고 있던 터였다.

이에 헤파이스박사가 말을 했다.

"다른 여러분들과 마찬가지로 대지도자님의 제안에 동의하며 지지를 드립니다. 그리고 고드에게 지구이주 과정에서 지구인과 관련된 직무권한을 부여하고 특별 직급의 지위를 수여할 것을 제안합니다."

헤파이스박사의 말이 채 끝나기도 전에 박수가 터져 나오고 지도자들은 일제히 자신들의 앞에 놓인 모니터에 손가락을 옮기는 모습이 보였다. 지도자회의에서 누구든지 발언을 하고 그 내용에 대한 지지를 하고 싶다면 자동으로 앞에 있는 화면에 터치를 하게 되어있었다. 회의의 모든 참석자가 그 결과를 즉석에서 알게 되고 동시에 전 화성인들도 실시간으로 볼 수 있게 되어있었다.

화성인들의 사회에서는 특별한 경우를 제외하고는 대외적으로 기밀이 거의 없었다. 대지도자부터 일반 개인까지 모든 정보를 대부분 공유하고 있기 때문이었다.

고드에게 주어진 지위는 특별하게 인정한 능력을 가진 사람에게 특정임무를 원만히 수행할 수 있도록 모든 지원을 원활하도록 도와주는 것인데 가령 지도부의 승인 없이도 특수 장비나 특정 기밀자료를 절차 없이 이용할 수 있는 등 직무수행 상 편리하게 일부 혜택을 입는 정도였다.

혜택이라고는 하지만 화성에서 공동으로 운용되는 모든 부분들에 대하여 강권이 아닌 양보의 개념으로 우선 이용 할 수 있는 편의가 제공되고 직무와 관련한 결정을 거의 임의대로 시행할 수 있는 보편적인 권한을 가지는 것인데 비상상황 시에는 인력을 동원하고 통제하는 등 엄중한 지위가 될 수도 있었다.

처음으로 지도자회의에 참관인으로 참석한 고드는 대지도자 슈카르의 말이 끝나자 말자 벌떡 일어나 참석한 사람들을 향해 정중하게 인사를 했다. 또한 처음으로 고드의 실제모습을 본 지도자들과 참석자들, 그리고 영상으로 시청 중인 전체 화성인들은 완벽하게 복원된 고드를 보고 신기한 표정을 짓다가 자신들과 달리 체격이 우람하고 늠름한 모습에서 평소에 느끼지 못했던 믿음직한 표정으로 바뀌고 있었다.

지구원시인의 이미지만을 상상하고 있던 지도자들은 실제로 전혀 다른 모습의 고드를 확인하고는 조금은 색다른 매력으로 빠져 들기도 했다.

"반갑습니다. 과거 저와 가족들의 본의 아닌 실수로 말미암아 여러분들께 많은 심려를 끼친데 대하여 진심으로 사과를 드립니다. 모든 생명체는 기계와 같이 움직이지 않고 자율적으로 행동을 하게 되어 있습니다. 이는 무수한 진화를 의미 한다고 봅니다. 아마 저의 경우도 그러한 변화 중의 하나가 아니었나 생각됩니다. 화성은 그동안 많은 진화를 거쳤지만 지금은 대부분의 생활이 과거에 비하면 크게 변화가 없어 진화의 1막이 내려지는 상황으로 어쩌면 기계와 같이 반복적인 생활환경에 가깝다고 봅니다. 우리는 미래에 다가올 변화를 예상하고 관심을 가져야 하며 그에 따른 마음자세로 사고를 해야 한다고 봅니다. 따라서 저는 지금부터 우리 화성인들이 이 시기에 새로운 각오를 해야 함에 있어 무엇을 어떻게 해야 할 것인지를 연구해 보려고 합니다."

고드의 발언이 채 끝나기도 전에 회의장 안은 웅성거리기 시작했다.

"지금은 누구도 우리 화성이나 화성인을 위협하는 일이 없고 서로 아무런 갈등 없는 환경에 젖어 있는 것 같습니다. 이제는 주변 자연환경도 대부분 황폐화되어 크게 관심을 가질만한 것이 없습니다. 많았던 수목들과 짐승들도 거의 멸종되고 다행인지 불행인지 모르지만 새로운 질병이 유발될 수 있는 매개체들도 모두 사라지고 없습니다. 최근 심각하게 진행되고 있는 운석 등 소행성의 낙하와 대형 혜성충돌의 우려는 우리의 생존을 크게 위협하고 존립마저 흔들고 있습니다. 이것은 분명히 우리가 처하고 있는 현실입니다. 그러나 천만 다행인 것은 우리의 가까운 주변에 지구라는 오아시스가 있다는 것입니다. 언젠가는 우리가 영원히 정착할 곳인지도 모릅니다. 일반적으로 집이 낡으면 새집으로 이사하는 것과 같은 순리가 아닌가 생각합니다. 이제 지구라는 새로운 환경과 우리의 동족과 같은 지구인과의 공존에 준비하고 대응해야 할 때라고 생각합니다. 저는 이러한 우리 미래의 생존계획에 혼신의 힘을 보탤 생각입니다. 특히 우리와 공존해야할 지구인에 대해서는 누구보다 잘 알고 있어 화성인들이 지구에 정착하여 안전하고 무리 없이 생존하는데 최선을 다 할 것입니다. 미래에 다가오는 어떠한 변화에도 잘 대응하고 대처할 수 있도록 노력하겠습니다. 또한 대지도자님을 잘 보좌하여 보다 나은 우리 미래의 생존에 대한 계획에 참여하여 철저히 대비 할 수 있도록 하겠습니다. 감사합니다."

회의장 안은 고드의 짧은 연설하나로 온통 박수소리와 함께 회의장이 떠나 갈듯했다.

숨을 죽이고 이 모습을 지켜보던 슈카르와 슈트켄, 그리고 많은 회의 참석자들과 이를 영상으로 지켜보던 화성인들은 고드의 말이 끝나자 감격스런 표정들로 가득하였으며 열렬한 환호를 보내고 있었다.

지구에서 진행되고 있는 지구 종합연구단지 조성은 그들의 반영구적인 삶만큼이나 많은 시간을 흘려보내며 진척되고 있었다.

슈카르는 잠시 유보하고 있던 지구 종합연구단지 조성사업에 고드를 참여시키고 지구인들의 출현에 따른 변수를 보완하기로 하고 이주계획에 대한 검토와 수정작업에 착수했다.

고드는 이에 동참하여 본격적인 임무를 수행하게 되었다.

아틀라스라 명명한 종합연구센터의 부지선택은 이미 조사된 자료를 바탕으로 지정했기 때문에 문제가 없었으나 부지 위치를 제외한 모든 부분은 지구인간과의 영향을 고려하여 전반적인 수정이 필요했는데 고드의 특별한 능력을 기대하고 있는 부분이었다.

"대지도자님께서 선정한 종합연구단지 부지는 지진이나 홍수 등 각종 재해를 대비하여 지정한 것은 탁월한 선택으로 제가 언급 할 부분이 별로 없습니다만 건설방법과 건설자재, 그리고 장비사용인데 지구인들과 우리 화성인들은 어차피 일정기간 지상에서의 공존은 불가피 할 것입니다. 그와 관련하여 발생할 수 있는 문제에 대한 것입니다."

고드의 발언이 끝나자 슈카르는 선생님의 강의를 듣는 것처럼 고드의 다음 말을 재촉하였다.

"무슨 문제가 있다는 것인지 구체적으로 말해보고 공존과 통합과는 무슨 관련이 있는지 말해 보거라."

"네, 현재 화성인과 지구인과는 비교할 수 없는 엄청난 격차의 문명차이가 존재하지만 점차 지구인들도 지능이 발전하고 진화되어 일정수준에 도달하게 될 것입니다. 공격과 방어전술 개념이 없는 화성인의 성향은 그들이 보는 관점에서 우리의 약점이 될 것입니다. 지구인들이 가진 야만적인 공격성은 상상이상으로 오래 지속될 것으로 보이며 따라서 그들과 많은 충돌이 예상되기 때문에 지상에서의 임시 공존은 최대한 짧은 기간을 잡지 않으면 안 됩니다. 그런 부분들부터 차근차근 따져봐야 할 듯합니다."

이 부분은 슈카르나 슈트켄이 이미 검토하고 있는 부분으로 고드의 이 같은 논리에 적잖이 놀라면서도 슈카르는 태연히 말했다.

"그것은 이미 슈트켄 할아버지나 나도 이미 예상하고 검토하고 있었던 문제야. 문명격차가 큰 지적 생명체들끼리 공존하는 것은 분명히 큰 문제가 되지."

슈카르는 고드의 분석이 감탄할 정도로 명확하고 어떤 면에서는 자신보다 한 수 위의 지혜를 가지고 있는 것처럼 보였다.

"음… 충분히 공감하고 있네. 더 구체적으로 설명해 보게."

고드는 슈카르가 이해했다는 것을 확인하자 정지된 동영상이 다시 재생되는 것처럼 말을 이었다.

"우리가 지상에 임시 머문 후 그 흔적들로 인하여 먼 미래에 지구인들이 우리의 실체를 확인하게 되는 순간 서로가 대 혼란에 빠지게 될 것입니다. 지구인들이 우리가 머물렀던 흔적을 발견하더라도 확실하게 판단을 할 수 없도록 기만적인 방법을 이용해야 할 것입니다. 설령 어쩔 수 없이 일부 흔적을 남더라도 그들에겐 알 수 없는 미스터리로 남게 해야 할 것입니다."

갈수록 고드의 주장이 소름이 돋을 정도로 논리 정연함에 슈카르는 숨을 죽이고 고드의 말에 귀를 기울이고 있었다.

"기만적인 방법이라…?"

"우선 건설방법과 자재 사용에 대하여 기만적인 개념의 관점에서 출발해야합니다. 만약 임시거주지를 시공할 때 우리의 첨단자재들과 시설들을 후일 발전한 지구인들이 확인하게 된다면 우리의 실체와 보안에 큰 문제가 될 것입니다. 따라서 최대한 주변의 자연 자재를 이용하여 시공하고 또 자연 지형지물을 이용하여 주거지를 조성하는 등 우리의 문명흔적에 대한 정보가 남지 않게 설계되어야 합니다. 각 정착 부지도 이런 개념에 최대한 부합이 되도록 감안을 해야 할 것입니다."

슈카르는 재빨리 고드의 말을 가로챘다.

"그럼 이미 구역별로 선정된 지구 부지를 바꾸어야 한다는 말인가? 조금 전에는 이미 전반적으로 부지에는 큰 문제가 없다고 하지 않았었나?"

두 사람의 대화분위기는 거의 슈카르가 따라가는 수준으로 얼마 전까지 지구에서 원시인으로 생활하던 사람이 맞는지 모를 지경이었다.

"기존 선정된 부지가 제가 말씀드린 취지에 벗어나지 않는 지 그대로 적용이 가능한지 최대한 다시 검토해보자는 것이지요."

"음… 그렇군, 다음은 연구기지형태를 어떻게 하면 좋을지 말해 보게."

"네, 역시 같은 개념으로 생각하시면 될 겁니다. 제 생각에는 연구기지가 일반 정착지와는 다른 특별한 용도라 여러 가지 검토가 필요합니다. 연구기지의 역할이 종료되면 다양한 첨단시설이 갖추어진 기지가 통째로 사라져야한다고 보기 때문에 때가되면 해수면 아래로 사라지는 수몰지역이나 그러한 개념의 자연적인 환경을 이용하는 것도 좋을 듯합니다. 우리가 지하기지로 이동 하기 직전쯤 사라지는 것 말이죠."

슈카르는 물론 참석자 모두가 고드의 아이디어에 놀라서 입을 다물지 못하고 굳은 자세로 그저 고드의 입만 바라보고 있었다. 고드는 계속했다.

"다음으로 유의해야 할 것이 건설자재의 선택입니다. 최대한 현지의 석재나 나무 등 자연자원을 이용하면 훗날 우리가 지하기지로 떠나더라도 머문 흔적들에 대하여 발전된 문명의 지구인들이 판단 할 때 마치 자신들 직계 조상들이 가졌던 능력의 흔적일 거라는 착각과 추측을 하게 되거나 그렇지 않으면 결국 미스터리로 남게 될 것입니다."

슈카르는 고드의 지능이 전문 학자들의 수준을 넘고 있다고 확신하는 순간이었다.

"그렇군… 자재나 부지의 선택을 신중히 해야 되겠는 걸."

고드는 신들린 듯 말을 이어나갔다.

"만일 지금의 고도기술을 그대로 드러내는 자재를 사용한다면 미래의 지구인들이 우리의 정체를 실체적으로 파악하기 시작할 것이며 따라서 상당한 위협이 예상 될 수도 있을 것입니다. 인간들의 호기심과 탐험심은 끝을 모르고 이 또한 악용하는 자들에 의하여 위협을 받을 수 있다는데 있습니다."

계속하여 고드의 주장을 듣고 있던 슈카르는 고드의 한마디 한마디가 지구 종합연구단지 건설에 대한 수정안의 기초가 될 것으로 보고 고드가 잠시 말을 늦출 때에는 눈짓으로 계속하라는 신호를 보냈다.

"우리가 지구로 이주할 때쯤에는 아마 지구인들의 원시문명이 가속화되고 있을 것이고 저의 주장을 참고하신다면 지하기지의 구축이 완성되지 않았더라도 지상에서 일정기간 공존하며 문제없이 살 수 있을 겁니다. 지구인들과의 마찰을 피하고 안전하게 생존하려면 임시거주 방식도 고려 대상이 아닐 수 없습니다. 지구 현지인과의 마찰에서 안전하려면 우리의 문명기술을 이용하여 그들을 기만하는 방법이 있습니다."

논의 참석자 모두 고드의 언변에 마술처럼 야릇한 경지로 빠져들고 있었다.

"기만… 기만이라…?"

점점 마법 속으로 끌려들어가는 듯한 느낌으로 슈카르를 위시하여 모두들 귀를 쫑긋이 하고 눈을 점점 크게 뜨면서 고드만 쳐다보고 있었다.

"그들에 대한 기망은 의외로 간단합니다. 이에 대한 구체적인 매뉴얼은 나중에 별도로 제출하겠습니다. 마지막으로 화성인들의 임시 정착 부지를 가능한 지구 원주민들이 분포하지 않은 곳을 선택하고 가능한 노출이 적은 곳으로 해야 합니다. 이는 어느 일정한 시기가 지나 지구인들을 기망하기가 어렵게 될 수도 있어서 드리는 말씀입니다."

고드의 말을 다 듣고 난 슈카르는 지금 당장이라도 고드에게 대지도자의 지위를 넘겨주고 싶을 정도로 완벽한 구상이 아닌가 생각되었다.

'고드의 화성 복귀가 지구와 화성의 역사를 다시 쓰는 대사건이 될 것이야.'

슈카르는 잠시 생각에 잠기다가 입을 열었다.

"지구 종합연구단지 조성이 본격적으로 시작되면 지구인들의 문명도 상당한 진화가 된 시기임을 감안하고 연구단지 건설에 참고가 되었으면 합니다."

눈만 껌벅거리던 머스칸이 이어서 말을 했다.

"매뉴얼을 보기 이전에 자네가 말하는 기망의 개념을 한 번 물어봐도 되겠는가?"

이에 고드는 흔쾌히 받아들이고 답변하기 시작했다.

"네, 우리 화성의 문명기술과 지능은 지구인들과는 비교할 수 없을 정도가 아니겠습니까. 우리에게는 보잘 것 없는 간단한 문명기술이라도 저들에게는 신비 그 이상으로 비춰질 것입니다. 이를 잘 이용하면 화성인 누구나 그들에게 신비로운 존재가 되고 따라서 마음대로 조종도 가능하게 될 거라고 생각됩니다."

여전히 눈을 껌벅거리던 머스칸은 다시 물었다.

"그런 식으로 기망하면 우리 화성인이라면 누구라도 쉽게 할 수 있고 지구인들을 자유자재로 조종할 수 있겠네. 도그리온족이나 버드리아족 정도만 되도 가능하겠는데?"

머스칸은 무의식중에 두 종족을 거론 했지만 슈카르는 갑자기 등골이 오싹해짐을 느꼈고 별별 생각이 다 들기 시작했다.

'설마 얘들이 지금 지구인들을 데리고 장난치고 있지는 않을까?'

그러나 지구로 이주한 두 종족에게는 이와 같은 아이디어가 있을 수 없다고 생각하고 또 거주 구역이 한정되어있어 너무 비약한 상상이라 생각하였다. 더구나 광활한 지역에서 자신들의 생존에도 바쁜 그들이 지구인을 해코지를 할 여건이 안 된다는 생각에 슈카르는 안도해 버리고 말았다.

고드의 치밀한 계획과 참여로 종합연구단지 조성은 차질 없이 진행 중이었으며 건설에는 주로 로봇으로 노동력을 확보하였고 꼭 필요한 부분을 제외하고 대부분의 건설자원은 가능한 목재와 석재를 이용했다. 그리고 현장에서 가공된 자재를 운반할 때는 부피와 중량에 따라 첨단 장비를 적절하게 사용하고 있었다.

연구기지건설에 참여하는 화성인들이나 로봇들은 이동시에 크고 작은 각종 비행선을 이용하게 되는데 이를 바라보는 지구 원시인들은 불덩어리가 솟아오르고 내리는 모양을 보고 감히 근접을 하지 못하고 이착륙 주변을 신성한 신의 영역으로 바라보고 있었다.

Chapter 15
음모

　지구로 이주한 도그리온족과 버드리아족은 자신들의 주거생활 정착에 안간힘을 쏟고 있었다. 이미 탐사 팀이 정착 구역을 정해 놓은 곳에 도착한 각자 지역에서 구역별로 세분된 정착지에 물품을 배정하고 화성에서 지원하는 기초 생활용품 등으로 우선은 연명하도록 하였으며 점차 그 양이 줄어 부족한 부분은 강에서 하천에서 물고기를 잡아 보충하고 주변에 풍부한 과일과 열매들로 해결하라고 하였다. 주변에 풍부한 자연식품들은 오히려 화성에서의 음식보다 맛있고 신선했으며 누구의 눈치도 굳이 볼 필요가 없고 제한마저 없어 좋았다. 이러한 생활을 거쳐 점차 안정적으로 지구 생활에 적응하기 시작했다.
　비록 이전 문명생활에 대한 불편함은 더러 있었지만 두 종족 모두 화성에서 생활할 때보다 오히려 마음이 편하고 만족한 것 같다고 했다. 도그리온족의 추장 세담은 종족들의 생활과 질서가 안정되고 크게 신경 쓸 일이 없어 무료한 생활이 지속되자 각 구역장들과의 회의도 거의 소집을 하지 않았다. 도그리온족의 실세 2인자인 참모 캐닌도 특별히 추장을 보좌해야 하는 일이 없어져 무료한 나날을 보내고 있었다. 말이 비서관이지 특별한 상황이나 문제가 있을 때만 추장의 부름에 응하는 것이었다. 캐닌은 갑자기 화성을 떠나기 전 세담과의 대화를 떠올리며 엉뚱한 생각을 하게 된다. 그리고 자신이 애써 몰래 가져온 각종 차량부속과 헬기나 무기류 등을 생각했다. 그동안 정착에서 안착까지 정신없는 나날을 보내다보니 깜박하고 잊고 있었던 것이었다.

자신의 집 안락의자에서 벌떡 일어나 갑자기 추장인 세담을 면담하러 추장 관저로 향했다. 관저라고는 하지만 예전의 화성에서처럼 궁전과는 거리가 멀었으며 통나무와 흙으로 지은 허름한 토담집에 칼로 윗면을 깎아 편편하게 만든 고목 테이블에 일반 톱으로 통나무를 잘라 만든 의자 몇 개가 전부였다. 캐닌은 세담 추장의 최측근 참모이기는 하지만 마주 본지가 제법 오래되어 세담은 무척이나 반갑게 캐닌을 맞이하였다.

"어이~ 캐닌 비서관, 이게 얼마 만인가? 얼굴이 좋아 보이네. 어쩐 일로 나를 다 보고 싶어졌지?"

"예전 지구 이주 전에 추장님께서 저한테 하신 말씀이 갑자기 생각이 나서 이렇게 달려 왔습니다."

"내가 캐닌 비서관에게 무슨 말을 했는데?"

세담은 정말로 캐닌에게 한 말이 금방 생각나지 않았다.

"2보 전진을 위한 1보 후퇴! 이 말씀 생각나지 않습니까?"

"아! 그랬었지. 자네도 알다시피 여기 생활에 적응하느라 잠시 잊고 지냈네. 그래, 자네는 여태 그 생각을 잊지 않고 있었네?"

"필요한 물건까지 죽음을 무릅쓰고 가져왔는데 계속해서 이대로 안주하고 살수는 없는 것 아니겠습니까. 정보에 의하면 지구 원시인들이 우리 가까이에 살고 있다 합니다. 비록 그들이 원시인 수준이라고는 하지만 그들도 앞으로 지능이 진화하고 발전 할 것입니다. 그러면 우리와 충돌이 있을 수도 있고 불편해 질수가 있습니다. 지금 우리는 그러한 위험과 관련하여 아무런 대책도 없고 아무리 그들보다 지능이 앞섰다고 하지만 변변한 개인무기하나 없습니다. 지금은 그들이 우리의 상대가 될 수 없을지는 몰라도 앞날을 생각하여 지금부터라도 준비를 해야 한다고 생각합니다."

케닌의 말에 세담도 긍정적으로 생각하고 있었다. 캐닌은 사실 화성인에 대한 복수를 위한 준비를 말하려 했는데 혹시나 싶어 편하게 지구인을 상대로 말하고 있는 것이었다. 전혀 생각지도 않았던 캐닌의 말에 약간은 고무된 세담은 자신의 잠재된 구상에서 든든한 지원군을 얻은 것 같았다. 캐닌의 구상이 자신의 어떤 계획에 명분 있는 제안 같았다.

"음… 듣고 보니 대단한 정보와 생각일세. 그래, 그러면 하루빨리 준비를 해야겠지?"

세담은 굳이 화성에 대한 서운함을 말하지 않아도 될 것 같아 더 이상 거론하지 않기로 했다.

"그런데 추장님의 그 말씀은 구체적으로 무엇인지 말씀을 듣고 싶습니다."

"우리가 앞으로 지구에서 잘 살면 화성을 떠나 온 것이 2보 전진이다 뭐. 이런 말이었지."

세담은 비록 자신의 비서관이지만 가능하면 섣불리 본심을 내보이고 싶지 않았다.

"네, 저 또한 오랫동안 아무 일없이 평화롭게 우리 도그리온족이 잘 살아가면 좋지요. 하지만 좀 전에 말씀 드렸다시피 지구 원시인들이 화성인과 같은 종족이라고 합니다. 그 말이 맞는다면 우리는 언젠가는 또다시 인간들의 지배 속에 멸시와 천대를 받고 살게 될 것입니다. 이참에 지구원시인들을 제압하고 일부 지구 땅에 상주하고 있는 화성인들을 무력하게 만들 준비를 시작해야 한다고 생각합니다."

세담은 자신이 할 말을 캐넌이 시원하게 해주는 것 같지만 기분은 섬뜩함을 느꼈다.

"역시 자네는 나의 오른 팔이네. 그런데 우리형편에 화성인들을 상대할 수가 있겠는가?"

"화성인들의 약점을 잘 이용하면 가능하다고 봅니다.

추장님도 아시다시피 그들의 최대약점은 상대를 공격하는 개념이 거의 없다는 거 아닙니까? 그리고 지구연구소 요원들과 지구에 개인적으로 이주해서 살고 있는 일부 화성인들도 짐승 방어용 보호 장비 밖에는 없지 않습니까. 그리고 방어용 보호 울타리는 재래식 포탄에는 취약하다고 언뜻 들은 것 같습니다. 보호막이 생명체에는 치명적이지만 포탄 같은 것을 막지는 못할 것입니다. 이를 위하여 제가 몰래 준비해온 것들이 있자나요. 기회를 봐서 불시에 급습하여 일제히 공격하면 저들도 속수무책일 것입니다. 실천까지는 조금 오래 걸리겠지만 지금부터라도 우리는 최대한 준비를 시작해야 합니다."

"그렇지, 그렇게 해 보도록 하세."

"그리고 이러한 계획에는 각종 부속제작이 필수입니다. 따라서 전력이 필요한데 우선 우리가 가져온 모든 재료를 취합하여 조그만 수력발전소라도 만들어야 할 것 같습니다. 이 부분은 제가 추진해 보겠습니다."

이에 세담은 자신의 생각을 보탰다.

"우리 종족만으로 계획을 도모하는 것 보다 버드리아족과 연합하는 것도 생각해 보겠네. 아무래도 숫자가 많으면 유리하니까. 버드리아족의 입장도 우리와 다를 바가 없지. 이 협의는 때가 되면 내가 직접 앵머스 추장을 만나 보겠네."

"좋은 생각입니다만 그 쪽은 우리하고 생각이 다를 수가 있을 텐데요? 우유부단한데다 굳이 힘들고 골치 아픈 일을 하려 하지 않는 종족들 아닙니까. 추장님의 대단한 설득력이 필요 할 것 같은데요."

"아무튼 그 쪽 일은 내게 맡기고 자네는 관련 회의를 소집하여 구역지도자들에게 임무를 부여하고 계획을 세우도록 하게나."

세담과 캐닌은 흡족하게 의기투합하고 헤어졌다.

* * *

화성인들의 일상에서 급할 것은 거의 없으며 조급할 이유도 없었고 특별히 위급 상황이나 비상상황도 별로 없어 모든 생활이 여유 그 자체였다. 운석 충돌이 잦아 수시로 지표면이 파괴되고 간혹 인명까지 손상되기도 하지만 이런 상황에 특화된 로봇들에 의해 신속히 복구되었다. 이런 상황도 통상적인 것으로 화성인들에게 무덤덤하게 된지도 오래전의 얘기였다. 이러한 화성인들의 성향으로 지구의 종합연구단지 조성사업 같은 것도 고드가 주장하는 사고전환이 없으면 엄청난 기간이 소요되기도 하는 것이었다.

지구에서 원시 인류의 인구수는 빠르게 증가하고 진화를 거듭하여 완전한 직립보행은 물론, 기본적인 소리언어를 구사하며 조직적이고 체계적인 집단으로 변모하며 생활하면서 안정된 생존을 이어가고 있었다. 미미하나마 태양이나 자연현상을 숭배하는 현상도 나타나고 자신들의 뜻대로 안 되는 부분은 각종 신앙에 의존하고 있었다.

고드와 슈카르는 이런 신앙현상이 더 심화되기를 내심 바라고 있었다. 이는 과거 화성의 역사와 같은 개념으로 흘러가 어차피 더 돈독하게 진행될 것이고 지구인들과 화성인들이 공존하게 되는 먼 미래의 그날까지도 지구인들에게 신은 존재하고 있을 것이라고 생각하고 있었다. 어차피 화성인들은 그들의 신이 되어야 할 것이기 때문이었다.

지구 종합연구 단지를 조성하고 있는 동안에도 화성에서는 크고 작은 운석의 충돌이 점점 잦아지고 얼마 남지 않은 지상의 시설들이 위협을 받고 있었다.

슈카르는 점증하는 운석 때문에 전 화성인들의 안전한 생존을 위하여 완전 지하시대를 구축하기로 한 계획에 속도를 높이기로 하고 구역 지도자 회의를 개최키로 하였다.

이미 대부분의 화성인들이 지하화 했지만 몇몇 구역의 행정센터와 지상 일부에 남아있는 공공센터의 지하화를 완전히 지하화하기로 했다.

이제 화성인들의 마지막 지하화 공사는 로봇들이 자체적으로 구축한 공법이 완전한 시공능력을 갖추게 되어 시행하는 데는 별 어려움이 없었다.

중앙행정센터.
"오늘 회의의 안건은 전 화성의 마지막 지하화입니다. 현재 지구에서 종합연구단지 조성 사업이 아직 진행되고 있고 단지조성이 완료되면 이어서 이주에 따른 환경 적응 연구기간이 상당기간 소요될 것으로 보입니다. 그리고 이주시기도 혜성의 이동 상황에 따라 유동적일 수 있습니다. 혜성충돌 시기를 시뮬레이션 해본 결과 앞으로 머지않은 시기로 파악되었습니다. 일 단위의 정확한 일정을 알 수도 없지만 충돌 일정의 공개는 우리 화성인들에게 트라우마가 될 수도 있기 때문에 밝힐 수가 없습니다. 아무튼 현재 우리 화성의 지상 생활에 대하여 안전을 보장 할 수 없어 전체 지하화는 피할 수 없게 되었습니다. 오늘부터 충돌일정은 대지도자 외에 일부 관계자만 공유하게 될 것입니다. 그리고 어차피 화성에서의 지상은 우리에게 별 의미가 없어 졌습니다."
대지도자 슈카르에 이어 건축 공학박사이자 엡센구역 지도자인 아시아스가 질문을 했다.
"전체 지하화의 완성은 어느 정도 기간을 예상합니까? 기간이 너무 많이 소요되면 결과적으로 괜한 시간 낭비가 되지 않을까 우려됩니다."
아시아스박사는 지금 이주를 준비하고 있는데 지하화는 괜한 시간낭비라고 생각하였다.

이에 슈카르는 부연 설명을 했다.

"모두 지하화 하는 데는 적지 않은 기간이 소요되겠지만 그렇다고 공공건물을 지금상태로 두기에는 전체 화성인들에게 많은 불편하고 있으며 무슨 큰 재정이 소요되는 것도 아닙니다. 다만 사용하는 기간이 짧아져 아쉬울 수도 있겠으나 과감히 결정을 내렸습니다. 크고 작은 다양한 소행성과 운석들의 낙하는 점차 그 횟수가 증가하고 있습니다. 물론 많은 부분을 우리 능력으로 처치를 해오고 있습니다만 워낙 많이 증가하고 있어 미처 방어하지 못하는 숫자가 점차 더 많아지고 있습니다. 전혀 안전을 보장 할 수가 없습니다."

"그들을 처치하는데 정밀도가 문제가 된다면 제가 더 연구를 해 보겠습니다."

아시아스의 말이 끝나자 슈카르는 정리를 하였다.

"타격처치에 문제가 있는 것은 아닙니다만 워낙 많은 숫자가 떨어지다 보니 그 중 일부 전혀 예상치 못한 돌발적인 사태가 발생하는 것이 문제인 것이지요."

언제나 그렇듯이 오늘 대지도자인 슈카르의 안건에 대하여 대지도자의 의중대로 계획이 진행이 되는 것으로 하고 회의는 종료되었다.

우선 일부 지상에 남아있는 중앙 공공기관부터 지하화하기로 하고 건설에 착수 할 것이었다.

화성에서의 지하건설은 이미 공사 매뉴얼이 확립되어 있어 시공에는 별문제가 없지만 화성인 특유의 여유로운 성향이 잔존하여 완공까지 기간이 길어진다는 것에 대한 문제가 있기는 하였다.

이는 일반화된 현상으로 슈카르도 이를 감안하여 전체 공정기간을 미리 예상해 놓았다.

시공에 필요한 모든 건설장비가 소형화되어 있고 많은 작업부분들이 자동화된 로봇의 영역이며 대부분의 자재들은 자동프린터로 생산되어 공사현장에는 화성인이 직접 개입하지 않을 것이었다.

비록 장비들이 소형이라고 하지만 엄청난 동력과 기능들이 탑재되어 있었다.

그리고 공사 진행은 누가 다그치거나 재촉을 하는 일이 없으며 노동 로봇이외의 담당 인력들도 자원 봉사에 의하여 진행될 것이었다.

*　　*　　*

한편 일련의 주요 계획들이 정리되고 여유를 갖게 된 슈카르는 대지도자로써 오랜만에 여유로운 날들이 많아졌고 아내 마야, 그리고 고드와 함께 평화로운 시간을 보내고 있었다.

"오늘은… 음… 새로 나온 사극 전쟁영화나 같이 한편 볼까?"

마야도 즐거운 표정으로 말했다.

"화성의 초기 역사를 배경으로 했다고 하죠? 우리 고드도 특별히 볼만 하겠는데요?"

고드는 들뜬 마음으로 한마디 거들었다.

"그럼요, 저는 구체적인 화성의 과거역사를 많이 알고 싶어요. 재미있겠는걸요."

"고드도 대략은 알고 있겠지만 먼 옛날에는 영화에 나오는 등장인물들이 실제 사람들이 직접 연기를 하고 그랬지만 지금 보는 것은 완전 그래픽이야. 그렇지만 사실감은 이게 더 나아. 그래픽 기술이 완벽하거든."

과거 영화제작은 어느 역사시점 이후로 연기자라는 사람들의 직업이 종말을 고하고 AI와 그래픽으로 모두 대체되었다. 3D화면은 고고학적 과거기술이며 최근 첨단 기술을 접목하여 냄새와 향기는 물론, 저주파 기술을 사용하여 실제로 영화 내용속의 모든 감각이 시청자에게 전달되었다. 주먹이나 칼 또는 총에 맞는 등의 피습장면에서는 그 아픈 감각이 전달되는데 직접적인 고통은 없고 살짝 느낄 정도만 되는데도 처음 보는 고드에게는 식은땀이 흘렀다.

과거에 공공 영화관이 별도로 있기는 했지만 이는 아날로그를 즐기고 다수의 사람들과 같은 느낌을 공유하기 위해서 몇 곳이 있었으나 지금은 모두 사라지고 없어졌다. 대부분 화성인들은 자신의 집에서 가상현실 홈 시스템으로 홀로그램 형태의 선명한 영상을 집안 어느 공간에서도 볼 수가 있는데 내용 속으로 완전히 매몰되는 느낌을 주었다. 가끔 취미나 전공을 살린 사람들이 AI로 영화를 제작하여 실시간으로 각 가정에 자동 배포되었는데 어떤 영화는 온몸이 식은땀으로 젖을 만큼 감명을 주기도 했다.

영화를 보는 중에 모두들 표정이 시시각각으로 변하고 크게 놀라는 모습과 스스로 움찔하는 몸동작을 보였다. 특히 고드는 그 반응이 과할 정도로 큰 동작으로 나타났다. 가상현실 시청용 보안경을 가장 먼저 벗은 고드는 얼굴에 작은 땀방울이 송골송골 맺혀있고 얼굴표정이 엄청 상기되어 있었다.

"휴~ 스릴은 만점인데 주인공처럼 나도 죽는 줄 알았어요."

만족해하는 고드를 보고 슈카르는 영화보기를 잘했다고 생각하고 흐뭇해했다. 어느새 마야는 시원한 과일 쥬스를 들고 테이블로 와 앉았다.

"자, 쥬스 한 잔씩 들고 얘기해요."

고드는 목이 타는지 재빨리 쥬스를 들이켰다. 아들이 만족해하는 모습을 보면서 마야는 말을 이었다.

"재밌지? 앞으로 자주 보게 되면 지금보다는 느낌이 약해서 긴장도 덜 되고 편안하게 보게 될 거야. 시간 나는 대로 고드 혼자서라도 자주 봐. 보고 싶은 영화를 찾는 데는 불편이 없을 거야."

"네, 앞으로 자주 볼래요. 저는 사실 궁금한 것이 많았는데 영화를 보니 상당히 구체적으로 와 닿는 게 있었습니다."

"그래? 어떤 것이 궁금했는데?"

"지금의 우리 화성인들은 서로 악의적인 갈등과 다툼이 없고 욕심이 없는데다 상대에 대한 공격개념이 없어졌다는 것에 대해서 그 역사적 과정을 구체적으로 알게 되었네요. 전쟁이야 이제는 상대가 없으니까 당연히 없다고 하더라도 말입니다. 조상들이 조금 더 일찍 깨닫고 서로 화합했더라면 좀 더 빨리 좋은 세상을 보게 되었을 테고 지상 천국이 따로 없는데 말입니다. 모두가 한마음으로 화합하여 발전하게 되면 그 발전 속도가 몇 배로 빨라져 풍족한 삶을 영위하고 서로 다투며 살지 않아도 되는데 그것을 일찍 깨닫지 못한 것 같네요."

"아이구~ 우리 고드가 역사 윤리 선생님이 되셨네요. 하하하."

슈카르는 표정을 바꾸며 말을 이었다.

"우리는 이제 안정적인 삶으로 정착되었는데 이제 그것도 영원하지 않을지도 몰라. 정확한 시간이 정해져 있지 않을 뿐이지 화성을 멸망으로 파괴할지 모르는 혜성충돌이 기다리고 있으니 말이야. 어쩔 수 없는 일이긴 하지만…"

이에 고드가 슈카르의 말을 이었다.

"그래서 지구이주계획을 진행 중이지 않습니까. 얼마나 다행한 일입니까. 바로 옆에 보물섬 같은 곳이 있어서요. 물론 여러 가지 불편한 생각이야 들겠지만 현재까지 우리가 전 우주를 연구해 본 결과 우리 화성인 모두가 한꺼번에 이주하여 살 수 있는 곳은 지구밖에 없다는 것 아닙니까. 크게 걱정을 하지 않으셔도 될 것 같은데요. 걱정하지 마세요. 어머님, 아버님, 제가 지켜드리겠습니다. 하하하"

고드는 일어나 마야의 등 뒤에서 백허그를 하는데 마야의 눈가에 또 한 번 이슬이 맺혔다. 그것은 고드의 말에 감동스러운 것도 있지만 오늘 따라 무척 든든해 보였던 것이다.

"요즘 운석이나 소행성 등의 충돌이 점점 늘고 있다는 보고와 영상이 들어오는데 그렇지 않아도 실제 현장을 한번 다녀오려고 하던 참이야. 다가오는 회의 일정에는 중요사안이 없어 지도자들과 함께 현지 시찰을 하는 것으로 사전 통지를 해야겠어."

"아버지, 저도 함께 가게 해 주시면 안 됩니까? 실제 현장을 보고 싶습니다."

"그렇게 하지."

오늘은 모처럼 가족과 함께 하는 날이라 저녁식사는 고드가 좋아

하는 각종 고기 요리로 호사스런 만찬을 즐기기로 했다.

*　　*　　*

고드는 지구 종합연구단지 건설현장과 화성을 수시로 넘나들며 단지조성 상황을 체크하고 있었다. 고드는 자신이 성장하고 머물렀던 곳을 가보고 싶은 마음이 꿀떡 같았지만 달라진 자신의 모습과 행동들이 후손들과 도저히 어울릴 수 없다는 것을 잘 알고 있었기에 멀지 감치에서 그들을 바라보고만 했었다. 그런데 지구 혈족들이 예전의 모습에 비하여 상당히 세련되어 보였다. 신체 모습이 많이 달라지고 뭔가 안정된 외모와 표정들이었다. 그리고 그들의 주변에 이주하여 살고 있다는 두 종족을 번갈아 탐문을 해보았다.

버드리아족은 그야말로 자연과 어울려 그림같이 평화로운 마을을 이루며 살아가고 있었고 종족들의 표정도 밝고 평화롭기 그지없었다. 그런데 도그리온족의 마을은 뭔가 살기가 느껴지고 무엇을 제작을 하는지 매일같이 뚝딱거리고 있었다. 사람들의 얼굴표정도 대부분 굳어 있었다. 마치 무엇엔가 쫓겨 종족들을 상대로 강제로 일을 하게 하는 그런 분위기가 느껴졌다.

도그리온족의 추장집무실에는 여전히 캐넌이 들락거리고 있었다. 추장의 집무실 회의 탁자에는 캐넌과 여러 참모들이 자리를 잡고 앉아 있었다. 추장 세담의 저택이 제법 그럴듯해졌고 집무실도 제법 넓어졌으며 회의용 탁자도 아름다운 석재와 나무를 예쁘게 가공하여 아주 크고 세련된 모습으로 바뀌었다. 추장 세담이 무거운 입을 열었다.

"에… 전기 생산이 가장 먼저 되어야 무기를 만들든지 자동차를 조립하든지 할 것인데 전기는 언제쯤 생산되겠나?"

담당전공분야 참모인 엘릭스는 난감한 표정을 지으며 입을 열었다.

"아무 장비도 없이 인력으로만 공사를 하니 진척이 되질 않습니다. 그리고 흐르는 강이 너무 깊어 발전시설 공사를 어찌해야 할지 난감하기만 합니다. 그래서 우선은 주변의 조그만 물줄기를 이용하여 소형 수력 발전소를 만드는 중인데 그것마저도 진척이 잘 되질 않고 있습니다. 기술이나 설계도가 있으면 뭣합니까. 기반 시설이 전혀 없는데요. 그리고 터빈으로 발전기를 돌려야 하는데 이것저것 챙겨 온 부품을 다 모아 봐도 발전소를 만들기에는 역부족입니다."

케닌이 추장을 바라보며 불만이 가득한 표정으로 말했다.

"제대로 된 전기가 생산되어야 모든 것이 시작되는데 정말 깜깜하네요. 추장님께서 아비누스에게 연락해서 어떻게 좀 해보셔야 할 것 같습니다만…"

"갑자기 무슨 핑계로 그런 위험한 부탁을 한답니까. 좋은 생각이라도 있소?"

케닌이 다시 말을 거들었다.

"전등만이라도 켜고 살게 해 달라고 하면 어떨까요? 그러자면 발전기가 필수 아닙니까?"

엘릭스가 답답하다는 듯이 말을 했다.

"지금 화성에는 그런 구식 발전기가 없을 걸요? 혹시 전시용으로 있을지는 모르겠습니다만."

추장 세담은 최후의 수단인양 비장한 표정으로 말했다.

"그러면 제가 아비누스에게 적당히 얘기 해 보겠습니다. 우리가 우리 손으로 수력발전시설을 하여 전기를 좀 쓰겠다는데 크게 반대할 이유가 없겠지요."

엘릭스가 마무리 발언을 했다.

"잘 좀 부탁해 보세요. 발전기로 전기 생산이 안 되면 아무것도 할 수 없습니다. 무슨 수를 써서라도 꼭 성사시켜야 합니다. 우리는 추장님만 믿습니다."

추장 세담은 회의가 끝난 후 내일 아비누스가 방문하는 때를 맞추어 곧 바로 추진키로 하고 마음을 굳게 다지고 있었다. 아비누스와 뎅버드는 오늘을 마지막으로 버드리아족과 도그리온족에 대한 지원을 마무리하고 먼저 버드리아족을 둘러보고 차례로 도그리온족으로 향할 참이었다.

"버드리아족은 선천적으로 고분고분하고 착해서 주변 환경에 너무 잘 적응하는 것 같아요. 오히려 도그리온족보다 생활설비가 별로 없어도 마을 전체가 너무 안정감이 있고 평화로운 것 같습니다. 이제 화성지원이 없어도 전혀 걱정이 없을 것 같은 생각이 드는데요."

"저도 그렇게 생각합니다. 아쉽다는 소리가 없으니 오히려 섭섭하기까지 하네요. 그런데 도그리온족은 뭐가 그리 불만도 많고 분위기가 살벌하고 종족들도 별로 행복해 보이지도 않고 말입니다. 뭐 남은 운명이야 자신들 것이지만 말입니다."

아비누스와 뎅버드는 버드리아족의 성공적인 적응과 안착에 만족감을 가지고 있으나 아직 정서적으로 불편한 감이 있는 도그리온족에게는 좀 못마땅한 생각이 들었고 남은 운명은 도그리온족 자신들에 있다고 생각했다. 아비누스 일행을 미리 기다리고 있던 세담은 비행선이 오는 소리만 듣고도 일찌감치 나와서 착륙장 앞에 마중을 나와 있었다. 도그리온족의 넓은 추장 집무실 앞마당에 착륙한 아비누스와 뎅버드는 세담의 인사에도 들은 척도 안하고 곧장 추장 세담을 뒤로 하고 앞장서 집무실로 향했다. 그러나 세담은 계속하여 친밀감을 보이기 위해 혼자서 계속 말을 하면서 따라갔다.

"오늘이 마지막이라면서요. 얼마나 섭섭한지 모르겠습니다. 박사님, 박사님들도 섭섭하시죠? 그래서인지 안색이 좋아 보이지 않습니다."

"여기만 오면 그렇네요."

짧게 아비누스가 한마디하고 세담이 말을 하는 사이 벌써 아비누스와 뎅버드는 테이블에 와서 앉고 있었다.

"앉으세요. 추장, 요즘 도그리온족은 뭘 하시 길래 사람들이 그렇게 분주합니까?"

"아… 네, 주민들이 조명등이라도 우리가 만들어 써 보자고 조그만 수력발전소자리를 닦고 있습니다. 어차피 나중에는 만들게 될 거라 서요. 그런데 지금은 아무것도 없어서 마음만 급합니다."

"급하게 마음먹는다고 급하게 되는 일이 아니지요. 흘러가는 대로 사십시오. 욕심 부리지 말구요."

"제가 욕심을 부리는 것이 아니라 주민들의 뜻이 그렇다는 것입니다. 그런데 박사님, 우리 도그리온족들이 화성 문명생활에서 잘 벗어나지 못하고 힘들어 하고 있습니다. 종족들의 성격이 원래 그렇다는 것은 박사님께서도 잘 알고 계시지 않습니까?"

"그래서 뭘 어쩌자는 겁니까."

아비누스는 좀 짜증 섞인 말로 대꾸를 했다. 이를 본 세담은 온갖 제스처를 써가며 아양을 떨었다.

"최소한 전등불이라도 쓰고 싶어 합니다. 그러려면 발전기가 한 대가 꼭 필요합니다. 발전소 시설과 터빈까지는 어떻게든 우리가 만들어 보겠는데 발전기는 어떻게 할 수가 없어서요. 박사님, 옛정을 생각해서라도 그 부분만 좀 도와주십시오."

이에 가만히 듣고 있던 뎅버드가 말을 거들었다.

"버드리아족과의 형평성문제도 있는 것입니다. 우리 화성 지도부에서 동의하겠습니까?"

뎅버드의 말에 공감한다는 뜻으로 아비누스는 말을 이었다.

"그러게요. 그 문제는 돌아가서 지도부와 논의를 해보고 말씀드리겠습니다. 오늘까지 기본지원은 종료하지만 정기적으로 순찰은 있을 것입니다. 그 때 답을 드리겠습니다. 만일 그 전이라도 승인이 나면 즉시 연락을 드리지요."

세담은 아비누스의 손을 꼭 잡고 간절하게 말했다.

"꼭 부탁을 드립니다. 우리 종족은 다루기가 힘듭니다. 아비누스 박사님, 제발 도와주십시오."

세담은 마치 눈물이라도 흘릴 듯한 표정으로 아비누스에게 자신의 입장을 전달하느라 안간힘을 쓰고 있었다.

"참고 하겠습니다. 그렇지만 큰 기대는 하지 않도록 하십시오."

또 다시 세담은 아비누스의 소매를 붙잡고 애걸했다.

"그렇지만 저희는 박사님을 기대 할 겁니다."

애걸복걸하는 세담과 마중 나온 다수의 참모들을 뒤로하고 아비누스와 뎅버드는 귀환 비행선에 올랐다. 아비누스는 귀환 길에 세담 추장의 요구가 자꾸 귀에 거슬렸다. 비록 그들의 요구가 버드리아족과는 분명히 형평성에 맞지 않지만 모든 종족의 성향이 같을 수는 없는 것이고 도그리온족은 외향적 성격이 강하여 다루기도 쉽지 않아 세담의 걱정도 일견 타당하다는 생각도 들었다. 그리고 어차피 시간이 흐르면 자체 개발이 되는 날이 있을 것인데 굳이 기반시설을 반대하거나 부정적으로 볼 필요도 없는 것이었다. 그리고 화성에서처럼 가만히 앉아서 전기를 공급받기를 원하는 것도 아니고 구식 발전기 외 엄청난 주변시설은 자신들이 고생을 하겠다고 하니 대지도자에게 한 번쯤 은 건의를 해 볼 것이라고 생각을 정리했다.

* * *

Chapter 16

신들의 영웅

슈카르와 고드, 그리고 지휘부 참모들은 영상으로 확인한 운석들의 충돌 현장을 전 구역 지도자들과 직접 시찰해 보기로 하고 현장을 향해 출발했다. 대부분의 낙하지역이 인적이 드문 곳이기는 하지만 인명이나 시설들을 상당히 위협하는 경우도 있었다. 슈카르는 실시간 충돌상황을 전체 지도자들과 공유하기 위하여 시아에 들어오는 대로 몇 마디씩 주고받았다. 탑승한 모든 사람들은 각자 귀에 이식된 초소형 나노 이어폰으로 슈카르의 설명을 들을 수 있으며 대화도 가능하였다.

"목성주변에 있는 소행성 군락과 가장 근접한 곳이 화성으로 크고 작은 운석이나 소행성의 충돌 위협이 행성들 중 가장 심각합니다. 시간이 흐를수록 소행성들의 활동은 많이 안정되겠지만 충돌의 위협은 지속 될 것입니다. 이에 비하여 지구는 우리 화성과 가장 가까우면서도 대체로 안전한 우주공간에 위치하고 있습니다. 물론 지구도 각종 소행성들의 충돌에서 전혀 자유로울 수는 없지만요."

헤파이스박사가 슈카르의 말을 이어 받았다.

"그렇습니다. 우리 화성은 대지도자님의 말씀대로 우주공간 중에서도 운이 없는 요상한곳에 자리를 잡고 있어 소행성의 충돌이 가장 심한 곳입니다. 지구 주변의 달은 탄생 초기에 각종 소행성들의 집중 포화를 맞아 즉시 사행성이 되었지만 말입니다. 어차피 우리 화성도 초대형 혜성충돌에 의해 사행성이 될 가능성이 매우 높습니다. 만일에 있을 충돌에 대비하여 지구이주를 철저히 준비해야 됩니다."

이번에는 우라노스박사가 말을 이었다.

"태양계 우주에는 현실적으로 지구 외에는 우리와 환경조건이 적합한 생존공간이 없습니다. 태양계 외부는 우리 기술과 능력으로 안전하게 생존할만한 환경이 되는 행성이 없었습니다. 이제 우리의 능력으로 살펴볼 우주공간은 더 이상 없습니다. 머나먼 외계에 서식행성이 있다한들 여러 가지로 우리에게는 의미가 없습니다. 지구를 제외한 다른 태양계 행성이나 외계행성을 찾는 다는 것은 이제 의미가 없어졌습니다. 지구로의 이주계획은 유일하게 우리 화성인의 생존과 직결되고 있습니다."

슈카르가 마무리 발언을 했다.

"그렇습니다. 이제 선택의 여지가 없는 지구로의 이주에 큰 관심을 가져야 하는 것은 절대 절명의 사안이 되고 있습니다."

시찰단이 승선한 정찰 비행선은 동체구성 외피가 거의 투명 방탄재질로 되어 있어 충돌 현장을 사방으로 훤히 볼 수 있도록 되어 있었다.

고드는 특유의 호기심으로 지상에 착륙하여 현장을 직접 보고 싶어졌다.

"대지도자님, 지상에 착륙하여 직접 살펴보면 안 됩니까?"

이번 시찰에서 비행선의 조종을 맡은 고드는 오늘은 자신이 끼어들 수 있는 상황이 아니어서 조금은 무료함을 느끼고 있었다.

화성에서 몇 안 되는 전문가로 혜성과 소행성을 연구해온 관련분야의 대가인 헤파이스박사는 자신이 꺼내야 할 말을 고드가 대신 해주어 고맙다는 눈짓을 고드에게 전달하고 슈카르에게 말했다.

"그렇게 하시지요. 대지도자님. 저도 이 기회에 연구 자료를 좀 수집해 볼까 합니다만."

이에 슈카르는 계획에 없는 일이라 망설이다가 대답했다.

"그럼. 얼마 전에 작은 운석이 떨어졌던 주변에 잠시만 착륙하겠습니다. 오래 머물지 않고 이륙할 것입니다. 헤파이스박사님, 자료 수집을 최소화 해 주기 바랍니다. 그리고 모든 지도자들께서도 오래 머무르지 않기를 바랍니다. 착륙해! 고드!"

고드는 충돌자국이 있는 충돌 구에서 안전한 거리를 두고 착륙을 시도했다. 슈카르를 선두로 모든 지도자들이 하선하고 마지막으로 고드가 비행선에서 내려왔다. 충돌 구는 그리 크지 않았고 지름이 약 50미터 정도 되어 보였다. 충돌 구에서는 아직도 연기가 피어오르고 있어 그리 오래 되 보이지는 않았다. 혜성이나 소행성 등의 운석이 화성의 대기권에 접근하기 전에 미리 파괴해 버리는 대형 레이저빔은 중앙우주센터에 웅장한 규모로 설치되어 있었다. 그러나 워낙 많은 숫자의 운석이 날아들어 규모가 비교적 작은 운석들과 피해가 예상되지 않은 지점에 떨어지는 운석들은 레이저를 사용하지 않았다.

"이정도의 위력이라도 인명피해가 심각할 수 있고 건물이라도 온전하지 못할 것 같습니다. 아버지."

"당연하지. 이곳은 빈번한 운석낙하지역이 아니라서 최근에 처음으로 떨어진 곳이야. 그래도 빨리 출발해야해."

지도자들은 실제로 이렇게 가까이에서 충돌 구를 본 적이 없어 조금이라도 자세히 보기 위해 이리 저리 둘러보고 현장을 촬영하느라 여념이 없었다. 헤파이스박사는 주변에 흩어진 운석파편을 줍는데 여념이 없었다. 이 때 갑자기 작은 크기의 운석 두 개가 연이어 떨어지는데 충돌구의 가장 가까이에 있는 슈카르가 허리 아래 부분이 파편을 맞아 팅겨나가고 충돌 구 주변 가까이 있던 몇몇 지도자들은 무너지는 충돌 구 가장자리에 휩쓸려 떨어졌다. 시찰 비행선선에서 가장 가까이 있던 고드는 슈카르가 팅겨나가는 모습을 목격하고 재빨리 떨어진 곳으로 내달렸다. 슈카르는 하반신이 떨어져 나간 채 충돌 구 언덕에 멈추고 엄청난 피를 흘리고 있었다. 이를 목격한 고드는 비행선을 재빨리 사고지점으로 이동하고 구명용 밧줄을 비행선에 고정한 다음 밧줄을 타고 내려가 슈카르를 끌어 올리고 안전한 곳으로 옮겼다. 고드는 급히 비행선 안으로 뛰어 들어가 응급 캡슐을 꺼내 슈카르를 번쩍 들어 눕히고 혈액을 응고모드로 한 후에 뚜껑을 닫고 주변 사람의 도움을 받아 캡슐을 비행선에 실었다. 그리고 충돌 구 가장자리 언덕에 떨어져 아직도 밖으로 나오지 못하고 허우적거리는 수명의 지도자들을 구하기 위해 고드는 다시 구명 밧줄을 타고 내려가 차례로 구하기 시작했다. 이런 일련의 일들이 주변 사람들이 보기에는 눈 깜박할 사이에 벌어진 것들이었다.

이런 사고를 아예 생각도 하지 못하고 구명용 드론이 없는 투명 비행선을 이용했기 때문에 벌어진 상황이었다.

특수 정찰용 비행선은 떨어지는 운석에 대해서는 사전 회피기능이 있어 운석과 충돌할일은 원초적으로 불가하였고 시찰 시간 규범도 극히 제한적이었으며 착륙은 아예 없었기 때문에 오늘과 같은 사고는 전혀 일어나지 않을 것이었다. 특별히 비상 상황이 있더라도 구명용 드론이 역할을 했던 것이다. 그러나 이번 사고는 전혀 예상하지도 못했으며 워낙 졸지에 일어난 상황이라 구조대를 요청할 겨를조차 없었다. 다행히 이번 사고는 화성인들인 지도자들의 체구가 작아 고드는 생각보다 수월하게 구조를 할 수 있었다.

화성인들의 신체는 힘을 쓸 일이 없어 근육이 사라진지 오래되었고 신체가 대부분 기능성으로 변하여 체구가 가볍고 작은 편이어서 고드는 수월하게 그들을 구할 수 있었다.

오늘 사건은 화성인들이 평소 생활에서 일어나지 않는 그야말로 초특급 돌발사고 상황이었다. 워낙 순식간에 벌어진 위급 상황이라 당황한 나머지 구난요청을 할 틈이나 여유도 없었으며 첨단 도구나 장비기 있어도 사용할 겨를조차 없는 초 긴급 상황이었던 것이었다.

화성의 주요 기지 주변이나 시설물 주변에 떨어지는 운석이나 기타 소행성은 웬만하면 종합 안전조종센터에서 자동추적으로 낙하 전에 빔을 쏘아 파괴하는데 불시에 착륙한 이곳은 인적이 드문 곳이기 때문에 안전센터에서 놓치거나 그냥 통과 시켰던 것 같았다.

고드가 구명밧줄을 잡고 충돌로 내려가 밑으로 떨어져 뾰족한 바위부분에 매달려 있는 사람이나 경사지역에 멈춰있는 사람들을 한 사람씩 위로 끌어 올리면 동료들이 부축하여 비행선으로 차례로 옮겨 안정을 취하게 하였다.

고드의 활약으로 슈카르를 제외하고는 다행히 크게 부상당한 사람은 없었다. 대부분 기능성 피부여서 뜨거운 충돌 구였지만 화상에 의한 부상자는 거의 없었다. 고드는 위험에 처한 지도자들을 빠르고 안전하게 구출하여 무사히 비행선에 탑승하게 해주었으며 시찰을 중단하고 자신도 신속하게 비행선에 올라 비행선을 출발시키면서 아버지 슈카르를 쳐다보았다. 응급 캡슐안의 슈카르는 피가 응고되어 더 이상 상태가 악화되지 않은 것을 확인하고 신속하게 본부로 귀환했다. 비행선이 출발한 후에도 작은 소행성과 운석들이 갑자기 사고 주변에 계속 떨어졌고 마치 집중 폭격당하는 것 같은 상황이 벌어지고 있었다.

고드는 최대한 빠르게 낙하지역을 빠져 나가고 있었다. 고드의 신속하고 재빠른 구조 행동이 없었다면 대부분 깊은 충돌구로 떨어져 화상으로 사망하거나 크게 부상을 당할 수도 있었던 상황이었다. 또 조금만 더 머물렀거나 신속하게 빠져나오지 않았더라면 비행선조차 폭파될 뻔하였다.

긴박하게 본부 기지로 돌아온 시찰단은 우선 슈카르를 회복실로 옮겨 떨어져 나간 하체부분을 봉합하고 파손된 장기부분은 긴급교체수술에 들어갔다.

긴급 장기교체 수술로 슈카르는 자신의 생명에는 지장이 없다는 것을 알게 되었지만 화성의 의술에도 한계는 있었다.

온전한 신체를 유지하지 못할 경우에는 직무나 생활에 일정부분 불편이 따르고 반영구수명을 유지하는데도 문제가 발생하게 될 것이었다. 겨우 의식을 되찾은 슈카르는 옆에서 계속 지켜보던 고드를 지긋한 눈으로 바라보며 자신의 몸이 상한 것 보다 자신을 구한 고드가 더 대견스럽다는 표정을 짓고 있었다.

"정신이 드십니까? 아버지,"

"응, 괜찮아. 너는 괜찮아? 다른 지도들은?"

사실 고드 역시 구출 도중 약간의 부상을 입어 얼굴 등 군데군데 피가 말라 붙어 있었다.

"저는 괜찮습니다. 금방 아물게 되니까요. 약간 다친 분들이 있기는 하지만 크게 염려할 상황은 아니고 지금은 거의 모두가 안정을 찾고 있습니다. 아버님은 충돌구 안쪽으로 조금만 더 가까이 갔어도 끔찍한 변을 당할 뻔 했습니다. 물론 지금 상황도 작은 일은 아닙니다만."

"그래도 고드 때문에 이만큼이라도 살아 난 것 같구나. 조금은 불편하겠지만 신체보조기구를 부착하면 외형이나 생활하는 데는 크게 불편이 없게 될 것이야. 아무튼 수고했어. 어머니가 많이 걱정할거야. 돌아가서 어머니를 위로해줘."

"네, 아버지. 무사히 완쾌하실 겁니다."

고드는 자신을 바라보고 있는 슈카르를 뒤로 하고 회복실을 나섰다. 집으로 돌아온 고드는 걱정스런 표정의 마야를 보고 자신도 슬픔을 이겨내지 못하고 어머니 마야를 와락 껴안았다.

"어머니, 너무 걱정하지 마세요. 예전의 아버지 모습으로 나타나실 겁니다."

"너는 괜찮아? 얼굴이 말이 아니구나. 아버지가 얼마나 아프고 힘들까."

"네, 저는 아무 이상이 없습니다. 아버지는 곧 쾌차하실 겁니다. 너무 염려마세요. 힘을 좀 썼더니 배가 고프네요. 어머니,"

고드는 어색한 미소를 지어보이다가 이내 진지한 표정이 되었다.

"너 오늘 화성에서 영웅이 되었더구나. 지금 난리도 아니야."

"무슨 일로 제가 영웅이…? 영웅까지 될 만한 일은 없었던 것 같은데요."

"음… 고드는 잘 느끼지 못하겠지만 화성인들에게는 대단한 일을 한 거야. 화성에서 오늘 같은 물리적 사고는 거의 일어나지 않아. 그래서 인명구출이라는 일도 거의 없지. 설령 그런 일이 발생하더라도 장비나 기구를 이용해서 기술적으로 해결하지. 오늘 고드는 아무런 첨단장비도 없이 위급한 상황에서 자신만이 가지고 있는 신체적인 힘의 능력으로 대지도자인 아버지와 지도자 세분을 구해 낸 거야. 이것은 화성인이라면 누구도 할 수 없는 일이지."

"아니, 어머니, 그런데 어떻게 그리 상세히 알고 계세요? 현장 생중계가 없었을 텐데요?"

마야는 중상을 당한 슈카르는 잠시 잊고 고드의 활약에 더 열을 올리고 있었다.

"물론 전 화성인들이 현장을 본 것이 아니고 녹화영상을 본 것이지만 구출된 지도자들을 비롯한 모든 참여자들이 돌아온 즉시 상황을 설명하고 고드를 칭찬하는데 침이 마르지 않더라. 나도 속보를 안볼 수가 없었지."

"그거야… 저의 신체적 특징이 그들과 다르기 때문이죠. 시간만 급박하지 않았으면 얼마든지 긴급 구조반에서 구출 할 수 있었던 것인 데요 뭘."

"바로 그거야. 모든 화성인들은 그런 다급한 비상시에 고드가 자신의 위험을 무릅쓰고 구출한 용감성과 신체적 특징에 열광 한 거야."

고드는 마야의 뜻이 무슨 내용인지 알 것 같았다.

"역사적인 과정은 학습해서 알지만 화성인들은 왜 전부가 그런 신체적 능력을 생각 없이 퇴화시켜버린 거죠?"

"생각 없이 퇴화시킨 것이 아니라 우선 그렇게 힘을 쓸 상황이 전혀 없었고 앞으로도 그럴 것 같아 저절로 자연 퇴화한데다 뭐… 역사적 환경이랄까. 그리고 신체의 기능에 더 관심을 가지고 있었지. 그리고 윤리인식 퇴화로 사실 다른 사람이 아무리 급한 위험에 빠져도 자신의 위험을 감수하면서 구출 행위는 하지 않으려하지. 대부분 장비나 기구의 힘에 의존하려하지.

그렇기 때문에 오늘 같은 상황이 발생해도 아무도 고드처럼 행동하지 않아. 그렇게 할 능력도 없을 뿐만 아니라 그렇다고 양심의 가책을 가지거나 자신이 잘못되었다고 생각하지 않는 것이 오늘날 화성인들의 윤리의식이야."

"그렇군요. 아직 제가 화성인들에 대하여 알아야 할 것 들이 많은 것 같습니다."

마야는 순간 표정이 바뀌면서 우울하게 말했다.

"아버지의 하반신이 많이 다치고 일부 장기가 손상되었다고 들었다. 장기야 얼마든지 복원이 가능하지만 하반신 상태는 좀 충격이구나. 물론, 수술이 끝나고 보조기구에 의해 외형적으로는 크게 모습이 변하지 않게 되겠지만 너도 알다시피 우리 화성인들은 신체의 외부손상이 가장 치명적이란다. 노화와 수명에 문제가 되기 때문이지. 예전보다 좀 더 관심을 가지고 잘 살펴야 될 것이야."

"네, 저도 알고 있습니다. 그렇게 하겠습니다. 어머니,"

슈카르는 부상에서 완전히 회복을 하였지만 당분간은 휠체어를 이용하여 회복부위를 안정시켜야 했다. 인공지능 휠체어는 환자의 상체를 곧게 세운 상태로 지지되며 외형이 연결된 하체가 직립된 상황에서 마치 로봇이 움직이는 것 같이 이동하고 있었다. 직립 인공지능 휠체어에 의지한 채로 회의실로 들어서는 슈카르를 향하여 지도자들은 일제히 기립한 채로 맞이했다. 슈카르가 선채로 자리를 잡고서야 전 지도자들은 자리에 앉았다.

"모두들 걱정해주신 덕분입니다. 고맙습니다."

말이 끝나기가 무섭게 헤파이스가 상기된 표정으로 벌떡 일어섰다.

"저와 부상자들은 고드경의 용감하고 헌신적인 구조덕분에 무사할 수 있었습니다. 너무 너무 감사드립니다. 당시 상황에 비추어 고드경은 우리의 은인임에 틀림없습니다. 그리고…"

이에 질세라 우라노스도 헤파이스의 말이 끝나기도 전에 벌떡 일어나면서 동시에 말했다.

"고드경을 이 자리에 모셔서 고마움을 꼭 전하도록 해주십시오. 대지도자님,"

휠체어에 의지한 슈카르는 우라노스의 말을 이었다.

"고드를 대신하여 고맙게 생각합니다. 저도 그날의 상황을 구체적으로 모르고 있다가 얼마 전에 소상히 알게 되었습니다. 제가 고드에게 여러분을 대신하여 충분한 예우를 표하도록 하겠습니다. 그리고 다음회의에는 참석토록 전달하겠습니다."

회의가 종료되었지만 헤파이스와 우라노스는 퇴청하지 않고 슈카르에게 다가갔다. 슈카르는 우라노스와 헤파이스가 자신을 바라보고 다가오는 것을 바라보고 있었다.

"두 분 정말 무사해서 다행입니다. 불편한데는 없습니까?"

우라노스가 밝은 표정으로 대답했다.

"지금은 아무렇지도 않습니다. 처음엔 정신적으로 조금 불편했습니다만 괜찮습니다."

슈카르도 아주 환한 표정을 지으며 말했다.

"어서 퇴청하셔야죠."

이번에는 헤파이스 박사가 차례를 기다렸다는 듯이 말을 했다.

"우리가 사전에 연락을 드렸어야 되는데 고드경이 아버지를 부축하여 참석을 할 줄 알았습니다. 오늘 고드경에게 직접보고 감사의 표시를 해야 했는데 아쉽습니다. 많은 사람들이 보고 싶어 합니다."

이어서 우라노스 박사가 또 입을 열었다.

"오늘이 지나면 사람들이 좀 아쉬워 할 것입니다. 열기가 충만 할 때 그런 모습을 보여줘야 하는 건데… 많이 아쉽습니다."

"뭐. 그렇기도 하겠습니다만 다음 회의 때 꼭 같이 참석토록 하겠습니다. 그리고 저도 그 때 모종의 중대발표를 생각하고 있습니다만…"

갑작스런 대지도자의 중대발표 발언에 두 지도자는 동시에 크게 궁금해 하고는 물었다.

"갑자기 무슨 중대발표를… 뭔가요?"

"그렇지 않아도 고돌라 고문님과 원로이신 두 분께 상의를 하려던 참이었습니다. 슈트켄 지도자님께는 제가 별도로 말씀을 드릴 거구요. 두 분께는 제가 조만간 전화를 드리겠습니다."

"네, 전화기다리겠습니다."

헤파이스와 우라노스는 슈카르에게 정중히 인사를 하고 총총 걸음으로 사라졌다.

*　　*　　*

Chapter 17
신들의 왕이 되다

슈카르는 고돌라 고문에게 영상전화를 하고 있었다.

"고문님, 안녕하세요. 자주 찾아뵙지 못해 죄송합니다."

편안한 표정의 고돌라가 영상에 부각되고 있었다.

"뭘~ 이렇게 매일 보는데. 허허허. 그래, 다친 데는 괜찮은가?"

"네. 제 것은 아니지만 견딜 만합니다."

"전화를 한걸 보니 무슨 하실 말씀이 있는 것 같은데…"

슈카르는 단도직입적으로 말을 했다.

"그렇습니다. 부상한 몸 때문만은 아니고… 아. 그게 ..대지도자의 직위를 넘겼으면 해서요."

영상으로 보이는 고돌라고문은 놀라는 표정이 역력했다.

"대지도자를? 왜? 아무리 무슨 사유가 있어도 갑자기 그렇게 되겠는가? 그리고 당장 누가 대지도자를 대신 할 사람이라도 있는 건가요?"

"… 아들 고드에게 넘겼으면 합니다. 우리가 지금 최우선으로 계획하고 진행 중인 일이 지구이주와 관련한 과제들입니다. 과제들 중 현재 조성 중인 지구 종합연구단지 시설이 가장 중요한 프로젝트입니다. 이 업무는 고드가 깊숙이 개입하고 있습니다. 물론 이후의 업무도 거의 고드가 관여하게 될 수밖에 없습니다."

"고드에겐 아직 너무 벅차지 않을까? 화성에서 실질적으로 생활한 기간이 많지 않은데 어떤 문제라도 되지 않을지…"

"어차피 고드는 화성의 운명을 짊어질 수밖에 없습니다. 그리고 자신이 원하든 원치 않던 지금 화성인들의 지지를 한 몸에 받고 있습니다. 비록 화성에서의 생활기간은 길지 않지만 크게 문제는 없을 것으로 생각됩니다. 불편한 저보다 모든 면에서 좋은 조건을 가지고 있기도 하구요. 저의 전문자료도 이미 고드에게 모두 넘겼고 업무적으로 문제가 없다고 판단이 됩니다."

"대지도자님의 생각이 그렇게 확고하다면 그렇게 해야겠지요. 고드도 최근의 사건으로 한층 화성인들의 관심을 한 몸에 받고 있지요. 듣고 보니 일리가 있다고 생각이 듭니다. 대지도자님의 말씀대로 고드는 이미 우리 화성인들의 운명을 책임질 수밖에 없을지도 모르지요. 그럼 이번 지도자회의에서 발표를 검토하도록 해봅시다."

"감사합니다. 고문님."

슈카르는 당사자인 고드에게는 전혀 통보하지도 않고 밀어붙이듯이 독자적 행보를 하고 있었다. 고돌라고문에 이어 아버지인 슈트켄에게도 연락을 하여 같은 내용으로 뜻을 전달하였으나 오히려 아버지는 슈카르보다 먼저 그런 생각을 하고 있었던 것처럼 지지해주었다.

"고드는 이 사실을 알고 있나?"

"아직 모르고 있습니다. 하지만 오랫동안 지구 원시인을 이끌고 온 지도자로서 제 뜻에 수긍하고 적응하리라 봅니다. 굳이 이런 뜻을 물어봐야 본인만 어색하지 않겠습니까."

"대지도자님, 잘 결정 했습니다. 나는 대지도자님을 믿습니다!"

슈카르는 곧 이어 헤파이스와 우라노스지도자에게 같은 뜻을 설명하려고 연락을 했는데 말하기가 민망할 정도로 이미 그들은 고드를 염두에 두고 결정이나 한 듯 슈카르의 의도를 부담 없이 받아들이고 있었다.

대지도자 공관.

슈카르는 방금 지구시찰을 다녀온 고드를 불러 앉혔다.

"연구단지 조성은 잘 진행되고 있겠지. 지금부터 내가 하는 말을 잘 들어라."

고드는 갑자기 심각하게 얘기하는 슈카르의 눈치를 보며 약간은 긴장하고 있었다.

"네, 아버지."

"우리 화성인들의 지금 절대과제는 지구로 이주하여 안전하게 생존을 이어가는 것이다. 우리화성인들은 생존 이상의 가치는 없다고 생각하는 집단이라는 것을 잘 알고 있다시피 미래의 우리생존에 관해서는 이미 너의 손에 달려 버렸어. 지구이주사업은 고드가 이미 깊이 관여하고 있고 지구인들도 우리와 같이 공존하게 되는 날까지 결국은 고드가 책임져야 될 것 같아. 이 업무를 원활히 진행하려면 나를 대신해 대지도자가 되어야 해."

"대지도자요? 제가 벌써 무슨 능력과 자격으로…?"

"최근 고드는 화성인들의 폭발적인 관심도 받았어. 큰 관심은 화성인들 사이에서 큰 지지로 이어지게 되어있어. 관행상 대지도자로 지지를 받은 것이나 다름없어. 그리고 아버지가 그 일을 지속적으로 총 지휘하기에는 이번 부상으로 솔직히 힘들고 많은 걸림돌이 되기도 하다."

슈카르는 잠시 감정을 추스르고 다시 말했다.

"우리 화성인들에게 있어 육체적 큰 부상은 심각한 후유증과 함께 수명에도 치명적인 노화가 촉진되어 업무수행에도 많은 지장을 줄 수밖에 없는 점은 너도 잘 알고 있을 거야."

이 대목까지 듣고만 있던 고드는 더 이상 아버지가 말을 하지 않도록 중단을 해야 하겠다고 생각했다.

"충분히 아버지의 뜻을 알겠습니다만 아직 아버지는 대지도자를 수행하기에 충분하다고 생각됩니다."

"이미 주변 원로 분들께는 상의를 하여 승낙을 얻어 놓은 상태고 다음 회의 때 내가 안건을 상정하려고 한다. 주요 지도자들도 고드가 하루빨리 그렇게 되기를 희망하고 있고 이미 그렇게 하라는 눈치도 있어."

"아버지는 훌륭한 화성의 대지도자 이십니다. 제게 앞으로 주어진 임무가 지구이주라면 그것은 아버지의 업적에서 출발한 것입니다. 아버지의 큰 업적과 전 화성인들의 희망이기도 한 지구이주를 제가 책임지기에는…"

"너의 심적 부담이 대단히 클 것으로 생각은 하지만 화성인들은 이미 너를 대지도자로 인정하고 있고 지구이주사업 또한 많은 부분을 네가 담당해왔어. 이런 상황에서 더 이상 미룰 수도 없으니 내 생각과 결정을 더는 사양을 하지 말거라."

고드는 더 이상 반론을 해봤자 무의미 하다는 것을 알았다.

"네, 그럼… 알겠습니다. 아버님의 명령으로 받들겠습니다. 지구이주사업 업무는 한 치의 오차도 없이 진행하도록 하겠습니다."

아버지와 아들의 깊은 신뢰의 감정이 교차되는 가운데 대화는 종료되고 두 사람간의 신뢰만큼이나 강한 포옹으로 마무리를 했다.

*　*　*

중앙행정센터.

대지도자 주제 회의의 회의장 안은 오늘따라 일찍부터 술렁대기 시작했다. 삼삼오오 모여 오늘 현안에 대한 각자의 의견을 진지하게 주고받고 있었다. 이미 결론이 난 사안을 뒤 담화하는 것 같은 분위기였다. 참석한 지도자 대부분 얼굴 표정들이 밝고 웃음이 넘쳤다.

슈카르와 고드 역시 평소보다 밝은 표정으로 회의장 안으로 들어섰다. 슈카르가 고드와 같이 등장하자 질서 정연하게 각자 자리에 재빨리 앉아 회의가 시작되기를 기다렸다. 마치 회의시작을 빨리 하자는 무언의 표시 같기도 했다. 헤파이스와 우라노스는 무척이나 평화로운 표정으로 이들 부자의 등장을 바라보고 있었다. 워낙 장내 분위기가 빠르게 정리되고 모두들 대지도자 슈카르의 입만 쳐다보고 있는 상태여서 슈카르는 자리에 앉지도 않은 채 말문을 열기 시작했다.

"반갑습니다. 에… 우선 지난번 회의에서 약속한대로 고드경을 오늘 회의에 참석케 하였습니다."

이에 고드는 잠시 일어나 좌중을 둘러보며 목례를 하고는 자리에 앉는다. 헤파이스는 고드가 앉자마자 곧바로 일어났다.

"고드경, 좀 늦었지만 오늘 공식적으로 우리 지도자들은 고드경에게 경의를 표시하고 싶습니다. 지금 이 모습을 보고 있는 전 화성인들도 그렇게 생각하고 있으며 오늘 우리가 고드경에게 전하는 인사를 같이 보고 싶어 하고 있을 겁니다. 돌발 사태에서 위험에 처한 인명을 자신의 위험을 감수하면서 용감히 구출한 것도 대단한 영웅적인 행위였음은 물론, 그날의 용기와 희생적인 경의 모습은 우리 화성인의 미래를 본 것이나 다름없었기 때문입니다. 다시 한 번 전체 화성인과 함께 고드경에게 깊은 경의를 표하는 바입니다."

헤파이스의 말이 끝나기 무섭게 회의장이 떠나갈 정도로 우뢰와 같은 박수가 이어지고 있었다. 슈카르와 슈트켄도 힘차게 박수를 보내고 있었으며 고돌라 역시 진지한 표정으로 힘껏 박수를 치고 있었다. 고돌라는 이쯤에서 대지도자 이양 건을 꺼내야 되겠다고 생각을 하고 슈카르를 향해 눈짓을 보내고 고돌라는 조용히 일어나 말문을 연다.

"여러분, 조금은 뜻밖일지도 모르겠으나 오늘 회의의 주제는 슈카르 대지도자의 사임과 고드경에 대한 대지도자 추인 건입니다."

고돌라는 장내 분위기가 고조 될까봐 잠시 행간의 틈을 주는데 지도자들은 아무도 동요하는 기색이 없이 오히려 말을 계속하라는 표정들을 보이고 있었다. 그리고 이 장면을 보고 있는 많은 화성인들의 실시간 시청률이 끝없이 치솟고 있었다.

"에… 이미 원로 지도자분들과 내부 조율은 마친 상태입니다. 아시다시피 슈카르 대지도자님께서는 우리의 영원한 생존을 위하여 그동안 화성인들에게 큰 희망을 심어 주었으며 최근에 직무 수행 중 예기치 않은 사고로 신체의 큰 손상을 입었습니다. 물론 향후 직무수행이 불가능한 것은 아니나 여러 가지로 적절한 사임 시점이라고 생각하셨습니다. 우리의 지상과제인 지구 이주계획에 관한 업무도 슈카르 대지도자에서 대부분 고드경의 직무관할로 넘어가고 있습니다. 이러한 중요한 시점에서 우리 화성인들은 고드경에게 전폭적인 지지와 성원이 필요합니다. 이의가 있으신 분계십니까?"

대부분의 정보를 공유하고 있는 대표자들은 긴 설명을 하지 않아도 충분히 공감을 하고 있었다. 고돌라 고문의 말에 전체 대표자들은 하나같이 박수로 응대했다. 역시 모니터에는 화성인들의 지지도 표시가 정점을 향해 치솟고 있었다.

"그럼 고드경에 대한 대지도자 추인을 결정하고 슈카르 대지도자님께서 이임사가 있겠습니다."

외형상으로 예전과 다르지 않은 모습의 슈카르는 엄중한 표정으로 일어났다.

"많은 지지에 감사드립니다. 앞서 고돌라 고문께서 말씀하신 바와 같이 곧 다가올 미래의 중대사안과 관련하여 조건이나 적절성 등이 저 보다 월등한 고드경이 적격이라고 생각되었습니다. 여러분들도 아시다시피 고드경은 앞으로의 직무수행에 있어 저와 우리 화성인들에게 없는 내 외적 능력을 갖추고 있습니다. 그리고 제 아들 고드는 저의 자식이기 때문에 직위 이양에 대해 어색하고 죄송스러운 마음도 있으나 충분히 이해하시리라 생각하고 있습니다. 또한 저의 부상은 향후 전체 화성인을 위한 중대한 직무수행에 적절하지 않다고 보았습니다. 저 역시 고드경의 직무에 저의 모든 역량을 보탤 생각입니다. 그동안 여러분들의 협조와 지지에 감사드립니다."

회의장안의 모든 지도자와 참석자들은 슈카르의 말이 끝나자 일제히 기립하고 박수를 보낸다. 모두들 착석을 하는데 고돌라는 다음 발언을 위하여 그대로 서있다. 모두가 제자리에 앉을 즈음 고돌라는 고드와 눈빛을 주고받고는 말을 잇는다.

"이제 공식적으로 대지도자의 직무를 이어 받은 고드경의 수락 말씀이 있겠습니다."

약간의 어색한 기분이 들기는 했으나 이미 작정한 터라 덤덤하게 수락 연설을 했다.

"감사하고 영광스럽습니다. 저는 우리 화성의 위대한 동족들, 훌륭한 모든 지도자님들, 그리고 원로고문님을 실망시키지 않도록 최선을 다 하겠습니다. 특히 저로 말미암아 야기된 지구인들이 우리 동족들의 생존에 아무런 걸림돌이 되지 않게 함은 물론, 오히려 먼 미래에 그들과 공존하며 하나의 세상을 이루어 더 탄탄하고 안전한 우리의 생존을 이어 나갈 수 있도록 저의 모든 역량을 쏟겠습니다. 그리고 지금보다는 가까운 미래의 상황이 조금 더 복잡 해 질 수도 있습니다. 따라서 앞으로 더 깊은 애정과 많은 지지를 가지고 저를 협조해 주실 것을 부탁드립니다. 감사합니다. 감사합니다."

고드는 두 번씩이나 반듯하게 인사를 하고는 엄숙한 표정으로 자리에 앉는다. 동시에 참석자들도 모두 일제히 기립하여 환호의 박수를 보내고 슈카르는 전력마스터를 고드에게 넘겨주며 미리 준비해둔 대지도자 제복을 고드에게 넘겨준다. 이로써 고드는 화성의 대지도자가 되는 형식적 절차를 완성하게 되었다. 대지도자가 된 고드에게 우연하게도 아버지 슈카르처럼 첫 업무 방문자가 된 아비누스는 도그리온족 관련 업무를 가지고 찾아왔다.

오늘은 버드리아족의 관리자인 뎅버드 박사는 불참하고 도그리온족의 특별 지원에 관한 협의를 위해서였다. 먼저 아비누스가 입을 열었다.

"먼저 대지도자 취임을 축하드립니다. 제가 대지도자님 면담 요청서에 자세히 언급을 했습니다만 도그리온족은 버드리아족과는 성향이 많이 달라서 굳이 형평성을 따지기도 그렇고… 그들이 화성에서의 생활과 비교하면 너무 많은 인내를 해야 하는 점도 그렇습니다. 비록 도그리온족이 좀 거칠기는 하지만 그것은 그들의 고유 성향으로 이해해야 할 듯 하구요. 수력발전시설의 일부 밖에 되지 않는 정도의 부품요구는 그들 기준으로는 아주 착한 요구가 아닌가 생각됩니다. 저도 그 정도의 요구는 들어 주었으면 하는 생각입니다만…"

"발전기부품은 그들의 기본 생활에만 이용이 되어 도움이 되는 것은 좋지만 전기가 생산되면 모든 문명 발전이 도약을 하게 됩니다. 지금까지 그들의 행적을 보면 그리 염려 할 것까지야 없지만 혹시 종족들의 거친 성향으로 이제 막 원시인에서 벗어난 주변의 지구인들이나 동물들에게 해코지를 하는 등으로 좋지 않은 일이 발생하지는 않을까 하는 우려를 전혀 배제 할 수는 없습니다."

"그것은 저도 아직 깊이 생각해 보지 않았습니다만 그런 경우를 경험하지 못해서요. 그리고 저희들이 계속 관리하고 그들을 지속적으로 지켜보면서 철저한 감시를 할 것이므로 크게 염려하지 않아도 될 것 같습니다."

"그렇군요. 아비누스박사님이 계시니까 믿음직합니다. 그런데 아주 골동품인 재래식 발전기가 우리 화성에 있습니까?"

"네. 전시장에 있는 것을 주고 새로 하나 만들어서 전시장에 놓지요. 규격이 맞지 않으면 제작해서 줘도 되고요. 금방 제작되니까요."

"그러면 제가 지구 종합연구단지 조성 현장으로 곧 가게 되는데 발전기를 가지고 같이 한 번 가볼까요? 박사님,"

"영광입니다. 대지도자님,"

"발전기가 준비되면 연락주시고 같이 가도록 하지요."

"준비해 놓고 연락드리겠습니다. 고드 대지도자님!"

아비누스는 기분이 날아 갈 듯 밝은 표정으로 대지도자 집무실을 나서지만 고드의 눈에는 천진난만하게 보이는 아비누스가 고드 자신의 기준에 약간은 허술하다고 생각되지만 크게 걱정하지 않기로 했다.

며칠 후 고드는 아비누스가 준비한 발전용 모터와 주변 부속품을 싣고 지구로 향했다. 고드는 발전용 모터의 규모가 왠지 생각보다는 용량이 클 것 같다는 느낌을 받지만 별로 개의치 않기로 했다. 종족들의 개체수에 비하여 용량이 좀 과하다는 생각인 것이었다. 그리고 이 일보다 지구 종합연구단지 조성사업에 모든 생각이 집중되어 두 종족들의 일엔 많은 생각을 할 수가 없었다.

* * *

지구에서는 엄청난 속도로 지구 원주민들이 증가하고 있고 체계적인 언어는 아직 존재하지 않지만 그들끼리 웬만한 의사소통이 이루어지고 있으며 신체의 중요부위를 가리고 나뭇잎이나 가죽으로 옷을 만들어 입기도 하였다. 또한 지적 생명체가 아니면 상상 할 수 없는 일정한 주거지 형태를 갖추고 불을 사용하며 생활도구나 사냥도구를 만들어 사용하는 단계로 발전하고 날이 갈수록 그 속도가 빨라지고 있었다. 이는 화성에서 지구로 간간히 이주한 개인 정착민의 영향도 없지는 않았다.

그 수가 많지는 않았지만 황폐한 화성보다 원시림이 울창한 지구를 동경하여 높은 문명생활을 버리고 자연으로 돌아온 화성인들이었다. 지구 원주민이 불을 알게 되고 의복 등 일부 기술은 이주 화성인이 가르쳐 준 것이었다.

고릴라 형의 혈족들은 신체적인 힘의 우위로 밀림지대에서 완전한 터전을 잡아 군림하고 있었으며 힘의 세력에서 밀려난 침팬지 형은 새로운 터전을 찾아 동북쪽으로 그리고 오랑우탄 형의 종족은 더 멀리 북쪽으로 번져가고 있었다.

역사적으로 인간의 첫 발원지에서 터전을 잡은 고릴라 형의 인간들은 주변에 먹잇감과 자원이 풍부해 힘이 세고 생존에 큰 불편이 없어 대체로 게으르고 두뇌의 회전이 느렸다.

하지만 멀리 밀려난 침팬지 형과 오랑우탄 형은 고릴라 형보다 생존에 열악한 기후나 환경요건 때문에 때로 치열한 생존의 사투를 벌여야 했지만 문명과 지능의 발달은 빨랐다. 특히 혹독한 추위는 삶의 발전에 가속이 붙을 수밖에 없었다.

고드는 생각보다 빠른 속도로 발달하는 지구인들 때문에 종합연구단지 조성을 앞당길 필요가 있었다. 화성인들 특유의 여유 있는 성향 때문에 완공을 앞당기려면 특단의 조치가 필요했다. 화성인들의 개념에 없는 독촉을 해야 할 상황이었다. 이런 저런 종합연구단지 완공에 생각이 많은 고드는 얼른 도그리온족에게 발전기를 넘겨주고 연구단지 건설 현장으로 가야 했다.

추장 세담의 집무실 앞 광장에 비행선을 착륙시키고 아비누스가 먼저 내려 추장 세담을 만나러 가는데 비행선이 착륙하는 모습을 미리 본 세담과 캐닌은 뛰어 나오면서 아비누스 일행을 맞이했다.

고드가 비행선에서 아비누스와 함께 내리자 세담은 넙죽 땅에 엎드려 절을 했다. 캐닌도 엉겁결에 세담을 따라 엎드리자 고드는 그들의 어깨를 두드리며 일어나라고 하였다. 세담은 앞 광장에 착륙한 비행선이 평소에 아비누스가 타고 다니는 것 보다 웅장하고 세련 되 보여 잔뜩 긴장하면서 아비누스에게 말한다.

"아이구, 오셨군요. 좋은 소식이라도 가지고 오셨는지요."

"기뻐하셔도 될 겁니다. 특별히 이번에 새로 취임하신 대지도자님과 같이 왔습니다."

"아… 그렇군요. 영광입니다. 대지도자님!"

"아. 네."

고드는 인사를 받는 둥 마는 둥하고 아비누스의 뒤를 따른다. 세담은 뛸 듯이 좋아하며 반가운 기색을 하는데 캐닌은 대지도자와 같이 왔다는 말에 뭔가 불안한 생각이 들었다. 고드는 아비누스의 안내를 받아 도그리온족의 추장인 세담의 집무실로 향하는데 세담과 캐닌은 그 뒤를 따르고 있었다. 집무실 테이블에 앉자 추장 세담은 자신과 참모인 캐닌을 대지도자 고드에게 소개를 하고 인사를 했다.

"감히 대지도자님을 뵙게 되어 영광입니다. 저는 도그리온족을 대표하는 추장 세담입니다. 그리고 이 사람은 저와 모든 일을 상의하는 비서관 캐닌 이라고 합니다. 이렇게 대지도자님께서 직접 왕림하실 줄은 몰랐습니다."

'이 사람이라니… 지가 무슨 사람이야?'

고드는 약간 어이없는 미소를 지으면서 인사를 건넨다.

"저는 고드라고 합니다. 최근에 화성에서 적절한 과정을 거쳐 대지도자의 직위를 이어 받았습니다. 저의 중요 직무는 지구와 깊은 관련이 있습니다. 그 중에 도그리온족의 일도 포함이 됩니다. 그래서 오늘 아비누스박사와 함께 오게 된 것입니다."

잠시 고드의 말이 끊어지자 세담은 재빨리 말을 잇는다.

"저희들에게는 영광입니다. 앞으로 저희들에게도 많은 관심을 가져주셨으면 합니다."

"가능한 그러겠습니다만 저의 직무가 화성인들의 운명이 걸린 일들이라 도그리온족에게 만족한 관심을 가져 줄 수 있을 런지 모르겠습니다."

이 때 캐닌이 추장 세담의 옆구리를 슬쩍 찌르면서 말을 거들었다.

"이렇게 찾아주신 것만도 영광인데 직무에 바쁘신 대지도자님을 귀찮게 하지 말아야지요. 저희들은 아비누스박사님의 작은 관심만 있으면 충분합니다. 저희들을 너무 심려하시지 않아도 됩니다요. 헤헤…"

캐닌은 대지도자가 화성인들과는 사뭇 다른 모습이긴 하지만 훨씬 무게가 있고 위엄이 있어 보이며 강력한 카리스마를 느끼고 있었다. 캐닌은 대지도자와 직접 대화를 하면서 나쁜 짓을 하다가는 큰 일 날

것만 같은 느낌을 받았다. 가능하면 자신들에 대하여 관심을 쓰지 않을수록 좋을 것만 같았다.

"발전기가 필요하다고 들었습니다. 대략 사용처는 들었습니다만…"

케닌은 잽싸게 고드의 말을 이어받았다.

"주로 가정용 전등과 기본적인 생활도구 사용에 이용할 생각입니다. 어차피 시간이 지나면 우리 손으로 제작 할 것이지만 조금 일찍 사용하자는 취지입니다."

아비누스가 다시 한 번 주의를 준다.

"우리 고드 대지도자님께서는 혹시라도 주변에 지구인들이나 다른 생명체들에게 지장을 주는 도구의 개발을 염려하십니다."

세담과 케닌은 아비누스의 말에 급소를 찔린 듯 움찔했다.

"그럴 리가 있겠습니까. 아비누스박사님께서 관심을 가지고 있는 한 우리가 무엇을 마음대로 하겠습니까.

그렇지 않아도 중요한 직무 때문에 바쁘신데 대지도자님께서는 신경 쓰지 않으셔도 될 것 같습니다."

고드는 이들의 말을 깊게 생각을 하지 못하고 건성건성 들으며 마음이 다른데 가있는 듯 했다.

"네, 그렇게 알고 오늘은 돌아가겠습니다."

"주신 장비는 잘 쓰겠습니다. 감사합니다. 대지도자님,"

이렇게 도그리온족과의 미팅을 마친 고드와 아비누스는 발전용 모터와 기타 부속들을 내려주고 종합연구단지 조성 현장으로 향했다. 세담과 케닌은 고드와 아비누스를 배웅하고 장비들을 둘러보고는 집무실로 들어와 회의 테이블에 앉았다.

"이렇게 화성의 대지도자가 직접 우리가 원했던 발전용 부속들을 들고 올 줄이야 어떻게 알았겠어. 그 참, 잘됐네."

"그러게 말입니다. 아비누스박사님이 대단한가 보네요."

"아무튼 당신이 뜻한바 대로 되었으니 담당자들과 협의하여 언능 진행해 보세요. 인력동원은 내가 특별히 지원하겠소."

"제가 볼 때 대지도자의 눈빛이 보통이 아니던데 더 이상 우리에게 관심이 없었으면 합니다만 혹시 다음에 아비누스박사가 오면 대지도자가 우리에게 관심가질 만한 말씀은 하지 말아주세요. 발전기만 있으면 더 이상 특별히 부탁 할 것도 이젠 없지 않습니까."

"그러지. 역시 우리 최고의 참모 캐닌이 아니었다면 누가 이런 결과를 가져오겠는가. 하하하."

화성인들의 대지도자 고드를 실은 비행선은 최고의 연구단지인 아틀라스를 향해 날고 있었다. 고드는 문득 생각나는 게 있어 조용히 아비누스를 부른다.

"아비누스박사."

"네, 대지도자님."

"내가 큰 실수를 한 것 같아요. 지금 지구 종합연구단지 조성과 우리의 미래에 대하여 필히 고려해야할 사항이 있습니다."

"우리의 미래요?"

"네, 지구인과의 관계인데요. 우리가 지구에 이주하면 영원히 지상에 머물지 않습니다. 지상에서 잠시 머물다 지하기지를 구축하고 영구 정착할 것입니다. 지구의 지상에 가능한 우리의 흔적, 즉 문명의 흔적을 남기지 말아야 할 이유가 있습니다. 그래서 지금 건설하고 있는 지구 종합연구단지도 최대한 자연 친화적으로 조성하고 있고 단지는 때가 되면 수몰되는 지역이지요.

오늘 도그리온족에게 발전설비를 준 것은 저의 실수 같습니다. 지상에 문명의 흔적이 남게 되는 것은 제가 바라는 바가 아닙니다."

고드의 말에 아비누스는 무슨 말인지 금방 알아챌 수 있었다.

"대지도자님의 구상을 대략 알고는 있었지만 저도 미처 그 생각을 못한 것 같습니다. 발전기를 회수 할까요? 대지도자님."

"그래야 될 것 같습니다. 그러면 저들이 매우 실망을 하게 되고 약간의 혼란도 생기겠지요. 전과 마찬가지로 간단하게 저용량의 무선 전력을 공급하는 것이 어떻습니까. 더 좋아할 것 같지 않습니까? 그리고 전력수신 설비는 차후 수거해야 하구요."

"그럼요. 그렇게 하겠습니다. 오히려 통제도 가능하고 필요하면 공급을 중단 할 수도 있고요. 그렇게 되면 흔적도 미미해서 후일 우리가 정리하면 될 것입니다."

"그렇게 하면 이 전력을 사용하여 결국 자체 문명설비를 제작하게 될 텐데 그 문제까지 박사님께서 가능한 빨리 정리해 주세요. 그리고 그들도 우리 미래계획에 영향이 미치지 않도록 세심히 관리해 주시구요."

"네, 무슨 말씀인지 이해했습니다. 발전기는 빠른 시일 내에 조치하겠습니다."

아비누스는 핫라인으로 세담에게 먼저 알려 주었다. 이에 세담과 캐닌은 골치 아픈 공사까지 필요 없게 되어 뛸 듯이 좋아하였다.

Chapter 18

마지막 지하시대

　지구에서 진행되고 있는 지구 종합연구단지 조성은 그들의 반영구적인 삶만큼이나 많은 시간을 흘려보내며 진척되고 있었다. 아틀라스에 도착한 고드는 건설 현장책임자이자 연구소 부소장이 될 메시 팀장을 만났다. 메시는 슈카르가 아끼는 인류학자 후배 연구원으로 보수적 감수성이 풍부하여 고드의 코드에는 딱 맞는 후배 화성인이었다.

　"대단히 수고가 많네. 메시 박사,"

　얼마 전까지 일반 화성인으로 자신과 토론하던 고드가 대지도자가 되 나타나자 메시는 반갑기도 하지만 한편으로 부담스럽기도 했다.

　"축하드립니다. 고드 대지도자님,"

　"공사 진행에는 문제가 없었나?"

　"정해진 일정에는 큰 문제가 없는 것 같습니다만 지금 지구인들의 진화가 생각보다 빠르게 진행되고 있는 것 같습니다. 좀 더 일정을 당겨야 할 것 같기도 합니다."

메시도 지구인에 대하여 많은 관찰을 하고 있는 듯 했다.

"그래서 오늘 논의해야 할 것들이 있어. 현장에 노동 로봇을 더 확충해야 할 것 같고 현재 참여 중인 감독 요원들에게도 독려를 좀 해야 되겠어."

"로봇 보충은 그렇다 치고 감독들에게 독려한다고 되겠습니까?"

"알고 있지만 내가 한번 나서볼까 해."

"화성인들의 사고가 변하지 않는 한 쉽지는 않을 것 같은데요."

"그래도 해 볼 작정이야. 이제 우리 화성인들도 여러모로 변화가 필요하고 그 변화를 받아들이도록 지도할 생각이야. 그렇지 않으면 다가올 미래에 대비 할 수 없어."

"하기야 다른 일도 아니고 자신들의 생존을 위한 일인데 대지도자님의 지휘에 따를 수도 있을 것 같네요."

"그렇지. 나는 우리 현명한 화성인들에게 합리적으로 협조를 구해 볼 생각이야. 나쁜 뜻이 아니라면 그렇게 되리라 확신해."

"역시 미래의 대지도자님이십니다. 저도 대지도자님의 뜻에 적극 동참하겠습니다."

"고마워. 메시 박사."

"대지도자님, 현장으로 가셔야죠?"

메시는 밝아진 고드의 표정을 확인하고 현장으로 안내했다. 현장을 둘러보던 고드는 자신의 구상대로 완성되어 가는 종합연구단지의 모습을 보고 메시에게 말을 걸었다.

"어떤 화성의 훌륭한 건축물보다 멋있어 보여. 완공되면 아마도 환상적인 모습일거야."

"그리고 우리가 지구의 지하기지로 정착 할 때쯤이면 이곳은 해저로 가라앉기 시작하겠지요."

"아마 세월이 지나면 지구인들이 이런 곳이 있었다는 것쯤은 알게 될 수도 있어. 워낙 별난 곳이라 지구인들의 뇌리에 각인되어 대대로 전설처럼 전해질것이거든."

"과연 미래의 지구인들이 이런 전설 미스터리를 풀게 될까요?"

"많은 추정은 하겠지만 쉽게 풀지는 못하겠지."

그 때 현장 저만치에서 고드 일행을 훔쳐보던 지구인들이 있었다. 이곳은 지구 원주민들이 거의 살지 않은 곳인데 아마도 여기까지 사냥감을 따라 온 것 같았다. 그리 멀지 않은 거리여서 순간적으로 고드와 메시는 그들의 눈과 마주치고 무리들을 정확히 볼 수가 있었다. 고드가 예전에 같이 생활했던 짐승에 가까웠던 지구인의 모습은 말끔히 사라지고 아직 세련 되 보이지는 않았지만 완전한 인간의 모습을 하고 있었다. 고드는 좀 더 자세히 그들의 모습을 보려고 하였지만 메시가 흔들어 대는 감마봉의 불빛을 보고 손살 같이 숲속으로 사라져 버렸다.

"저들은 종종 우리와 마주 칩니다. 그러나 직접 서로 마주 대하는 일은 없습니다. 감마봉 불빛만 봐도 기겁을 하고 도망치거든요."

"저들은 나의 후손이자 화성인의 후손들이야. 같이 살 수 없는 것이 늘 가슴 아프고 안타깝지. 언젠가는 소통하면서 공존하고 사는 날이 올 거야."

지구 종합연구단지 시찰을 마친 고드는 메시 팀장의 위로와 공감이 한결 가벼운 마음으로 화성 귀환 길에 오르게 했다. 오늘 단지 근처에서 본 인간들이 뇌리에서 사라지지 않고 고드의 머리에서 맴돌고 있었다. 그들은 한편으로 대견스럽기도 하고 또 한편으로는 어떤 부담감 같은 것이 엄습해 오는 것을 느꼈다.

'저들은 우리를 누구로 알고 있으며 자신들이 어디서 시작된 것인지를 알기나 할까? 영원한 숙제로 남을까? 미래에 우리와는 어떻게 관계가 풀릴까?'

비록 고드 자신의 후손이지만 먼 훗날에 엄청난 문명의 차이는 어떻게 극복하고 생각이 다른 사람들끼리 서로 불편 없이 소통과 공존이 가능할지 많은 생각이 머릿속을 휘감았다.

'이주 후 나와 화성인들은 저들을 보호하고 도우려 하지만 자칫 준비 안 된 우리의 존재를 알게 된다면 서로 엄청난 재앙이 될 수도 있고 대혼란이 올 수도 있겠지…'

지구인들과 안전하고 평화롭게 소통하고 공존하는 그 날까지 우리의 존재를 감추고 살려면 서로 약간의 희생이 불가피하고 필요한 모든 수단을 동원하여 관리해 나가야 할 것이라고 머릿속을 정리하고 있었다. 고드는 이러한 생각들을 돌아오는 지도자회의에서 다시 한 번 정리해 각인시켜줄 필요가 있다고 생각했다.

* * *

화성으로 귀환한 고드는 우선 아버지 슈카르의 의견을 들어 보기로 하고 마주 앉았다.

"아버지, 지금 화성인들은 미래의 안전한 생존을 위하여 지구이주라는 고정관념에만 젖어있습니다. 그것으로 미래에 닥쳐올 상황에 모두 대비 할 수는 없는 것입니다. 화성인들의 일부 사고의 변화가 필요한 시점 인 것 같습니다. 지구이주 전과 후, 그리고 미래의 구상을 소상하게 담은 마스터플랜을 마련하고 우리 화성인들에게 주지시켜야 한다고 생각합니다. 그래야만 화성인들의 변화를 이끌어 낼 수 있을 것입니다. 이번 지구시찰에서 지구인들의 빠른 진화와 변화를 보고 왔습니다. 당장 종합연구단지 완공을 앞당겨야 하는데 그러려면 우리 화성인들의 사고나 관념을 일부 수정해야 할 것으로 결론지었습니다."

"나도 늘 그렇게 생각하고 있었네. 어쩌면 나보다 고드의 호소가 화성인들에게 공감을 줄 수도 있을 것 같아서 나도 자네가 말해주길 기다리고 있었지."

"그러셨군요. 역시 아버지는 든든한 저의 후견인입니다. 고맙습니다. 아버지"

"좀 있다가 고드의 구상대로 시뮬레이션을 한번 해봐. 그 결과를 가지고 지도자회의에서 발표를 하면 더 좋을 것 같아. 아마 결과도 내가 생각하는 것과 거의 같을 거야."

"알겠습니다."

고드는 미래의 지구에서 지구인들과 공존하는 날까지 각종 자료를 취합하여 시뮬레이션을 해보았다. 고드는 오늘 정기회의에서 시뮬레이션 결과를 바탕으로 지구인들과의 통합과정까지를 지도자들에게 설명하고 협조를 구할 생각이었다. 지도자들은 고드가 대지도자가 된 이후로 회의 때마다 신선한 안건과 주제로 즐거움을 주어 오늘도 그런 기대를 하며 호기심에 가득한 표정들과 여느 때처럼 평화롭고 여유로운 모습으로 회의장을 들어서고 있었다. 고드가 발언하기 위하여 일어서고 모든 지도자들은 대지도자의 얼굴을 뚫어지게 바라보고 있었다.

"지금 지구에는 유사시 우리 화성인들이 지구로 이주하여 안전하게 생존 할 수 있도록 사전연구를 위한 지구 종합연구단지 건설이 한창 진행 중에 있습니다. 그러나 급변하는 지구 상황에 대처해야 할 일들이 많아지고 있습니다. 특히 지구인간들이 생각보다 급속하게 늘어나고 문명발전 등 진화가 빨리 이루어지고 있습니다. 신속히 대처하지 않으면 우리 미래에 큰 문제가 발생할 수도 있다고 생각됩니다. 우선 종합연구단지 조성이 빨리 완료되어야 합니다. 그러려면 현장건설 감독 요원의 일부 증원과 공사일정을 앞당길 수 있도록 요원들의 사고가 변화되어야 합니다. 더불어 지구이주와 관련하여 많은 상황이 변화되는데 대한 우리 화성인들의 전반적인 사고의 전환도 요구되고 있습니다. 우리 화성인들은 미래의 어느 날 안전하게 지구에 정착하고 영원한 생존을 위한 지구인들과의 공존까지 구체적으로 계획되어야 한다고 생각합니다. 그렇게 함으로써 모든 진행상황을 쉽게 이해할 수 있을 것 입니다. 구체적인 내용은 이미 정보자료에 올려놓아 오늘은 간략하게 요점만 말씀드리겠습니다."

벤지박사가 오랜만에 의견을 말했다.

"대지도자님, 가능하면 자료로 설명할 수 없는 부분에 대하여 좀 더 구체적으로 말씀해 주면 좋을 것 같습니다."

"네, 최선을 다해 말씀드리겠습니다. 모니터에 나타나는 것은 제가 실시한 시뮬레이션을 바탕으로 출력된 것이므로 참고바랍니다.

우리가 지구 종합연구 단지를 완공할 무렵이면 지구인간들은 주로 큰 강이 흐르는 주변으로 자신들의 영역을 건설하고 영역별 문명이 발달하게 되면서 저들만의 새로운 문명이 시작 될 것입니다."

벤지박사가 또다시 물었다.

"아니 어떻게 그렇게 구체적으로 말씀하실 수 있는 가요?"

"네, 유인원 영장류가 지적 생명체로 진화하고 문명사회로 진행하는 과정은 이미 우리 역사가들과 전문가들이 많은 연구로 밝혀놓은 사실들입니다. 지구의 경우도 동일할 것이라는 전문가님들의 견해를 확인 하였습니다. 저도 그럴 것이라고 생각하구요"

벤지박사는 질문 후 앉지도 않고 서 있다가 이해를 한 듯 말을 하면서 앉았다.

"아… 그렇군요."

"또 그들은 과거 우리의 역사대로 점점 자신들이 만든 신에 의지하며 살아가게 됩니다. 주로 해와 달 그리고 바람이나 비 등 자연적인 것들이 그 초기 대상이지요. 지금 우리는 미래의 어느 날 화성을 탈출하여 지구로 이주하는 계획을 세워놓고 있습니다. 지구의 최종 정착지인 지구의 지하기지로 안착하기 전 지상에서 어떤 방법으로든 지상의 지구인들과 잠시 공존해야 하는데 아시다시피 여러 가지 이유로 어려움이 많습니다. 그리고 그들의 미래 후손에 의하여 우리의 실체가 드러나면 안 된다는 것입니다. 그러려면 일정기간 지상거주 시 지구인들을 부득이 하게 기망할 수밖에 없는데요. 즉, 문명격차를 이용하여 잠시 신처럼 위장하고 군림하다가 지하로 떠나는 것입니다. 그리고 더 먼 미래의 지구인과 공존하려면 긴 인내를 가지고 진행해야 하는 일들이 많습니다."

"결국 앞으로 우리가 해야 할 일들이라는 말씀이시죠?"

지구이주에 대해 가장 우호적인 헤파이스박사가 고드의 말을 거들다시피 질문 아닌 질문을 했다. 고드는 이에 즉시 답변을 한다.

"우리 화성에서의 번영은 이제 한계에 도달하고 있습니다. 우리의 최대과제는 생존 아닙니까. 생존이 안 되면 낙원인들 무슨 소용이 있겠습니까. 앞서 말씀드린바와 같이 우리 화성인들은 미래의 많은 변화에 능동적으로 적응해야 할 필요가 있습니다. 이처럼 변화되는 미래에 우리의 생각도 같이 변화해야 생존을 유지할 수 있다는 것입니다."

"그러니까 지금 우리는 기존 관념과 생각들을 많이 바꾸어야 된다는 말씀이지요?"

"맞습니다. 지금까지의 고정 관념에서 벗어나 상황 변화에 따른 합리적인 의식의 변화를 해 주신다면 우리가 영원히 생존하는 데 큰 문제가 없을 것입니다."

고드는 화성인들의 지능수준으로는 충분한 이해가 되리라 판단하고 말을 맺는다. 박수가 터져 나오고 모든 참석자들의 표정에는 굳은 결기 같은 것이 보였다. 이때 슈카르가 일어서며 좌중을 향하여 두 손을 앞으로 펼치고 잠시 장내를 정리하는 듯한 제스처를 취했다.

"고드 대지도자님의 시뮬레이션은 제가 실시한 것과도 거의 일치를 하고 있습니다. 우리가 역사의 저력을 다시 한 번 살리고 좀 더 화합 단결하면 종족의 영원한 생존을 보장받게 됩니다. 그러기 위하여 지금 우리 앞에 놓인 많은 과제를 완성하기에는 시간이 그리 넉넉하지 않습니다. 예상 중인 거대 혜성의 화성충돌은 정확한 최종 진로를 장담할 수 없습니다만 두 가지 미래를 예상해야 합니다. 화성이라는 우리의 터전을 쉽게 버리는 것도 그렇고 아시다시피 지구 이주도 만만치는 않습니다. 이 시점에서 모든 경우를 예상하고 철저한 대비를 하지 않을 수 없습니다. 그러나 예상되는 혜성충돌이 진로변경 등으로 충돌하지 않을 경우 화성은 오래 동안 안전할겁니다. 그러한 경우에 대비하여 현재 전 화성의 지하화 공사가 병행되고 있으며 만일 예상대로 충돌이 현실화 될 경우 우리는 충돌이전에 화성을 떠나 지구로 가야 합니다. 이 두 가지를 완전하게 대비하려면 예전에 없던 의식의 변화에 따른 노력과 수고를 해야 할 것입니다. 의식의 변화를 희망하는 대지도자에게 많은 지지와 성원을 부탁드리는바 입니다."

또다시 장내는 지지와 화답의 박수가 터져 나왔다. 고돌라와 슈트켄, 그리고 헤파이스와 우라노스가 먼저 일어나 박수를 보내자 모든 참석자들이 차례로 일어나 박수를 치고 있는 것이었다. 잠시 후 모두들 자리에 앉고 고돌라만 서있었다.

"저는 화성의 마지막 전쟁이라는 대 파괴 후 1세대로 고난의 역사를 물리치고 화합의 역사를 만들었습니다. 그 결과 우리는 이제 더 이상 바랄 것이 없을 정도로 많은 것을 누리며 살고 있습니다. 변화를 위하여 습관화된 의식을 갑자기 바꾼다는 것은 쉽지가 않습니다. 그러나 주변의 변화는 우리에게 언제든지 찾아 올 수 있는 것입니다. 우리의 의식 속에는 습관화되기 전의 사고가 잠재되어 있습니다. 조금만 노력하면 큰 불편 없이 적응할 수 있을 것입니다. 우선 우리가 풀어야 할 과제는 이 모든 생존계획들을 대비한 준비 작업들입니다. 준비 작업들은 많고 시간은 촉박 합니다. 능력이 아무리 많아도 제 시간에 문제를 풀지 못하면 안 됩니다. 추가 요원이 필요합니다만 자원만으로는 부족하여 선발하는 방식으로 변화를 주고자 합니다. 선발된 요원은 당연히 필요한 부분에 따라 인센티브를 주어야 하구요. 이러한 부분에 대하여 우리 모두 지지하고 협조하여야 합니다."

　모니터에 나타난 대지도자 고드에 대한 화성인들의 지지도는 예전과 변함이 없었다. 이로써 고드는 더욱 의지를 굳게 다지게 되었고 모든 분야에서 진행이 원활하게 진척되고 가속화 되어 전 화성의 지하기지화는 빠른 속도로 진척되었고 지상의 거주지나 시설들은 거의 사라져 갔다. 또 계획된 종합연구단지 건설은 넘치는 자원 요원들의 의욕 상승과 함께 진행속도에 불이 붙어 예전에 비해 무서운 속도로 완공을 눈앞에 두고 있었다.

Chapter 19

엉뚱한 야심

아비누스박사는 자신이 연구하는 도그리온족이 버드리아족에 비하여 그리 온순하고 착하지는 않지만 언젠가 멸종이 기정사실화 되어있는 연구결과에 늘 측은해 하고 아쉬워하고 있었다. 새로운 대지도자의 지시에 따라 무선전력을 도그리온족에게 공급해 줄 생각을 하면 괜히 즐거워지기도 했다. 아비누스는 빨리 이 사실을 세담에게 알리고 발전기를 회수하기 위하여 일정을 앞당겼다. 그리고 전력 송신을 위한 기본 설비 및 약간의 조명기구 등 물품을 가져가기 위해서 일정한 절차를 밟았다.

현재 도그리온족의 개체수에 맞추어 적당한 전력규모를 선택하고 후일 그 흔적들을 없애기에 편리하도록 구상했다. 한편 도그리온족은 화성에서 가지고온 발전기를 돌리기 위하여 강둑을 쌓고 통나무를 잘라 터빈 날개를 만드는 작업들이 한창이었다. 그들은 화성을 떠나 올 때 부피가 크지 않은 쓸 만 한 도구나 작은 부속 장비들을 몰래 숨겨 가지고 왔었다. 그러나 배터리나 엔진, 발전기 등 에너지를 만드는 장치는 철저하게 회수 당했다.

일정을 잡아 세담과 캐닌은 수력발전소 건설 현장을 시찰하는 중이었다. 캐닌은 전기전공인 엘릭스에게 공사독려를 하고 있었다.

"엘릭스, 공사 진척이 왜 이리 더디냐. 발전소가 빨리 완공되어야 한단 말이야!"

캐닌은 이마에 흐르는 땀을 닦으며 신경질적인 표정으로 고래고래 고함을 질렀다.

"너무 더워 속도가 나질 않습니다. 그리고 장비도 너무 열악하고요. 하루에도 몇 명씩 쓰러지고 있습니다. 이러다가는 완공도 못하고 끝날 수도 있습니다."

"더 이상 인력보충이 어려우니 현재 인원들로 쉬어가면서 하되 최대한 열심히 해주세요."

세담은 눈으로 보기에도 작업자들이 고통스러워 보였다. 거대한 통나무를 절단하는 것도 조그만 가정용 톱들을 사용하고 있었다. 하나같이 더위에 지쳐 구슬땀을 비 오듯이 흘리고 있었고 서로 눈치를 보며 작업하고 있는 것이었다. 그 때 세담과 캐닌은 집무실 상공에서 아비누스가 타고 다니는 비행선이 내려앉는 것을 목격했다.

"캐닌, 아비누스가 온 것 같아. 벌써 올 때가 아닌데?"

"글쎄요. 빨리 가보시지요. 불길한 예감도 듭니다."

집무실 앞 광장에 도착한 세담과 캐닌은 밝은 표정을 지으며 비행선에서 내려오는 아비누스를 보고 두 사람은 서로 마주보고 궁금해 하면서 아비누스에게로 다가간다.

"박사님, 어쩐 일로…?"

불안해하는 세담과 캐닌을 보면서 아비누스는 더욱 밝은 표정과 함께 웃어 보이기까지 했다. 이에 더욱 궁금해진 캐닌이 아비누스를 향해 불쑥 말을 꺼냈다.

"다녀가신지 얼마 되지 않으셨는데 무슨 잘못된 일이라도 있으신 지요?"

"잘못되긴요. 더 좋은 소식을 가지고 왔습니다."

"우리는 더 바라는 게 없는데요."

"발전소 건설은 하지 않아도 될 것 같습니다. 그리고…"

세담과 케닌은 아비누스의 말이 끝나기도 전에 몸이 굳어 버릴 것만 같았다. 모든 계획이 수포로 돌아 갈 것만 같은 생각이 들었기 때문이었다. 캐닌은 부들부들 떨기까지 했다.

"박사니~임…"

세담은 무슨 말을 해야 할지 몰랐다. 어두운 표정으로 난감해하는 세담과 캐닌을 보며 아비누스는 다시 한 번 크게 웃으면서 말했다.

"하하. 발전기 뺏어 갈까봐 그러세요?"

"???"

"그렇습니다. 발전기는 회수하고 예전과 같이 무선 전력을 공급할 겁니다. 이것은 대지도자님의 특별 지시입니다."

세담과 캐닌은 갑자기 꿈을 꾸는 것처럼 몽롱해지는 것을 느끼고 있었다. 캐닌은 자신의 허벅지를 꼬집어보기도 했다.

"힘은 들지만 우리 손으로 할 수 있는데 대지도자님께서 우리를 너무 예쁘게 보신 것 아닌지…? 다른 특별한 이유라도 있으신지요?"

"뭐. 특별한 이유는 없습니다. 도그리온족이 큰 고생을 할까봐 그런 것 같습니다. 그리고 기본적인 주변 장비와 기구들도 가지고 왔습니다. 전기를 사용하는데 필요한 장비와 도구들입니다. 다만 규모는 크지 않습니다. 도그리온족이 기본적으로 사용할 정도의 용량과 용품들입니다."

세담과 캐닌은 황홀할 정도로 기분이 좋았고 생각지도 못했던 도구와 용품들까지 웬 횡재냐 싶었다. 다만 전력 규모가 조금은 아쉬웠다. 그러나 제공된 전력을 이용하여 얼마든지 바라는 규모를 확장할 수 있다고 생각하니 아무것도 아니었다.

"대지도자님께서 지원해 드리는 전력 한도 내에서 사용하고 무리한 확장이나 엉뚱한 계획은 하지 않기를 바라십니다. 나 역시 그러길 바랍니다. 제가 여러분을 담당하고 있는 한 그럴 일이야 없겠지만 말입니다."

세담과 캐닌은 내심 움찔하고 있었다. 마치 자신들의 계획을 미리 알고 말하는 것처럼 보였기 때문이었다.

"그럴 리가 있겠습니까. 아무튼 큰 공사를 덜게 해주셔서 너무 감사합니다."

"발전기는 회수 해 가겠습니다. 그리고 공사 중인 구조물들은 원래대로 복구하여 주시기 바랍니다. 이는 대지도자님의 지시사항입니다."

세담은 굳이 작업해 놓은 구조물을 복구해 놓으라는 대지도자의 지시가 갈수록 아리송해 보였다. 도그리온족의 고생을 생각해서 무선전력까지 지원하는 마당에 고생해서 복구하라는 지시는 왜하는지 의문의 꼬리를 물고 있었지만 내색을 할 수도 없는 처지였다.

"네, 그렇게 하도록 하겠습니다."

"무선전력의 설비 사용은 알아서 잘 하시겠지요?"

"당연하죠. 소규모 용량이라 큰 공사도 필요 없지 않습니까. 혹시 앞으로 꼭 필요한 것이 있으면 더 부탁해도 되는지요?"

"지금 대지도자님께서는 정이 많으십니다. 합리적인 부탁은 웬만하면 들어 주실 것입니다."

아비누스는 뿌듯한 마음으로 세담과 작별하고 이만하면 한 동안은 별일이 없을 것이라 생각하고 화성으로 향했다. 아비누스를 배웅하고 난 세담과 캐넌은 흥분을 감추지 못하고 자리에 앉았다. 먼저 흥분된 기분으로 캐넌이 말문을 열었다.

"어쩌면 이렇게 일이 잘 풀리는 걸까요. 추장님."

그러나 추장 세담은 이전 대지도자의 말과 눈빛이 마음에 걸렸다.

"전기는 잘 풀렸는데 대지도자가 마음에 걸려. 우리 계획을 눈치라도 챈 것처럼 보여서 말이야. 그리고 아비누스도 감시를 많이 할 것 같지 않아?"

캐넌은 추장의 마음이 흔들릴까봐 재빨리 설득을 했다.

"이제 아비누스박사는 특별한 일이 없는 한 자주 오지 않을 것입니다. 그리고 올 때마다 자꾸 부탁을 해서 귀찮게 하면 자주 오겠습니까. 그 일은 제게 맡겨두십시오. 괜한 걱정은 접어두고 이제부터 우리 계획에 박차를 가해야지요. 각종 설계도를 몰래 들여온 보람이 이제야 실감이 나네요."

* * *

Chapter 20

신의 연인

 고드는 지구 종합연구단지가 거의 완공되고 각 분과별 연구소마다 변경된 임무를 부여하였으며 분야에 맞게 인력을 배치하였다. 화성인들이 적극적으로 협조해 준 의식의 변화로 직무수행에 원활함은 물론, 일대 개혁이 되었다. 지원자 모집에도 각 분야에서 자진해서 인력이 넘쳐나고 비록 구습과 구태에 젖어 있는 부분이라도 지도부의 합리적인 사고라는 협조요청에 순응하게 되었다.
 고드는 지구 종합연구센터인 아틀라스 연구소 팀장에 특별히 메시 박사를 선정하였다. 이곳에 배치된 연구원들은 대체로 보수적인 성향을 지닌 사람들로 아직 인간적인 감성이 많은 화성인들이서인지 얼굴 모습도 주류 외모에 비해 크게 진화되지 않은 모습들이었다. 이들 대부분은 먼저 본인들의 희망과 고드의 추천으로 구성되었다.
 아틀라스 연구센터에서는 지구인들의 발달과정과 모든 생활을 정밀하게 연구하기 위하여 현장 밀착조사를 하고 있으며 전 화성인이나 지도자들도 이 조직의 연구에 특별하게 큰 관심을 가지고 있고 고드 역시 큰 애착을 가지고 때로는 실무까지 직접 관여하고 있었다.

메시는 지구인과의 밀착취재를 위하여 연구센터를 나서고 있었다. 지구인에게 이방인처럼 보이지 않게 하려고 항상 옷차림은 최대한 원주민들의 모습대로 변장하지만 지구 원주민과는 뭔가 확연히 다르게 보였다. 손에는 나무 막대처럼 위장한 감마봉을 호신용으로 가지고 다녔다. 메시는 팀원들과 일정기간을 두고 지구인들의 동태를 살피며 상황을 기록하고 있었다. 메시는 특정 인간무리가 살고 있는 곳을 오늘은 혼자서 몰래 조사하기 위해 출발했다. 그곳에는 마치 지구인 같지 않은 여성이 한명 있었는데 메시는 어쩐지 그녀에게 끌리고 있었다. 멀지 감치에서 그녀를 보고 있던 메시는 좀 더 자세히 볼 수 있는 일정한 거리로 다가 갔다. 그녀는 동족 무리들과 조금 떨어져 연구소 쪽으로 가까이 와 있었다. 순간 메시는 그녀와 눈길이 마주치고 말았다. 메시는 그녀의 모습을 정확히 볼 수 있었다.

비록 원시인에서 막 벗어난 옷차림 이었지만 그녀의 얼굴은 뽀얗고 메시가 보기에 정말 매력적인 모습이었다. 같은 화성인들 사이에서 느낄 수 없는 그 무언가가 느껴졌다. 메시는 그녀의 모습을 소리 없이 여러 장 사진을 찍었다. 그녀는 자신을 촬영하는 메시를 피하지 않고 신기한 듯이 쳐다보기만 하고 있는 것이었다. 그녀도 메시가 싫지 않은 듯이 보였다.

메시는 화성인 중에서도 진화가 많이 되지 않아 생김새가 지구인들과 가까웠다. 메시는 손짓으로 그녀를 더 가까이 오라고 하자 그녀는 살금살금 다가오다 메시의 공격이 닿지 않을 만한 곳에 멈추었다. 메시는 자신을 가리키며 "메시" "메시"라고 하지만 그녀가 알아들었는지는 모를 일이었다. 그리고 메시는 자신과 그녀를 번갈아 가리키면서 이름을 알려고 하지만 희망대로 되지 않았다. 메시는 지금 지구인들이 언어와 문자가 아직 발달되지 않았음을 알고 있었다. 메시는 순간적으로 엘리자벳이라는 이름이 생각났다. 그녀를 향하여 손가락으로 가리키며 "엘리자벳!" "엘리자벳!"이라고 번복하여 불러주었다. 그리고 손가락으로 자신을 가리키며 "메시"라고 하고 그녀를 가리키며 "엘리자벳"이라고 몇 번을 하자 그녀는 자신의 손가락으로 자신을 가리키며 "엘…" 그리고 메시를 가리키며 "메시"라고 분명하게 말했다.

그 때 동족의 여성이 그녀에게로 다가오는 것을 메시가 먼저 발견하고 메시는 얼른 바위 뒤로 숨어버렸다. 동족인 여성은 그녀에게 자신들의 언어일지도 모르는 이상한 소리를 내며 그녀를 데리고 돌아갔다. 메시는 방금 있었던 모든 내용을 녹화하여 기록했다.

"지구인의 나이는 약 18세로 추정되고 성별은 여성으로 신장은 160센티 전후로 체중은 50kg정도로 보인다. 완벽한 신체구조와 밝고 맑은 눈과 하얀 피부상태를 보이고 있으며 특히 눈이 큰 편으로 코가 오똑하고 입술은 붉은 색으로 도톰한 편, 얼굴크기는 거의 화성인들과 비슷함. 앞으로 계속 취재할 이여성의 이름을 엘리자벳이라고 명명함. 본인에게도 계속하여 이름을 주입시켜 볼 것임. 체계화된 언어는 없어 보이나 동족간의 소통에 자신들만의 간단한 언어가 있어 보임.

가족구성이 되어 있을 것으로 보이며 가족 간 위계질서도 어느 정도 있어 보임. 가족단위로 집단생활을 하는 것으로 보임. 일정기간 이 무리들을 집중적으로 관찰할 예정임."

메시는 모든 자료정리를 마치고 연구센터로 귀환하는데 예전에 볼 수 없었던 밝고 신나는 표정이 메시의 얼굴에 흘러넘치고 있었다. 최근 고드는 지구인 전담 연구센터에서 거의 상주하고 있다시피 하는데 취재를 마치고 돌아오는 메시와 마주쳤다.

"메시 박사, 무슨 신나는 일이라도 있는 거야? 근래에 보기 드문 표정인데 그래."

"그렇습니다. 대지도자님, 오늘 한 건 했습니다."

사실 오늘 메시는 최근에 보기 드문 지구인 자료를 취득한 것이었다. 비록 집단 전체를 보지는 못했지만 많은 것을 얻었다고 생각한 것이다. 거기에다 엘리자벳 같은 보석도 발견했으며 지구인에 대한 특별한 자료는 고드가 가장 관심을 갖는 부분 중 하나였다.

"오, 그래? 특별한 내용이라면 빨리 좀 보여주게. 엄청 궁금하네."

"알겠습니다. 빨리 정리해서 보고 드리겠습니다."

메시는 궁금해 하는 대지도자를 지나쳐 곧바로 자신의 연구실로 뛰어갔다.

메시가 보고한 자료를 훑어보던 고드는 사진속의 여성이 신기하리만치 아름다웠고 매혹적이었다.

'어떻게 이렇게까지 변화 할 수 있는 것일까. 미래에는 화성인들처럼 또 다른 모습으로 진화하겠지?'

고드는 지구인들이 화성의 조상들처럼 같은 역사를 반복 할 것으로 믿고 있었다. 곧 많은 국가들이 탄생되고 서로의 이익을 위하여 정쟁하고 피나는 전쟁도 벌일 것이라고 상상을 해 보지만 별로 유쾌한 생각은 들지 않았다.

메시는 촬영한 엘리자벳의 사진을 수시로 꺼내 보는데 보면 볼수록 자꾸 보고 싶고 안보면 눈앞에 어른거렸다. 메시는 일정한 간격으로 관찰하기로 했지만 일정이 없는 날에도 수시로 같은 현장에 가서 잠복 취재를 했다.

엘리자벳 가족 무리들은 항상 같은 장소에서 생활을 하고 있었고 둥근 모양의 지붕이 있는 제법 큰 거주지도 갖추고 있었다. 남자들은 사냥으로 짐승을 잡아 오기도 하였으며 여자들은 열매나 곡식 같은 것을 조리하고 다듬기도 하였다. 메시는 최대한 위장을 하고 그들의 눈에 띄지 않게 행동하였다. 엘리자벳은 매일 같은 장소에 나와 누군가를 기다리는 것 같았다. 메시가 나타나자 엘리자벳은 눈이 둥그레지면서 밝은 표정이 되어 메시를 바라보고 있었다. 메시는 그녀를 향하여 "엘리자벳!"이라고 나지막하게 불렀다. 그녀 역시 어눌하게 "메시"라고 부르며 다가왔다. 마침내 엘리자벳은 메시의 코앞까지 다가온 것이다.

그녀의 숨소리까지 듣고 있는 메시는 그녀에 대한 야릇한 감정이 한꺼번에 솟구쳐왔다. 대화를 주고받을 수 없는 상황이지만 갈수록 두 사람의 숨소리는 거칠어지고 엘리자벳은 메시의 얼굴에 자신의 얼굴을 비벼대기 시작했다. 메시는 갑작스런 상황의 반전에 황홀감과 당황함을 동시에 느끼면서 자신도 엘리자벳을 끌어안고 있었다.

두 사람은 주변의 상황에는 아랑곳하지 않고 한 동안 그러고 있었다. 그녀의 여동생이 언니를 찾아 가까이 온 것이었다. 다행히 동생은 이들을 발견하지 못하고 서성대고 있었다. 그러나 두 사람은 그 자리에서 꼼짝을 할 수가 없었다. 움직이면 동생에게 발각되기 때문이었다. 동생이 방향을 틀어 사라지자 메시는 엘리자벳을 밀어 얼른 무리로 돌아가라고 했다. 아쉬운 눈빛의 엘리자벳은 뒤를 한 번 돌아보고는 그대로 무리들 쪽으로 사라져버렸다. 연구센터로 돌아온 메시는 잠을 이룰 수가 없었다. 그녀도 그녀지만 지구인과의 접촉행위는 고드 대지도자가 뜻하는 지구인 접촉 개념이 아니기 때문이었다. 고민은 되지만 메시는 자신도 모르게 엘리자벳을 만나러 나서게 된 것이었다.

급기야 둘은 극적으로 사랑에 빠지게 되었고 엘리자벳은 메시의 아이를 임신까지 하였다. 임신의 생리적 현상을 알아차린 메시는 즉시 간이 임신테스트기로 확인을 한 것이었다. 화성인과 지구인간의 혼혈이 이루어진 것이었다. 물론 메시는 이 사실을 고드에게 보고하지 않았다.

고드는 최근에 메시의 보고가 줄고 특별한 일이 아니면 자신을 기피하는 것처럼 보였다. 메시는 전 화성인을 통틀어 업무적으로 자신이 가장 애지중지하는 최 측근이었다. 특별한 일은 없지만 한 번 얼굴도 볼 겸 메시를 집무실로 불렀다.

최근에 메시를 눈여겨 본 고드는 평소 알약이나 간편 식사를 하던 사람이 옛날 조상들이나 먹던 식사를 즐기고 있었으며 남루한 복장으로 취재를 나가던 것이 깔끔하고 세련되며 화려한 의상으로 자주 바꿔 입는 모습들이 고드의 시선에 포착되었던 것이다. 집무실로 들어선 메시는 어딘지 모르게 어색해하고 있었다. 인사를 하는 메시의 시선으로 표적이 잘 잡히지 않는 것 같았다.

"어서 오게 메시 박사, 요즘은 박사 얼굴보기도 힘드네?"

메시는 마치 죄지은 사람처럼 머리를 조아리고 있었다.

"특별히 보고 할 사항도 없고 개인적으로 하는 일이 좀 있었습니다. 갑자기 저를 부르신 것은…?"

"뭐 별거는 아니네. 자네 본 지도 오래되었고 그때 내게 준 사진속의 지구여성은 지금 어찌 되었는지 궁금하고 요즘 자네의 의상이 너무 눈에 띄기에 뭐 좋은 일이 있나 싶기도 하고 말이야… 하하하"

"네, 그 여성은 지금 잘 있는 것으로 압니다. 아직 특별한 일은 없습니다. 그리고 지구인들을 취재하다보니 어느 정도 지구인의 성향에 적응해 보는 것도 좋을 것 같아서 현장을 많이 경험하느라... 자주 찾아뵙겠습니다. 대지도자님!"

메시는 자신이 거짓말을 하고 있다는 사실에 스스로 놀라고 있었다. 고드는 메시가 거짓말을 하고 있다고 확실하게 느껴졌다.

"그래, 자주 들러서 재미있는 얘기 좀 해주게."

고드는 그런 메시에 대하여 모른 척하고 중요 직무를 맡은 사람이 분명히 뭔가 숨기고 있는 것에 대하여 추후 나름대로 알아보기로 하였고 오늘은 오히려 메시가 눈치를 채지 못 하도록 서둘러 보내야 했다.

"그려. 오늘처럼 앞으로 종종 보도록 하자."

"그럼 , 이만… 물러가겠습니다."

고드는 아무 일 없었다는 듯이 밝은 웃음과 함께 손을 들어 흔들어 주었다. 고드는 메시가 자신의 분신과도 같은 직무를 수행하고 있는 최고의 참모로서 메시의 행동과 태도에 예민해 질 수밖에 없었다. 메시 역시 자신이 존경하는 고드 대지도자에게 거짓말까지 한 사실에 대해서 고민하고 있었다. 사실 메시는 매일 엘리자벳을 만나러 나가고 있었다. 내일은 출발하기 전에 고드에게 들러 정식으로 조사 보고를 할 참이었다. 그리고 입고 갈 의상도 최근에 비해 약간 수수한 것으로 선택을 했다.

다음 날 고드는 모처럼 조사차 들른 메시에게 의상칭찬을 해준다.

"오우~ 역시 메시 박사의 의상에는 남다른 데가 있어. 근데 오늘은 조금 고상하기는 한데 돋보이지는 않네. 내가 귀여운 고릴라 마스코트 하나 앞에 붙여 줄게. 어울릴 거야."

사실 고릴라 마스코트는 자료채집용 특수 카메라가 동작되고 있었다. 일정하게 실시간 영상전송을 하는 장치로 수신부에서 조정이 되며 상황이 필요 없어지면 무선조종으로 고릴라 마스코트 내부에 장착된 주요 장치가 스스로 녹아 없어지도록 하는 것이었다. 그러나 메시는 고드의 의향을 전혀 눈치 채지 못하고 있었고 그렇지 않아도 별로인 오늘 의상에 고릴라 마스코트가 오히려 엘리자벳을 즐겁게 해 줄 것만 같았다.

"감사합니다. 대지도자님,"

"잘 다녀와, 재미있는 얘기 있으면 보고해줘."

메시는 주먹을 쥔 오른팔을 왼쪽 가슴에 대고 정중히 인사를 한 뒤 고드의 집무실을 나섰다. 메시가 나간 뒤에 수신영상을 동작시켜 보는데 메시가 고릴라 마스코트를 손으로 잡고 보며 히죽이 웃고 있었다. 엘리자벳이 보면 어떤 표정을 지을까.

'왜 나는 진작 이런 걸 생각 못했을까?'

엘리자벳은 약속한 높은 장소에서 멀리서 오고 있는 메시를 일찌감치 지켜보고 있었다. 만나는 장소를 변경한 터여서 그녀의 가족들에게 들킬 염려는 거의 없었다.

메시는 숲을 헤치고 한참을 가서야 엘리자벳이 있는 곳을 찾았다.

고드는 사진속의 지구여성이 멀리서 메시에게 손짓을 하고 있는 모습이 모니터 영상으로 보였다. 그러자 메시는 더욱 속도를 내어 그녀가 있는 곳으로 나아갔다. 영상 속의 그녀는 한눈에 봐도 아름다웠고 메시가 다가가자 빠르게 메시의 품속으로 들어왔다. 고드는 잠시 충격에 휩싸였다.

모니터에는 카메라가 두 사람의 가슴에 파묻혀 아무런 영상이 나오지 않았기 때문이었다. 단지 메시가 엘리자벳을 부르는 소리와 그녀가 메시를 부르는 소리만 들릴 뿐이었다. 한동안 영상모니터에는 모두 드러난 두 사람의 가슴이 붙었다 떨어졌다하는 장면만 계속되고 가쁜 숨소리만 뒤 섞여서 흘러나오고 있었다. 잠시 후 여성의 하체부분이 살짝 비추면서 지나가는데 마치 보지 말아야 하는 것을 본 것처럼 고드는 고개를 돌리고 말았다.

고드는 메시의 적나라한 애정행각을 목격한 후 심각한 고민에 빠졌다. 그러나 메시의 애정행각보다 더 큰 고민은 그것이 화성인과 지구인류에 대해 미치는 영향인 것이었다. 고드는 자신하나 때문에 지구인간의 탄생이라는 엄청난 결과를 초래하였듯이 메시의 행위 역시 엄청난 결과의 시작이라는데 있었다. 이 사실을 아버지 슈카르에게 자문을 구하기로 하고 급히 화성으로 귀환했다.

지구에서 일어난 메시의 얘기를 듣고 있던 슈카르는 처음에는 충격적으로 받아들이는 것 같았으나 차분히 상황정리를 해주었다.

"비록 이 상황이 예기치 못한 것이기는 하지만 우리가 늘 주장하던 어쩔 수 없는 변화의 일부 인 것이야. 이러한 변화는 앞으로 여러 형태로 계속 될 것이라고 봐."

"맞습니다. 조금만 생각해 보면 충분이 일어날 수 있는 일이라고 생각은 됩니다. 아버지."

"문제는 어떻게 대처하는 가에 달려있는 것이야. 고드 대지도자 역시 지구의 영장류동물과 관계하여 지구인간의 진화를 앞당겼지 않았던가."

여기까지 생각이 미치자 지금 메시의 상황이 자신의 과거와 맥락이 같은 개념이라는 생각이 빠르게 뇌리를 스쳤다.

"메시의 상황을 잘 활용하면 지구인들의 진화를 가속화시키고 화성인의 동족에 한발 더 다가서는 것이지. 메시의 행위를 결코 부정적으로 볼 수만은 없는 것이야. 물론 전 화성인이 무분별하게 지구인들의 진화를 돕자는 것은 아니지만 우리가 지구에 이주를 하게 되면 어차피 일정기간 어떤 방식으로든 지상에서 지구인들과 공존을 하게 되고 메시와 같은 일이 비일비재 할 수밖에 없어."

"그렇습니다. 아버지,"

"지상에서의 공존이 끝나고 지하세계로 정착하게 되면 저절로 중단 될 수밖에 없지 않은가. 지구인과의 교배는 메시처럼 본인의 희망으로 이루어지기 때문에 지구에 남든가 지하세계로 복귀하는 문제는 스스로 결정하는 것이지만 복귀를 원칙으로 해야 될 것이야. 화성인들과 지구인이 교배하여 생산된 2세들로 인하여 지구인들의 문명 발전에 상당한 영향을 줄 것으로 보기 때문에 이일을 화성인들에게 공개하고 지도자회의에서 정식안건으로 상정하여 처리하여야 할 것 같구나."

고드에게는 아버지 슈카르의 예리한 판단과 자문이 그저 놀라울 따름이었다. 이 사실을 지도자 회의 안건으로 상정하여 동의를 얻기로 하고 메시의 사건을 긍정적인 결과로 받아들였다.

"그와 같은 영향으로 지구인들의 문명발전이 빨라지면 미래의 지구인과의 공존시점도 빨라지는 것 아닙니까? 시뮬레이션을 다시 해 볼 필요가 있겠는데요."

"당연하지. 이전 시뮬레이션에 반영을 하여 시험해보렴. 아마 수 백 년이상은 앞 당겨질걸?"

고드는 아버지 슈카르와의 숙의가 끝나자 빨리 시뮬레이션을 가동 해보고 싶었다. 자신의 직계 후손이 하루라도 빨리 화성들인과 통합을 하여 같이 살고 싶은 본능이 작용하고 있었다. 시뮬레이션 결과는 지구인과의 공존 일정이 생각보다 앞당겨졌다. 약 7~8,00년이 앞 당겨질 것으로 확인되었다. 고드는 이번 정기 지도자회의에서 메시 건도 아무런 문제없이 동의와 지지를 받고 통과되었다. 이를 모니터에서 확인한 메시는 대지도자인 고드에게 무한한 존경을 보냈고 기쁨의 눈물을 흘렸다. 지도자 회의가 끝나자 고드는 곧바로 아틀라스 연구센터로 복귀하였다. 그리고 메시를 다시 불러들였다. 집무실에 불려온 메시는 아무 말도 하지 못하고 그저 고드의 입만 바라보고 있었다. 그러나 메시는 무슨 말이든 한마디는 해야 했다.

"죄송합니다. 대지도자님,"

고개를 들지 못하고 있는 메시를 향하여 고드는 무겁게 입을 열었다.

"죄송한 것은 나도 마찬가지다. 자네의 행위를 추적 했으니까! 앞으로는 웬만하면 나와 상의를 하도록 해라."

"네, 그렇게 하겠습니다."

"메시 박사의 행동을 칭찬하려고 하는 것은 아니고 자네도 회의 내용을 보았겠지만 어차피 우리는 지구에 와서 지하세계를 완전히 구축할 때까지 지상 생활을 하게 될 것이다. 그러면 박사뿐 만이 아니라 누구도 그러한 상황이 될 수 있는 것이야. 이번에 메시 박사는 그러한 사례를 먼저 보여준 것에 불과해. 따지고 보면 연구결과의 대박과도 같은 것이지. 이번 사건과 관련하여 나는 아버지 슈카르의 자문을 구하고 합당한 현답을 얻었지."

"사실 저는 회의 전반부를 보고 연구센터를 탈출하고 싶었습니다. 그 순간은 정말 앞이 아무것도 보이지 않았습니다. 대지도자님, 앞으로 저는 어떻게 해야 합니까?"

"엘리자벳을 설득해서 연구센터에서 같이 생활하도록 하면 어떨까?"

"그녀의 이름을 알고 계셨군요. 이곳에 적응이 될까요? 그리고 가족들이 가만있겠습니까."

"지금 엘리자벳은 자네를 몹시 좋아하고 있기 때문에 적응과는 상관없이 가능하리라 보지만 역시 가족들이 문제네."

"가족 중에 여동생이 있습니다. 여동생은 우리의 관계를 알고 있고 그들의 가족들에게는 모른 채 해주고 있습니다. 엘리자벳의 여동생을 설득 해 보겠습니다. 크게 어렵지 않을 듯합니다."

메시는 고드가 영상추적을 하던 날 그녀의 여동생에게 현장을 들키고 말았다. 엘리자벳은 여동생과 한참동안 실랑이를 벌이는 것 같았고 그 와중에 메시가 다가가 자신의 가슴에 달린 고릴라 마스코트를 여동생에게 주려고 하자 그녀의 여동생은 기겁을 하고 뒤로 넘어져 버렸다. 엘리자벳도 동시에 놀라 눈이 휘둥그레 졌다.

메시는 두 사람을 향해 고릴라 마스코트를 자신의 얼굴에 비비고 뽀뽀를 하자 그제 서야 신기한 듯 두 사람은 얼굴을 맞대고 마스코트를 들여다보며 안심을 하는 눈치였다.

메시는 이 때다 싶어 마스코트를 동생에게 건네주었고 동생은 조심스럽게 마스코트를 건네받고는 이내 자신들의 무리들 쪽으로 뛰어갔다. 이날 메시는 그녀의 동생 이름을 마리아로 지어 주었다. 이후에 다시 만난 엘리자벳의 동생은 자신을 마리아라고 먼저 소개하여 모두 웃었다.

"그런 일이 있었구먼. 엘리자벳을 데리고 오는 건 크게 문제가 없겠네. 언제 한 번 동생 마리아도 연구센터로 초청해봐."

"감사합니다. 대지도자님, 마리아 초대는 기회를 봐서 먼저 엘리자벳에게 귀뜸을 해 놓겠습니다."

메시는 갑자기 반전된 자신의 상황에 마치 딴 세상을 살고 있는 기분이 들었다. 그리고 앞으로 자신에게 일어나는 모든 일을 무조건 고드 대지도자님께 상의하리라 마음먹었다.

다음 날 메시는 흥분된 마음으로 엘리자벳을 만나러 가고 있었다. 화성과 대지도자로부터 공식적으로 동거를 인정받고 당당히 만날 수 있게 된 사실이 아직도 현실로 믿겨지지 않았다. 메시는 이 사실을 그녀에게 어떻게 설명하고 설득 할지를 몰랐다. 많은 생각을 하면서 그녀가 기다리는 곳에 도착하였다. 엘리자벳은 오늘따라 무척이나 밝은 메시의 표정과 화려한 의상, 그리고 넘치는 반가움을 나타내자 엘리자베스도 같은 분위기가 되었다.

두 사람은 여느 때보다 깊은 포옹과 입맞춤을 하고 메시는 차분히 엘리자벳 앞에 앉았다. 메시는 자신이 할 수 있는 모든 손짓과 몸동작으로 엘리자벳에게 사실을 알리려고 하지만 그녀는 잘 이해하지 못했다. 한참을 설명하고 나서야 겨우 알아듣는 눈치를 보이지만 예상대로 난색을 했다. 그러자 메시는 동생 마리아 이름을 부르며 동생이 협조를 해주면 될 것이라고 설득하기 시작했다. 또 한참 만에 그녀는 그러겠다고는 하지만 힘들어 하는 눈치였다. 이런 그녀의 어깨를 포근히 감싸고 토닥거려 주었다.

메시는 그녀에게 오늘은 돌아가서 동생 마리아에게 사실을 알리고 설득을 해보라고 요청하고 연구센터로 귀환했다. 연구센터로 돌아온 메시는 오늘 있었던 엘리자벳과의 일들을 고드 대지도자에게 상세히 보고하고 자신의 연구실 겸 집무실로 쓰고 있는 주거지에 엘리자벳과 동거에 필요한 준비를 해야 했다.

고드는 가능한 빨리 진행을 하라고 격려까지 해 주었다. 지구인과 극심한 문명차이를 극복하기 위하여 거주지를 최대한 엘리자벳 수준으로 맞추려고 하지만 딱히 할 것이 없었다. 실내를 원시림으로 꾸미지 않는 한 뾰족한 수가 없었다.

먹는 것과 입는 것은 큰 문제가 되지 않지만 각종 기기의 사용이나 도구의 사용에는 상당한 시간을 필요로 할 것 같았다. 우선 문명에 대한 설명자체가 힘들 것 같았다. 그렇지만 엘리자벳이 먹고 입고 자는 본능적인 욕구에만 메시가 맞추어 주면 크게 문제가 안 될 것 같다고 생각했다. 내일 이 시간이면 자신의 옆에 엘리자벳이 누워 있을 생각을 하니 두근거려 잠이 잘 오지 않았다. 메시는 아침이 밝기가 무섭게 엘리자벳에게로 가는데 오늘은 제 시간에 나타나지 않았다. 시간 개념도 없는 그녀가 평소 메시와의 만남 시간은 정확하게 지키는 미스터리가 있었다. 불안한 마음이 메시의 머리를 가득 메우고 있을 때 저 만치에서 두 사람의 모습이 보였다.

엘리자벳과 마리아였다. 메시는 기쁨 반 불안 반으로 그녀들이 오는 것을 지켜보고 있었지만 그녀들의 표정은 밝았다. 메시는 안도의 숨을 쉬고 왜 늦었냐고 몸짓을 해보지만 두 자매는 서로 마주보고 미소만 지을 뿐이었다. 간단한 가죽 의상을 입은 마리아의 가슴에는 고릴라 마스코트가 붙어 있었다. 마스코드의 자료 추적기능은 고드가 메시의 첫 성행위를 본 그날이후 녹여버렸다.

마리아는 엘리자벳의 동생이 아니라 같은 나이의 언니였다. 처음으로 마리아는 자신이 엘리자벳의 위, 즉 언니라고 밝히고 가족들과는 모두 합의했으니 동생을 잘 보살펴 줄 것을 부탁하고는 동생 엘리자벳과 얼굴을 부비며 눈가에 눈물을 글썽이면서 자신의 주거지로 사라졌다. 같은 시각 멀리서 두 자매의 모습을 몰래 지켜보는 지구인이 있었다.

마리아와 엘리자벳의 아버지 다윗이었다. 역시 다윗의 두 눈에도 물기가 가득했다. 근접할 수 없는 신과 같은 존재인 이방인에게 마음을 빼앗긴 딸의 운명을 자신도 어찌 할 수 없는 것이었기 때문이었다. 마리아가 멀리 사라지는 모습을 두 사람은 아무런 말없이 지켜보다 메시는 엘리자벳의 팔을 잡고 연구센터 쪽으로 뛰기 시작했다.

엘리자벳도 아무 저항 없이 메시를 따라 뛰었다. 메시와 엘리자벳이 손을 잡고 연구센터로 들어오는 모습을 본 일부 연구원들은 신기한 듯 두 사람을 지켜보고 있었다. 메시는 아랑곳 하지 않고 고드의 집무실로 향했다. 집무실로 가는 도중에 마주치는 연구원이나 근무자들의 표정도 그렇지만 연구센터의 외부 광경부터 내부 모습을 본 엘리자벳은 마냥 어리둥절 그 자체였다. 고드는 집무실에 도착한 메시와 엘리자벳을 미리 통보받은 듯한 자세로 반갑게 맞이했다.

"어서 오십시오. 엘리자벳."

고드가 자신의 이름을 부르자 엘리자벳은 더욱 어리둥절하여 메시를 쳐다보는데 메시는 그녀에게 고드를 손짓 몸짓으로 소개했다. 그러자 엘리자벳은 이내 메시의 뜻을 알아듣고는 고드를 보며 약간 고개를 숙였다. 그리고 어느 정도 메시의 학습을 받은 대로 더듬거리며 말했다.

"… 엘리자벳입니다. 대… 지도자님,"

"언니 마리아가 가족들에게 설득을 잘 했나 봅니다."

"마리아가 동생이라고 하지 않았나? 메시 박사,"

"마리아는 쌍둥이 언니였습니다. 본인이 직접 밝히던데요? 상황에 따라 왔다 갔다 한답니다. 하하하"

"메시 박사, 나는 엘리자벳과 소통이 안 되니 박사가 내 뜻을 잘 전달해 주게. 두 사람 좋은 관계를 잘 유지 하라고 말이야."

"고맙습니다. 대지도자님,"

메시는 대략 대지도자의 뜻을 엘리자벳에게 전달하자 엘리자벳은 또 한 번 고드에게 고개를 약간 숙였다.

그리고는 고드를 유심히 한 번 보고는 메시의 손에 이끌려 고드의 집무실을 나섰다.

* * *

Chapter 21

가짜 신들의 전성시대

한편, 도그리온족 추장 세담은 화성에서 보내주는 무선 전력으로 각 가정에 전등시설을 우선적으로 설치해 주었다. 이는 아비누스가 언제 방문 할지도 모르기 때문에 전시적인 효과를 보이기 위한 행위였다. 그리고 갑자기 이런 편리한 혜택을 누리게 된 종족들은 캐닌의 홍보에 힘입은 추장 세담에게 더욱 탄탄한 지지와 충성심을 보내고 있었다. 이미 노쇠한 추장 세담에게는 제2의 전성기를 맞는 듯하였다. 도그리온 족이나 버드리아족의 수명은 화성인들만큼은 안 되지만 상당한 수명을 위해 첨단 의술을 지원받고 있었다. 그런 덕분인지 세담과 지도부의 모든 정책을 도그리온 족으로 하여금 무조건 지지하게 만들었다. 덕분에 세담과 캐닌 지도부는 암수 구분 없이 종족 대부분을 각종 공사현장에 투입하고 적극적으로 작업에 임하게 되었다. 따라서 도그리온 족은 하루가 다르게 다방면으로 발전을 이루고 있었다. 그러나 큰일을 하기 에는 아직 갈 길이 멀었다.

캐닌은 자신들의 주변에 미개한 지구인들이 살고 있다는 사실을 알고 몇몇 부하들과 그들을 염탐하러 나섰다. 그들이 목격한 지구인들은 외형적으로는 멀쩡하였으나 입고 있는 의상이나 주거지 등이 자신들의 먼 과거 시대와 같아보였다. 그러나 그들의 눈빛만큼은 결코 예사롭지 않았다. 캐닌은 수력발전소 건설 당시 많은 도그리온 족들의 고생을 생각하고 혹시 필요할 경우에 이들을 이용하면 좋겠다는 생각을 해보고 있었다. 캐닌의 표정에서 의미심장한 미소가 흐르고 있었다. 지구인을 염탐하고 돌아온 캐닌은 즉시 세담을 찾아갔다.

"캐닌, 요즘 왜 그리 바쁜 거요? 바쁘다는 것은 알고 있지만 최근에는 특별히 바쁜 것 같네?"

"제가 바빠야 우리 도그리온 족이 잘 돌아 가는 것 아닙니까."

"그건 그렇다만 보고라도 잘 해줘야지."

"그래서 이렇게 보고하러 왔지 않습니까. 지구인들이 우리 도그리온 족과 버드리아 족 사이에 흩어져 살고 있었습니다. 집단을 이루고 있으며 상당히 숫자가 많은 것 같고요. 위쪽으로도 무리들이 흩어져 살고 있는 것 같습니다. 그들은 원시인에서 벗어 난지 얼마 되지 않은 아직 미개인들로 보입니다."

"그래요? 그러면 캐닌 경의 아이디어가 필요해 보이는 데요?"

세담도 그런 미개한 지구인들을 이용하면 좋겠다는 생각은 기본적으로 했지만 캐닌의 능력을 떠보기 위하여 슬쩍 캐닌을 띄워주었다.

"앞으로 화성인들과 대적하자면 해야 할 일들이 너무 많습니다. 중단된 발전소 건설 같은 대공사도 있었지만 그만한 공사가 앞으로 많습니다. 우리 도그리온 족들 만으로는 쉽지 않습니다. 종족 역사학을 전공한 애니문 박사에게 이들의 활용방안에 대해 연구토록 해

보면 좋은 방안들이 나올 것 같습니다. 박사의 연구결과가 나오면 제가 구체적인 구상을 하겠습니다."

"그러세요. 그거 기대가 되네. 좋은 일로 바빴는데 내가 잠시 오해를 한 것 같아서 미안하구만."

"그것보세요. 추장님은 아무 염려 말고 자리만 지키고 계십시오. 제가 다 보여드리겠습니다."

"나야 늘 캐닌 경을 믿고 있지 않소. 경의 능력도 인정하구요."

세담은 갑자기 존칭을 써가며 캐닌의 눈치를 보고 있었다. 캐닌의 머리 한 구석에는 도그리온 족의 권력은 물론, 버드리아 족과 지구인까지 자신이 통치하는 망상을 하고 있었다. 이 과정에서 지구에 있는 화성의 흔적을 없애는 것이 필수란 사실을 캐닌은 한시도 잊어버린 적이 없었다.

애니문은 화성에 있을 때부터 자신들의 종족에 대한 역사적 사실들을 분석하고 자신들의 진화 과정은 물론 화성인들의 진화과정까지 연구해온 전문가로 최근 지구상에 출현한 원시인들의 소식을 접하고 있었다. 이에 대한 정보는 도그리온 족이 지구에 이주하면서부터 발견된 생명체가 세월이 지나면서 지구인으로 판명이 난 것이었다.

화성인들의 자세한 내부 정보를 알지 못하는 도그리온 족들이라 어떻게 그런 돌발 사태가 일어났는지를 전혀 알 수가 없었다.

정상적인 진화라면 아직 지구에는 그러한 지적생명체가 출현되면 안 되는 것이었다. 아무튼 애니문도 이들을 연구해 보고자 특별한 관심을 가지고 있는 중이었다. 애니문이 이런 생각을 하고 있는데 갑자기 캐닌이 방문 한 것이다.

"아니, 캐닌경 아니오? 어떻게 저희 집을 다 방문해 주시고 황공스럽습니다."

"존경하는 애니문 박사님을 방문하게 되어 제가 더 영광입니다. 제가 평소에 잘 보살펴 드리지 못해 송구합니다."

애니문은 잘 들어보지 못한 캐닌의 아부성 발언에 몸 둘 바를 모르고 있었다. 도그리온 족에서 역사학자는 별로 환영받지 못하는 분야로 갑작스런 캐닌의 방문도 그렇고 마치 자신을 우대하는 것처럼 말하는 것이 어쩐지 부담스러웠다.

"제가 우리 도그리온 족에게 별 도움도 못 주었는데 이렇게 제게 관심을 가지고 방문을 해주시다니 감사 할 따름입니다."

"애니문경, 지금까지는 우리 종족들에게 큰 도움을 못주었다면 지금부터 큰 도움을 줄 수 있을 겁니다."

"정말 제 능력으로 도움을 줄 수 있는 일이라면 얼마든지 하겠습니다. 제가 할 일이 있기라도 하는지요?"

"그럼요, 박사님께서는 우리 종족은 물론 화성인들의 진화 역사에 대하여 전문가이십니다. 우리가 역사를 통하여 화성인들에게 말할 수 없는 핍박과 멸시를 받아왔다는 사실도 있습니다. 뭐. 두서없는 말씀입니다만 지금 지구에는 지적 생명체가 출현했습니다. 여기까지는 박사님께서도 잘 알고 계시리라 봅니다. 이젠 우리 도그리온 족도 이곳에서 큰 도약을 해야 합니다."

"당연하지요. 우리는 지도부만 믿습니다."

다시 캐닌이 재빨리 말을 이어나갔다.

"그래서 오늘 박사님을 찾아뵈러 온 것입니다. 우리 도그리온 족은 이 넓은 지구상에서 재도약하기 위해서는 종족의 숫자로 보나 여러 가지 면에서 부족합니다. 그리고 종족의 개체수도 줄어들고 있는 현실에서 누군가의 도움과 협력이 필요합니다. 지금 지구인들의 문명과 기술은 지극히 미개한 것으로 알고 있습니다. 어차피 지구인들은 우리를 딛고 올라서지는 못합니다. 지구인간들이 우리를 협조하고 따라주게 된다면 지구에서 우리는 주체세력으로써 못할 것이 없다고 생각합니다."

캐닌의 설명을 듣고 있던 성질이 급한 애니문은 자신과는 아무런 관계가 없는 것 같아 불쑥 말을 꺼냈다.

"제가 할 일이 무엇인지요? 아무리 들어도 제가 무엇을 해야 할지 이해가 잘…"

아직 길게 말한 것도 아니고 곧 본론이 나올 텐데 성질 급한 애니문이 말을 끊어 놓아 짜증이 났지만 캐닌은 속으로 꾹 참고 말을 이어 나갔다.

"그렇습니다. 박사님의 할 일은 현재 지구인들의 지능과 지적수준 상태를 알아봐 주시고 과거 역사에서 그들의 생활과 발달과정을 구체적으로 파악해주십시오. 그리고 지구인들을 어떻게 해야 우리를 따르고 협조하게 만들 수 있는 지 분석하여 주십시오."

"아… 네. 그렇게 하겠습니다만 주제넘은 말씀으로 들릴지 모르나 언뜻 생각해도 우리가 그들을 영원히 통치하기는 어려울 것 같다고 생각이 듭니다만…"

"내말은 영원히 통치를 한다는 게 아니고 이 시점에서부터 우리를 따르고 협조하게 하여 이용하자는 말씀입니다. 그러다보면 영원히 지배 할 수도 있겠지요."

애니문은 캐넌에게 감히 말대꾸를 자꾸 하는 것 같아 조심스럽기도 하지만 캐넌의 주장이 이치에 맞지 않는 것 같아 급한 성질에 입바른 소리가 자꾸 나오고 있었다.

"각하, 따르고 협조하게 만드는 것이 통치가 아닙니까. 뭐. 지구인들의 문명이 어느 정도 발달하기 전까지 당분간은 몰라도 그들이 문명의 눈을 뜨게 되면 감당하기 힘들 텐데요."

캐넌은 애니문이 자신에게 약을 올리는 것 같이 느껴져 서서히 화가 나기 시작하지만 당분간만 참으면 된다고 생각하고 다시 말을 이었다.

"아무튼 그런 부분까지 자세하게 검토해 주시고 당분간이라도 따르고 협조하도록 하는 방법을 찾아야 됩니다. 그러다보면 그 이후의 구상도 나오겠지요. 지금 저들의 성향을 구체적으로 분석하여 보고해 주십시오. 참고로 저희가 수집한 현재 지구인의 수준은 이제 막 원시인을 벗어난 아직 미개인 정도로 복장은 동물의 가죽이나 나뭇잎을 이용하고 열매를 따먹거나 짐승을 사냥하여 해결하고 이제 겨우 불을 사용할 줄 알며 지붕이 있는 집을 짓고 살아가고 있는 정도입니다."

"알고 있습니다. 각하."

애니문은 자신의 말투가 거슬릴까봐 캐넌에게 자신이 할 수 있는 최고의 극존칭을 붙이고 있었다. 캐넌이 돌아가고 난 후 애니문은 굳이 역사를 다시 조사하지 않아도 조금 전에 캐넌이 참고로 말해준 정도만 가지고도 지구인의 수준을 정확히 알 수 있었다. 그 정도면 도그리온 족의 현재 문명수준으로 자신들을 따르게 하고 협조하게 하는 것은 식은 죽 먹기라고 생각했다. 아마 지구인을 가지고 놀아도 될 것이라고 보았다. 다만 구체적인 방법을 생각해야 했다.

    애니문은 캐넌의 요구를 뛰어넘어 구체적인 아이디어까지 제출 할 생각을 하고 있었다.

*　　*　　*

Chapter 22
원시인을 사랑한 신

 연구센터에 보금자리를 마련한 메시 부부는 한동안 꿈같은 나날들을 보내고 있었다. 우선 매일 볼 수가 있고 언제든지 사랑을 나눌 수 있으며 특히 엘리자벳에게는 포근하고 깨끗한 잠자리는 정말 너무 좋았다. 그동안 엘리자벳은 첨단 장치를 이용하여 지능향상프로그램과 각종 학습프로그램을 이수한 영향으로 화성생활에 어느 정도 익숙해 가고 있었고 화성의 언어도 거의 완전하게 구사할 줄 알게 되었다. 그러나 엘리자벳의 표정은 날이 갈수록 어두워지고 있었다.

"엘리자벳, 요즘 안색이 별로 안 좋아. 무슨 일이 있는 거야?"

"아니, 별일 없어."

"가족들이 보고 싶은 거지?"

"…"

"그럼. 내일이라도 한 번 다녀와."

"그래봐야 될 것 같아. 가도 되는 거야?"

"그래. 갔다 와."

 메시는 명색이 지구인을 연구하는 박사였으며 메시는 엘리자벳의 마음을 이미 훤히 알고 있었다. 이곳 생활이 처음과 달리 엘리자벳에겐 감옥처럼 느껴졌다. 엘리자벳에겐 정서적으로 적응이 어렵다는 것도 메시는 이미 잘 알고 있었다. 메시는 특단의 결정을 해야 할 날이 곧 다가 올 것이라 생각하고 있었다.

다음날 엘리자벳은 메시의 배웅을 받으며 가족을 만나러 떠나고 메시는 고드의 집무실을 찾았다. 지금 상황을 설명하고 후속 계획도 설명할 참이었다.

"오우~ 메시 박사, 엘리자벳과는 잘 지내지? 그래, 상의할 일이라는 게 뭔가?"

메시는 그간의 상황을 설명하고 특단의 계획을 밝혔다.

"고드 대지도자님, 엘리자벳과 저는 이곳에서 계속 함께 살 수가 없을 것 같습니다. 우리와 엘리자벳은 모든 면에서 격차가 심합니다. 적응하는데 한계가 있는 것 같습니다. 굳이 상세하게 설명 드리지 않아도 대지도자님께서는 충분히 알고 계시리라 생각됩니다."

"앞으로 어떻게 할 생각인가?"

"제가 밖으로 나가야 할 것 같습니다. 어차피 이렇게 된 거 깊숙이 들어가 연구하는 것도 괜찮을 것 같아서 말입니다."

고드는 메시의 말에 순간적으로 당황하여 눈이 휘둥그레지고 입을 다물지 못하고 있었다.

"그러면 보금자리를 지구인들이 우글거리는 곳으로 옮긴다는 것인가?"

"그렇습니다. 주거 장소를 엘리자벳의 가족들 근처로 하면 크게 무리가 없을 것 같아서요. 엘리자벳이나 가족들도 좋아할 것 같구요. 오늘 가족들을 만나서 계획을 상의하려고 합니다."

"그런데 연구 활동은 지속 할 수가 있겠는가?"

"계속 할 겁니다. 대지도자님의 기대를 저버리고 싶지 않습니다만 필요한 지원은 부탁드립니다."

"사실 메시 박사에 대한 기대는 크네. 화성에서 자네만한 직무를 수행할 사람도 없을 것이야. 하지만 직무와 나의 기대를 위해서 박사를 붙들고 싶지는 않네. 그러나 박사가 계속해서 직무를 수행해 준다면 나는 고맙지. 더구나 더 생생한 연구 자료를 볼 수 있게 해준다니 말이야. 당연히 필요한 지원은 아끼지 않을 걸세."

"고맙습니다. 대지도자님,"

화성인으로서는 드물게 예민한 감수성을 가진 메시는 자신의 계획을 따뜻하게 받아주는 대지도자의 배려와 실질적으로 몸담았던 연구센터를 떠난다는 복합적인 감정이 뒤엉켜 눈물을 글썽이다 끝내 볼을 타고 흘러내리고 말았다. 메시보다 더한 감성을 가진 고드 역시 당연히 눈가에 물기가 맺히고 있었다.

비록 직무는 계속 수행한다지만 고드와 가장 오랜 동안 같이 해왔고 앞으로 자주 볼 수 없게 자신의 곁을 떠나는 메시가 한없이 아쉽기만 했다. 고드는 메시를 한동안 포옹을 하면서 이별을 나누었다. 메시는 엘리자벳의 가족들이 있는 마을 위쪽 산 정상에 있는 동굴에 거처를 마련하고 엘리자벳과 새로운 보금자리를 만들었다.

엘리자벳 언니 마리아는 처음에는 수시로 와서 가족들과 주변의 근황을 알려주고 갔다. 그녀의 가족들은 메시가 하늘에서 내려온 신성한 사람으로 생각하고 멀리서 이들을 쳐다보고 돌아가곤 했다.

그러나 가족들이 살고 있는 곳에서 산 정상 가까이에 있는 동굴까지는 자주 왕래가 쉽지 않았다. 점점 찾아오는 횟수가 줄어들었고 엘리자벳이 대신 가족들이 있는 마을로 다녀오곤 했다. 고드의 지원으로 메시는 동굴 속에 숨겨둔 프리카를 이용하고 있었고 동굴 내부에는 어디든 통신이 가능한 시설과 모든 편의 시설과 장비들을 갖추고 있었다. 엘리자벳은 첨단 학습법을 이용하여 거의 화성인처럼 의식화되었고 가끔 가족들을 만나러 마을로 가면 메시에게서 배운 생활의 지혜를 가족들에게 조금씩 가르쳐 주곤 했다. 그리고 언어와 문자도 조금씩 깨우쳐 주었다. 물론 가족이나 아버지의 지적수준으로는 상당히 어려운 학습이었다. 그러나 오랜 기간이 지나면 생활에 도움이 될 거라는 희망을 가지게 해 주었다.

  메시는 이러한 모든 사항들을 일기처럼 거의 매일 낱낱이 기록하고 고드 대지도자에게 보고하였다. 메시는 직접 연구센터로 가서 보고 하는 경우도 있지만 대부분 무선 온라인을 이용하고 있었다. 메시가 보내주는 자료를 분석하면 화성당국이 이미 오래 전에 계획된 지구인 보호와 지원에 관한 프로그램이 지금 메시에 의하여 자연스럽게 실험되고 있음을 알 수 있었다. 메시가 그동안 알아낸 엘리자벳의 가족은 아버지와 어머니 그리고 엘리자베스와 마리아였다. 그리고 가족들의 주변으로 제법 많은 혈족집단들이 서로 왕래하며 한 마을을 이루며 살고 있었다.

  이들은 대부분 친인척 관계로 밝혀졌으며 엘리자벳의 아버지가 무리들의 수장 격이었다. 엘리자벳의 가족은 물론 주변 혈족들은 엘리자벳이 하늘에서 내려온 신성한 사람에 의해 여신으로 변했다고 믿고 있었다. 엘리자벳이 마을로 가면 그녀를 두려워하며 눈빛조차 마주치기를 꺼려하고 지나갈 때도 재빨리 길을 비켜주고는 엘리자벳이 지나갈 때까지 그 자리에서 움직이지도 않았다.

심지어 그녀의 어머니도 그녀가 나타나면 마치 엘리자벳이 두려운 존재인양 함부로 대하지 않았고 가까이 하지도 않았다. 언니 마리아도 조심스럽게 엘리자벳을 대하고 있었으며 아버지는 그녀에게 그동안 받은 학습 때문인지 몰라도 크게 부담스러워 하지 않는 모습을 보였다. 그러나 매우 조심스럽기는 마찬가지였다.

메시와 엘리자벳은 가족들에게 곡식 종자를 주고 경작하는 방법을 가르쳐 주었으며 비가 내리지 않아 가뭄이 지면 연구센터의 장비를 동원하여 몰래 밤사이에 물을 뿌려주곤 했다. 비가 내린 이튿날에는 메시가 살고 있는 동굴의 입구가 보이는 쪽으로 마을사람들이 모여 신에 대한 의식을 치르고 사라졌다. 엘리자벳은 물론 마리아도 화성의 의술 혜택을 받아 특별한 건강을 누리게 했다. 마리아는 메시에게 깊은 생각이 있기 때문이었다.

메시는 기회가 되면 엘리자벳의 아버지와 어머니도 그렇게 해 줄 생각을 하고 있었다. 엘리자벳의 아버지는 엘리자벳으로부터 적당히 지식을 터득하여 전체 마을부족에게 전파함으로서 부족의 지도자 역할은 물론 강력한 지도력을 유지하는데 큰 계기가 되었다.

* * *

화성으로 돌아온 고드는 이미 지도자회의에서 승인된 지구인 업그레이드 프로젝트를 시행하기로 하고 우선 아버지 슈카르의 자문을 구했다.

"제가 보내드린 메시 박사와 관련한 자료를 보셨겠지만 메시박사는 관련 프로젝트가 추구하는 정확한 사례가 되고 있습니다. 메시박사가 거주하는 지역의 현지 지구인들은 빠른 속도로 문명이 발전되고 있습니다. 우리가 예상했던 그대로 입니다."

"시뮬레이션 결과의 오차가 ±0.5%였어. 어차피 지구는 우리가 이주를 하던 안 하던 화성의 비상구임에는 틀림없어. 그래, 상의하고 싶은 것이 있다면서?"

슈카르는 고드가 대지도자가 되고 난 후 아들에 대한 자랑스러운 후원자가 된 느낌을 가지고 있었다.

"네, 메시 사례와 관련하여 지구인 업그레이드 프로젝트를 전면적으로 확대실시하려고 합니다."

슈카르는 고드가 어떤 조언을 듣고 싶어 하는지 알고 있었다. 슈카르의 뇌 자료의 전부를 다운받은 고드는 거의 같은 생각과 사고를 가지고 있었다. 고드 만이 가지고 있는 과거의식만 아니면 두 사람의 뇌는 일란성 쌍둥이의 그것과 비슷하다고 할 수 있었다.

"그리 많지는 않겠지만 지구인들과 거주 할 자원 희망자와 자신의 정자나 우성인자 DNA를 기증하겠다는 사람들을 우선 모집하고 지구에서 대표지역을 선정하여 1단계 시범사업으로 추진하는 것이 좋을 듯 하네만… 그리고 이미 화성에서 지구로 이주한 일부 화성인들과 오래전부터 상주하고 있는 연구기지 요원들도 지구인들이 성장함에 따라 자연적으로 메시와 같은 사례가 발생할 수도 있고 이미 그런 사례가 있었는지도 모를 일이야."

고드는 슈카르의 추론에 웬 지 기분이 좋아지고 신이 난 듯했다.

"대표지역으로는 연구센터에서 가깝고 메시의 연구 관활 인 메시 주변 마을이 최적지라 생각합니다. 그리고 우리의 우성인자를 주입하여 2세를 출산할 대상도 거기서 결정하려고 합니다. 이주 자원자들의 거주지도 그 주변에 조성해줄 생각이구요. 그리고 저도 이 프로젝트에 참여하고 싶습니다."

고드의 갑작스런 참여표현에 슈카르는 잠시 혼란을 느꼈다. 자신도 방금 그런 생각이 스쳐갔지만 떨쳐 버리려고 하는 순간 고드가 말을 꺼낸 것이었다. 슈카르는 고드가 직접 참여하는 것이 웬 지 마음이 내키지는 않았다.

"그… 그래?"

"네, 이 프로젝트의 중심에는 제가 있습니다. 그리고 이 일은 어차피 화성의 공식사업으로 제가 참여하여 그 상징성을 보여야 할 것으로 생각됩니다. 제가 참여한다고 해서 잘못될 일도 없고요. 아버지는 어떻게 생각하십니까?"

"아버지도 네 생각과 당연히 같다. 다만 마음에 썩 내키지는 않는 것은 사실이야. 그러나 네가 생각한대로 진행을 해야 될 것 같구나."

슈카르는 오랜만에 고드의 결정에 웬 지 모를 거부감이 들고 있지만 대지도자인 고드의 결정이 무엇보다 우선인 것이 화성지도부의 관행이었다. 최근 화성의 지하화가 예전의 작업진행속도에 비교할 수 없을 정도로 빨라 거의 마무리 단계로 있고 그 외에는 별다른 직무가 없어 지구 연구센터로 다시 돌아온 고드는 모든 일이 순조롭게 진행되고 자신의 후손인 지구인에 대한 직무를 수행하고 있다는 것에서 오는 만족감과 함께 오랜만에 고향에 온 기분을 만끽하고 있었다.

대부분의 화성인들과는 달리 인간 원조의 감수성을 유지하고 있는 고드는 메시가 보내온 자료를 보다가 메시와 엘리자벳의 다정한 모습을 담은 사진을 발견하자 메시가 엘리자벳과 애정행각을 할 당시의 영상이 떠오른다.

* * *

도그리온 족의 추장 집무실에는 역사학자 애니문과 추장 세담, 그리고 캐닌이 머리를 맞대고 앉아 야심에 찬 모의가 한창이었다. 애니문이 지금까지 연구하고 요약한 내용을 발표하고 있는 중이었다.

"지금 지구인간들의 수준은 우리가 사용하고 있는 랜턴하나면 가볍게 조종이 됩니다. 지구인간들은 이제 막 태양숭배를 시작하고 있습니다. 우선 랜턴 같은 것을 이용하여 우리를 신격화하구요. 이들에게 곡식재배와 옷 만들기, 그리고 지금보다 개량된 구조로 집을 짓도록 적당히만 가르쳐 주어도 우리는 그들에게 신이 됩니다. 그렇게 되면 인간들은 당연히 황홀해 할 것이고 그들의 노동으로 우리의 집도 식량도 모두 해결됩니다. 당연히 우리가 필요한 노동력도 해결되겠습니다. 그러나 유의 할 것은 항상 그들과 적당한 거리를 유지하여야 합니다. 서로가 너무 가까워지면 그들이 신의 꿈을 깰 수도 있으니까요. 하하하."

세담과 캐닌은 가끔 입에서 침이 흐르는 줄도 모르고 정신없이 애니문의 말을 듣고만 있었다.

세담은 애니문의 말이 끊어지자 슬쩍 입을 닦는다.

"우리 도그리온 족에서 이런 보석 같은 인재가 있을 줄은 몰랐네. 애니문 박사도 캐넌 경이 키워낸 겁니까?"

"캐넌 각하께서는 탁월한 지도자이십니다. 미천한 저를 이렇게 큰 일을 할 수 있도록 키워주셨습니다."

세담은 질문을 캐넌에게 했는데 불쑥 애니문이 끼어드는 것도 그렇고 마치 도그리온 족의 지도자가 캐넌이라도 되는 것처럼 말하는 것에 마음이 심하게 불편한 표정이 되었다. 캐넌은 추장의 눈치를 살피면서 말을 이었다.

"지구인간들이 우리를 따르게 하고 시키는 대로 하도록 하는 것은 아무것도 아니네요? 애니문 박사님의 아이디어대로 하죠. 나머지는 박사님이 알아서 계획을 짜세요. 그리고 추장님, 박사님께 지구인 관리팀장 직위를 부여토록 하지요."

"그리하도록 하세요."

"애니문 팀장은 직무를 추진하는데 지장이 없도록 관련된 모든 권한을 가지게 될 것입니다."

"영광스럽고 감사합니다."

도그리온 족 관례에는 특정 권한을 부여받으면 종족의 지도자급 반열에 오르고 다양한 인센티브가 주어지기 때문에 애니문은 황홀한 감정에 휩싸였고 추장보다 캐넌을 향해 정신없이 감사표시를 했다.

캐넌은 정말로 자신이 우두머리라도 되는 것처럼 추장의 동의 없이 애니문에게 일사천리로 특권직위를 부여하고 마무리를 지어 보였다.

그렇지만 추장 세담은 자신이 보기에도 너무나 매끄럽고 기막힌 캐닌의 수완에 기가 죽을 지경이었다. 도그리온 족은 화성에서 보내주는 무선전력을 이용하여 웬만한 생활도구나 용품은 거의 다 제작하여 사용하고 있었다. 화성에서 몰래 반입한 자동차나 헬기 등의 부품을 조립하여 곧 완성품을 만들 수 있는 수준으로 흘러가고 있었다. 캐닌은 지구 이주 시 이삿짐을 선적할 때 세담 몰래 별도의 인원을 동원하여 지구에 가서 즉시 사용할 수 있는 각종 부속과 부품 등을 부피가 큰 다른 이삿짐들 속에 꼼꼼하게 챙겨 넣어 요긴하게 사용할 계획을 했던 것이었다. 당연히 각종 무기제조에 필요한 자재들도 있었다. 그러나 아비누스의 협조요청으로 가까운 지구 연구기지에서 종종 공중 순찰을 돌기 때문에 대형 장비나 제품은 지하에서 생산하기로 하고 대형 지하 공간을 공사 중이었다. 캐닌은 곧 지하 공사에 지구인간들을 투입할 계획을 세우고 있었다.

애니문은 제자들로 구성된 조직을 지휘하여 지구 원주민들에게 다양한 식물과 곡식재배는 물론 생활에 필요한 편의를 가르쳐 주고 랜턴이나 별것 아닌 문명도구로 교란시켜 어렵지 않게 지구인간들을 마음대로 조종할 수 있게 되었다. 지구인간들은 신에게 홀린 듯 애니문 무리의 지시에 잘 따랐다. 그리고 지구인 무리들 집단의 우두머리들을 별도로 교육시켜 의사전달을 효과적으로 함으로써 공사의 진행을 수월하게 하였다. 지구인간들은 자신들이 살고 있는 지역보다 강이 흐르는 북쪽으로 서서히 이동하고 있었다. 지구인간들이 빠져나간 자리를 도그리온 족들이 점점 차지하여 자신들의 영토를 넓혀가고 있었다. 캐닌은 인간들이 이동한 북쪽으로 가보았다. 남쪽보다는 지형이 고르고 밀림대신 초원지대로 물이 풍부하고 시야가 훤히 트인 지역으로 곡식을 재배하고 집을 짓기에도 좋은 곳이었다.

캐닌은 곧 자신들도 이곳에 진출할 수 있다는 생각에 한 가지 묘안을 생각했다. 지리적으로 요지에 해당하는 곳에 지구인들은 엄두도 못 낼 크기로 자신들의 모습을 형상화한 초대형 상징물을 만들어 놓으면 도그리온 족에 대한 강력한 우상화가 될 것으로 생각했다. 구조물을 건설하는 데는 지구인간들의 풍부한 노동력을 이용하면 되는 것이기 때문이었다.

* * *

화성에서 지하기지화를 마무리하고 지구로 돌아와 연구센터에서 머물고 있는 고드는 아침에 일어나 대지도자 복장 대신 가죽으로 된 원시복장을 하고 지구인들이 살고 있는 마을로 향했다. 고드는 아버지 슈카르에게 자신도 지구인 업그레이드프로그램에 참여하겠다고 했으나 아버지 슈카르의 불편한 심기가 못내 마음에 남아 실천에 옮기지 못하고 있었다.

오늘은 그냥 지구인들의 마을을 시찰해 보고 싶었다. 연구센터 주변을 한참이나 벗어나자 나름 정돈된 넓은 공간이 시야에 들어왔다. 군데군데 나무와 숲들이 질서 있게 자리 잡고 있었고 중앙 쪽에는 돌과 나무로 지어졌지만 제법 크고 세련된 건물이 자리를 잡고 있었다. 그 건물을 중심으로 많은 지구인들이 오고 가는 모습이 보였다. 볼품은 없지만 수레 비슷한 것에 물건을 싣고 가는 사람도 있었으며 짐을 등에 지고 가는 사람과 여자들로 보이는 사람은 머리에 물건을 이고 가는 것도 보였다.

고드는 지구인들이 그동안 많은 성장과 발전을 하고 있다는 것을 메시로부터 보고를 받아 왔으나 오늘 이 현실을 보게 된 것이었고 입을 다물지 못하였다. 고드 역시 화성인으로서 흘러가는 시간의 개념을 깜박하고 있었다.

지금 지구인들의 평균수명은 약 900세에서 1,000세 정도라고 들었는데 화성인들에게 1,000년은 지구인의 10년 정도로 느끼는 것이었다. 메시가 엘리자벳과 같이 연구센터를 나간지도 상당한 기간이 지났다. 마리아는 오랜만에 동생 엘리자벳의 초대을 받아 메시와 동생이 살고 있는 동굴로 갔다가 평생에 보지 못한 온갖 맛있는 음식들을 먹고 도저히 이해할 수 없는 물건들을 구경하였다.

또 지구인들은 생각지도 못한 거울과 빗 같은 귀한 생활용품의 선물까지 받아 가지고 동생의 배웅을 받고 내려오는 중이었다. 고드는 메시에게 막 통화를 시도하고 있었다. 그때 멀리서 인적이 드문 이쪽 숲속으로 다가오는 물체가 있어 본능적으로 바위 뒤로 몸을 숨기고 바라보았다. 고드의 눈에 한 아름다운 여인이 점점 가까워져 오고 있었다. 입고 있는 옷도 지구인과는 다르게 너무나 아름다웠다. 그런데 고드의 머리카락이 갑자기 쭈뼛 서는 것 같았다.

그녀의 앞가슴에는 오래 전에 메시에게 달아준 자료수집 장치인 고릴라 마스코트가 보였다. 고드와 눈이 마주친 마리아는 순간적으로 고드를 힐끗 쳐다보고는 도망치기 시작하는데 그때 메시에게 선물 받은 고릴라 마스코트가 나뭇가지에 걸려 떨어지고 말았다.

마리아는 그것도 모르고 조금 전에 선물 받은 생활용품까지 내팽개치고 손살 같이 마을을 향하여 달아나 버렸다. 그녀가 떨어뜨리고 간 마스코트 외 물건들은 언뜻 봐도 지구인들의 것이 아니었다.

고드는 그 자리에서 얼어붙은 듯한 자세로 잠시 넋이 나간 듯이 서

있다가 뭔가 더 알아보고 다시 와야겠다는 생각에 바로 연구센터로 돌아왔다. 집무실로 들어온 고드는 곧바로 찬물을 한잔 들이켰다. 그리고는 메시에게 급히 영상통화를 시도하자 즉시 메시가 나타났다.

"대지도자님, 그렇지 않아도 제가 한 번 뵙고 싶었습니다."

"엘리자벳은 잘 계시는가? 오늘 나는 지구인들 마을을 다녀왔네. 생각보다 많이 발전 했더라구. 직접 눈으로 보니까 대단하더군."

"그러실 겁니다. 이대로 흘러가면 우리 생각보다 훨씬 성장속도가 빠를 것 같고 곧 지구에는 왕조국가가 탄생할 것으로 보입니다. 지금 엘리자벳의 아버지가 통치자로 있습니다만 곧 정식 왕으로 추대될 것 같습니다. 그 때 우리가 이벤트를 하나 해 주려 하고 있습니다. 왕의 통치 권력이 막강해 보여야 통치가 수월하지 않겠습니까. 그래서 지구인들이 보는 앞에서 아무도 모르게 아버님을 위한 깜짝쇼를 보여줄까 합니다. 지구인들로 하여금 자신들의 왕이 신과 같이 더욱 위대하게 보이고 절대 복종할 수 있도록 도와주는 것이지요. 아… 죄송합니다. 제가 혼자 너무 떠들어 댔나 봅니다."

사실 고드는 메시의 말보다 자신의 얘기를 빨리 하고 싶었는데 메시의 말이 이렇게 긴 느낌은 처음이었다.

"그거 좋은 생각이네. 통치능력이 약하면 질서가 무너지고 혼란이 오게 되지. 아무튼 잘한 일이네. 그리고 내가 오늘 마을 주변에 갔다가 우연히 지구여성을 만났는데 가슴에 고릴라마스코트를 달고 있었어. 얼마나 놀랐는지 몰라. 어떻게 된 건지 메시 박사가 혹시 아는 게 있는가?"

"하하… 죄송합니다. 대지도자님, 그 여인은 엘리자벳의 언니 마리아였습니다."

"뭐야?"

고드는 또 한 번 깜짝 놀라고 있었다.

"마리아는 오늘 저희 동굴에 왔다가 돌아가는 길이었습니다. 그렇지 않아도 대지도자님을 한 번 뵈려고 했습니다만 이런 저런 일로 늦어졌습니다. 마리아에게도 미안하구요."

"도대체 무슨 얘기인가?"

고드가 오늘 본 여인이 마리아라면 그동안 시간이 흘러 많이 늙어 보였을 것이고 그러면 나이가 맞지도 않고 도무지 이해가 되지 않았다. 그렇다면 메시가 특별한 조치를 했을 가능성이 있었다.

"어느 날 제가 대지도자님께 기회가 되면 마리아를 소개하겠다고 한 일을 아직 기억하시는지 모르겠습니다. 그 때는 마리아를 단순 인사차원에서 대지도자님께 소개하려고 했습니다만 대지도자님께서 지구인 업그레이드 프로그램에 참여한다는 소식을 듣고 곧 생각을 수정했습니다. 솔직히 대지도자님께 정식으로 소개하기로 마음을 먹었습니다. 그래서 마리아에게 특별히 신체회복 과정을 거쳐 지금까지 옛 모습 그대로 유지를 하고 있습니다. 제가 한 일이 잘못되었다면 용서해주십시오."

"전혀 잘못되지 않았네. 하지만 박사가 선택한 사람을 내가 싫다고 하면 어쩌려고 그랬나?"

"저보다 대지도자님의 마음을 훤히 아는 사람이 화성과 지구 어디에 있겠습니까. 다양한 취향도 잘 알고 있고요. 오늘 마리아를 보시고 어떠셨습니까?"

"그것도 메시 박사가 잘 알고 있겠는데? 허허허"

"아직 대지도자님께서 프로그램 참여를 취하했다는 정보를 접하지 못했습니다만 생각을 바꾸셨는지요."

"사실 오늘 외부출장이 프로그램 참여와 관련이 있었지. 그렇지 않아도 그녀가 누구든 메시 박사를 통하여 알고 싶었네."

지루하게만 느껴졌던 결과를 직접 본인의 입으로 들은 메시는 감격하여 흥분을 참지 못하고 있다.

"그럼 내일 당장이라도 대지도자님 집무실로 모시고 갈까요?"

"음… 그리 급한 일도 아닌데. 그러면 모레 정도 보기로 하고 장소는 아직 주위의 시선도 있고 하니 자네 동굴로 직접 가겠네."

고드는 당장이라도 가서 보고 싶지만 명색이 화성의 대지도자인 자신의 체신도 있어 일부러 다음 날로 미뤘지만 기분은 나쁘지 않았다.

"제가 프리카로 모시러 가겠습니다. 대지도자님께서 프리카를 움직이면 주위의 괜한 호기심과 시선들이 있을 것 같습니다."

"역시 메시 박사야. 내 마음을 척척 맞추니 말이야.

고맙네. 나중에 보세."

"감사합니다. 이만."

모니터의 화면이 사라지자 흥분한 메시는 영상을 같이 본 엘리자벳에게 이 사실을 가능한 빨리 언니에게 알리라고 부탁했다. 영상통화를 끝낸 고드는 오늘 보았던 마리아가 자꾸 눈앞에 아른 거렸다. 그야말로 한 눈에 반한 것이었다. 화성인을 대표하는 대지도자인 자신이 이런 감정에 사로잡히는 것이 죄책감마저 들지만 자신이 원조 지구인이기에 느끼는 어쩔 수 없는 감정이라고 생각을 했다.

신들의 행성 333

메시의 프리카가 고드의 집무실 앞에 내려앉고 기다리던 고드를 태우고 메시의 동굴로 향했다.

"마리아가 내 마음과 같을까? 메시 박사,"

고드는 생전처음으로 이성을 만나는 긴장된 마음을 안정시키기 위해 메시에게 순진한 질문을 하고 있었다.

"이 사실을 전해들은 마리아가 제대로 잠을 못 이루었다고 엘리자벳이 제게 귀뜸을 해주었습니다. 아마도 마리아가 대지도자님보다 더 긴장한 것 같습니다. 마리아가 엊그제 대지도자님과 마주치고 숨이 멎을 뻔 했답니다."

"왜?"

"누군지는 모르지만 마리아의 마음을 크게 흔들었다고 합니다. 순간적으로 콩깍지가 끼어 이상형으로 보였나 봅니다. 하하하"

메시와 고드가 동굴 속으로 들어오자 엘리자벳과 마리아는 일어서서 동시에 고개를 숙이고 엘리자벳이 말했다.

"영광입니다. 대지도자님, 어서 오십시오. 어서 인사드려 언니. 고드 대지도자님이셔."

"고드라고 합니다. 말씀은 많이 들었습니다. 무척 아름다우십니다."

"고맙습니다. 마리아입니다."

마리아는 심장이 멎을 듯 뛰고 있었다. 대충 서로 인사가 끝나자 메시는 좌중을 둘러보며.

"자, 이제 자리에들 앉으실까요?"

테이블위에는 포도를 비롯한 각종 과일들이 즐비하고 음료수며 술, 그리고 다양한 고기류들의 요리가 가득했다.

과거 고드가 역사학습에서 본 먼 과거 화성의 식단형태가 이와 비슷했다는 생각이 스쳤다. 메시가 이런 음식을 자연스레 먹는 모습을 본 고드는 완전히 지구인이 다 되었다고 생각했으며 고드 역시 이런 음식에는 전혀 부담감이 없었다. 식사를 마친 고드와 마리아는 동굴 밖으로 나와 가까운 주변으로 산책하기로 했다. 산 아래 우측으로 멀리 마리아의 마을이 펼쳐져 있었다. 고드는 그녀의 앞가슴에 고릴라 마스코트를 달아주었다.

"고릴라 마스코트가 마음에 듭니까?"

마리아가 도망치다 떨어뜨린 고릴라 마스코트를 고드는 오늘 잊지 않고 챙겨왔던 것이었다.

"네, 어쩐지 친근하고 마음에 안정을 주는 것 같아요. 그리고 귀엽지 않나요? 처음에는 무섭고 이상한 물건처럼 보였어요. 자꾸 볼수록 친근하고 귀엽네요."

"귀한 사연이 있는 물건입니다. 잊어버리면 안 됩니다. 하하하"

"그렇게 말씀하시니 갑자기 부담스러워 지는데요."

"아이구… 그랬나요? 그렇게 생각할 필요까진 없습니다. 마리아에게 좋은 일만 생기게 할 물건이니까요."

고드는 마리아에게 고릴라가 당신의 조상이라고 말할 수는 없고 메시를 추적하다가 당신을 만나게 되었다는 사실도 말하기가 곤란하여 어물쩍 넘기기 위한 임기응변이었다.

"어머, 그렇게 좋은 거였어요? 잘 모시고 간직할게요. 호호호."

갑자기 고드는 메시 박사에게 큰 고마움을 느꼈다.

마리아를 소개한 것도 그렇지만 일반 지구인들과는 상상도 할 수 없는 대화를 가능케 해준 것이었다. 이렇게 지구인의 수준을 인위적으로 격상시킨 메시의 공로는 고드 입장에서는 정말 대단한 것이었다. 엘리자벳은 물론 마리아의 지적수준은 대략 3~4,000년 후에나 볼 지구미래를 보여주는 것이었다. 엘리자벳과 마리아의 영향으로 아버지 다윗과 주변상황도 상당한 문명적 진화를 보이고 있다고 했다.

고드는 설레는 마음을 뒤로하고 메시의 프리카를 이용하여 연구센터로 돌아왔다. 아마 고드 자신의 솔직한 감정대로였다면 오늘 마리아에게 적극적이고 본능적인 구애의 모습을 보였을 것이나 일단 한 번은 자제하는 모습을 보여야겠다는 생각과 약간의 품위도 챙기고 화성의 정서도 생각해야 했다. 고드는 마리아 생각으로 밤잠을 설치고 있었다. 한 번 붙기 시작한 이성의 감정을 고드 자신도 주체할 수가 없었다.

특별한 직무가 없으면 거의 매일 메시의 동굴 주위에서 마리아와 데이트를 즐겼다. 마리아를 생각하면 동굴의 주위는 은밀한 애정행위를 할 수 있는 편안한 곳이 없었다. 겨우 키스 정도의 애정표현만으로 데이트를 마치고 귀환하곤 했다. 연구센터로 귀환하는 프리카에서 메시는 고드와 마리아가 결정적인 애정표현 기회가 없다는 것을 알고 은근히 고드의 심중을 건드려보았다.

"대지도자님, 마리아를 연구센터로 초대를 한 번 하지 않겠습니까? 매번 같은 장소에서 만나는 것도 그렇고 마리아도 센터가 궁금해 할 것 같은데요."

"그럴까? 나도 그런 생각이 들기는 하네. 다음번에는 그렇게 하지 뭐."

"그러시죠. 아예 제가 모셔가겠습니다. 시간만 정해 주십시오. 아니, 내일 점심을 맛있게 만들 준비를 하세요. 저희는 먹을 준비만 하고 가겠습니다. 마리아 가족들에게도 걱정하지 말라고 엘리자벳이 잘 정리 할 겁니다."

좀 성급하다 싶은 생각도 들지만 고드는 메시의 말에 따르는 척했다.

"그래. 점심 잘 준비해 놓겠네."

메시는 고드를 내려주고 더 이상 말을 하지 않고 곧 바로 떠나버렸다. 혹시 고드의 마음이 변할까 싶어서였다. 고드는 메시를 보내고 평소보다 더욱 마음이 설레기 시작했다.

다음날 고드는 집무실과 같이 달려있는 주방 겸 휴게실에서 마리아를 위한 보수적인 음식을 열심히 준비하고 있었다. 요리제조 설비는 한 평도 안 되는 공간에서 프로그래밍 된 음식이 2대의 프린터에서 자동으로 완성되어 만들어져 나왔다. 조리된 음식들은 가정용 로봇이 완벽하게 세팅했고 싱싱한 과일은 물론, 원하는 종류의 육류고기와 쌀밥에서부터 디저트까지 모든 장르의 음식이 가능했다. 한 번의 세팅으로 각자의 위치로 음식이 자동 서빙 되지만 고드는 로봇에게 중지하라고 말하고 조리된 음식 하나하나를 직접 나르기로 시작했다. 마리아와 대화하면서 파악한 대로 마리아가 좋아 하는 음식을 위주로 차렸다. 메시가 조금 전에 도착시간을 알려왔고 약 1분 후면 메시와 엘리자베스, 그리고 마리아가 이곳에 들어 올 것이었다. 출입문에 장치된 영상감지 인식장치가 메시를 알아보고.

"삐리웅~"

벨소리가 들리고 자동문이 열리면서 메시 일행이 들어왔다.

"하이~, 어서들 오십시오. 엘리자벳은 날로 예뻐지십니다. 메시, 어서와. 마리아 반갑습니다."

엘리자벳은 준비한 음식들을 보며 크게 말했다.

"뭘 이렇게 많이 준비를 했어요? 애 많이 쓰셨습니다."

"아시지 않습니까. 제가 하는 것은 입으로 지시하는 것뿐입니다."

이번에는 메시가 기분 좋게 거든다.

"아니, 그래도 마리아가 좋아하는 음식 정하느라 신경 많이 쓴 거 같은데요. 하하하."

마지막으로 마리아가 인사 겸 고마운 마음으로 말했다.

"어떻게 이런 것이 가능한지 저는 항상 신비하기만 합니다. 맛있게 잘 먹겠습니다."

마리아는 일부 화성 학습 프로그램을 이수하기는 했지만 실제 현실을 볼 때마다 정말 신비로웠다. 고드와 마리아는 식사 내내 서로를 번갈아 보고 있었고 메시와 엘리자벳도 고드와 마리아 두 사람을 힐끗 힐끗 쳐다보았다. 일행들은 그동안 일어났던 일들에 대해서 리바이벌하듯이 수다를 떨기도 했다.

식사를 마친 메시 부부는 마리아를 남겨 둔 채 동굴로 돌아가고 먹다 남은 테이블위의 음식들과 그릇들은 주방 로봇이 한 번 쓱 지나가니 남은 음식은 물론 그릇까지 깨끗이 사라지고 언제 무엇을 했는지조차 모를 정도가 되었다. 그릇은 음식의 종류와 양에 따라 즉석에서 자동으로 만들어지고 식사가 끝나면 자동 폐기되어 공중 분해 돼버렸다. 모든 과정이 음성인식으로 가능하며 로봇이 스스로 판단해서 처리했다. 마리아는 꿈에도 볼 수 없는 광경이었다.

잠시 동안 고드와 마리아는 서로를 쳐다보며 어색한 미소를 머금었다. 그러다 갑자기 고드와 마리아는 누가 먼저랄 것도 없이 본능적으로 포옹을 하고 키스를 시작했다. 오히려 마리아가 마치 야수처럼 달려들어 정사를 벌이기 시작했다. 마리아의 신체는 메시의 특별 배려로 최상의 건강한 몸매와 뽀얀 피부의 탄력이 넘치고 있었다. 이렇게 고드와 마리아는 한 동안을 꿈같은 나날을 보냈다. 마리아 가족들에게는 몇 번이고 엘리자벳을 통하여 체류 연장 통보를 해야 했다.

화성에서의 지도자회의 등 직무에 대해서는 아버지 슈카르로 하여금 직무대행을 부탁하여 놓았고 지도자들에게는 지구 직무핑계로 양해를 부탁했었다. 그러나 화성에 있는 슈카르와 마야가 한 번 보고 싶다는 연락을 받고도 고드는 이런저런 이유로 핑계를 대고 연구센터에 눌러앉아 있었다.

Chapter 23

전쟁의 서막

아틀라스 지구 종합연구센터가 건립되기 전에 세워진 구역별 지구 연구소의 주요 업무가 아틀라스 종합연구센터로 이관되고 게브를 비롯한 몇몇 대원들만 남은 제1지구 연구소는 아틀라스 연구센터의 부속 출장소로 바뀌어 순찰업무 및 지원업무를 주로 담당하고 있었다. 가끔 게브 소장은 최근 도그리온 족과 버드리아 족을 순찰하고 두 종족의 중앙에 분포된 지구인들의 생태와 이동경로를 점검하고 있었다. 두 종족에 대한 특별 순찰은 아비누스의 업무협조 요청에 의하여 이루어지고 있는 것이었다.

순찰과 함께 동향을 보고하지만 구체적인 개입은 하지 않고 있으며 관심을 가질만한 특이한 움직임을 보이지 않는 한 크게 관심을 가지지 않았다. 그러나 최근 도그리온 족과 버드리아 족에 걸친 구역에서 지구인들과 함께 상당한 변화가 나타나고 있었다. 우선 지구인들이 북쪽으로 이동하는 모습이 확연하게 나타나고 도그리온 족들이 지구인들의 빈자리로 이동하여 활동영역이 동북쪽으로 확장되고 있었다. 부피가 큰 물체들이 나뭇잎 등으로 은폐되어 어디론가 이동 중이고 지역 전반에 걸쳐 움직임도 활발한 것을 알 수 있었다. 그리고 버드리아 족들이 도그리온 족 방향으로 왕래가 부쩍 늘어나는 등 예전의 상황과는 달리 이 지역들의 분위기가 조금씩 변화하고 있는 것이 포착되었다. 그러나 게브는 이러한 현상을 자연스럽고 왕성한 생존 현상이라고 보고하였다.

또한 흥미로운 모습이라고 전하면서 지구인들이 떠나간 중심지에 거대한 도그리온 족 형상의 흉상이 세워지고 있다고 전했다. 더구나 여기에는 많은 지구인들이 동원되어 밤낮으로 일을 하고 있었고 이런 모습들이 게브에게는 우려할만한 상황으로 보이지는 않았으며 자연스런 그들의 일상이라고 생각하고 있었다. 그러나 뭔가 상당한 발전을 보이는 상황으로 참고자료는 될 만하였다. 보고를 받은 아비누스나 뎅버드 역시 예상된 현상으로 분석하고 대지도자인 고드에게 보고하였다. 게브는 이러한 상황에 대한 종합적인 자료를 취합하여 아틀라스 종합연구센터로 전송했지만 아직 아무런 응답이 없었다.

* * *

도그리온 족 추장 세담의 집무실에는 방금 도착한 버드리아족의 추장인 앵머스와 캐닌이 머리를 맞대고 있었다.

"우리 버드리아 족은 확고한 결전의지를 갖추고 있습니다. 도그리온 족이 지원해준 조명시설 등 편의시설로 버드리아 족들로 하여금 도그리온 족을 절대적으로 신임하고 있고요. D-데이는 언제쯤으로 생각하고 있는지요."

이에 캐닌이 결기어린 어조로 앵머스의 말에 답을 하고 있었다.

"전반적인 준비가 아직 부족 합니다. 지금 훈련 중인 버드리아 족의 수준이 아직 실전에 배치하기는 멀었습니다. 그리고 각종 화기나 장비가 조립되지 못하고 있으며 실전교육도 해야 하구요. 중요한 것은 화성인들의 상황인데 아직 일정을 정하기에는 완전히 성숙되지 않았습니다. 또 화성의 대지도자인 고드가 지구인 업그레이드 프로그램에 직접 참여 한다고 오래 전에 발표를 했습니다만 최근의 정보에 의하면 지구인 여성과 열애 소문이 떠돌고 있습니다."

앵머스 추장은 지능이 모자라는 듯한 어투로 다시 말했다.

"그것과 우리과업하고 무슨 관계가 있습니까?"

캐닌은 마치 자신이 추장이라도 되는 듯이 눈을 아래로 지그시 감고 근엄한 표정으로 말했다.

"우리 도그리온 족의 역사학자이자 지구인 관리팀장인 애니문 경에 의하면 원조지구인인 고드 대지도자가 이성과 열애에 빠지면 개인도 그렇겠지만 화성 지도부에 상당한 혼란이 올 수 있다고 합니다. 어찌 보면 지금부터가 화성이 역사상 가장 취약한 상황이 아닌 가 봅니다."

버드리아 족 추장 앵머스가 말했다.

"그것만 믿고 기회를 보는 것은 문제가 있는 것 같습니다."

다시 캐닌이 앵머스의 말을 즉시 이어받았다.

"꼭 그런 상황만을 기대하는 것은 아닙니다. 우리의 준비만 확실하면 초기에 결딴을 낼 것입니다. 저들이 공격개념과 방어개념이 없다는 것을 추장님도 잘 아시고 계시지 않습니까. 화성인들은 그들의 역사가 바뀐 후로 아주 오랜 동안 한 번도 외부로부터 공격을 받은 일이 없습니다. 따라서 저들은 평상시 공격에 대한 아무런 방비가 되어 있지 않습니다. 더구나 우리가 이런 계획을 준비하리라고는 추호도 생각하지 않을 것입니다. 철저히 준비하여 기습공격만 성공한다면 상황은 간단하게 끝날 수 있습니다. 그렇기 때문에 상황을 질질 끌면 우리의 계획이 탄로 날 수도 있으며 그러면 우리의 거사는 물거품이 되고 맙니다. 그렇게 되면 결국 화성의 모든 지원과 관심은 중단되고 아주 심각한 상태가 될 수도 있습니다. 이제 우리는 돌아오지 않는 다리를 건넜다고 봐야 됩니다."

앵머스 추장은 모처럼 현명한 의견이랍시고 근엄하게 대안을 제시한다.

"그러나 지금이라도 침공계획을 철회하고 이 역량을 이용해서 우리의 번영에 매진하면 어떻습니까?"

두 사람의 대화를 듣기만 하고 있던 세담은 앵머스 추장의 거사 철회 발언에 정신이 확 들고 마치 자신이 하고 싶었던 말을 세담이 해주는 것처럼 생각을 했다.

"철회도 괜찮…."

갑작스런 추장의 말에 캐닌은 얼른 세담의 말을 자르고 벌컥 화를 내고 흥분하기 시작했다.

"무슨 소리를 하려고 합니까? 지금 우리에게 필요한 것은 화합된 마음입니다. 마음만 뭉치면 우리의 거사는 틀림없이 성공합니다. 갑자기 왜들 이러십니까."

캐닌 자신이 전혀 생각지도 않은 말들이 두 추장의 입에서 나오자 설득에 앞서 흥분부터 하게 된 것이었다. 캐닌도 자신이 길게 흥분할 일이 아니라는 것을 곧 깨닫고 다시 차분한 어조로 말을 이어 나갔다.

"죄송합니다. 제가 너무 흥분 했나 봅니다."

세담도 캐닌의 말에 겸연쩍어하고 있는데 앵머스가 조심스럽게 말을 이었다.

"괜찮습니다. 항상 지도자들은 책임감이 커서 신중에 신중을 하는 버릇이 있습니다. 양해 해 주시지요."

앵머스는 조금 전에 돌아오지 못하는 다리를 건넜다는 캐닌의 말이 머리를 맴돌고 있었다. 사실 거사를 멈추더라도 시간이 지나면 화성당국의 귀에 들어 갈 수밖에 없어 어차피 결과는 마찬가지인 것을 앵머스는 곧 이해 할 수 있었으나 처음에는 캐닌의 엄포나 협박처럼 들렸던 것이었다.

"그려, 캐닌 경이 이해를 혀."

언제부턴가 세담은 캐닌의 말에 비굴함을 보이고 있었다. 지금 이 순간까지 거의 모든 일을 캐닌이 주도하고 성사시키고 있었던 것에 대한 열등감이었다. 사실 버드리아 족과 연합을 위한 초기 비밀 협상의 제안부터 성사까지가 캐닌의 작품인 것은 물론, 성사되기까지의 과정도 캐닌의 기발한 아이디어로 진행된 것 이었다. 또 지구 이주 시에 비록 구닥다리지만 여러 대의 소형엔진과 부품, 그리고 완전 구식 헬기 두 대분의 부속과 부품 등을 다른 물품들 속에 위장하고 선적을 통과하여 몰래 숨겨온 것도 캐닌의 공로였다.

세담 대신 먼저 버드리온 족을 찾아간 캐닌은 추장 앵머스를 만나 그동안 화성인들로부터 핍박받고 멸시당한 절절한 역사를 특유의 입담으로 설득하고 자신들만이 무선전력을 공급받아 사용하고 있다는 것을 악용하여 아비누스와 화성을 싸잡아 이간질 했으며 앵머스로 하여금 화성에 대한 분노를 자아내게 만들어 이번 거사에 동참하게 만들었다. 그러나 앵머스만의 설득으로 전체 버드리아 족을 움직이는 것이 쉽지 않음을 알고 먼저 전기 공급을 해주어 각 가정에 밝은 불빛을 선사하고 도그리온 족들이 그동안 전기의 힘으로 발전시켜온 각종 편의시설을 버드리아 족에게 제공함으로써 큰 환심을 샀다. 그렇게 버드리아 족으로 부터 확실한 신임을 얻은 도그리온 족의 캐닌은 초기에 앵머스 추장을 설득한 동일한 방법으로 전체 버드리아족의 지도부와 종족들을 굴복시켰던 것이었다. 이러한 사실이 도그리온 전체 종족들에게는 공공연한 비밀이 되어 있었으며 일부 도그리온 족들은 캐닌이 실세이며 추장 세담은 허수아비 같은 형식상 지도자로 믿는 사람도 많았다. 앵머스는 오늘 회담은 물론 웬만한 사안의 협의도 캐닌과 협의하는 것으로 결론지었다.

"앵머스 추장님, 돌아가시면 동족들에게 좀 더 독려를 해주시고 각오를 다져 주시기 부탁드립니다."

"암요, 그러지요. 캐닌 경께서도 좀 더 철저한 계획으로 거사에 성공 할 수 있도록 잘 이끌어 주시기 바랍니다."

"알겠습니다. 여러모로 협조해 주셔서 감사합니다.

돌아 가시기전에 잠시 합동 훈련장을 시찰해 주시고 동족들에게 격려를 좀 부탁드려도 될까요. 앵머스 추장님,"

"당연히 그래야지요. 세담 추장님도 같이 가시죠."

세담은 그야말로 꼭두각시 같았다.

두 사람의 대화에 시종 고개만 끄덕이다가 끝난 것이었다.

"저는 바쁜 일이 좀 있어서 두 분이 다녀오세요. 우리 병사들은 케닌 경만 있으면 됩니다. 하하하"

도그리온 족이 당면한 대부분의 통치행위를 캐닌이 도맡아 이끌고 있어 실제로 세담에게는 별다르게 바쁜 일이 없기도 했다. 그러나 종족의 대표 지도자로서 체통은 꼭 지켜야 한다고 늘 생각하고 있었다. 지구인들을 동원하여 구축한 도그리온 족의 지하기지 훈련장은 앵머스의 생각보다 넓고 훌륭했다. 앵머스와 캐닌의 뒤로 비서 두 명이 따르고 지하 훈련장에 들어섰다. 각 분야별로 나누어진 훈련장은 많은 인원들이 움직이고 있었다.

캐닌은 먼저 탱크훈련장으로 앵머스를 안내했는데 비록 첨단 장치는 없고 완전 고철 덩어리 같아 보였으나 생각보다 덩치가 컸으며 기본적으로 가동하는 데는 이상이 없는 것 같았다.

앵머스는 그 크기에 압도당했는지 입을 다물지 못하고 있는데 캐닌이 보충 설명을 했다.

"조기에 거사를 끝내기 위해서는 우리는 일단 급습을 해야 합니다. 그렇게 하려면 한꺼번에 많은 병력이 투입되어야 하고 저들의 시설은 대부분 돌과 나무로 되어 있어 힘으로 밀고 들어가야 됩니다. 그래서 섬세한 정밀장치는 굳이 필요가 없습니다. 무조건 무기들이 크고 튼튼해야 합니다. 그리고 조작도 간단해야 병사들이 숙지하기 쉽고 훈련기간도 단축되지요. 아마 버드리아 족의 병사들도 어렵지 않게 조작이 가능할 것입니다."

"어차피 복잡한 조작 기술은 본디 없잖습니까. 암튼 감탄스럽습니다. 이렇게 철저하게 준비한 캐닌 경에게 경의를 표하는 바입니다. 자세하게 전부 둘러보지 않아도 안심할 수 있겠습니다. 제가 돌아가서 지도부에게 알리고 저들도 와서 둘러보라 하겠습니다."

앵머스를 보좌하기 위하여 대동한 비서관도 시종 눈이 휘둥그레지고 감탄을 금치 못하고 있었다.

"앵머스 추장님, 지구상에서 화성의 흔적만 없어지면 우리는 이 넓은 행성의 주인이 됩니다. 사라진 그들이 우리를 역 침공하지 않는 한 다시는 지구에 오지 않을 것 이구요. 그러면 화성인들의 후손인 지구인까지 오히려 우리가 호령하며 살 수 있을 것입니다."

캐닌의 말은 들을 때마다 앵머스는 감동의 도가니로 깊이 빠져드는 것 같았다.

* * *

Chapter 24

갈등

지구 종합연구센터인 아틀라스에서 마리아와 깊은 사랑에 빠져있는 고드는 최근 검토하지 않고 있던 자료들을 살펴보는데 순찰팀장 게브의 보고 내용이 눈길을 끌었다. 그러나 보고내용이 우려할만한 사안은 아니라고 생각되었고 게브 역시 지나치게 우려스러운 표현을 하고 있지는 않았다. 그리고 마리아와 함께한 시간이 생각보다 길어지자 고드는 자신의 현실을 냉정하게 생각해 보았다.

화성의 지도자회의는 한동안 아버지 슈카르에게 부탁하였고 웬만한 지휘참모들에게는 지구인 업그레이드 관련 프로젝트가 중요하다고 장기출장에 대한 양해를 구해 놓았었다.

사실 이 지구인 업그레이드 프로그램은 미래 화성인들의 생존에 지대한 문제를 예방하는 중요한 일이었다.

만일 화성의 역사처럼 지구인들의 문명수준이 진행된다면 지구인들과의 공존 시점이 너무 느려져 핵전쟁이나 환경 재앙 등으로 공멸

할 가능성도 있는 것이었다. 이에 특정 화성인의 유전자를 지구인과 혼혈되게 함으로서 우성인자가 번성하여 전반적인 지구인들의 지능이 빠르게 격상되어 전체 지구 인류의 문명발전에 속도가 붙게 하는 프로그램인 것이다. 그러나 의외로 대지도자의 공석이 오래되자 슈카르도 부담이 되기 시작하였고 일부 지도자들도 슬슬 의혹이 일기 시작한 것이었다. 언뜻 현재의 자신을 살펴봐도 자신의 처신이 조금은 과도하고 무모했다는 생각이 들면서 직무를 소홀히 해서는 안 되겠다고 정신을 가다듬었다. 그러나 마리아와는 관계는 절대로 훼손할 수가 없다고 생각했다.

고드의 인성과 감성으로는 당연한 것인지도 모를 일이었다. 아무튼 고드는 마리아와의 관계에 대하여 아버지 슈카르과 먼저 상의를 해야겠다고 생각했다. 그리고 메시를 불러 이러한 자신의 소견을 전달하고 마리아를 가족들에게로 일단 데려다 줄 것을 부탁했다. 그리고는 아버지 슈카르에게 먼저 연락을 취하고 화성으로 향했다.

그동안 지구에서 일어났던 마리아와의 일들과 그에 대한 자신의 소신을 아버지 슈카르에게 밝히기로 한 것이다. 고드는 마치 중죄인이라도 된 것처럼 아버지 슈카르와 어머니 마야에게 고백하고 있었다.

"그간 저의 직무에 소홀하였던 점과 제 개인의 지나친 감정으로 아버지, 그리고 어머니께도 소원하였던 것에 대하여 진심으로 사과드립니다."

"그래, 그런 점을 인지하였다면 그것으로 족하다. 그러나 화성의 대지도자로서 그러한 개인감정을 어떻게 소화시키는가가 중요한 거다. 고드가 화성에 없는 동안 연구센터의 실적에 대해 모든 화성인들과 지도자들은 만족해하고 있다. 대지도자인 고드에게만 문제가 없으면 화성은 아무 문제가 없다고 본다. 그래. 마리아와 관계는 어떤 계획을 가지고 있나?"

"네, 메시 박사의 뒤를 이을 것 같습니다. 다만 동굴이 아닌 화성이나 연구센터 내에 보금자리를 갖고 싶습니다. 그렇다고 하여 직무에 소홀하거나 화성인들의 여망에 반하는 어떠한 일도 하지 않을 것입니다. 그리고 여전히 어머니, 아버지를 사랑하게 될 겁니다."

슈카르와 마야는 무표정에 눈만 동그랗게 크게 떴다.

"???!!!"

슈카르는 고드의 말이 충격적이기도 하지만 희미하게나마 예상했던 일이 현실이 되고 있음을 느꼈다. 자신이 화성의 대지도자이면서 본질적인 대지도자의 개념을 완성하지 못하고 있는 것이었다. 그것은 고드 자신도 느끼지 못하고 있는 부분이었다. 슈카르는 대지도자가 아닌 아버지로서 아들에게 진심이 우러나는 말을 해주었다.

"아무리 고드가 좋은 뜻으로 지구인 업그레이드 프로그램에 합류했다 해도 화성인이 지구인과의 공식적인 화합은 우리의 정서에 맞지 않을 것 같아. 메시 박사가 동굴로 간 것도 엘리자벳 때문만은 아닐 것이다. 정서에 맞지 않는 주변 화성인들의 시선이 힘들었을 거야. 우리 화성인들에게는 생존과 자존감에 최고의 가치를 두고 있어. 뭐가 더 아쉽겠어. 이만한 수준의 문명을 이루고 살아온 우리의 역사는 화성의 자존심 그 자체라고 말 할 수 있지."

"아버지 말씀은 이해를 하고 남음이 있습니다만 사실 화성의 자존감을 실제 전체 화성인들과 같이 완전하게 느끼지 못하는 것은 사실입니다."

"섭섭할지는 모르지만 주류 화성인들이 바라보는 지구인에 대한 동정심은 크지만 아직 우리의 상대가 아니라고 생각하고 있어. 이것만큼은 대지도자인 고드가 실망을 안겨주어서는 안 되는 것이야. 아버지인 나나 어머니 마야는 언제나 고드 네 편이다. 그래서 내일 고돌라 고문과 슈트켄 할아버지께 먼저 상의하고 지도자회의의 안건으로 상정해 보려한다. 나도 최선을 다 해보겠지만 장담은 할 수 있는 문제는 아닌 것 같아."

지금까지 듣고만 있던 마야가 슈카르를 거들었다.

"네가 대지도자만 아니더라도 어느 정도 가능성이 있는 일이지만 화성인들의 기본 정서를 외면하면 지도력의 신임이 낮아지는 것인 만큼 잘 처신하면 좋겠다."

오랜만에 보는 아들 고드를 마주하였지만 기쁨보다 난처한 대화를 해야 하는 마야의 마음은 착잡하기 그지없었다.

"죄송합니다. 아버지, 어머니 말씀을 듣고 보니 제가 미처 생각하지 못한 부분이 많은 것 같습니다. 저도 깊이 생각을 해보겠습니다."

"그래, 고드는 충분히 현명한 생각을 할 능력을 가지고 있어. 내일부터 밀린 직무나 차분히 처리해 보게. 내가 정리를 다 해 놨으니까 검토만 하면 될 거야."

"감사합니다. 아버지."

다음날 슈카르는 고문인 고돌라와 아버지 슈트켄을 각각 만나 고드의 문제를 상의하였고 고돌라와 슈트켄은 역시 부정적인 의견을 내놓았다. 고드는 그동안 보지 못하였던 각 부처의 참모들을 마치 과거 역사에서 선거운동 하듯이 일일이 찾아다니며 인사를 나누었다.

각 구역의 지도자들도 대부분 화상통화를 통하여 안부를 물었다. 고드를 본 대부분의 사람들은 고드의 모습과 표정이 전보다 많이 좋아졌다고 한결같은 표현으로 맞이했다.

오랜만에 지도자회의장은 일찍이 사람들로 술렁이기 시작하였다.

"대지도자가 지구에서 사고를 쳤대."

"사고는 무슨, 연애중이라는데?"

"연애? 여자는 누구래?"

"화성인이 아니라는 말도 있던데?"

"화성인이 아니라면 외계인인가?"

이 때 대지도자인 고드를 선두로 슈카르와 고돌라, 그리고 슈트켄이 그 뒤를 따르고 있었다. 역시 고문 고돌라가 회의를 주재하기 시작하는데 대지도자에 관한 안건일 때는 매번 고돌라가 회의 주재와 진행을 하고 있었다.

"오늘 회의 안건은 우리의 옛 관습인 고드 대지도자의 혼인과 관련한 주제입니다. 먼저 대지도자님의 말씀을 들어보겠습니다."

고드는 아버지 슈카르와 어머니 마야의 대화로 자신이 미처 생각하지 못했던 부분을 알았기에 이번 지도자회의에서 이변이 없는 한 자신의 소신을 관철하기 어려울 것으로 생각하고 모종의 결심을 하고 있던 터라 특별히 할 말은 없지만 그렇다고 아무 말을 안 할 수도 없는 것이었다.

"여러분! 저에게 지구인의 생리가 자리 잡고 있다는 것을 솔직히 미처 몰랐습니다. 그렇지만 저는 화성에서 출생한 엄연한 화성인입니다. 그래서 여러분들이나 우리 전체 화성인들의 정서를 모르는 바 아닙니다. 얼마 전에 우연히 마리아라는 지구여인을 만나 사랑하게 되었습니다. 제게는 지구인의 본능적 생리가 잠재되어 있었던 것 같습니다. 저는 지금 마리아와의 관계가 너무 깊고 멀리와 있습니다."

베다 지도자가 안타까운 듯 불쑥 고드의 말을 잇는다.

"지금이라도 서로의 관계를 정리하거나 단순한 지인으로 생각할 수는 없습니까?"

"네, 만약에 마리아를 정리하라면 그것은 저에게 엄청난 고통으로 대지도자로서의 직무에도 솔직히 장담할 수가 없을 것 같습니다. 저는 여러분들이나 전체 화성인들의 기본 정서를 잘 알고 있지만 우리 화성의 미래에 대한 직무를 생각하여 저의 간곡한 뜻을 한번 말씀드리려 합니다. 마리아가 비록 지구인이기는 하지만 우리의 혼인으로 저의 직무나 우리 화성인들에게 어떠한 문제도 발생하지 않도록 약속할 수 있습니다. 이것이 제가 여러분들께 드리고 싶은 말씀의 전부입니다. 감사합니다."

고드는 더 이상 길게 자신의 소견을 피력하지 못하였다. 이에 대한 어떠한 결과에도 승복하고 이미 자신이 결정한 소신대로 실행을 할 것이라고 비장한 결심을 하고 있었던 것이었다.

화성인들이 이러한 대지도자의 결정에 있어 개인들의 심각한 갈등이나 감정이 존재하지는 않지만 최종 결정에는 합리적이고 지극히 냉정하다는 것을 잘 알고 있었다. 그 때 베다 지도자가 우울한 표정으로 일어나고 좌중을 한 번 둘러보고는 말했다.

"우리 화성의 대표 지도자로서 수많은 정사를 지휘하고 합리적인 판단을 해야 하는 위치에 있습니다. 우리 화성인들의 정서를 분명히 잘 알고 있으면서도 개인의 지나친 감정에 치우쳐 합리적인 판단을 못한다면 근본적인 문제가 발생할 수 있기 때문에 우리는 오늘 안건에 대하여 선뜻 동의와 지지를 보낼 수 없음에 매우 안타깝게 생각하는 바 입니다."

같은 공간에서는 이심전심으로 통하는 화성인들의 텔레파시 능력 때문에 굳이 여러 사람의 의견을 들을 필요가 없이 통일된 생각만으로 오늘 안건의 결론이 나고 있었다. 베다 지도자의 발언이 끝나기가 무섭게 모두 약속이나 한 듯 퇴장하고 말아 슈카르의 보충발언 기회도 없이 회의는 끝이 나고 말았다. 사실 오늘 슈카르는 발언기회가 있어도 어떤 말을 해야 할지 난감할 처지였다.

비록 지도자들이나 전체 화성인들이 확실한 결론을 내린 것은 아니지만 갈등이라는 것을 잊은 지 오래된 사람들인지라 그 이상의 심한 표현을 하지 못했던 것이다. 그러나 그 정도라 해도 그것은 이미 결론이 난 거나 다름없는 것이었다.

고드는 집무실로 돌아와 정복을 벗지도 않은 채 꼼짝도 하지 않고 하루를 보냈다. 그리고 다음 날 일반복장으로 갈아입고 지구로 향하는 우주선에 몸을 실었다. 슈카르는 고드가 보이지 않고 연락도 되지 않아 불길한 예감이 들어 집무실로 가 보기로 했다. 집무실의 회의용 테이블위에는 한통의 편지가 놓여 져 있었다. 좀처럼 화성에서는 보기 힘든 자필편지였다.

'아버지, 어머니, 죄송합니다. 저는 결과에 대해 이미 각오를 했던 것입니다. 더 이상 저는 대지도자의 직무수행을 할 수 없습니다. 절차를 거쳐야 될 일이지만 상황이 상황인 만큼 공식적으로 직무를 이양하기는 어렵다고 생각했습니다. 또한 아버님의 체면도 말씀이 안

될 것 같았습니다. 아버님께서는 아직도 화성의 훌륭한 지도자 이십니다. 화성을 이끌어 주십시오. 비록 제가 지금 떠나지만 마음은 언제나 화성에 있습니다. 그리고 종종 아버님과 어머님도 찾아뵙겠습니다. 안녕히 계십시오. 고드.'

편지를 읽은 슈카르는 뒤도 돌아보지 않고 전용 우주선을 이륙시켜 지구로 향했다. 운항 중에도 슈카르는 고드의 고유 주파수로 계속하여 호출하지만 전혀 답신이 없었다. 슈카르는 고드가 아틀라스 종합연구센터로 갔을 것이라고 단정했다. 그러나 고드는 종합연구센터 집무실에 있지 않았다. 근무자들도 고드가 연구센터에 오는 것을 보지 못했다고 했다.

슈카르는 연구센터의 근무요원들에게 고드가 잠시 직무를 수행할 수 없다고 주지하고 당분간 자신에게 업무보고 할 것을 주문하고 곧바로 화성으로 날아갔다.

긴급 비상 지도자회의를 준비하고 고드의 상황을 수습해야 했다. 긴급 지도자회의가 개최되고 슈카르가 만장일치로 임시 대지도자의 직무를 수행하게 되지만 이미 많은 사업부분을 고드가 진행한 상황이라 슈카르는 자료를 검토하는 데만 상당한 기간이 흘렀고 많은 지도자들은 고드의 공석을 아쉬워하고 있었다.

Chapter 25

이별 준비

개인 소형우주선으로 지구를 떠나온 고드는 곧바로 메시 박사의 동굴에 도착하였다. 메시 박사와 도중에 통신연락은 했지만 메시 박사는 고대지도자의 갑작스런 방문이라 어느 정도 직감을 하고 있었다. 대지도자의 표식을 어디에서도 찾아 볼 수 없는 복장에 심각한 표정과 미소를 번갈아 가며 메시 부부를 마주했다.

"이렇게 느닷없이 오신걸보면 무슨 일이 있는 것처럼 보입니다. 대지도자님."

"그렇다. 내가 나를 잘 몰랐어. 화성의 대지도자는 내게 맞지 않는 거였어."

메시는 자신도 화성인의 근본 정서를 잘 알기 때문에 이런 결과를 예상은 하고 있었으나 이렇게 현실로 빨리 다가 올 줄은 생각하고 있지 않았었다. 화성인들 중에서 고드의 마음을 가장 잘 이해해주는 사람은 아버지 슈카르와 어머니 마야 다음으로 메시 자신일 거라고 생각했다. 지금 고드가 처한 상황에서 오히려 부모님보다 메시나 엘리자벳이 고드의 마음에 더 가까이 와 있을 지도 모르는 일이었다.

"그렇다고 무작정 직무를 포기하고 화성을 떠나온 것은 여러 가지로 무리가 따르지 않을까요?"

"아버지, 어머니께 가장 미안해. 모두에게서 동의 받지 못하는 대지도자의 개인적인 사유로 공식적인 사임절차를 거치는 것은 나나 아버님께 부적절한 모양새가 될 것 같아 부득이 이렇게 되었네. 어느 정도 불편한 부분은 있겠지만 아버지께서 원만하게 수습하시고 화성을 예전대로 잘 지도해 나가시리라 보네."

"훌륭하신 분이니까 그렇기는 하겠습니다만 고드 대지도자님만이 할 수 있는 능력까지 아버지께서 무난하게 해 나가실지 걱정은 됩니다."

"마리아를 버릴 수는 없어. 이미 각오를 한지도 오래고 마리아와의 삶이 진짜 원조지구인인 고드가 살아가야 할 인생이라고 생각해."

"저도 지구인을 연구하는 입장에서 딱히 할 말은 없습니다. 그러나 화성에서 대지도자님의 도움이 필요하면 나서 주십시오."

"나도 그러고 싶네. 화성을 떠나오기 전에 아버지께도 말씀드린 부분이지만 생각을 바꾸었지. 화성에 관여하지 않는 삶을 살고 싶어. 불편할 것 같지만 화성의 어떠한 문명혜택도 없이 살 수 있을 것 같아. 난 이미 많은 것을 얻었어. 그것만으로도 충분해. 어차피 지구인류는 내가 발전시키려고 했던 부분이야. 내가 직접 지구인 속으로 뛰어 들면 더 이상적이지 않겠나."

메시는 고드의 결심이 이미 확고하다는 것을 느끼고 있었다. 어쩌면 고드의 생각이 화성을 위해서나 자신과 지구를 위해서도 올바른 선택이 아닌가 하는 생각도 들었다.

"그러면 마리아와는 어떻게 할 생각입니까?"

"자네 동굴 한 부분만 내어주게. 때가 되면 난 지구인들과 합류 하겠어. 조만간 기회를 만들어 마리아 아버지를 만날 거야."

"대지도자님이 저의 연구대상이 될 것 같습니다. 우~하하하. 농담 해서 죄송합니다."

"아닐세, 이젠 메시 박사도 나를 대지도자라 부르지 말고 그냥 이름을 불러. 모두가 불편 할 테니까. 그리고 내가 타고 온 우주선은 자네가 반납 해주게."

메시는 지구에서 귀환할 우주선을 조종할 연구원 한명을 데리고 고드가 타고 온 우주선을 직접 조종하여 화성으로 갔다. 슈카르에게는 사전에 간략한 통보를 마친 상태였다. 메시 박사를 만난 슈카르는 마치 고드를 만난 것처럼 반가워했고 반납하려고 몰고 온 소형우주선은 메시 박사 전용으로 이용하라고 했다. 그렇게 함으로써 슈카르의 마음 한 구석에는 고드가 혹시라도 생각이 변하여 돌아오기를 바라는 심경도 담겨져 있었다. 그동안 고드가 관여하여 벌여놓은 일들로 말미암아 어려운 점이 많다는 것도 슈카르는 솔직히 말해 주었다.

메시 박사는 고드의 결심과 의지를 전달하였고 서운하더라도 고드를 이해해 주기를 부탁하였다. 그리고 고드가 심혈을 기울이던 지구인 관련 사업은 자신이 최선을 다해 이어갈 것이라고 약속하였다. 이러한 일련의 사건들로 화성인들의 사기는 일시적으로 땅에 떨어져 있었다. 화성인들은 고드라는 대지도자에 대한 기대가 그만큼 컸었던 것이다. 거기다가 최근 화성의 지상 상태는 날이 갈수록 심각해지고 있었다. 크고 작은 소행성과 운석들의 잦은 충돌이 가속화 되고 있었다. 지상에는 이러한 현상들과 함께 그에 따른 심각한 기상이변들로 그나마 남은 대부분의 동식물 생명체는 사라져 갔으며 화성 곳곳에는 운석 등 충돌로 인한 화염과 연기가 꺼질 줄 모르고 피어오르고 있었다.

화성당국에서는 중앙의료센터인 아레나와 더불어 화성의 2대 주요시설인 우주연구기지에서는 초대형 혜성 켈리의 이동상황에 대하여 연일 우려를 표시하고 있었다.

슈카르와 혜성전문가 헤파이스 박사는 심각하게 혜성 이동상황을 주시하고 있었다.

"헤파이스 박사, 켈리혜성이 점점 예상 진로대로 정확히 이동하고 있는 것 같습니다. 저렇게 되면 우리 화성과 충돌할 확률이 더욱 높아지는 것 아닙니까?"

"그렇다고 봐야 할 것입니다. 지구 이주계획을 차질 없이 준비하는 것은 물론 더욱 박차를 가해야 할 것 같습니다. 예상보다 빨리 도달할 수도 있구요."

"저런 식으로 예측된 궤도를 따라 정확하게 움직인다면 예상보다 빨리 화성에 도달할 수도 있겠습니다."

"당연히 그럴 수도 있습니다. 제가 시간을 분석하여 보고 드리겠지만 경우에 따른 모든 대비를 시작해야 될 것 같습니다."

"당연합니다. 우선 이주에 필요한 이동수단 확보, 제작 등 이쪽 화성에서 준비 할 사항부터 착수 해야 할 것 같습니다. 지구에 대한 정착준비는 고드 덕분에 기본적인 자료가 이미 많이 정리되어 있습니다."

"지금부터 많은 인력지원과 작업이 필요할 텐데 고민이 많으시겠습니다."

"그렇지 않아도 지구에 있는 인력을 최소한의 요원만 남겨두고 귀환시킬 예정입니다. 헤파이스 지도자님께서도 적극 도와주십시오."

"당연합니다. 대지도자님,"

슈카르는 여러 가지로 착잡한 마음으로 시각 보조기능 수정체를 확대모드로 전환한 뒤 하늘을 쳐다보았다. 오늘따라 유난히 지구가 크고 아름답게 보였다. 최근에 개발되어 전 화성인들에게 보급된 기능성 안구 수정체는 약 천배~이천배의 비율로 사물을 볼 수 있는데 일반모드에서 특정한 안압 조정으로 전환이 가능했다.

슈카르는 지구 종합연구센터에 주재하고 있는 전체 연구원들의 인력을 파악하여 최소한의 인력만 남겨두고 귀환지시를 내렸다. 메시박사는 아틀라스 연구센터의 총괄이라 화성으로 가지 않고 잔류하게 되었다.

Chapter 26
침공 전야

도그리온 족의 세담과 캐닌은 최근 종합연구단지 주변이 예전에 비하여 한적하다는 정보를 입수하고 상황을 염탐하러 정찰병을 투입하였다. 일련의 화성사태로 대부분의 연구센터 인력들이 화성으로 귀환되고 극소수만이 연구 단지를 지키고 있다는 첩보를 듣게 되다. 캐닌은 자신의 상상과 예상을 뛰어넘는 최상의 기회가 이렇게 쉽게 나타나자 혹시 함정이 아닐까 하는 의혹마저 들었다. 그러나 조금만 생각을 정리해 보면 금방 자신의 생각이 틀렸다는 것을 어렵지 않게 알 수가 있었다.

함정이라는 것은 공격을 위한 작전인데 화성인이 공격을 한다는 것은 전혀 이치에 맞지 않는다는 것을 곧 깨달았다. 세담과 캐닌은 정말 쾌재를 부르지 않을 수 없었다. 특별히 외부의 위험이 없는 곳에 위치한 화성의 연구센터시설은 출입구와 담장 주변으로 쳐진 감마선 외는 순찰병이나 별다른 방어시설이 없었고 영상으로만 주변을 모니터링하게 되어 있어 외부의 갑작스런 포격에는 완전히 무력하게 될 수밖에 없었다.

더구나 지금은 대부분의 인력들이 화성으로 귀환하여 극소수 인력만으로 연구소를 유지하고 있어 더 이상의 기회는 없을 것 같았다.

캐닌과 세담은 곧 버드리아 족 구역으로 갈 채비를 하고 전체 간부와 지휘관들에게 출전준비를 갖추라고 지시했다. 버드리아 족 추장인 앵머스는 조잡한 수준의 무전기로 대략의 내용과 함께 캐닌과 추장이 방문한다는 사전연락을 받고 비서관 이골과 함께 기다리고 있었다.

"무슨 문제라도 생겼습니까? 이렇게 두 분이 헐레벌떡 오시게요. 아무튼 먼 길 오시느라 수고 하셨습니다. 우선 자리에 앉으세요."

앵머스가 보기에 캐닌과 세담의 표정은 어둡지 않았으나 몹시 긴장하고 숨소리가 외부로 들릴 정도로 흥분된 상태였다. 도그리온 족이 지구 순찰대의 순찰에 대비하여 자체 제작한 외부 몰골이 이상하게 망가진 소형자동차로 일부 구간만 타고 나머지는 말과 도보를 이용하여 도착한 터라 실제로 무척 힘이 들었던 것이기도 했다.

추장 세담은 오늘도 캐닌을 수행하는 보좌관처럼 캐닌의 뒤를 졸졸 따라 앵머스의 집무실로 들어서고 있었다.

"기뻐하십시오. 생각지도 않았던 절호의 기회가 온 것 같습니다. 너무 기쁜 소식이라 식사도 거르고 달려왔습니다. 화성인들이 우리를 도와줄려나 봅니다. 하하하."

"그럼 먼저 식사라도 하시지요."

갑자기 옆에서 뜬금없는 말을 하는 이골을 보며 캐닌은 앵머스를 보며 누구냐는 몸짓을 했다.

"아… 네, 앞으로 정사가 복잡해질 것 같아 참모를 한명 뽑았습니다. 이골 비서관입니다."

이골은 자신에게 별로 관심 없어 하는 세담과 캐닌을 번갈아 보며 인사를 꾸벅했다. 참모 이골을 아래위로 훑어보던 캐닌은 실망이 큰 표정으로 한숨 같은 것을 내쉬면서 말했다.

"앞으로 추장님은 이 넓은 지구를 우리와 함께 다스려야 됩니다. 따라서 일꾼을 뽑을 때는 급을 조금 생각하셔야 되겠습니다. 추장님~."

원래 자신의 부족들이 머리가 나쁘다는 것을 알면서 왜 그러냐는 표정으로 앵머스는 얼른 말머리를 돌렸다.

"그래, 기쁜 소식이나 얼른 말해 보시오. 갑자기 화성인들이 우리를 돕다니요?"

"지금 화성에서는 대지도자란 사람이 가출을 하여 자중지란과 같은 형국이며 지구에 있는 모든 인력들이 거의 텅 비어 있습니다. 아마 상황에 따른 문제가 아닌가 보고 있습니다. 금방 돌아 올 것 같지는 않아 보입니다."

이어서 세담이 나서서 말했다.

"우리 정찰병의 정보수집이 약간은 미흡하지만 이번에는 틀림없다는 보고를 받았습니다. 너무나 완전한 기회라 저도 잘 믿기지 않습니다."

앵머스가 물었다.

"대지도자가 가출을 하다니요? 화성에서 그런 일이 일어날 수 있습니까? 연구센터가 텅 비어 있다면 무슨 난리라도 난 것 같기는 합니다만…"

이어 캐닌이 흥분된 어조로 말을 이었다.

"고드란 대지도자가 원래 지구인이라고 들었습니다.

우리도 화성인과 오래 지내 왔지만 지구인과 화성인은 근본적으로 적응하지 못하는 부분이 있다고 합니다.

그런 사람이 대지도자가 되었으니 그럴 수 있다고 보아야지요. 어찌되었던 중요한 것은 화성인들의 연구센터나 시설들이 지금 가장 취약한 상태라는 것입니다. 우리에게는 절호의 기회입니다. 구체적이고 신속한 거사 에 박차를 가해야 할 듯합니다."

앵머스가 화답을 하듯 말했다.

"우리가 지금 이럴 때가 아닌 것 같네요. 정말 다시없는 기회가 맞는 것 같습니다. D-데이를 하루라도 빨리 잡는 것은 좋지만 그 쪽 준비는 이상 없습니까?"

캐닌이 정리를 하듯이 말했다.

"우리는 이미 출전대기까지 지시해 놓고 왔습니다.

버드리아 족도 전열을 정비하고 준비된 병력부터 가능한 빨리 저의 군사기지로 출동해 주십시오. 순찰도 아마 그동안은 없을 것 같습니다. 가능한 이동은 야간에 하시고 탑승차량의 불빛은 최대한 주의하셔야 됩니다. 잊지 말아 주십시오."

이때 갑자기 앵머스의 신입 비서관인 이골이 느닷없이 끼어들면서 말했다.

"어두워 잘 안보이면 운전을 어떻게 하죠? 저야 밤눈이 밝아서 웬만한 어두운 길도 끄떡없습니다만. 헤헤…"

케닌은 뜬금없이 얘기하는 이골을 보고 짜증이 났다.

"그러면 밤눈이 밝은 놈이 운전하세요! 부엉이 족은 여기 없소?"

캐닌은 이골이 불쑥 튀어나와 두 번이나 회의 흐름을 깨고 김을 빼는 바람에 짜증스럽기도 하고 배는 더 고파졌다. 잠시 적막이 흘렀다. 대화가 끊어지자 앵머스는 바로 식사를 제안했다.

"음식을 준비해 놨습니다. 입맛에 맞을 런지 모르겠습니다."

또다시 이골이 끼어들었다.

"돼지족발도 많이 준비했습니다요. 특별히 메뉴에 신경 좀 썼지요. 헤헤."

앵머스는 캐닌의 눈치를 보며 이골에게 차가운 눈빛을 보냈다. 추천한 사람이 아주 착하다고 하여 이골을 채용하였다고 하지만 순진한 건지 푼수인지 앵머스는 아직 잘 판단하지 못하고 있는 것 같았다. 이 날 세담과 캐닌은 완전한 칙사 대접을 받고 앵머스가 준비한 과일 등 선물을 한 아름 안고 도그리온 족 구역으로 돌아갔다.

* * *

Chapter 27

신의 장인

 슈카르를 중심으로 전 화성인이 한마음이 되어 지구이주와 관련된 각종 준비 작업 때문에 지휘부에서는 분야별로 바쁜 나날을 보내고 있었다. 슈카르는 지구로 이주 시 구역별로 정착할 지역을 다시 한 번 점검하고 정착초기의 지구사정을 감안하여 본부기지 주변 지구인들과의 관계설정과 조율에 대한 고드의 실행계획안을 면밀히 검토하였다. 그리고 지구에서 영원히 주거할 지하기지를 완공하고 지구 지상에서 임시 정착생활을 청산 할 때까지 각종 프로그램의 계획들까지 상세하게 파악했다.

 지구인들과의 지상 공존기간 동안에 각종 연구 실험을 포함하여 더욱 다양한 프로그램으로 지구인들을 치밀하게 분리하는 기만대책을 수립우고 화성인의 정체와 임시거주흔적을 지구인들이 미래에 자신들과 공존 할 때까지 알 수 없도록 하는 내용들이 구체적으로 담겨져 있었다.

 슈카르는 고드가 없는 미래를 생각하면 자신감이 떨어지고 앞으로 대지도자의 직무대행 수행에도 영향이 올 것만 같았다.

메시의 동굴에서는 고드와 마리아가 화성인도 아니고 지구인도 아닌 어정쩡한 생활을 하고 있지만 가능한 마리아의 수준으로 맞추어 가며 살려고 노력하는 중이었다. 화성의 소식은 메시가 가끔 들려주지만 고드는 별로 관심을 쓰지 않았다. 그렇지만 메시는 고드의 의중과 상관없이 혼자서 보고 아닌 보고서를 올리고 있었다.

동굴 앞에는 황혼이 지고 있었으며 고드는 멀리 마리아 부족들의 왕국을 주시하고 메시는 동굴 앞 바위에 걸터앉아 있었다. 메시가 먼저 입을 열었다.

"순찰대의 게브가 보내온 자료를 봤는데 도그리온 족들 주변이 이상하리만치 변모했고 도그리온 족의 활동영역이 엄청나게 커졌더군요. 그래서 얼마 전에 한번 둘러봤는데 굉장하게 발전한 것 같았고 체계적인 군중의 움직임 모습도 보였습니다. 이 부분도 화성 당국에서 조사를 한 번 해봐야 할 것 같은데 지금 혜성충돌에 대비하고 있어 정신들이 없다고 합니다. 인력도 대부분 화성으로 귀환하여 정상적인 순찰활동이 되지 않고 해서 제가 요즘 수시로 연구센터를 순찰하고 있습니다."

"그래, 맡은바 직무는 충실히 한다고 했으니 해야지.

나는 며칠 후에 마리아 가족을 한 번 만나볼 생각이야. 마리아가 임신이라도 하면 여기보다는 자기 집이 낫다고 하잖아. 마리아 아버지가 처음에는 두려움 때문에 우리가 하는 대로 가만히 있었는데 두 딸을 모두 잃은 것처럼 되어 버려 지금은 우리를 별로 달갑지 않게 여긴다고 하니 말이야. 직접 찾아가서 같이 살면 어떨는지 상의를 해 보고 싶네."

"과연 그렇게 될 수 있을까요? 제가 볼 때는 어렵지 않나 생각됩니다만… 마리아 아버지 다윗은 집단부족의 지도자 위치에 있습니다. 따로 살면 몰라도…잘못하면 위협 당할 수도 있습니다."

"그래도 한 번 만나봐야겠어. 내가 그들을 해치지 않는 이상 별일이야 있겠어? 여러 가지를 참고하여 저들을 생각해 봤는데 예사로운 집단 같지가 않아. 지금 다윗이 이끌고 있는 부족집단이 뭔가 전체 지구인들의 중심세력처럼 보여. 그렇다면 내가 합류해 확실하게 지구인들을 개화시킬 수가 있지 않을까? 아무튼 한 번 만나봐야겠어."

"선배님의 생각이 꼭 그렇다면 제가 드릴말씀이 없습니다. 언제쯤 가 볼 건가요?"

"내일이라도 당장 가야 되겠어. 이렇게 무의미하게 세월을 낭비할 때가 아닌 것 같아. 그리고 어디든 빠른 시일 내에 이곳을 떠나야 돼. 그래야 완전한 내 삶이 시작될 것 같고…"

고드와 메시는 동시에 저 멀리 황혼을 쳐다 보고 있지만 생각은 각각 다른데 가 있었다.

다음 날 아침 일찍 고드는 마리아를 데리고 아버지 다윗을 만나러 떠났다. 고드는 다윗의 부족들과 비슷하게 복장을 준비하고 마리아도 저들에 비하여 너무 화려하지 않은 옷으로 갈아입도록 했다. 마리아 가족의 집은 이미 다윗의 개인주거지가 아니었고 군주의 면모를 갖추고 있었다. 멀리서 보던 것과는 전혀 다른 느낌이었으며 내부 구조나 시설들이 생각보다 거대하고 웅장하였다.

들어서는 입구에는 거대한 통나무를 매끈하고 정교하게 다듬어 만든 기둥이 양쪽에 버티고 있으며 알 수 없는 문양으로 치장한 횡대가 대들보와 처마를 받치고 있었고 뭔지 모를 위엄과 카리스마마저 느껴졌다. 많은 사람들이 들락거리는 입구 내부는 큰 광장처럼 넓고 주변에는 많은 구역들로 나뉘어져 있었다. 중앙에 위층으로 가는 나선형계단을 오르면 다시 큰 홀이 나타나는데 그 안쪽에 마리아 아버지의 집무실과 가족들의 거처가 또 다른 지상과 나란히 이어져 있었다. 건축에 사용된 자재는 대부분 돌과 나무로 되어있지만 정교한 솜씨로 다듬어서인지 생각보다 화려하게 느껴졌다.

마리아를 따라 아버지 다윗에게 안내된 고드는 정중히 인사를 올렸다. 마리아 아버지 다윗은 나이가 들어 온통 흰머리에 하얀 구레나룻에 흰 수염이 길게 나있어 고드가 봐도 신비롭게 느껴졌다. 그동안 마리아는 물론 엘리자벳의 일부 학습까지 받은 다윗은 서투른 말로 고드를 맞이하는데 마치 표준어와 심한 사투리간의 대화처럼 심각하게 변형된 언어를 쓰고 있었다. 다윗 앞에선 고드는 마치 죽을죄라도 지은 사람처럼 정중히 인사를 올렸다.

"고드라고 합니다. 어른께 인사드립니다. 죽을죄를 지었습니다. 용서해 주십시오. 그동안의 일에 대해서는 변명을 하지 않겠습니다."

마리아의 아버지 다윗은 고드가 워낙 저자세로 나오자 조금은 안심이 되고 용기마저 생겼다.

"어떻게 당신들은 내 가족을 그렇게 마음대로 하시오? 자식들이 당신들을 따라가니 어쩔 수 없이 지금까지 지내왔소만... 그래~ 앞으로 어쩔 셈이오?"

다윗의 표정은 덤덤하게 보이지만 분노의 감정이 많이 서려져 있었다. 고드는 다윗의 목걸이가 옷에 가려 들락 거렸는데 많이 본 듯한 것 같아 신경이 쓰였다.

"네, 아버님께서 받아 주신다면 마리아와 이곳에서 살까 합니다. 저도 원래 지구인간 이었습니다."

"이곳에서?"

"구체적인 사항은 차차 자세히 말씀드리겠습니다."

"좋소, 그렇다면 여기 오는 것은 막지 않겠소. 그러나 우리 부족들이 당신을 어떻게 볼지 걱정이 되오."

"아버님, 그 점은 전혀 걱정을 안 하셔도 됩니다. 이점도 차차 말씀드리면 충분히 알 수 있을 겁니다."

"그럼 더 이상 묻지 않겠소. 그리고 아까부터 계속 내 목을 쳐다보는데 뭐가 잘못되었소?"

"아, 네. 목걸이가 멋있어 보여서요."

고드는 감히 목걸이를 벗어 보여 달라는 말을 못하고 어물쩍 거리고 있는데 다윗은 서서히 목걸이를 벗어 고드에게 보라고 건네주었다. 목걸이를 받아 본 고드는 거의 까무러칠 정도로 충격을 받아 얼굴색이 변하고 있었다. 이것은 자신과 리아 사이에서 태어난 첫아들 루시에게 걸어준 목걸이가 아닌가? 작은 돌멩이와 뼈 조각에 구멍을 내고 이름 모를 보석을 뼈 속에 심어 힘들게 만든 목걸이였다.

분명 자신이 만든 목걸이가 확실하였으며 당시 고드 자신 이외는 누구도 이런 것을 만들 수 없었다. 그런데 이것이 왜 마리아의 아버지 목에 걸려 있는 것인지 도무지 알 수가 없는 것이었다.

"이 목걸이를 직접 만드셨나요? 아주 잘 만들었는데요."

따져 묻기가 불편하여 직접 다윗의 입에서 자연스럽게 해답이 나오기를 바라고 있었다.

"이것은 과거 우리 아버지께서 제게 물려주신 것이오."

"아…!"

고드는 다시 한 번 소스라치게 놀랐다.

'그럼, 루시가 다윗의 직계 조상이란 말인가?'

"돌아가실 때 아버지는 자신의 선조가 지구인이 아니라고 말해 주었지요. 하늘에서 내려온 신이라고 하였소. 그 증거로 이 목걸이를 내게 주었소. 이런 목걸이는 내가 어릴 때만 해도 만들 수 없는 것이었소."

참으로 기막힌 운명이었다. 따지고 보면 마리아도 자신의 까마득한 후손이 되는 것이 아닌가. 그러나 고드는 이 모든 사실을 이들에게 말할 수는 없었다. 설령 말을 한다고 해도 다윗이 절대로 이해를 할 수 없을 것이며 믿지도 않을 뿐 아니라 괜히 혼란만 더해 줄 뿐이었다. 고드는 감격스럽기도 하지만 혼란스럽기도 하였다. 정신을 가다듬고 침착하게 말을 이어갔다.

"아… 그렇군요. 그건 지금도 만들기 쉽지 않을 겁니다. 잘 간직하고 계십시오. 그럼 조만간에 정리를 하고 내려오겠습니다."

"일단 그렇게 하지요. 암튼 와서 다시 얘기 합시다."

마리아는 별도로 아버지와 대화를 하고 고드가 지구인이라는 것에 대해서는 좀 더 지난 후에 천천히 말씀드리겠노라고 했다. 고드는 이곳에 정착하게 되면 화성은 물론, 가까운 메시까지 거리를 둘 생각이었다. 완전한 지구인으로 다시 거듭나겠다는 의지를 새삼 다지고 동굴로 향했다. 그러나 마리아가 자신의 까마득한 후손이라는 사실에는 마음 한 구석에 혼란으로 가득 차 있었다.

동굴로 돌아온 고드와 마리아는 지구인 마을로 갈 준비를 서둘렀다. 그리고 앞으로 보지 못할 메시 박사와 최대한 많은 이야기로 시간을 보냈다. 시종 시무룩한 표정의 고드 얼굴을 살피던 엘리자벳은 떠나기 섭섭하여 그러는 줄 알고 고드에게 많은 위로도 해주었다. 다윗의 목걸이는 고드의 뇌리를 떠나지 않았다.

Chapter 28
마지막 전쟁

캐닌과 세담은 버드리아 족에게서 돌아와 거사에 대비하여 만반의 준비와 점검을 시작했다. 이미 출동준비가 완료된 각 지휘관들의 보고를 받는가 하면 버드리아 족 병사들이 도착하면 즉각 투입할 준비까지 철저히 지시하였다. 수시로 첩자를 연구단지에 보내 동태를 살피지만 상황이 달라진 것은 없어 보였다.

화성의 프리카 한 대가 어쩌다 한 번씩 오가는 것 외에 마치 빈집 같은 느낌이라는 첩자의 보고를 받았다. 오늘도 메시는 일부러 도그리온 족의 상공을 둘러보았지만 예전 상황과 별다른 모습이 보이지 않았다.

마침내 일방적인 결전의 날이 다가왔다. 도그리온족과 버드리아족 연합군이 거대한 지하기지에 총집결하고 캐닌의 공격명령만 기다리고 있었다. 최전방에 배치될 거대한 탱크부대가 병사를 가득 싣고 당장이라도 지하기지를 튀어 나갈 것 같은 자세를 취하고 있었으며 그 뒤로 수문의 곡사포부대가 반짝거리는 포신을 세우고 있었다.

'타타타타…!'

운항거리가 50km도 안 되는 수준으로 몰래 숨겨온 부품들로 대충 뚝딱거려 만든 2대의 헬기는 투하할 포탄을 가득 채우고 이륙 준비를 하고 있었다. 캐닌은 자신이 들키지 않고 몰래 숨겨 가져온 포탄을 생각해보면 몸서리가 쳐졌다.

'만약 저 포탄들과 각종 무기류들은 물론, 헬기부품들이 이삿짐을 도와주는 화성 자원봉사자들에게 들켰다면 즉시 압수는 물론 큰 봉변을 당했겠지. 아우~'

헬기는 종합연구센터의 낮은 감마울타리에 구애받지 않았다. 먼저 공중에서 대형 포탄을 떨어뜨려 감마 울타리 가동실과 감시센서를 제거하고 포부대가 일제히 사격하며 모든 화력이 내부로 돌진한다는 전략이었다. 두 종족이 화성을 떠나올 때 충분한 물량은 못가지고 왔지만 화포나 웬만한 부품 등 장비들은 다른 물품들 속에 위장하고 최대한 많이 숨겨왔던 것이다.

사실 아비누스와 뎅버드를 제외한 화성 자원봉사자들은 이들의 이삿짐을 그다지 관심을 두지 않고 있었기에 가능한 것이었다. 또한 이후 벌어질 사태에 대해서 아비누스나 뎅버드 역시 꿈속에서도 상상조차 하지 못할 부분이었다. 아비누스나 뎅버드는 그러한 부분에 대하여 일부는 알고 있었지만 대수롭지 않게 생각하고 있었던 것으로 오히려 가능한 많이 가져가도록 도와주었다. 그렇지 않았으면 이처럼 많은 장비나 무기 등 물품들이 지구에 와서 제작될 수 없었을 것이다. 이들 두 종족이 화성인들에 비해 형편없는 기술 능력을 가지고 있지만 제래 식 탱크나 무기 등 제작기술이나 조립능력은 별 어려운 기술이 아니었다.

공격명령에 앞서 앵머스와 캐닌은 굳은 결의를 다짐하며 악수를 하는데 앵머스는 만면에 미소를 띠고 있었다. 앵머스가 알고 있는 캐닌의 전술은 의외로 간단하였다. 먼저 헬기를 이용한 공중 폭탄 투하로 감마 방어선을 무력화하고 거대한 곡사포부대가 일정거리에서 포탄을 쏟아 부어 보병부대가 쉽게 내부로 진입하고 연구센터로 잠입하여 딱쿵총과 뭉치탄으로 화성인을 제압하고 남은 시설들을 파괴하는 것이었다. 이런 작전의 구상은 평소 화성에서 화성인들이 미처 차단하지 못한 소행성이나 운석, 혜성 등의 파편에 맞기만 하면 치명적이라는 것에 힌트를 얻어 전술을 착안한 것이었다. 공격 출동에 앞서 앵머스와 캐닌은 이미 지구를 점령한 것처럼 의기양양해했다.

"앵머스 추장님과 저는 공격헬기에 탑승하고 상황을 지휘 할 것입니다. 오래 걸리지 않을 것이므로 저와 같이 헬기에 오르시죠."

'타타타타…!'

캐닌은 앵머스에게 더 멋있게 보이기 위하여 공격용 헬기를 타고 지휘하려 하는 것이었다.

"곧 어둠이 내릴 것입니다. 오늘 밤 안으로 저들의 시설을 대부분 무력화 시켜야합니다."

이런 상황을 전혀 모르는 종합연구센터의 밤은 점점 어두워지고 있었다.

* * *

메시는 왠지 오늘은 야간 순찰을 한 번 해야겠다고 생각하고 어둠이 내리자 곧 프리카를 몰고 연구센터로 날아갔다. 연구센터를 지나 도그리온족 지역으로 막 향하고 있는데 아래를 내려다 본 메시는 깜짝 놀랐다. 거대한 탱크와 헬기들이 종합연구센터를 향하여 돌진하고 있었다.

'쿠르르릉… 타타타타…!'

그 때 공중에서 날아 온 포탄 한발이 넓은 연구센터의 한쪽 구역에 떨어져 엄청난 화염에 휩싸였다.

'콰쾅! 콰광'

뒤이어 연속으로 포탄이 날아들기 시작했고 엄청난 굉음에 놀란 잔류 연구원들이 밖으로 나와 이리 뛰고 저리 뛰면서 우왕좌왕하는 모습이 시야에 들어왔다. 평소에 보지 못했던 이런 돌발 사태에 메시는 자신이 뭘 해야 될지도 모르고 정신을 못 차릴 정도로 당황스러웠다. 그러나 금방 정신을 가다듬고 화성본부기지에 이 사실을 급히 타전했다.

"여기는 지구! 여기는 지구! 나는 종합연구팀장 메시다. 본부 나와라!"

"여기는 화성 행정본부 상황실, 무슨 일입니까?!"

"도그리온족으로 추정되는 무리들이 각종 파괴 장비를 동원하여 종합연구센터 아틀라스를 무차별 파괴하고 있다! 긴급히 조치를 취해 주기 바람! 빠른 시간 내에 수습하지 않으면 심각한 상황이 예상됨!"

"알았다. 즉시 지도부에 보고 하겠음!"

슈카르는 본부 상황실의 긴급보고를 전달받고 즉시 상황실로 달려갔다. 상황실에는 사태를 인지한 슈트켄과 고돌라, 그리고 헤파이스를 비롯한 많은 지도자들이 속속 도착하고 있었다.

"지금 종합연구센터가 우리의 역사 이래 초유의 사태에 직면하고 있습니다. 이는 저 역시 처음 당하는 일이라 신속한 사태수습에 어려움이 있습니다. 여러분들의 협조를 부탁드립니다."

고돌라가 긴급한 어조로 말했다.

"먼저 잔류 연구원들에게 동원가능한 모든 방어용 장비를 사용하여 최대한 버텨주기를 통보하고 출동대원을 빨리 소집하여 모든 방어 장비를 총 동원하고 지구로 보내야 합니다."

슈카르 아버지인 슈트켄이 굳은 표정으로 말했다.

"나도 가겠습니다. 어서 준비하세요. 대지도자님!"

이러한 긴급한 공적인 상황에서는 슈카르의 아버지라도 임시 대지도자에게 깍듯이 지휘명령에 순응할 태세를 하고 말했다.

"네, 그러시죠."

슈카르는 아버지 슈트켄이 자원을 요청하자 상황의 심각성 때문에 거절을 못하고 말았다. 그리고 사태동원에 적절한 인력을 데이터뱅크에서 찾아 호출하고 즉시 본부 우주선기지로 올 것을 지시했다.

사태에 동원되는 요원들은 고드의 사고변환 개선 영향으로 모두 적극적으로 참여하였으며 예전에는 찾아 볼 수 없었던 적극성을 띠고 있었다. 당연하게도 이는 고드 대지도자가 이룩해 놓은 큰 성과 중의 하나였다. 슈카르와 슈트켄을 비롯한 지휘간부들은 요원들이 도착하는 대로 탑승시켜 지구로 출발했다. 그러나 슈카르는 화성인들이 공격개념이 없고 적을 공격하고 물리치는 전술이 전무한 상태라서 지금 사태의 결과를 확신할 수 없었다.

논리대로 라면 출동대원들이 속수무책으로 당할 수밖에 없다는 사실을 염두에 두고 긴급히 메시 박사를 호출했다.

"메시박사! 메시박사! 나는 슈카르다. 응답하라!"

"메시입니다. 대지도자님!"

"지금 지구에 거의 다 왔다. 고드는 지금 어디 있나?"

"제 동굴에 있습니다. 그렇지 않아도 제가 수차례 도움을 요청했지만 슈카르 대지도자님께서 충분히 해결하실 거라고만 하고 있습니다."

"현재 현장 상황은 어떤가?"

"거의 바라보고만 있는 실정입니다. 지상상황은 제가 보유한 감마봉 정도로 어찌 해 보려고 하고 있습니다만 워낙 여기저기서 포탄이 터지는 바람에 거의 속수무책입니다."

"우리가 가도 별반 다를 게 없을 것이다. 고드가 없이는 사태를 수습할 공격지휘를 할 수 있는 사람이 없다. 화성인들은 물론, 지구인까지 미래가 걸린 일이다. 메시 박사는 즉시 동굴로 돌아가서 고드를 다시 한 번 설득해 주기 바란다."

"최선을 다 해 보겠습니다."

아틀라스 지구 종합연구센터에 도착한 슈카르 일행들은 감마봉으로 적들을 대항해 보지만 여기저기서 날아오는 폭탄으로 무용지물이 되고 말았다.

헬기에서 투하되는 폭탄에는 속수무책이었다.

'슈~웅 쾅! 슈~웅 쾅!'

그때 우왕좌왕하던 슈트켄은 적의 곡사포에 집중포화를 맞아 타고 온 우주선에 불이 붙고 있었다.

'콰쾅!'

우주선은 큰 충격을 받아 휘청거리다가 추락해 버리고 말았다.

'쿵! 콰쾅!'

사실 성능대로라면 이런 하찮은 곡사포가 우주선을 정확히 타격하기란 불가능할 수도 있는데 슈트켄이 상황을 보고 넋이 나간사이에 몇 발을 동시에 맞아버린 것이었다. 슈트켄과 탑승자들은 몸체가 처참할 정도로 망가지면서 그 자리에서 모두 즉사하고 말았다. 슈카르의 외마디 비명과 함께 주변에 또다시 포탄이 날아들었다.

'콰쾅!'

슈카르 역시 이리저리 피하면서 상황 지휘를 하고 있는 와중에 파편이 비행선의 일부분을 강타했다.

"아악!"

"센터요원들은 전원 지하로 대피하라! 모든 비행선은 가능하면 건물 뒤로 이동하라!"

슈카르와 지원 요원들은 곳곳에서 포탄 터지는 소리를 들으며 우주선들을 튼튼한 본부 건물 뒤 광장으로 이동시키고 신속하게 지하로 뛰어들었다. 메시는 전속력으로 동굴로 향했다. 메시는 고드와 몇 번이고 통신을 하여 간절히 부탁했지만 아버지가 해결할 수 있다는 말만 되풀이 하였다. 이는 고드의 치명적인 착각이었다. 아버지 슈카르라면 자신이 생각하는 정도의 방어와 공격이 가능하다고 믿고 있었기 때문이었다. 따라서 고드가 전혀 나서지 않을 것이라는 것을 이미 짐작하고 있는 메시는 큰 기대는 갖지 않았다. 그러나 직접 얼굴을 대하면 조금은 달라지지 않을까도 생각해 보지만 혼자서 고개를 젓고 말았다.

Chapter 29

왕의 귀환, 그리고 승리

　한편, 동굴에서는 엘리자벳과 마리아가 심각한 표정으로 걱정을 하고 있었다. 메시와 고드가 교신하는 모습을 지켜보던 두 사람은 사태의 심각성에 누구보다 두려움이 컸다. 몇 차례 교신을 모두 듣고 있던 마리아는 나름 결심을 굳히고 조용히 고드의 손을 잡고 자신들의 침실로 향했다.

　"고드, 난 당신의 마음을 잘 알아요. 나도 당신과 그렇게 살고 싶구요. 하지만 고드가 나서지 않으면 화성은 물론이고 저의 가족과 모든 지구인들까지 미래를 보장 할 수 없습니다. 저와 우리 가족을 구한다고 생각하고 저들을 도와주세요. 제가 아는 상식으로도 당신은 이 사태를 수습할 능력을 가진 유일한 사람입니다. 시간이 얼마나 걸리더라도 끝까지 이 일을 마무리하고 오십시오. 저는 곧바로 집으로 가겠습니다."

　마리아는 자신이 무례하고 무리한 줄 알면서도 고드에게 강력한 자신의 의지를 보였다. 고드는 마리아의 말이 머릿속을 혼란스럽게 하고 있었다. 답답하여 동굴 밖으로 나갔다.

이 때 메시의 프리카가 들어오고 있었다.

"왜 혼자 나와 있는 겁니까? 안색도 안 좋으시고…"

메시는 고드의 얼굴을 정면으로 보면서 말했다. 고드는 메시의 얼굴을 뚫어져라 쳐다보면서 메시가 먼저 무슨 말을 하려하자 메시의 입을 손바닥으로 막으며 동시에 말을 했다.

"출동할 것이야. 우주선 준비해."

메시는 약간 어리둥절하지만 곧바로 환호하는 표정을 지으며 재빨리 우주선으로 달려가 이륙준비를 했다. 그리고는 곧바로 슈카르와 교신을 시도했다.

"여기는 고드 대지도자 전용우주선! 고드 대지도자님께서 현장으로 출동합니다."

"그래? 그러면 우리가 어떻게 해야 할지 알려달라고 해줘! 방금 전에 슈트켄 대표자께서 저들의 포탄에 맞아 돌아가셨다. 상황이 심각하다!"

우주선 안으로 들어오다 메시의 교신을 가로챈 고드는….

"아버지, 일단 요원들을 전원 화성으로 철수하여 주십시오. 다시 재무장을 해야 됩니다. 감마봉으로 저들을 막기에는 현재 상황으로는 역부족일 겁니다. 그리고 지금 상황에 맞는 방어막을 설치하기에는 시간이 없습니다. 미처 이런 사태를 예상 못한 것은 전적으로 저의 불찰입니다. 현장을 보고 곧바로 화성으로 가겠습니다."

"고맙네. 알았어."

교신을 마친 슈카르의 눈가에는 또 한 번의 물기가 맺혀지고 잔류인원과 함께 전 요원들에게 화성으로 철수 할 것을 지시했다.

갑자기 연구센터의 사람들이 모두 사라지고 수습하러 왔던 화성의 모든 우주선과 요원들이 일제히 사라지자 캐닌은 쾌재의 환호를 지르고 전 전투병들에게 지시를 했다.

"전 대원에게 전달한다. 적들이 모두 퇴각하기 시작한다. 잠시 공격을 멈추고 다음 명령이 있을 때까지 휴식을 취하라. 그리고 저들이 버리고 간 남은 시설들은 우리가 곧 접수해야 하므로 불필요한 사격은 중지하라."

캐닌은 상황이 너무 빨리 종료된 것 같아 약간은 싱겁기도 하고 이상하긴 하지만 거사가 완료된 것으로 성급하게 결론을 내렸다.

"앵머스 추장님, 이제 화성인들이 다시 우리를 공격하러 오는 일은 없을 겁니다. 추장님의 공로가 대단한 것 같습니다. 축하드립니다."

"그럼 지금이 축배를 들어야 될 시점이 아닙니까? 캐닌 각하."

그 때 한 대의 우주선이 연구센터의 상공을 지나 멀리 사라졌다. 고드와 메시는 군데군데 포격으로 파괴된 연구센터를 내려다보고 곧바로 화성으로 향했다.

"저들이 포격을 멈추었나 봅니다. 아직 우리 연구센터는 생각보다 크게 다치지는 않은 것 같고요."

"아마 우리가 철수하는 걸 보고 포격을 멈추고 자축을 하고 있는지도 모르지. 화성인들이 모두 도망간 것으로 알고 있을 거야. 그런데 저들은 도그리온족들 아냐? 버드리아족들도 보이는 것 같고. 스스로 자멸의 길을 택했군! 어차피 저들이 계속 지구상에 남아 봤자 아무에게도 득이 되지 않아. 이번 기회에 정리를 해야 되겠어."

"할아버지 슈트켄 지도자님의 희생은 정말 안 됐습니다."

고드는 아무 말이 없었고 표정도 굳어 있었다. 메시는 분위기를 바꾸기 위해서 화제를 돌렸다.

"선배님, 아니 대지도자님께서 철수하라고 한 것이 여러모로 적중했습니다."

"계속 선배라고 불러! 맘 변하기 전에."

"아… 알겠습니다! 선배님!"

두 사람은 오랜만에 유쾌하게 한바탕 웃는 사이 화성의 본부상황실에 도착했다. 다시 돌아온 고드를 본 모든 화성인들은 일제히 환호성을 질렀다. 슈카르는 있는 힘을 다해 고드를 끌어안았다. 고드는 나오려는 눈물을 억지로 참고 있었다. 그렇지 않아도 슈트켄의 희생에 고돌라를 비롯한 상황실에 모인 전 지도자들과 자원 봉사요원들은 초상집이 되어 있었다. 화성인들이 반영구수명을 구현했다지만 이처럼 신체가 일정 한도이상 훼손되면 회생이 불가능한 것이었다. 고드가 대지도자 모드로 전환하고 업무를 지휘하기 시작했다.

"시간이 없습니다만 다행히 저들은 공격을 일시 멈추고 있습니다. 우리가 도망간 줄 알고 있을 겁니다."

슈카르는 물론 이곳에 모인 모든 사람들은 새삼 고드의 감각적인 예상에 감탄을 금치 못하고 고드에 대해 탄핵 발언을 했던 베다는 얼굴을 들지 못하고 있었다.

"메시, 내가 말하는 것을 신속히 준비해줘. 장비 중에서 절단용과 용해용 레이저빔, 워터커트기, 버너슛을 다섯 세트 정도 준비하고 다섯 대의 우주선 앞쪽에 모두 부착 설치해서 자유각도로 움직이고 발사할 수 있도록 해! 물론 취급전문가도 탑승해야 되겠지? 그리고 선두는 내가 조종한다. 나를 따라하면 될 것이야!"

고드는 우주선을 다섯 대를 준비하라고 했지만 이런 작업 장비로 활용한 우주선 한 두 대만 있어도 저들을 무력화 시키는 것은 시간문제라고 생각하고 있었다. 고드는 어쩌면 혼자서 처리가 가능 할 수도 있다고 생각했다.

화성은 금방이라도 무기화 할 수 있는 최첨단 장비가 많아 공격의 개념으로 사용한다면 이런 사태쯤은 아무것도 아닌 것이며 고드는 아버지 슈카르 정도면 그렇게 할 줄 알았던 것으로 착각했었다.

레이저빔과 버너숯은 공격권내에 있는 모든 사물을 재질에 상관없이 사정없이 자를 수가 있고 순식간에 태워 사라지게 만들 수 있었다. 특히 버너숯은 일종의 화염방사기로 일정한 범위 내의 목표물을 순간적으로 태워 사라지게 함으로써 대량 살상의 위력을 발휘할 것이었다. 화성에서는 이 모두가 건설용으로 쓰이는 작업용 장비들로써 크기도 포터블 한 장비들이었다. 우주선 외부 정면에 부착된 이런 장비들은 당연히 내부 조종실에서 원격으로 조종하여 공격 할 것이었다.

고드의 간단한 사용설명은 두뇌회전이 탁월한 화성인들이 이해하는 데는 전혀 문제가 없었다. 슈카르와 머스칸이 2, 3호선 우주선을 조종하고 각각의 장비 운용요원들이 함께 탑승했다. 괜한 죄책감에 사로 잡혀있는 베다를 비롯한 다른 지도자들이 자신들도 출격하기를 원했으나 슈카르의 반대로 전문 조종사 두 명을 속성으로 공격법을 학습시켜 4,5호선을 맡기기로 했다. 고드는 아버지 슈카르가 불편한 몸을 이끌고 현재 상황을 지휘하고 직접 우주선까지 조종하기 위해서 나서는 모습이 자신의 가슴을 두들기고 있었다.

* * *

  캐닌과 앵머스는 날이 밝자 하루만 지켜보기로 하고 연구센터를 점령한 채 시간 가는 줄 모르고 단지 내 시설들을 구경하느라 정신이 없었다. 캐닌과 앵머스가 탑승했던 헬기는 예전의 고드 집무실 앞 광장에 착륙시키고 집무실 바에서 먹다 남은 위스키를 서로 부어가며 축배를 들고 있었다.

  "저는 캐닌 각하의 능력을 이제야 실감하고 있습니다. 제가 그동안 각하를 섭섭하게 한 점이 있었다면 오늘부로 용서해 주십시오. 각하는 우리 두 종족에게 대단한 지도자가 될 것입니다. 각하께서 대지도자를 하시고 저희들은 각 구역을 맡겠습니다."

  "뭐. 그거야 이번거사를 마무리하고 결정을 해도 늦지 않습니다. 그런데 밖이 왜 이리 소란합니까?"

  "다들 신나지 않겠습니까. 같이 나가서 병사들의 노고에 한마디 해주시죠."

  "그럴까요."

  캐닌은 이미 지구 사령관이라도 되는 듯이 뒷짐을 짓고 앵머스를 따라 나갔다. 먼저 앵머스가 병사들을 향해 캐닌을 소개하면 다음으로 캐닌이 한마디 할 참이었다. 멀리 하늘에서는 5대의 우주선이 빛을 받아 반짝거리며 다가오고 있었다. 연구센터 광장에서 승리의 기쁨을 즐기고 있던 두 종족 병사들이 갑자기 비명을 지르며 허둥대기 시작했다. 분명히 화성인들의 우주선인 것이었다.

  병사들의 노고를 치하하기 위하여 밖으로 나온 캐닌과 앵머스는 하늘을 쳐다보고는 기겁을 하고 헬기로 뛰어갔다. 그러나 화성인들의 공격은 생각지도 않고 있기 때문에 전 부대원들을 정위치 시키고 자신들은 공격부대의 최후방으로 가서 우주선의 행로를 바라보고 있었다. 선두 우주선을 조종하고 있는 고드는 먼저 시야에 들어오는 거대한 탱크들을 향하여 장비전문가들로 하여금 공격명령을 내리고 리모콘을 손에 쥔 장비 전문가들은 가차 없이 탱크를 반 토막 내거나 흔적도 없이 사라지게 했다.

'쉑! 쉑! 쉑~아악!'

고드를 필두로 다섯 대의 우주선이 탱크는 물론 곡사포 무기들을 차례로 초토화 시켰다.

'쉑! 쉑~'

하늘에서 날고 있는 폭탄투하용 헬기도 레이저나 워터커터기들에 맞아 반 동강이 나거나 녹아내리고 튕겨져 고철 상태로 지상에 떨어졌다.

'텅! 텅!'

어떤 탱크는 레이저빔에 제대로 맞았는지 대칭으로 무를 자른 것처럼 갈라지고 외관은 깨끗했다. 그러나 내부에 있던 병사들은 비명소리 한번 질러보지 못하고 절단된 채로 피를 흘리고 있었다. 대부분 고드와 슈카르의 공격으로 결판이 났다. 공격의 개념이 없었던 나머지 우주선들도 비록 속성으로 배우긴 했으나 고드나 메시, 그리고 슈카르가 공격한 목표물을 확인 사살하는 정도로 참여하고 있었다.

고드의 공격이 시작되자 멀리 달아나 연구센터를 바라보고 있던 캐닌은 거대한 탱크가 순식간에 반 토막이 나는 것을 보고 뒤도 돌아보지 않고 전속력으로 도그리온족의 지하기지 훈련장을 향하여 내 달았다. 같이 탑승하고 있던 앵머스는 얼굴이 새파래지고 사색이 되어 아무 말도 하지 못하고 시종 벌벌 떨고 있었다. 상황을 정리한 고드는 멀리 도망가는 헬기 한 대를 보았으나 차후에 처리하기로 하고 현장 수습에 임하였다. 겨우 지하기지 훈련장으로 숨은 캐닌은 한동안 헬기에서 내리지 못하고 눈을 감고 있었다.

　앵머스는 캐닌을 원망스런 눈으로 힐끗 보고는 급히 내려 사라져 버렸다. 현장에서 살아남은 도그리온족들과 버드리아족들은 자신들의 지역을 향하여 무조건 앞만 보고 뛰었다.

Chapter 30

신의 아들

　사태를 수습한 슈카르와 고드는 파괴된 일부 시설들의 복구와 일부 부상당한 연구원들을 화성에 복귀시키라고 지시하고 화성으로 향했다. 고드는 동굴에서 마리아가 한 말이 뇌리 속을 떠나지 않았다.
　'고드, 난 당신의 마음을 잘 알아요. 나도 당신과 그렇게 앞으로 살고 싶구요. 하지만 고드가 나서지 않으면 화성은 물론이고 저의 가족과 모든 지구인들까지 미래를 보장 할 수 없습니다. 저와 우리 가족을 구한다고 생각하고 저들을 도와주세요. 제가 아는바 상식으로 당신은 이 사태를 수습할 능력을 가진 유일한 사람입니다. 시간이 얼마나 걸리더라도 끝까지 이 일을 마무리하고 오십시오.'
　고드는 이번 사태로 자신의 능력이 무엇인지를 깨닫게 되었다.
　자신이 또다시 예전과 같은 생활로 돌아가면 본인이 없는 화성에서 이번과 같은 상황이 어떻게 또 일어날지 확신 할 수는 없는 것이었다. 그리고 지구로 이주하더라도 자신의 역할이 필요할 수 밖에 없게 될 상황이란 것을 뼈저리게 느끼고 있었다. 따라서 마리아와의 혼란한 관계도 계속 될 수밖에 없을 것이며 한동안 고드의 가슴 한 쪽에 자리 잡을 것이었다.

사태를 승리로 수습한 고드 일행들이 화성에 도착하자 화성의 전체 지도자들과 화성인들은 이들을 환영하기 위하여 미리 기다리고 있었으며 도착과 환영 영상을 지켜보고 있었다. 헤파이스는 이들을 대표하여 고드에게 화성인의 뜻을 받아 줄 것을 무릎 꿇어 호소하였다. 이번일로 화성인들의 마음이 완전히 한곳으로 모였다고 말했다. 앞으로 고드 대지도자의 모든 결정에 이유 없이 따르겠다고 했다.

고드는 생각할 시간을 달라고 하였고 먼저 이번 사태에 희생된 슈트켄에 대한 의례를 치르고 사태에 대한 문제점을 논의하기로 했다. 슈카르는 즉각 대지도자 직위를 정식으로 고드에게 넘겨주려고 하였으나 고드는 조금만 기다려 달라고만 하였다.

"아버지, 저의 생리가 이제 지구인에게 더 가까운 것 같습니다. 지금 마리아가 저를 애타게 기다리고 있습니다. 이번에 제가 몰랐던 화성의 문제를 알게 되었습니다. 그런 안타까운 사실도 있지만 앞으로 아버지께서 잘 보완 하실 것으로 생각합니다. 이번 일은 저의 실수에 대한 책임을 진 것입니다."

슈카르는 고드의 답변에 적이 당황하고 있었다.

"마리아와 화성에서 공식적으로 지낼 수 있도록 우리 화성인들의 너에 대한 인식도 수정하지 않았느냐. 아버지는 네게 비굴하게 부탁하는 것이 아니다. 나는 네가 남긴 자료를 보았다. 지구 정착이후의 치밀한 구상은 고드 아니면 아무도 할 수 없어. 그때에 다시 잘못되면 누가 책임지겠느냐. 화성과 지구인의 미래는 네게 달려있다는 것을 잘 알지 않나."

"아버지 말씀은 틀리지 않습니다. 그리고 저의 소망은 간단합니다. 고드의 세상을 살고 싶은 것뿐입니다."

"오늘은 이만 하기로 하자. 고드."

"네, 이만 물러가겠습니다."

다음날 고드는 동굴로 돌아간 메시로부터 전화를 받는다.

"큰일 났습니다. 선배님, 마리아만 보내고 선배님이 오지 않아서 다윗이 단단히 화가 났던 모양입니다. 마리아를 마구간에 가두고 아무데도 못 가게하고 있습니다. 선배님이 오시면 죽이겠다고 합니다. 아마 크게 배신당했다는 생각을 하는 것 같답니다."

"그럼 어떡하면 좋지? 내가 가야될까?"

"물론 죽이지는 않을지 몰라도 마리아를 다시 보는 것은 당분간 힘들 것 같습니다. 이젠 우리의 방법도 다윗에게는 통하지 않습니다. 엘리자벳은 지금 마리아가 임신 중이라고 합니다. 마을에서는 마리아가 아직 미혼으로 알고 있으며 만약 아이를 출산하면 가족들의 망신은 물론 다윗의 통치력에도 문제가 생긴다고 하구요. 그래서 아무도 모르게 마구간에 가두어 둔 것 같습니다. 그리고 마리아는 선배님께서 화성에 복귀하고 자신을 찾지 말라고 하였답니다. 잘 생각하셔서 현명한 결정을 하셔야 될 것 같습니다."

"그래, 잘 알겠다. 마리아의 출산일을 알아봐주고 우선 엘리자벳에게 좀 보살펴주라고 해줘. 나도 알아서 신중하게 처리 할게."

고드는 이날 한숨도 자지 못하고 소리죽여 울며 밤을 새웠다. 자신의 후손인 지구인과 사랑하는 마리아를 선택해야 되는지와 부모와 화성, 그리고 멀리는 지구인까지 아울러야 하는 선택에 있어 갈등에 갈등을 거듭하고 있었다. 그리고 화성에서는 한 사람의 죽음에 대해서 오랜 감정을 간직하지 않지만 고드에게는 할아버지였던 슈트켄의 죽음에 대한 의미 있는 여운이 남아 있었다. 아침에 깜빡 잠이 든 고드에게 마야가 다가와 퉁퉁 부은 고드의 눈두덩을 보고 뺨을 어루만지며 눈시울을 붉혔다.

"고드, 너의 마음을 나는 다 알고 있다. 남자는 어디에서든 큰일을 해야 한다. 그것이 남자의 대도인 것이다. 누구나 자신의 인생을 살고 싶어 한다. 모든 사람이 그렇다면 우리는 누가 지켜주니."

고드는 잠결에 들리는 어머니의 목소리에 마야의 손을 살며시 잡아 자신의 볼에 갖다 댔다.

"그럴께요. 어머니, 제가 생각이 많이 짧았습니다."

고드는 일어나서 다시 한 번 마야와 부둥켜안고 하염없는 눈물을 흘렸다. 잠자리에서 일어나자 말자 고드는 아버지 슈카르를 찾았다.

"잘 잤니? 얼굴이 몹시 수척하구나. 언제 출발 할 거냐."

"그동안 불편하신 아버지께 많은 심려와 고통을 드린 점을 용서하여 주십시오. 마리아는 저의 유전자로 지구인 업그레이드에 참여한 것으로 하겠습니다. 그리고 마리아가 낳은 자손은 지구에서 특별한 존재로 만들 것입니다. 그것이 마리아에게 조금이나마 속죄하는 길이 되었으면 합니다. 그리고… 마리아의 아버지 다윗은 저의 첫 아들인 루시의 후손이었습니다."

"뭐야? 그게 정말이냐? 그럼, 마리아는…?"

"결국 저는 저의 직계 후손을 사랑했던 것이죠. 이 부분이 다시 저를 화성에 남게 한 큰 이유 중의 하나이기도 합니다. 아마 엘리자벳이 이 사실을 가족들에게 알릴 것입니다."

아버지 슈카르는 한동안 말이 없었다. 아들 고드의 고통스런 고뇌를 이해 할 것 같았다. 무엇보다 다시 화성에 잔류하겠다는 고드의 결심이 슈카르에게는 가장 크게 와 닿았다.

"이런 결심까지 고드의 마음고생이 컸겠구나. 아무튼 고맙다. 최근에 화성인들은 이번 사태를 보고 모두 가슴을 쓸어 내렸단다. 그리고 이번일로 크게 깨달은 것은 화성인의 기본정서보다 확실한 생존을 위한 사고의 전환이었어. 예전의 결정을 후회하고 고드의 복귀를 간절히 바라고 있고 이미 그렇게 된 줄 알고 있단다. 다시 모든 화성인과 미래의 지구를 위하여 희망이 되거라. 사실 나도 많이 불편하고 힘이 드는 구나."

"알겠습니다. 아버지,"

* * *

고드의 정식 복귀에 모든 화성인들은 열광을 하고 다시 희망에 부풀었다. 대지도자의 재복을 입은 고드는 예전과 같은 늠름한 모습으로 모든 화성인들의 사랑을 받았다.

진행 중인 지구이주 준비 작업을 세세히 챙기고 순조로운 일정으로 제작되어지는 이주 수송용 특별 우주선 제작의 작업 요원들은 격려하며 하루라도 빨리 완성하기 위하여 고드 스스로 적극적이었다.

전 화성인들도 각자 맡은 분야에서 열심히 일하고 있었으며 그 진행속도 또한 예전과 크게 달랐다. 예전 같으면 상상도 못할 사고의 전환 덕분이었다. 고드의 지휘와 지시는 군대의 명령이나 신의 계시처럼 받들고 따라 주었다. 대지도자의 직무 수행이 그 어느 때보다 수월해져 생각보다 시간적 여유가 많아졌다. 고드는 틈틈이 마리아의 목에 걸려있는 고릴라 인형에서 전송되는 영상을 보곤 했다. 마리아의 아랫배가 불룩하여 마구간 안에서 뒤뚱뒤뚱 걷는 모습이 안쓰럽기도 했다. 어느 날 고드는 마리아 모르게 고릴라 마스코트장치에 기능을 복구해 놓았었다.

Chapter 31
야만의 대가

 전기도 없는 지하기지 훈련장에서 한동안 숨어 지내던 캐닌은 몰골이 말이 아니었다. 아무도 자신을 상대해주지 않고 외면하고 있었다. 화성의 즉각적인 전력공급 중단으로 횃불과 남은 랜턴으로 겨우 불을 밝히며 혼자서 생활하고 있었다. 많은 동족들로부터 멸시와 조롱거리가 되고 있었으며 거의 폐인이 되다시피 했다. 그러나 캐닌은 너무 억울한 것 같아 이대로 죽을 수는 없었다.

 상대적으로 장악하기 쉬운 주변 지구인들이라도 지배하여 좀 특별한 권력을 누리고 싶었다. 결심을 정리한 캐닌은 추장 세담의 집무실로 찾아갔다. 이번 거사로 인하여 전기는 물론 화성으로부터 모든 지원이 중단되고 관심조차 없게 되었으며 동족들이 반 이상 희생되어 추장에 대한 존경심도 사라지고 지도부에 대한 동족들의 불신은 팽배해 있었다.

 종족들은 오히려 지구이주 초기보다 더 비참하고 힘든 일상과 생활고에 시달리고 겨우 집무실만 유지하고 있는 추장 세담은 캐닌에 대해 원망과 증오심으로 가득 차 있었다.

그리고 자신들과 연합하여 거사를 치룬 버드리아족 역시 많은 동족을 잃고 거의 패닉상태로 있다는 보고를 받은 지 오래되었다. 추장 앵머스는 땅을 치며 후회하고 드러누웠다고 했다. 도그리온족 추장 세담역시 마찬가지였다. 이러한 세담에게 형편없는 몰골의 캐닌이 찾아온 것이었다.

"아이고, 추장님, 그동안 별고 없으셨는지요."

"별고고 나발이고 이젠 이곳에 나타나지 마시오."

"너무 그러지 마십시오. 추장님도 전혀 예상 못했던 일 아닙니까. 결과만 가지고 그러지 말고 우리가 다시 일어설 수 있는 방안을 찾아야지요. 제가 좋은 방안을 가지고 왔습니다."

가만히 생각해보면 캐닌을 그렇게 나무랄 일은 아닐 수도 있다고 세담은 생각해 본다. 은근히 캐닌을 전쟁으로 부추긴 것은 세담이 먼저였기 때문이었다. 전혀 예상치 못한 화성인들의 공격도 따지고 보면 굳이 캐닌의 잘못이라고 할 수도 없었다. 그것은 누구도 예상치 못한 일 아니었던가. 그것만 빼면 나머지 캐닌의 전략은 높이 살만하였고 실제로 캐닌은 영리한 두뇌의 소유자였다.

"그래, 이번에는 또 무슨 계략을 꾸미려 하오? 정말 우리 종족을 다시 일으킬 묘안이 있단 말이오?"

"그렇습니다. 추장님, 이제 화성의 지원은 전혀 기대할 수 없다는 것도 잘 아실 겁니다. 우리가 죽든 말든 아무런 신경도 쓰지 않을 겁니다. 그렇다고 설마 우리들을 모두 죽이기야 하겠습니까. 그렇다면 앞으로 우리 힘만으로 먹고 살아야 합니다. 이번 희생으로 동족들도 얼마 남지 않았습니다. 이미 활용했던 지구인들을 다시 잘 이용하면 살길이 있습니다."

"어떻게?"

세담은 캐닌의 말이 이어질수록 자꾸 솔깃해진다.

"지금 지구 원주민들은 우리를 우상이자 신으로 생각하고 있습니다. 이점을 잘 활용하면 우리 동족들은 별로 움직이지 않고도 먹고 살수가 있으며 그들을 영원히 우리의 종으로 만들 수도 있습니다. 그렇게 하여 우리가 통치하면 감히 화성인들도 어쩌지 못할 것입니다. 아직도 우리가 세워놓은 도그리온족의 거대 흉상에 그들이 제사를 지내고 있다고 합니다. 그들의 우두머리를 비밀리에 한 번 만나 보고자 합니다."

"만나서 어떻게 하려 구요?"

캐닌은 세담이 솔깃해 하자 힘을 얻어 이참에 세담을 다시 한 번 자신에게 동참할 수 있도록 굴복시켜보고 싶어 쉬지 않고 말을 이어갔다.

"우리를 신으로 알고 있는 저들은 내가 제안하는 조건이면 무조건 협조할 것입니다."

"우리가 해주는 것이 아무것도 없는데도?"

"왜 없겠습니까. 우리가 가진 문명과 기술은 저들에겐 마술과도 같은 것입니다. 솔직히 특별하게 줄 것은 없지만 기술적인 간단한 소품만으로도 우두머리의 권력을 더 강력하게 해주고 보호 해줄 수 있습니다. 우두머리에게 그 이상 좋은 것이 무엇이겠습니까. 그리고 이미 저들은 우리를 신처럼 알고 있구요. 더 자세하게 설명을 하지 않아도 이해가 되시겠지요? 추장님,"

"역시 자네는 머리하나는 좋네. 그런데 우리가 이번에 저지른 일로 화성인들의 보복이나 다른 조치는 없겠나?"

"아마 어떤 형태로든 시찰을 한 번 오겠지요. 우리 종족들을 죽이기야 하겠습니까. 그저 농사나 짓고 살아 갈 수 있도록 할 것이고 불필요한 것들은 전부 회수하거나 폐기처분 하겠지요."

"다 가져가면 무엇으로 지구인들의 우두머리를 꼬드기나? 많이 챙겨 놓아야 하겠는데?"

"역시 추장님답습니다. 그 일은 추장님께서 맡아 주십시오. 저는 바로 지구인들의 우두머리를 찾아가 보겠습니다. 앵머스 추장에게도 이일을 전달해 주십시오. 우리가 같이 기댈 이웃은 버드리아족 밖에 없지 않습니까. 웬만하면 앵머스 추장님도 같이 가도록 하면 좋겠습니다. 그리고 화성인들이 오기 전에 미리 작업을 해놓아야 됩니다. 추장님은 채비를 좀 도와주십시오."

"무슨 채비를 도와주면 되겠나?"

"우선 적당한 의상과 수행비서관 2명, 그리고 타고 갈 말 들을 부탁합니다. 나머지는 제가 준비하겠습니다."

캐넌은 급히 수행원을 대동하고 버드리아족을 방문하여 앵머스 추장에게 자신의 계획을 설명했는데 이번일로 버드리아족들에게 망신을 당해 지푸라기라도 잡고 싶은 앵머스는 얼굴에 희색이 돌고 자신도 동행하고 싶다 하여 캐넌과 같이 도그리온족 마을로 왔다. 캐넌과 앵머스 일행들은 몇 날밤을 이동하여 고드의 후손인 지구인 우두머리의 궁전으로 잠입하는데 성공했다. 야밤의 급습으로 당황하고 한편으로 겁에 질린 우두머리 다윗은 캐넌의 제안을 무조건 받아 들였다.

"우리는 당신들의 발전에 도움을 주고 당신의 권력을 강력하게 해 줄 수 있습니다."

이때 캐넌은 수행원에게 가지고온 물건을 정중히 다윗에게 건네주었다. 팔 길이만한 교통지시봉 같은 것이었다. 붉은 빛의 봉에는 스위치가 있어 누르면 켜지고 놓으면 꺼지는 간단한 것이었다. 방전으로 불빛이 희미해지면 왕의 힘이 약해진다고 하여 캐넌을 다시 찾을 수밖에 없도록 하였다.

불빛 봉을 작동하자 다윗의 눈이 휘둥그레지고 일어나서 캐넌 일행들에게 엎드려 큰 절을 한 번 하고는 다시 자리에 앉았다. 다윗은 이들도 고드 종족과 같은 엄청난 힘을 가진 신들이라 생각했다. 사실 비슷한 것은 메시나 딸들로부터 봤지만 불빛과 색상이 더 강력하고 예전에 보았던 것과는 확실히 달라 보였다. 더구나 이렇게 가까이에서 보니 더 환상적이었다. 괜히 색상과 불빛만 강한 조잡한 것이었지만 앵머스도 캐넌의 재치에 존경스런 눈빛으로 바라보고 있었다.

"이것을 가지고 각하의 힘을 과시 하십시오. 그리고 각하의 힘이 약해지면 불빛도 약해질 것이오. 그때는 저희들이 다시 도와 드리겠습니다."

"구체적으로 우리가 드려야 할 곡식과 수량을 말씀해 주십시오. 그리고 필요한 인력은 언제든지 동원하겠습니다."

"구체적인 사항은 추후에 다시 연락드리겠습니다. 다만 우리 측과의 대화는 각하하고만 하도록 하고 절대 보안을 지켜주시기 바랍니다. 각하도 다른 어떤 상대와도 비밀로 해 주시기 부탁드립니다."

"당연합니다."

다윗은 화성인인 고드나 메시보다 생김새가 완전히 다른 동물의 모습을 지닌 케닌과 앵머스의 일행들이 더 신비롭게 보였다. 캐닌이 돌아가고 난 후 다윗은 봉의 불빛을 켜고 끄는 것을 반복하여 부족들에게 보여주자 부족들 역시 그 신비함에 그저 놀라울 따름으로 다윗을 신처럼 받들었다. 불빛 봉의 능력을 확인한 다윗은 더 강력한 힘을 받기위해서 도그리온족과 버드리아족의 형상을 궁전의 벽에 그리게 했다. 세담에게로 돌아온 캐닌은 함께 간 수행원들과 같이 결과를 보고 하였다.

"대단합니다. 캐닌 경, 이 사실을 전 도그리온족들에게 알려야겠소. 사실 화성인들에 대한 저번 거사는 무리였소."

이렇게 도그리온족과 버드리아족은 다윗의 조공을 받아 먹고 사는데 전혀 문제가 되지 않았고 필요하면 인력도 지원받아 가축사육과 농작물 경작 등 요긴한 부분에 활용을 했다. 이로서 세담과 캐닌은 다시 도그리온족드의 영웅이 되었고 거의 예전과 같은 존경을 받게 되었다.

한편 지구이주 준비에 많은 시간을 보낸 고드는 지구 두 종족에 대해 마무리를 해야겠다고 생각했다. 도그리온족이나 버드리아족에 의한 지난 사태는 두 번 다시 발생하지 않도록 전력을 단전했고 웬만한 장비나 기기들을 모두 폐기하였으나 마무리 정리를 위하여 아비누스와 협의를 하고 있었다. 도그리온족과 버드리아족들을 지구이주초기에 정해준 원래의 지역으로 모이게 하고 주변에 강력한 감마선 보안벽으로 울타리를 설치하기로 했다. 보안벽의 안쪽으로 일정한 거리에 들어오기만 하면 감마선 충격이 가해지고 심하면 죽기도 했으며 곳곳에 자동 영상감시 시설도 설치되었다.

지구인 연구센터에서 원격 조정하여 시설을 운영할 것이었다.

"아비누스 박사님, 보안벽을 설치하기 전에 두 종족에게 다녀오십시오. 울타리를 기준으로 모두 안쪽으로 모아 주세요. 그렇지 않으면 나중에 들어올 수 도 없습니다."

"알겠습니다. 대지도자님,"

"그리고 전력공급도 중단돼 아직 남아있는 장비나 기계가 있다하더라도 대부분 쓸모가 없을 테고 전과 같은 사태는 꿈도 꾸지 않고 있겠지만 아무튼 각종 장비는 물론, 무기류나 차량, 헬기 등 잔재가 있으면 폐기를 마무리 해 주시고 지하기지 훈련장도 완전하게 없애버리고 원상복구 하고 오십시오."

"네, 그러면 지난 사태 때 사용했던 무장 우주선으로 다녀오겠습니다."

도그리온족과 버드리아족들에게 행복한 나날들이 이어지고 있었다. 다윗이 바치는 조공으로 각종 곡식은 물론, 과일, 각종 고기류, 가죽, 기타 생필품까지 풍족한 생활을 영위하고 있었다. 다시 세담과 캐닌, 그리고 앵머스의 전성시대가 다시 열리고 있었다. 세담과 캐닌은 심심하면 만찬을 벌이며 즐기고 있었고 세담은 다시 캐닌의 꼬붕이 되어있었다. 밖에서 우주선이 내리는 소리를 듣고 세담이 벌떡 일어나 나가보는데 아비누스박사가 우주선에서 내려오고 있었다. 화들짝 놀란 세담은 심장이 멎을 것만 같았다. 아비누스가 다가와도 세담은 아무 말도 못하고 집무실로 향하는 아비누스를 졸졸 따라간다.

"캐닌 비서는 어디에 있소?"

"네, 안에 있습니다."

갑작스런 아비누스의 방문에 세담은 어쩔 줄을 몰라 했다. 안으로 들어서자 크고 긴 테이블에는 음식들이 가득하고 술병들이 즐비하게 놓여있었다. 그리고 캐닌이 술에 취해 있다가 아비누스를 보고는 벌떡 일어났다.

"이 많고 좋은 음식들과 술은 어떻게 된 겁니까? 그건 그렇고 두 분 이쪽으로 앉아 보시죠."

세담과 캐닌은 바짝 주눅이 들은 모습으로 아무소리 하지 않고 아비누스가 앉으라는 대로 앉았다.

"여러분은 엄청나게 큰 실수를 한 거는 잘 알고 있겠지요?"

"죽을죄를 졌습니다."

"화성인을 잘 알고 계시듯이 여러분들을 뭐 어찌 하지는 않겠소만 본래 구역으로 돌아가라는 고드 대지도자님의 지시입니다."

세담과 캐닌은 고드가 대지도자를 그만두고 화성에서 떠난 줄 알고 있는데 지시라고 하니 어리둥절해 했다. 그렇다고 물어 볼 수도 없는 분위기였다.

"이미 사용할 수도 없겠지만 혹시라도 남아있는 모든 문명시설과 장비들은 폐기 할 것이며 초기 이주지역을 다시 생활권으로 하고 그 기준으로 보안벽을 설치 할 것입니다."

"보안벽이라뇨?"

"초기 이주구역에 한정하여 울타리를 설치한다는 것입니다. 한 번 들어가면 나올 수도 없고 밖에서는 들어 올 수도 없습니다."

캐닌과 세담은 하늘이 무너지는 것 같았다. 그동안 지구인들을 그들의 도구로 작업해놓은 것들이 모두가 허사가 되는 순간이었다.

이때 세담이 죽을힘을 다해 한 마디 했다.

"아무리 그래도 그건 좀 너무 한 것 아닌지요. 박사님,"

"죽을죄를 졌다면서요? 내가 봐도 그 정도면 우리 대지도자님으로서는 많이 봐준 것 같은데요? 아무튼 그렇게 아시고 마음의 준비를 하세요. 그리고 구역 밖에 있는 사람들을 안으로 부르세요. 그렇지 않으면 영영 못 들어옵니다. 난 전달했으니 이만 돌아갑니다."

얼마 후 고드의 특별지시를 받은 아비누스가 직접 지휘하여 도그리온족과 버드리아족들을 샅샅이 점검하여 원래 구역으로 정리하였고 문명의 흔적들을 청소하다시피 하여 마을을 완전히 자연 상태로 만들었으며 감마선 보안 울타리를 설치하고 CCTV를 설치하여 완벽하게 가두어 버렸다.

뎅버드나 아비누스도 이번일로 두 종족의 연구를 사실상 끝내고 관심에서 멀어져 갔다. 가끔 순찰대 게브가 화성으로 보내오는 정보는 도그리온족과 버드리아족들의 숫자가 점점 줄어들고 멸종상태가 가깝다는 것을 보고 해 왔다.

추장 세담은 노쇠하여 죽은 지 오래 되었고 화성인들의 멸시와 천대에 불만을 품고 선봉장이 되었던 캐넌은 자신의 잘못으로 종족의 멸종을 초래한 것에 결국 지탄과 멸시를 한 몸에 받으며 노화와 질병에 시달리다 아무도 그의 곁을 지켜주지 않은 가운데 쓸쓸히 생을 마감하였다. 남은 종족들도 시간문제로 보였다. 버드리아족 역시 추장 앵머스의 죽음과 지도자들의 와해로 이들의 멸종은 역시 시간문제였다.

다윗은 자신이 숭배하는 신들이 조공을 받으러 나타나지 않아 약간은 불안하지만 점차 인구가 불어나고 왕국이 융성해지자 더욱 강력한 지도력과 장악을 위하여 도그리온족과 버드리아족의 형상이 새겨진 벽화를 숭배하고 있었다. 다윗은 마리아의 출산이 다가와도 고드가 나타나지 않자 엄청난 배신감으로 마리아를 계속 마구간에서 살라고 했다. 고드는 메시로부터 마리아의 출산소식을 듣게 되었다.

"메시, 내가 의료요원을 보내겠네. 몇 가지 필요한 물건도 보낼 테니 잘 전달 해주게. 마구간 생활이 크게 불편이 없다고 하니 다행이네. 출산일에 자네와 엘리자벳, 그리고 도와줄 요원들은 프리카를 타고 가게. 그래야 누구든 거기를 얼씬 거리지 않을 거야. 가능한 프리카 불빛은 숨기지 말고."

"참고가 될 런지는 모르겠습니다만 최근에 마리아가 누군가와 결혼을 했다는 소문이 있었습니다. 다윗이 출산일이 다가 오자 미혼의 딸이 임신을 했다는 자신의 체면 때문에 유셉 이라는 사람을 포섭해 혼인 소문을 낸 것 같다고 합니다."

"그런 일이 있었어? 다윗을 많이 도와주게."

다윗을 도와주라는 고드의 말에 메시는 조금 의아한 생각이 들었지만 크게 개의치 않았다.

Chapter 32

대 이주

　화성의 본부 상황실 모니터에서는 점점 초대형 혜성 켈리가 점점 화성으로 다가오고 있는 가운데 카운터 다운 D-데이를 나타내고 있었고 전 화성인들의 이목이 집중되어 있었다. 화성인들은 초대형 혜성인 켈리혜성이 진로에 오차가 생겨 화성을 비껴가기를 기대했으나 일부러 화성을 조준 하는 듯 정확하게 다가오고 있었다. 혜성전문 헤파이스 박사는 대략 350년 후 화성에 도착 할 것이라고 했다. 또한 혜성이 화성에 접근하기 전 주변의 소행성 띠를 통과할 때 발생하는 중력 때문에 많은 숫자의 소행성을 빨아들여 동시 다발적으로 화성에 충돌 한다는 것을 강조했다.

　고드는 모든 구역 지도자들에게 지구로 이주할 준비에 총력을 기울일 것을 지시하고 자체 보유중인 우주선을 정비하고 새로 건조할 특별 수송용 우주선의 규모와 숫자를 검토하는 등 수송계획을 수립하고 분야별 관련 전공 기술진의 분발도 당부하였다. 고드와 슈카르는 지구이주에 추가로 제작할 우주선의 크기와 형태를 논의하였다.

　"대단위의 많은 인원을 수송할 우주선은 타원형으로 해야 속도와 안정감, 그리고 많은 탑승 공간이 확보 될 것이야."

"제작을 책임지고 있는 유포 박사에게 최대 크기의 우주선 지름이 삼백 미터로 하고 최대높이를 육십 미터 이내로 제한하라고 했습니다. 탑승 정원은 최대 십만 명 이구요. 그리고 외부의 공격이 없다면 내부에서 백 년 동안 생존이 가능하도록 설계하였습니다."

"이주할 화성 인구는 일정하지만 가지고 갈 부대 물품이나 장비, 그리고 자재들을 정확히 검토해야 돼. 우주선이 모자라기라도 하면 낭패야."

"그래서 인력수송선으로만 오백 대를 별도 준비하기로 했습니다. 그리고 지구 상황이 준비가 되면 희망하는 구역들에 한하여 먼저 개인 소유 우주선으로 이주 할 수 있도록 하고 그 자료를 취합하라고 했습니다."

"우주선의 규모를 더 크게 하면 안 되는가?"

"우주선의 형체가 너무 크면 주변 지구인들에게 혐오감과 우리의 실체에 문제가 생길 수 있어 정착 시 많은 문제가 야기 될 수 있습니다. 파기하는데도 그렇고 지하기지 보관도 힘이 들구요."

"음… 그리고 지휘본부의 초기 정착지는 완전히 결정 한 거야?"

"지휘부의 정착지는 다윗왕국의 주변이 될 것입니다."

슈카르는 고드가 왜 그 지역을 선호하는지 짐작으로 충분히 알 수가 있었다. 아래로는 고드 자신이 자라고 성장한 지역이며 위로는 자신의 후손이 지구인의 왕이 되어 있으니 심적으로 많은 위로가 될 것이라 생각되었다.

"지구에 지하기지 건설은 상당한 기간이 필요할 것인데 네가 작성한 계획을 보았네만 지하기지 건설기간이 좀 부족한 것 같은데 그 부분은 언급이 없어서 말이야."

"지구인들의 성장속도가 생각보다 빠릅니다. 다윗을 보세요. 우리가 지구에 이주 할 때쯤에는 완벽한 왕국들이 여럿 생겨나 있을 것입니다. 아무리 완벽한 방법으로 지구인들을 관리하고 지낸다고 해도 지상에서 너무 오래 거주하게 되면 우리의 실체나 흔적들이 남게 되고 그런 현실적인 자료들이 후대로 이어지면 미래에 큰 문제가 발생할 수도 있습니다. 지하기지 구축에서 미진한 부분은 안착 후에 보완을 해도 충분하다고 봅니다."

"음… 그리고 지하기지 정착 이후의 계획들도 많던데 우리의 실체를 언제까지 지구인들에게 숨길 수 있다고 보나?"

"지구인들은 후일 우리 지상 임시거주 흔적을 미스터리로 생각할 것이며 그것도 일부 사람들이 추측일 뿐으로 확실하게 밝히지는 못할 것입니다. 지하기지로 들어 간 후에도 우리는 지상을 계속하여 정찰할 것이며 지구인들을 지원하거나 연구하는 일들은 지속적으로 진행할 것입니다. 시대를 막론하고 지구인들이 우리의 실체를 파악하기는 거의 불가능합니다. 밝히게 될 때쯤은 이미 소통과 공존이 되어있겠지요."

"화성인들이 지구에 임시 정착할 지역안배 등도 잘 검토하고 있겠지만 고드의 말대로 지구인들의 변화가 빠르니까 주변지역의 근황도 수시로 체크해야 할 것 같아."

"그렇게 하고 있습니다. 아버지,"

메시는 마리아가 아들을 출산한 후 엘리자벳과 동굴을 떠나기로 마음먹었다. 아틀라스도 고드의 대지도자 복귀 후로 안정이 되었고 연구원들도 평화롭게 연구에 충실 하고 있었다. 다윗은 나이가 많아도 여러 명의 부인을 거느리는 왕으로 이제 늙고 노쇠하여 곧 왕위를 물려 줄 생각을 하고 있었으며 마리아나 엘리자벳에게 관심이 없어진지 오래되었다.

 메시는 고드의 부탁대로 알게 모르게 다윗을 도와 이제는 안정된 거대 왕국을 이루게 했으니 메시는 홀가분한 마음으로 떠나기로 하였다. 그동안 엘리자벳과의 좋은 금술로 많은 자손을 번창시켜 대가족이 되었으며 동굴이 좁아 더 이상 살 수가 없었던 것이었다. 그리고 자신이 낳은 자손들은 지구인들과는 다른 차원이라 다윗의 왕국에도 들어 갈 수가 없었다. 그렇다고 화성인들과는 더더욱 적응할 수 없는 것이었다. 문명과 기술, 그리고 의식주에서 지구인과 화성인의 중간 종족이 된 것이었다. 실제 문명기술은 지구 원주민들 보다는 월등히 높은 수준으로 어떻게 보면 고등문명인 같기도 하고 또 어찌 보면 그저 평범한 지구인 같기도 하였다.

 메시는 화성의 도움을 받아 이들을 가까운 대륙의 남쪽으로 지구 원주민이 거의 살지 않는 높은 산꼭대기에 터전을 잡았다. 거주지 건설에 필요한 각종 장비들은 고드 어머니 마야와 마야의 남동생인 잉카가 물심양면으로 도와주었다. 잉카와 마야는 우주선에 많은 장비와 생필품을 탑재하고 직접 조종하여 현지까지 수번을 왕복 비행하였다. 마야는 메시 부부를 도우는 것이 고드가 마리아와 사랑을 이루지 못한 것을 도우는 것 같아 현지까지 와서 한 동안 지내다 화성으로 돌아갔다.

 메시와 엘리자벳은 이런 마야를 고맙게 생각하고 자신들의 종족

이름을 마야족이라고 명명했다. 메시와 자손들의 이동까지도 화성에서는 철저하게 자료화하여 관리되고 있었다. 여기에는 고드의 작은 고심이 있었다. 후일 지구의 지하기지로 이동 시 이들을 두고 갈지, 동행할지에 대하여 고민하다가 그때 그들의 결정에 따르기로 했다.

혜성충돌이 얼마 남지 않은 화성에서는 헤파이스 박사의 건의에 의하여 지구 이주 일정과 방법을 논의하기 위해 지도자 회의가 열리고 있었다. 고드는 이제 화성을 떠날 날 만을 기다리는 시점에서 당부의 말을 하고 있었다.

"켈리혜성이 근접하게 되면 뒤에서 미는 혜성의 압력으로 앞에 있던 많은 운석이나 작은 소행성 부스러기들이 먼저 폭풍을 동반하고 밀려옵니다. 이때는 이미 이주가 완료된 상태여야 합니다. 즉 혜성충돌의 시점으로 이주를 계산하면 늦는다는 것입니다."

헤파이스는 화성에서 최고의 우주선 제작전문가인 유포박사를 향하여 심각한 어조로 질문을 이었다.

"제작에 박차를 가하겠지만 박사님의 일정으로는 그 전에 화성을 떠날 수가 없습니다. 우주선 제작에 어려움이 있더라도 일정을 당겨주셔야 될 듯합니다. 예상된 계획보다 수송할 장비의 물량이 부쩍 늘어나고 있습니다. 모두 지구에 가면 없어서는 안 될 장비와 물품들입니다."

고드는 근심어린 표정으로 유포박사에게 질문을 했다.

"헤파이스 박사님의 말씀대로 완전하게 이주를 하려면 제작 일정이 어떻게 될 것 같습니까? 박사님,"

"혜성충돌 최종일까지 잡혀 있습니다. 약간의 희생이 불가피 할 수도 있습니다."

"헤파이스 박사님, 혜성충돌 직전에는 우주선이 이륙과 비행을 전혀 못 합니까?"

고드가 혜성전문가인 헤파이스에게 다급하게 물었다.

"뭐. 전혀 못한다고는 할 수 없습니다만 대단히 위험하고 조종기술도 뛰어나야 합니다."

"유포 박사님, 최종일 제작 완료가 예상되는 우주선은 몇 대입니까?"

"의료용 장비와 장비 프린터 운반용 3대입니다."

"마지막 우주선은 누가 조종하기로 되어 있습니까?"

"저와 부책임자인 루이박사입니다."

"나머지 한 대는 누가 조종합니까?"

"아직 정해지지 않았습니다."

"탑재할 장비는 구체적으로 무엇입니까?"

"신체회복 의료장비를 제작하는 프린터 서른 대입니다. 복사용 원천장비인데 신체 장기별 회복프로그램이 모두 내장되어 있고 만일 이것이 없다면 새로 제작하는 데는 일 년 이상이 소요됩니다. 일 년이면 화성인 약 천명이 진료를 못 받거나 시기를 놓쳐 사망할 수도 있습니다."

"마지막 우주선 한 대 조종은 제가 맡겠습니다."

고드의 말에 눈을 크게 뜬 슈카르가 손사래를 쳤다.

"안됩니다. 지구이전과 화성의 미래는 대지도자님의 손에 달려있습니다. 다른 전문가를 섭외하겠습니다. 없다면 내가 하겠습니다."

"제가 하겠습니다. 혜성전문가가 더 낫지 않겠습니까?"

"아무리 그렇지만 박사님은 혜성 전문가이지 우주선 조종 전문가는 아닙니다. 상황도 긴박할 것 이구요. 그리고 지도자는 마지막까지 구역 민들에 대한 지휘를 다 하는 것입니다. 유포 박사도 루이박사도 생명은 소중한 것입니다."

고드의 마지막 발언에 장내는 숙연해지고 아무도 이에 대하여 이의를 제기하지 않았다. 혜성충돌 최종일에 남을 우주선 3대와 장비를 제외한 모든 화성인과 물품은 충돌 3일전에 지구이주를 완료하는 것으로 했으며 한 달 전부터 순차적으로 출발하기로 하였다. 출발 시차를 두는 것은 가능한 지구인들의 시선을 줄이기 위해서였다.

고드와 슈카르는 우주선의 제작 일정이 생각보다 빠듯하여 하루도 거르지 않고 우주선 제작기지에 들러 가슴 졸이며 제작과정을 지켜보고 있었다. 책임자인 유포 박사는 기지에서 살다시피 하였고 부책임자인 루이 박사는 아예 기지에서 터전을 잡고 생활하고 있었다. 유포와 루이 박사는 생산라인을 하루 종일 뛰어 다니며 제작을 독려하고 있었다. 고드 대지도자가 나타나도 눈인사 정도 외는 제대로 인사를 하지 못하는 경우도 많았다. 고드는 그들과 눈인사를 하도 많이 하여 그것만으로도 정이 들고 있었다. 오늘은 루이가 잠시 쉬고 있는 사이를 틈타 고드가 다가갔다.

"고생이 많습니다. 많이 힘드시죠?"

"최선을 다 하고 있습니다."

"너무 힘들 것 같습니다만 용기를 내십시오. 어떻게 작업이 자꾸 늘어나는 것 같아 보입니다. 내가 잘못 본건가요?"

"잘 보셨습니다. 대지도자님, 운송할 장비의 제작사양이 수시로 수정되어 크기와 부피, 중량 등이 변하고 잡다한 품목이 늘어나는 바람에 우주선의 내부 공간을 수정하는 설계변경을 거의 매일하고 있습니다. 그러니 쉴 틈이 없는 것입니다. 우주선 제작 일정이 빠듯한 것도 그 때문입니다. 충돌 당일도 충돌 전에 제작이 완료 될는지 장담을 못하고 있습니다."

"제가 추가 품목과 수정에 관해 관계부서를 점검해 보겠습니다. 무리한 추가가 있는지 걸러 보겠습니다. 어차피 지구에 가면 당분간은 불편하니까요."

"고맙습니다. 대지도자님"

고드는 슈카르와 추가 품목을 신청하는 부서를 추적하여 가능한 숫자를 줄이려고 하였으나 부득이한 경우가 대부분이었다.

고드와 슈카르가 이주준비에 정신없이 직무를 수행하다보니 마침내 지구선발대가 출발을 기다리고 있었고 구역별로 일정에 따라 출발한다는 보고가 들어왔다.

인원 체크 등 철저한 출발준비를 위하여 출발 하루 전에 우주여객선에 탑승을 시작하는 뮤센구역 화성인들은 화성에서 사용하던 웬만한 도구나 기기들을 하나라도 더 가져가기 위해서 애를 쓰고 있었다. 지금까지 하지 않았던 행동들을 하고 있는 것이었다. 어차피 생활도구나 장비들은 지구에서 대부분 새로 제작하여 배포할 것인데도 미지의 세계에 대한 불안감 때문이었다.

이때 고드에게 머스칸으로부터 무전이 들어왔다.

"고드 대지도자님, 머스칸입니다. 전체 구역인원 백만 명에 본부 함선 세대, 여객비행선 열대, 개인 우주선 삼십대, 출발준비 완료했습니다. 출발보고 합니다."

"착륙지점은 잘 숙지하고 있겠죠? 염려하지 않겠습니다. 다만 이주가 완료되면 주변 경계를 잘 하시고 구역을 이탈하지 마십시오. 필요한 지침은 수시로 알려 드리겠습니다."

머스칸을 필두로 열개 구역 화성인들이 순차적으로 지구를 향하여 출발할 것이었다. 고드는 이주가 완료되면 기회를 봐서 마리아를 방문 할 생각을 가지고 있었다. 마리아와 출산한 아들을 보고 아들의 특별한 장래를 마리아와 상의 할 것이었다.

고드는 아직 완성되지 않은 우주선 세대와 적재할 장비 삼십대를 제외한 마지막 우주선이 장비를 싣고 출발한다는 보고를 지하 우주선 제작기지에서 받았다. 유포와 루이가 함께 듣고 있는 가운데 세 명의 보조 작업자들과 최종 조립작업에 함께 고드는 구슬땀을 흘리고 있었다.

고드는 모든 구역의 화성인들이 지구로 떠나고 마지막 우주선의 조립과 시운전이 진행되는 동안 지구 이주 본부기지에서의 보고를 받는 일 외에 이제 자신이 할 일은 크게 없어졌다. 이 엄청난 역사적 사실에 대해서 무언가 할 일이 없는지 고민하다가 우주선 제작 지하기지 내부에 흔적하나를 남기기로 했다. 휴게실로 이동하는 원형 통로 끝에 사용 중인 레이저 장비로 한 쪽 매끈한 금속 벽면에 마지막으로 남기고 싶은 말을 조각하기 시작했다.

혹시 먼 미래에 화성을 다시 찾을 일이 있을 수도 있겠다 싶어 가능한 혜성의 피해가 가장 덜 미치는 깊숙한 곳이다 싶어 남기고 싶은 말을 새기기로 했다.

우주선 제작에 필요한 중요부품 보관실은 사면이 최고의 금속 재질로 격리되어있어 부식 등 어떠한 환경에도 잘 견딜 수 있도록 되어 있었다. 고드는 이 벽면에 레이저기를 고정시키고 생각한 내용을 입력한 후 스위치를 눌렀다. 금속표면에는 예리하고 선명한 글자가 새겨졌다.

 '고드는 지구로 간다. 나의 사랑하는 후손들이여!'

Chapter 33
최후의 탈출

초대형 혜성 켈리는 이제 화성과의 충돌에 만 48시간을 남기고 있었다. 화성의 일부 지상에서는 소행성 부스러기들로 거의 무차별 폭격을 당하고 있었고 지표면의 흙먼지를 날리며 우주폭풍은 서서히 거세지고 있었다. 우주선 제작기지가 위치한 곳은 켈리혜성이 다가오는 반대편이어서 그나마 우주폭풍이 덜했다. 충돌 다섯 시간을 남겨두고 우주선은 거의 완성되었다.

고드와 유포, 그리고 루이와 작업자들은 모두 환호성을 질렀다. 시운전 시뮬레이션까지 모두 마친 우주선은 당장이라도 이륙할 만큼 정상이었다. 실제 운전에서는 정확히 알 수 없지만 지금까지 모든 제작의 시뮬레이션 테스터와 별반 다르지 않았다. 세대의 우주선에 각각 열대의 프린터장비를 나누어 싣는데 시간을 아끼기 위하여 고드까지 합세하면서 정신없이 장비를 실었다. 이제 충돌까지 세 시간 정도가 남았다. 각자 자신이 조종할 우주선에 올라 출발준비를 하고 있었다. 그때 갑자기 굉음이 들리면서 저 멀리 지하기지의 출입구가 붕괴되고 있었다.

'쿵! 콰르르…'

소행성하나가 지하기지 입구를 친 것이었다. 다행히 입구가 완전히 봉쇄되지는 않았다.

'쾅! 텅텅!'

그러나 루이의 우주선이 작은 파편에 맞아 우주선의 상태가 심하게 훼손 되었으며 루이 역시 파편에 맞아 많은 피를 흘리며 조종을 할 수가 없는 지경이 되었다. 지하기지 내부는 우주폭풍의 영향으로 거의 눈을 뜰 수 없을 정도로 먼지 투성이었다.

"대지도자님! 장비를 옮기고 먼저 출발 하십시오! 주변 상태가 좋지 않습니다."

모두 달려들어 루이의 우주선에 실린 장비들을 나머지 두 대에 나누어 실었다. 두 우주선의 제한 중량초과로 생사는 신에게 맡겨야 될 것이었다. 시간은 충돌을 향해 2시간30분 전으로 다가왔다. 순간 다시 한 번 소행성 덩어리가 지하기지 입구를 강타하였다.

'쾅! 콰가강!'

엄청난 파편하나가 루이가 조종을 맡은 우주선 후면에 정통으로 맞아 폭발하고 같이 탑승한 두 명의 보조 작업자는 훼손된 우주선을 점검하다 이차 파편에 맞아 형체가 사라지면서 그 자리에서 모두 사망하였다. 루이는 조종석에서 크게 부상을 당한채로 쓰러져 있었다. 이를 지켜 본 고드와 유포는 루이를 외치며 고통스러워하고 했다.

"루이 박사! 루이 박사! 괜찮은 겁니까?!"

그러나 날라 오는 파편 때문에 쉽게 움직일 수가 없었다. 신체가 많이 훼손된 큰 부상이지만 아직 숨이 붙어있는 루이는 정면으로 보이는 지하기지 출입구가 완전히 봉쇄된 사실을 알고 지구에 있는 본부기지에 긴급조난신고를 했다. 그렇지 않아도 지구상황실에서는 파편에 의한 폭발장면을 조마조마하며 지켜보던 슈카르는 모니터에 나타나는 영상에서 루이의 음성을 들었다.

"여기는 화성! 출입구가 봉쇄되었다!

조치바람… 으…윽!"

루이 박사는 그대로 숨을 거두고 말았다. 루이박사가 숨져있는 조종석으로 달려온 고드와 유포는 루이의 몸 덩어리가 거의 만신창이가 되어 회복 불가 판정을 내렸다. 조금 전 즉사한 작업자는 몸의 형태가 거의 없어져 버렸다. 직전까지 화성의 지하기지에서는 순조롭게 작업이 진행되고 있었지만 슈카르는 화면을 보기가 두려웠다. 금방이라도 무슨 일이 일어 날 것만 같았기 때문이었다. 그런데 순식간에 사고가 난 것이었다.

"여기는 본부! 응답하라!"

"지금 출입구가 막혔습니다! 지하기지에는 적당한 장비가 남아있지 않습니다! 외부에서 조치를 취하지 않으면 여기서 나갈 수가 없습니다!"

"알겠다! 기다려!"

슈카르는 폭파전문가 다이헨을 급히 불렀다.

"이 상황에서 지하기지 입구를 확보 할 방법이 뭡니까?"

"여기에서 무인으로 움직일 대형 레이저빔이나 장비들이 있습니다만 아직 세팅이 되지 않은 상태라 지금은 사용이 곤란합니다. 설령 설치하여 화성으로 날아간다 해도 소행성이 난무하고 우주폭풍이 몰아치는 상황에서는 조준이 용이하지 않고 소형장비로는 붕괴된 지하입구를 확보하기에는 역부족입니다. 죄송합니다."

"그렇다 하더라도 대형 레이저장비를 보내 직접 화성지하기지를 조준해보면 가능하지 않을까?"

"지금 설치하려면 시간적으로 불가합니다. 그리고 전력생산이 전면 가동되지 않고 있어 레이저 장비가동에도 문제가 있고 조준에 오차가 생길 확률이 매우 높습니다. 오히려 모두가 위험 해 질수도 있습니다."

"알겠네."

지구의 본부 상황실에 모인 지도자들과 모든 주변사람들은 비록 화면 상태가 고르지 못하지만 실시간으로 화성의 지하기지의 상황을 시청하면서 발을 동동 구르고 있을 뿐이었다. 선택의 여지가 없었다.

슈카르는 아들 고드를 위한 모종의 결단을 내리고 옆에 앉아있는 고돌라에게 비장한 각오를 밝혔다.

"저분들이 없으면 우리 화성인들의 미래는 없습니다. 고드는 물론, 유포 박사는 우주선제작에 일인자로 화성에서 없어서는 안 될 유일한 전문가입니다. 당분간 대체할 전문가도 이제 없습니다. 루이 박사도 사망했으니까요. 그리고 지금 저곳에 남은 장비들이 없으면 화성인 1,000명 이상이 희생된다고 하지 않았습니까. 제가 화성으로 가겠습니다."

"슈카르, 방법이 없다고 하지 않았습니까. 어떻게 하시려구요?"

"그건 제게 맡기십시오. 우리 화성인을 부탁드립니다."

순간 고돌라는 섬뜩한 느낌을 받았지만 이미 슈카르는 우주선으로 뛰고 있었다.

"안됩니다. 슈카르, 슈카르! 슈카르!"

신체 훼손에 의한 영향 때문에 중년으로 노화된 슈카르는 덥수룩한 구레나룻과 턱수염으로 근엄한 얼굴에서 뿜어져 나오는 비장한 표정과 함께 고돌라의 외침을 뒤로한 채 상황실 밖으로 사라졌다.

슈카르는 화성으로 가는 우주선 안에서 마야를 호출하고 마지막이 될 수도 있는 대화를 시도했다.

"마야, 작별 인사를 못해서 미안해. 이 방법밖에는 없을 것 같아."

이런 모든 상황이 화성 같았으면 실시간으로 모든 사람들이 볼 수 있었으나 지금 지구에서는 본부 상황실 외에는 일반 화성인들은 알 수가 없는 상황이었다. 마야는 갑자기 슈카르의 얼굴과 우주선 조종석의 내부가 보이는 영상이 휴대용 개인 통신장비에 나타난 것이었다. 고드가 아직 화성에 있고 전반적으로 상황이 좋지 않다는 정도는 알고 있었다.

"슈카르! 지금 어디를 가고 있는 거야?"

"선택의 여지가 없었어. 지금 화성에 남아서 구출을 기다리는 사람들은 나 같은 사람 천명, 만 명과 바꿀 수 없는 존재들이야."

"그럼 구출해서 돌아오는 거야? 위험하지 않아? 살아서 돌아 올 거지?"

"큰 기대는 하지 않는 것이 좋을 것 같아. 지구에서 오래오래 잘 살아야 돼. 당신이 좋아하는 아름다운 경치가 있는 마야마을에 가서 살아도 좋고… 사랑해."

통신이 끊어져 버렸다. 비록 짧은 대화였지만 그 느낌은 강력하였다.

"슈카르! 슈카르! 슈카르! 슈… 카… 르… 흑흑…."

마야는 생애 처음으로 느끼는 주체할 수 없는 슬픔으로 하염없는 눈물을 쏟아내고 있었다. 화성이 눈앞으로 다가오고 슈카르는 마야의 회선을 차단하고 고드에게 교신을 시도했다.

"고드! 고드!"

"네, 고드입니다!"

"시간이 얼마 남지 않았지?!"

"네, 그렇습니다! 점점 외부상황이 나빠지고 있습니다! 지금 외부는 우주폭풍이 초고온 열풍으로 변하고 있습니다! 충돌까지는 2시간도 채 남지 않았습니다!"

고드는 아직 작동하고 있는 외부 환경모니터를 보고 있었다.

"늦어도 5분전까지는 거기 도착할 것이다! 지하기지입구에서 최대한 뒤로 물러나 있도록 해라! 명심하고 신속히 준비 해!"

"네! 알겠습니다!"

고드는 슈카르가 기지입구를 확보할 장비를 싣고 오는 줄 알고 있었다. 그때 어머니 마야의 목소리가 스피커를 울린다.

"고드! 여기서는 아무런 방법이 없어! 지금 아버지가 우주선으로 무모한 준비하고 있는 것 같다! 지하기지 안에서는 다른 방법이 없나? 고드… 흑흑… !"

"뭐라구요?! 어머니! 아버지!"

고드는 교신으로 정신없이 부르지만 누구도 응답을 하지 않았다.

슈카르는 지하입구 상황만 확인하고 곧 바로 충돌 하여 출구를 확보하려는 것이었다. 고드는 아버지 슈카르의 희생을 직감하고 다른 방법이 없는지 유포박사에게 물어봤다.

"유포 박사님, 우주선 한 대를 자동 조정모드로 하고 지하입구 쪽으로 충돌하면 입구 확보가 가능하지 않을까요?"

"보시다시피 이 우주선은 소형입니다. 조금만 더 커도 해보겠지만 이것으론 바위에 계란치기입니다. 적어도 3분전에는 이곳을 탈출해야 합니다. 그렇지 않으면 혜성충돌의 후폭풍을 피할 수 없습니다. 대지도자님, 아버님을 막을 수 없을 것 같습니다. 마음의 준비를 하십시오."

고드는 더 이상 아무 말을 하지 못하고 흐르는 눈물과 함께 아버지를 수없이 되 뇌이고 있었다.

혜성충돌 5분전

슈카르는 전 속력으로 화성의 마지막 대기권을 통과했다. 혜성이 충돌하면 화성의 대기권은 사라지고 모든 지상은 화제로 전소되어 이산화탄소만 가득한 아무도 살지 못하는 사행성이 되고 말 것이며 바다나 호수의 물은 모두 증발해 버리고 물이 없는 표면은 그대로 녹아버려 반들반들 할 것이고 혜성과 소행성의 충돌자국만 길게 남은 채로 화성은 멸망해 버릴 것이었다.

전속력을 유지한 슈카르의 우주선은 운석파편의 충돌과 심한 과열로 점점 우주선의 기능을 상실하고 있는 중이었다.

충돌 4분전.

"지하입구 확보 30초전! 출발준비 완료하라!"

슈카르는 충혈 된 두 눈을 깜빡이며 수정체를 확대모드로 하고 억수같이 쏟아지는 소행성과 운석들 사이를 헤쳐 나가면서 지난 과거의 주요장면들이 그야말로 혜성처럼 스쳐가고 있었다.

화성에서 고드가 어렸을 때 귀여운 모습들, 지구여행과 고드의 실종, 고드의 구출, 화성에서 다시 찾은 가족들의 행복했던 시간들, 도그리온족을 고드와 같이 격퇴하던 순간들이 주마등같이 흐르고 슈카르의 두 눈가에도 한없는 물기가 흐르고 있었다.

곧 이어 우주선의 모든 기능적 동작이 멈추고 쇠 덩어리로 변한 슈카르의 우주선은 정확히 지하기지의 입구를 향해 돌진하고 엄청난 폭발과 함께 지하로 빨려 들어갔다.

'콰쾅! 콰콰콰콰…'

요란한 굉음과 함께 희뿌옇고 시커먼 연기가 지하기지 안팎을 뒤덮었다. 슈카르의 우주선 잔해와 파편들이 지하기지 내부로 밀려왔다.

"아버지… 아버지! 아버지!"

안전지대로 대피하여 마지막까지 아버지의 영상을 보고 있던 고드는 충돌과 함께 영상이 사라지자 고드는 우주선의 메인 콘트롤 보드에 엎드린 채로 절규했다. 자욱했던 연기가 사라지면서 지하기지입구가 나타나기 시작했다.

'텅! 터덩'

이때 파편 한 개가 유포 박사의 우주선 후미를 때리고 후미 문이 약간 튀어나온다.

"유포 박사님! 먼저 출발하세요! 시간이 없습니다!"

"네! 출발합니다!"

충돌 3분30초전

유포 박사가 조종하는 우주선에 탑승한 보조 작업자는 손상된 후미 문이 열리면서 날아오는 파편에 맞아 장비 한대와 같이 아래로 떨어져 내렸다.

'덜커덩!'

'어이쿠!'

'쿵! 쾅!'

유포 박사는 출발을 멈추고 신속히 뛰어나가 이를 목격하고 달려온 고드와 함께 작업자를 구출하고 떨어진 장비를 다시 우주선에 실었다. 근력을 필요로 하는 일에는 고드가 없이는 불가능했다. 고드는 물론 일행 모드가 루이박사의 피와 먼지와 땀으로 범벅이 되어 있었다.

충돌 2분50초전

먼저 유포 박사의 우주선이 전속력으로 입구를 빠져 나가고 곧바로 고드의 우주선이 빠져 나오는데 간만의 차이로 입구는 다시 운석의 충돌로 막혀 버렸다. 두 우주선은 소행성과 운석부스러기 잔해를 뚫고 최고 속력으로 지구를 향했다. 이를 지구 상황실로 뛰어와 지켜보던 마야와 모든 사람들은 유포박사의 우주선이 지하기지 입구에서 튀어나오고 곧 이어 고드의 우주선이 밖으로 나오자 일제히 환호성을 질렀다.

"유포 박사님! 괜찮습니까!"

"전 이상 없습니다! 대지도자님은요?!"

"저도 이상 없습니다! 고생하셨습니다!"

화성의 대기권을 빠져 나올 즈음 멀리 뒤로 보이는 화성은 초대형 혜성인 켈리혜성의 충돌과 함께 거대한 불덩어리로 변하면서 이글거리고 있었으며 혜성 켈리의 엄청난 충돌폭발로 인한 후폭풍이 고드의 뒤를 따라오고 있었다. 그리고 이마에 흐르는 땀과 시커먼 먼지, 그리고 루이박사의 핏자국사이로 한없는 눈물이 쏟아지고 있었다.

"아버지! …"

시즌1 끝

남근우

연극 및 방송 연기 분야에서 다채로운 경력의 전문가다. 전 사단법인 연극배우협회 영상사업국 국장으로 활동하며 연극계의 발전에 기여했고 영화 및 방송 연기자 캐스팅 전문업체인 액터월드와 서울캐스팅의 대표를 역임했다. 특히 KBS VJ특공대 등 주요 TV 방송에서도 능력을 인정받았다. 또한, 공연기획과 연출 및 제작 분야에서도 두각을 나타낸 바 있다. 이를테면, HOT와 유승준 환경 콘서트 같은 대형 공연을 기획하고 연출했으며, 제1회 전국 청소년 가요제의 기획, 제작, 연출을 맡아 전국 최초의 청소년 가요제를 성공적으로 이끌어내기도 했다. 집필한 책으로 『연예인은 자격증이 없다』가 있다